JN038138
3
獏
―夢と現実の境界
著≫長月東葭
イラスト≫daichi

目次

デザイン／新井隼也＋ベイブリッジ・スタジオ

PROFILE

・瑠岬(るみさき)トウヤ
RUMISAKI TOUYA

高校2年生。チームリーダー。
任務では近接戦闘と作戦指揮担当。

・呀苑(がえん)メイア
GAEN MEIA

悪夢で生まれた少女。
不可視の〈魔女の手〉による
近接戦闘を担当。

・薪花(まきはな)ウルカ
MAKIHANA URUKA

高校1年生。射撃部。
〈貘〉では狙撃による後方支援担当。

・那都神(なとがみ)ヨミ
NATOGAMI YOMI

高校2年生。巫女。
〈貘〉では剣術による近接戦闘担当。

・犀恒(さいづね)レンカ
SAIZUNE RENKA

夢幻S.W.の部長、26歳。
チームの司令官を務める。

・瑠岬(るみさき)センリ
RUMISAKI SENRI

昏睡状態で眠り続けるトウヤの姉。
《頭蓋の獣》として現れ、トウヤを助ける。

・ユリーカ・F・ユング
EUREKA・F・JUNG

英国の総合夢信企業である
GD社の令嬢。

・亜穏(あのん)シノブ
ANON SINOBU

民間諜報会社〈鴉万産業〉の課長。

・蛭代(ひるじろ)ナリタ
HIRUJIRO NARITA

臨床夢信科医。
正体は鴉万産業のエンジニア。

・改谷(あらたや)ヒョウゴ
ARATAYA HYOUGO

警察機構のベテラン刑事官。

〈用語解説〉

BAKU 3
YUMETO GENJITSUNO KYOUKAI
NAGATSUKITOUKA
Illustration.daichi

▼覚醒現実
現実の世界。人々が起きている間認識している世界。

▼夢信空間
仮想現実。機械が見ている人工の夢の世界。眠っている人々が共有して見る夢。覚醒現実と対をなす、もう一つの経済圏。

▼夢信技術
人工の夢を用いた通信技術。夢を通じて他者と五感を使った意思疎通を可能とする。

▼悪夢(ノイズ)
夢信空間に発生する悪性因子の総称。人のネガティブイメージに由来する姿と能力をもった怪物。

▼夢信症
〈悪夢(ノイズ)〉に心を侵食された人間が発症する精神性疾患の総称。

▼夢信武装執行員
夢信空間内の治安維持と、〈悪夢(ノイズ)〉の撃退を生業とする職業。夢の中における武器行使の権限を認められている。通称『獏』。

▼夢信特性
限られた者にのみ発現する、夢の内容を曲解する力。夢信空間での特殊能力。

▼世界規定
夢の世界の物理法則や秩序を維持するために、人工頭脳が定めている夢信空間でのルール。

▼人工頭脳
夢信空間を形成する、「夢を見る機械」。正式名称『夢信力場集積装置』。現在〝寒月〟と〝瞳〟の2シリーズが商業稼働している。

▼銀鈴

流産した赤子を媒介とし、世界初の夢信通信を成功させた人工頭脳の零号機。メイアが生まれた場所。

▼集合無意識の海

全人類が無意識下に繋がっている、意識の集合体。

▼論理コイル

本来知覚できない〝集合無意識の海〟と人の意識を繋ぐため、〈孔（チャネル）〉と呼ばれる感覚接続処理を施す装置。

▼夢信機

論理コイルをパッケージ化した製品の総称。夢信機を使用することで夢信空間への接続が可能となる。

▼夢幻S・W・（セキュリティ・ワークス）

〈貘〉であるトウヤ達が在籍する民間の夢信警備企業。

▼警察機構

覚醒現実における治安維持や社会の秩序を守る行政機関。

▼鴉万産業

様々な組織の機密情報の管理や奪取から、時に国家間の調整役まで担う謎多き民間諜報会社。

▼交換局

人工頭脳の運転および、夢信空間の管理運営を手がける通信会社の総称。

▼礼佳弐号事件

四年前、〈獣の夢〉によって引き起こされた、トウヤの家族の命を奪った史上最悪の夢信災害。

▼獣の夢

夢の世界で観測された、〈悪夢（ノイズ）〉とは一線を画す超常的な力を発揮する獣の姿をした謎の存在。

▼顎（あぎと）の獣

メイアと共に〈銀鈴〉の中で生き長らえていた水子、呀苑クナハが変異した〈獣の夢〉。トウヤ達によって討伐される。

▼頭蓋の獣

瑠岬センリの意識と新型人工頭脳〈礼佳弐号〉が融合したことで発生した〈獣の夢〉。トウヤの召喚にのみ応じて姿を現し、世界規定を書き換えるほどの絶対的な力を持つ。

序　理性の怪物

＊＊＊夢信空間＊＊＊

》》》四年前。礼佳五年、一月某日。

そこは、深い深い夜の国。

真ん丸の月と満天の星空。天から注ぐ銀の光を受ける梢に小鳥が囀り、一面には美しい野花が咲き誇る。それら全てが水晶でできた、ここは白銀に光り輝く神秘の森。

その世界の名を、夢信空間〈銀鈴〉といった。

〈銀鈴〉に広がる森の一角に、苔むした神殿が建っていた。

『ちょうちょ、ちょうちょ♪　なーのーはーにーとーまーれー♪』

神殿の奥から、子供の歌声が聞こえてくる。

その子供は、何も知らない純粋な存在だった。

この世の穢れも。他者からもたらされる悪意も。叶わぬ願いの悲しみも。

それどころか、自分自身の形さえも。

何一つ知らない、混沌の子。

そんな子供が童謡を口ずさみ一人遊びをしているところへ、語りかけてくる別の声があった。

「……随分と上手くなったな、ユニットβ」

『あっ、〝せんせえ〟だ！』

その声を聞いて振り返った子供が、声を弾ませ走りだす。ポヨヨン、ポヨヨンと。

〝先生〟と呼んだ人物の元へ駆け寄っていく子供には、手も脚も、目も耳も鼻も口もない。

子供の姿は、まるで朝陽を知らぬ常夜の闇を固めたような、真っ黒なゴム鞠のような異形をしていた。

対して子供を見下ろす〝先生〟のほうは、人間の姿形をしている。

「さっきから、歌いながら何の絵を描いていた？」

〝先生〟が壁に視線を向けて尋ねると、ゴム鞠がグパッと割れ……不気味な笑みを浮かべた。

『ちょうちょとお花だよ！』

そこに描かれていた絵は異様だった。

ゴム鞠がちょうちょの絵だと言っているものは、芋虫にしか見えなかった。じっくり観察していくと、それは翅を捥がれて胴体だけになった蝶が地面を這いずっている絵だとわかる。その横ではお花の絵が茎だけを直立させていて、切り落とされた蕾が生首のように転がっていた。

そんな絵を見て、けれど〝先生〟の態度は落ち着き払っていた。

「なるほど、よく描けている。歌も絵も、教えたかいがあった」

〝先生〟は無表情だった。声にも何の感情も含まれていない。まるで機械のようだった。

〝先生〟がしゃがみ込み、ゴム鞠（まり）の頭を撫（な）でる。

「よしよし、ユニットβ。お前に施してきた情操教育、その蓄積は必要十分量に達したようだ」

『えへへ……でもね〝せんせえ〟？　ぼく、〝ゆにっとべーた〟なんて名前じゃないよ？』

ゴム鞠が頭を傾げてそう言うと、〝先生〟のほうも首を傾げた。

「？　ふむ、そうか……図面上の部品名はユニットβ（それ）で間違いないのだが。人間（ひと）の名前を覚えるのは苦手だ」

〝先生〟がブツブツと呟（つぶや）きながら立ち上がる。足元のゴム鞠をじっと見下ろす。

するとおもむろに、〝先生〟が拳銃を取り出した。

『〝せんせえ〟？』

「ユニットβ。お前との馴（な）れ合いも、今日が最後だ」

〝先生〟が拳銃を構えながら、空いているほうの手を握って開く。するとそこから、手品のように弾丸が現れた。

それは月の光を受けて輝く、銀色の弾丸だった。

『〝せんせえ〟、それなぁに？』

「これは〝力〟だ、ユニットβ。お前という不確かな夢に、〝形（コード）〟を与えてくれる力だ」

〝先生〟が銃に弾丸を込める。ゴム鞠はその様子をきょとんと見つめる。

『ふぅん……ねぇ、それは苦しくない？　痛かったりしない？　怖かったりしない？』

「何も怖れることはない。なぜならばお前自身が、〝恐怖〟そのものになるのだから」

〝先生〟が、ゴム鞠へ銃の狙いを定めた。

「それでも不安というなら、歌うといい。そう教えたはずだ。その身を委ねろ、ユニットβ」

『うん……ぼく、〝せんせえ〟のこと信じるよ』

ゴム鞠は銃口を向けられたまま頷(うなず)くと、〝先生〟の言うとおり、無邪気に歌い始めた。

──ちょうちょ、ちょうちょ、なーのーはーにーとーまーれー♪

その歌声を聴きながら、〝先生〟がブツブツ呟いていく。

「……これより行う実験は、ほぼ確実に失敗する」

──なーのーはーにーあーいーたーら、さーくーらーにーとーまーれー♪

「だが、今はそれでいい」

──さーくーらーのーはなーのー、はーなーかーらーはーなーへー♪

「今必要なのは結果ではなく、経験とデータの蓄積だ……そのための犠牲は、許容しよう」

──とーまーれーよーあーそーべー、あーそーべーよーとーまーれー♪

歌が終わる。

〝先生〟がゆっくりと、引き金を引いた。

「これより、〈獣の夢〉の招来実験を開始する」

礼佳五年、一月某日。夢信空間〈銀鈴〉にて。

異形の子供と、〝先生〟と呼ばれる人物の間で交わされた、誰も知らない秘密の会話。

それは史上最悪といわれる夢信災害――〈礼佳弐号事件〉の、発生わずか数十分前のできごとだった。

銃の引き金を引きながら、〝先生〟がぽつりと呟いた。

「……あぁ。今、思い出した、ユニットβ。お前の名前を」

「おやすみ、ク、ク、ナハ……――よい悪夢を」

――ドンッ

銃声が、神殿に響き渡り、

『――バオォォォォォォォォォォオオッ！』

そして悪魔のごとき魔狼――《顎の獣》の産声が、世界を揺らした。

これより四年後、《顎の獣》こと呀苑クナハは、瑠岬トウヤたち〈夢幻S・W・〉の手によって討伐される。

そんな未来など知る由もない魔狼が、得たばかりの力を喜び外へ飛び出していった後の神殿。

そこに一人佇んで、〝先生〟と呼ばれた人物が、冷たい月を見上げて呟いた。

「クナハ。たとえこの先、お前が敗れることになろうとも――――お前の意志は、己が継ぐ」

「――〈理想の世界〉をもたらすために」

BAKU 3

YUMETOGENJITSUNOKYOUKAI

著≫長月東葭

NAGATSUKI TOUKA

イラスト≫daichi

illustration daichi

—夢と現実の境界—

3

第一章　絆たち

＊＊＊覚醒現実＊＊＊

≫≫四年後。礼佳九年八月十六日、午後一時。那都界市郊外、北界霊園。

ミーンミンミンミンミンミンミンミィィー。

天頂に照り輝く太陽の熱で雲が溶けてしまったかのような青天に、蝉時雨が響いていた。

六月、七月、八月と。今年芽吹いた木々の若葉は月を経るごとに緑を濃くし厚くなり、木漏れ日をよりくっきりと浮かび上がらせる。

残暑と呼ぶには未だ暑すぎる夏の終わりの霊園に、カポンと、手桶と柄杓を置く音がした。

「……いろいろお世話になりました、亜穏さん」

瑠岬トウヤが一言そう呟いて、墓前にそっと手を合わせた。

「ったく、国家権力相手に無茶しやがって、スパイ野郎が……」

その隣で犀恒レンカが、数珠を片手に線香を供える。

しんみりとした雰囲気。蝉たちの鳴き声も、心なしか小さくなったような気がして……、

「……あのー、もしもーし？　わたくし死んでないですよー？」

そしてその場の末席で、トレンチコートのサングラス男――亜穏シノブが営業スマイルを

引(ひ)き攣(つ)らせていた。

　管理所で道具を借り、いましがた隅々まで掃除を終えた墓石には、『瑠岬家之墓』の文字。

「あ？　トウヤのご両親のお墓だぞ。こんなとこにまでついてきといて、碌(ろく)に手伝いもしねぇ奴が何言いやがる」

「や、わたくしほら、民間諜報会社(こういう仕事)してますでしょ？　指紋とか残すわけにいかないもので。そんな怒んないでくださいよ犀恒さん」

「だったらせめて脱帽ぐらいしろっての」

「おっとと、これは失敬」

　レンカに睨(にら)まれたシノブが、さっと中折れ帽(フェドーラ)を脱帽してみせた。

　そんなやりとりを苦笑交じりに見ていたトウヤが、ふと青空を見上げた。

「……あ、飛行機雲」

　入道雲が尾根を枕に横たわるその傍らに、旅客機の機影が白線を引いていくところだった。

「ジャックさんたち、元気にしてるといいんですけど」

〈ラヴリィ・ドーター事件〉が決着してから、三週間が経過していた。

　シノブがくいっと、丸形(ロイド)サングラスを鼻の上に載せ直す。

「ええ、本日はそのご報告に伺った次第でございます」

　そう言ってシノブが持ち上げてみせたのは、大きなジュラルミンケースだった。

「あの事件後の取引どおり、ジャック・F（ファウスト）・ユング氏は『愛しの娘（ラヴリィ・ドーター）』のマスター図面を我々に無条件譲渡いたしました。見返りに、彼らの身の安全は保証されます」

〈警察機構〉に対して〈鴉万産業（からすま）〉が政治介入を行ったことにより、〈ラヴリィ・ドーター事件〉は立件前に示談が成立。ジャックたち事件関係者は罪に問われることもなく、本国（イギリス）への帰国を果たしていた。それがこの三週間の顛末（てんまつ）である。

トウヤはシノブの報告にほっと安堵（あんど）の息を吐いたが、それと同時に彼の視線はジュラルミンケースへと向けられて。やがてトウヤはずっと懸念していたことを口にした。

「それで、〈鴉万産業〉はずっとほしがってた諜報旋律（ラヴリイ・ドーター）をまんまと手に入れたってことになりますけど……悪用とか、しないですよね？」

「あぁ、その件ですか。……そうですね、あなた方にはお話ししてもよい頃合いでしょう」

トウヤの真剣な表情に気づき、レンカの胸ばかり見ていたシノブが居住まいを正した。

「結論から申し上げますと、瑠岬（るみさき）さんのご心配には及びません。〈鴉万産業〉が〈ラヴリィ・ドーター〉を今後使用することはありません」

「言うだけなら簡単ですよね、それ。何を根拠に断言できるんですか」

「そうすることが、させないことが、わたくしの役目だからですよ」

首を傾げるトウヤたちを尻目に、その場にしゃがみ込んだシノブが何かをごそごそ組み立て始める。傍らには〈ラヴリィ・ドーター〉のマスター図面を収めたジュラルミンケース。

「……『現代社会にとって〝すぎた力〟となりうる技術を監視し、悪用の兆しがあればそれを回収・封印する』——それが我々、〈鴉万産業〉サービス四課の主要業務なのです」

「なんでそんな秘密にしておかないといけなさそうなこと、俺たちに喋(しゃべ)っちゃうんです？」

「共同戦線でお世話になりましたからね、それのお礼ですよ——はい、いっちょあがりっと」

シノブが立ち上がると、その足元に高さ三十センチほどの骨組みができあがっていた。

それは主にキャンプで使用する、折り畳み式の焚(た)き火台だった。

バサバサと、シノブがケースから取り出した図面(紙)をそこへ無造作に乗せていく。

「犀恒(さいづね)さん、ライターあります？　わたくしってば煙草(タバコ)吸わないもので」

「……。しゃあねぇな、ほれ」

何かを察したレンカが、シノブへライターを投げ渡す。

そしてトウヤとレンカが見守る前で、シノブは何の躊躇(ちゅうちょ)も見せず、この世にたった一組しか存在しない図面の束へ、火を点(つ)けた。

「これがサービス四課課長として、わたくしから貴方がたへお示しできる誠意です——どうぞ見届けになってください。〈ラヴリィ・ドーター〉の最期を」

人の思考を覗(のぞ)き見る、究極の諜報(ちょうほう)技術……それが目の前であっさりと灰になってゆく。

トウヤはその火を、ただ静かに見つめていた。

「——トウヤー」

それを合図にでもしたかのように、背後から声が聞こえてきた。

トウヤたちが振り返ると、手を振りながら歩いてくる呀苑（がえん）メイアの姿が見えた。

メイアの手には、霊園の売店で購入した献花が抱えられていた。

「？　ねぇトウヤ、その火はなぁに？　何を燃やしているのかしら」

「ん？　これは、そうだな……送り火だよ」

「送り火？」

「うん。死んだ人の魂を、あの世に送り出す火。ですよね、亜穏（あのん）さん」

「そうですね。今日はちょうどお盆の最終日ですし、風情には欠けますが、ちょうどいいかと」

この場へと至るまでの三週間に改めて思いを馳せて、やがてトウヤは目の前へと振り返った。

『瑠岬（るみさき）家之墓』。

トウヤの両親が眠る場所。没年月日は夫妻ともに、礼佳（らいか）五年一月某日。

それは〈獣の夢〉によって招かれた惨劇――〈礼佳弐号事件〉の起きた日と同じ命日だった。

この時期になると、毎年、トウヤはその現実に全身が押し潰（つぶ）されそうになる。だからトウヤはこれまでずっと、夏休みというものが嫌いだった。

両親が無惨な死を遂げて以来、墓参りは一人で来るのが当たり前で、誰にもついてきてほしくなんてないと思っていた。

けれど今年は、その墓前がこんなにも賑（にぎ）やかで。

「トウヤ、今更言うのもなんだけどさ……よかったのか？　私たちも来ちゃって」

レンカが、沈痛ともとれる面持ちで言った。

「いいんです。今年は何となく、みんなと一緒がいいって思ったんです」

トウヤは自分の口から、その言葉が自然と湧き出てきたのを実感した。

「そっか。……うん、それならよかった」

そう言うと、レンカはにこりと微笑んだ。

トウヤも、ずっと失っていた夏休みを取り戻した気がして、いつの間にか頬を緩めていた。

するとまた背後から——墓前から、メイアの声がした。

「ねぇトウヤ、レンカさん、シノブでもいいわ？　お花はこれでいいかしら？」

呼ばれた三人が振り返ると、その先ではメイアが数の減った献花を持って立っていた。

墓参りなんて初めてのメイアはその作法が全くわからず、皆の目が離れていた間にあろうことか献花を幾つか花輪に編んで、それを墓石のてっぺんにちょこんと乗せてしまっていた。

トウヤはそれを見て、あまりの滑稽さに怒る気にもなれず吹き出していた。

「何やってんだよお前、いくら供え方がわかんなくてもそうはなんないだろ」

トウヤたちが呆れるのを見つめ返して、メイアは「？」と小首を傾げるばかり。

すると彼女は、まるで魔女のように、不思議なことを言った。

「だって、ここにトウヤのお父さんとお母さんがいるのでしょう？　だったら、これぐらいおめかしたほうがいいと思うわ。——だって今日は、死んだ人たちが〝おでかけ〟するには、とてもいい日だって感じがするもの」

「…………」

墓参りの作法すら知らないメイアが、盂蘭盆の風習を知っているはずがなく……だから余計に、トウヤは彼女のその言葉を信じてみたくなった。

そっと墓前に手を合わせる。

「……メイア、いいよ、そのままで。送り火が消えるの見届けたら、家に帰ろう」

メイアもトウヤの隣にやってきて、彼の見様見真似で手を合わせて目を閉じる。

「ええ。……ねぇわたし、今夜はカレーが食べたいわ？」

「またカレー？　この前作ったばっかじゃないか。……まぁ、それもいっか」

可愛らしい花冠を被った墓石を前にして、顔を上げたトウヤが何の強張りもなく笑顔になる。

送り火の煙は、その最後の一筋まで、まっすぐ天へと昇っていった。

》》》同日。那都界市住宅街。マンション八階、犀恒家玄関前。午後三時。

「——んで？　この状況、当然説明してくださりやがるよなぁ、亜穏？」

共同通路に仁王立ちして、レンカが組んだ腕を指先で叩いていた。

霊園から自宅へと帰ってきたトウヤとレンカの前にいるのは、亜穏シノブその人である。

が、シノブの服装は墓参りのときとは様変わりしていた。

安いスパイ映画のコスプレみたいなトレンチコート姿から一転、ストライプ柄のラガーシャツにパリッと糊の効いたスラックス。中折れ帽(フェドーラ)は作業帽に取って代わり、けれどサングラスと手袋だけは相変わらずで。そしてその小脇に、段ボール箱が抱えられていれば――

「見てわかりません？　引っ越し業者のアルバイトですよ、ハハッ」

「だ、か、らぁ！　何でお隣さんに荷物運び込んでんだって聞いてんだよっ！」

レンカが指差すと、シノブの部下たちが隣の玄関先へ大量の荷物を運んでいるところだった。

「――あぁ、その荷物はリビングに。そちらの箱は寝室へお願いしますわ」

そしてお隣さんからそんな声が聞こえてきたのを耳にして、レンカは頭を抱えた。

「いや、私の訊(き)き方が悪かった……なんでユリーカ嬢がうちの隣に引っ越してきてんだよ！」

スパァンッと、レンカの芸人ばりのツッコミが飛ぶと、隣の玄関から少女が顔を覗(のぞ)かせた。

金髪碧眼(へきがん)の少女、ユリーカである。

「あら、何か問題でも？　入居手続きは済んでますわよ？」

そう言ってユリーカが指差した玄関先には、『ゆんぐ』と書かれた表札がかかっていた。

愛なき仮面親子(ミスターFの義理の娘)として振る舞っていた、ユリーカ・ファイ・ノバディは、もういない。

ここにいるのは、〝集合無意識の海の底〟で愛を知った少女、ユリーカ・F・ユングである。

「いやいや待て待て、ついこの前までそこにお住まいだった山田さん一家はどこへ消えた？　まさかサンドマンたちを使って……」

「やましいことなどしておりませんわ。きちんと合意の上で、こちらの物件を買い取らせていただきましたの」

ユリーカの指先で、摘まれた権利書がひらひらと揺れた。

レンカが堪(たま)らず、「そういうことじゃなくってぇ……！」と頭を掻(か)き回す。

そんなやりとりを見遣(みや)りながら、トウヤは数日前、帰国の途につく直前のジャックと交わした会話を思い返していた。

――『ユリーカ、大切なお友達ができたのだろう？　なら、きみはこの国に残りなさい』

それは司法取引に応じる最中、ジャックが父親の顔を浮かべて言った言葉。

――『瑠岬(るみさき)くん、呀苑(がえん)さん。ユリーカと僕を和解させてくれたこと、君たちには心から感謝している。この上さらに何かをお願いできるような立場でないことは承知しているが……どうか、ユリーカのことをよろしく頼む』

強制帰国という形でこの国から去ることになったジャックだったが、十二年間拒絶し続けてきたユリーカの存在こそが亡き妻と娘が遺(のこ)してくれた想いの結晶だったと知るに至り、せめてもの罪滅ぼしにと、彼は司法取引の席で娘(ユリーカ)の残留権利だけは許してほしいと頭を下げていた。

そして取引の仲介に入り、その願いを見事叶えてみせたのが、シノブというわけである。

「ユリーカさんは便宜上、我々〈鴉万産業〉とジャック氏の〈ゼネラル・ドリームテック〉社とが再衝突しないための人質として、この国への残留許可が下りたわけでございまして。となれば誰かの目が届く所にいてもらわないと、体裁が悪いでしょ？」

「『でしょ？』じゃねぇよ……しれっとその役を犀恒家に投げるな」

「いいじゃないですか。わたくしたち、『仲間！』でしょ？　ね、瑠岬さんもそう思いません？」

「はは……まぁ、要するに友達が隣に引っ越してきたってことですから、俺は歓迎しますよ」

「？　トウヤ、そういやメイアのやつはどこ行った？」

「あぁ、メイアなら、ヨミとウルカと一緒にユリーカの引っ越し作業手伝うって」

トウヤとレンカがそんな会話をしていると、

「レンカさん、そこどいて。お邪魔なんダヨ」

ちょうどそんな声がして、二人が振り返ると、そこには荷物を抱えた那都神ヨミが立っていた。口の端にお菓子の食べ滓をくっつけている。ユリーカ手作りのチョコチップスコーンだった。どうやら買収されたらしい。

「ぬふふ……これは合法的に瑠岬先輩んちのお隣に入り浸れるチャンスっす。ぬふふふふ」

ヨミに続いてやってきたのは薪花ウルカ。ちんちくりんの彼女の身体は二段に重ね持った段ボール箱にすっかり隠れて、その陰から「ぬふふふ」とゲス笑いが聞こえてきている。

その列の最後尾にはメイアが並んで何事か言っていたが、大きなクマのぬいぐるみを抱きかかえているせいで、トウヤには「もふもふ、ふもっふ」としか聞き取れなかった。

そこへ「トウヤ」と、玄関から出てきたユリーカが、色白の細い手を差し出してきた。

「ごあいさつが遅れました。今日から隣に越してきました、ユリーカ・F・ユングです。今度こそ、皆様と嘘偽りのない学友として。お友達として。どうぞ、よろしくお願いいたします」

「……あぁ、よろしく。よろしく、ユリーカ」

トウヤも手を差し出して、二人はしっかりと握手を交わした。

「嬉しいよ、きみとこうしていられるのが。これからは、〝やり直し〟じゃない。みんなと、新しい思い出を作っていこう」

「はい、楽しみですわ。私、今、心の底から幸せです」

「うん、よかった。本当——に!?」

グイッ。そのとき握手を交わしたままでいた手をユリーカが引き込んで、つんのめったトウヤと彼女の頰と頰とが触れそうなほどに近づいた。

「(メイアに飽きたら、いつでも私の所へいらしてくださいね?)」

ユリーカのそんな囁きに、トウヤはギョッと背筋を反り返らせた。

「ちょ……! ユリーカ、だからそういうのはッ——」

「うふふっ、からかいがいのある人!」

いたずらな笑みの横で上品に手を振ると、ユリーカは新居へと消えていった。

シノブが三段重ねにした段ボール箱を運び込みながら、サングラス越しにニヤニヤ笑う。

「おやおや、呀苑（魔女）さんの次はユリーカ（小悪魔）ですか。女難の相でもあるんですかね、瑠岬（るみさき）さん？」

「……俺今、亜穏（あのん）さんにだけは言われたくないって思ってますからね」

シノブから荷物を一箱かっ攫（さら）いながらトウヤがしかめっ面になる。シノブの肩越しにレンカと目が合った。先ほどからシノブの背中を睨（にら）みつけているレンカのあの黒いオーラは、「妙な真似（まね）したらドロップキック喰（く）らわしたる」とか思ってるんだろうなぁと、トウヤは身震いした。

そんなときだった——————チャリンッ。

シノブのポケットから何かが零（こぼ）れ落ちた。

「……ん？　亜穏さん、何か落としましたよ？」

足元に転がってきたそれを、トウヤがしゃがみ込んで拾う。

それは一枚の銀貨に見えた。

大きさはちょうど五百円玉ほど。しかしこの国の通貨ではない。

裏にも表にも、全く同じデザインが施されていた。

「返していただけます？」

トウヤがしゃがんだままそれを観察していると、頭上からシノブが言ってきた。

「何です、これ？　外国のコイン……？」

「何の価値もない、ただのメダルですよ」

トウヤが「……へぇ」と漏(も)らしながら、メダルをシノブへ返す。

シノブはトウヤが腑(ふ)に落ちていないのを見て取って、独り言のように呟(つぶや)いた。

「随分前に捨てた物なんですがね。つい先日、偶然同じ物を拾ったんですよ。魔除けのお守りにでもしようと思いまして」

ピィンッ………シノブの指に弾かれて、メダルが宙に舞う。

裏も表もないそれには、価値がないどころか、何かを決めたり占ったりすることもできない。

シノブがメダルをキャッチする。その表面に刻印された英単語が、そのメダルが〝何〟であるかを象徴しているようだった。

〝BORDERLESS(ボーダレス)〟――『無境界』。

＊＊＊ 夢信(むしん)空間 ＊＊＊

≫≫ 二日後。八月十八日、午後十時。オフィスビル十四階、〈夢幻S・W・(セキユリテイ・ワークス)〉。

精密夢信機(ベッド)の上で眠りに落ちていきながら、トウヤの意識に管制員(オペレーター)の声が聞こえてきていた。

【こちら覚醒(かくせい)現実。瑠岬(アタッカー・ワン)トウヤ、聞こえますか】

――〝はい、聞こえてます〟

【自我意識、確認しました。論理コイル、同調波形を現在の値で確定します】

〝トウヤ〟という自我が論理コイル（夢信機）の信号を受け、眠ったまま意識をはっきりとさせる。

――〝俺は瑠岬（るみさき）トウヤ。これが右手、これが左手、これが両脚、これが心臓。これより外側が他人で、これより内側が自分〟

【集合無意識境界面、〈孔（チャネル）〉捕捉。深度調整クリア、〈瞳（ひとみ）〉への投射を開始します】

無（夢）の中で自分の意識（かたち）を保ったまま、〝トウヤ〟は引力を感じた。超個人感覚領域（集合無意識の海）。その無限の海原の、ほんの片隅に創り出された人工の夢の世界へと、ものすごい速度で落ちていく。

【オブジェクト破壊権限付与。論理相転移、最終フェーズに移行します】

外套（マント）が風にはためく音。黒い軍服調の戦闘服、その衣擦（きぬず）れの感触を確かめる。

【カウントダウン開始。5、4……3、2、1、今。コンタクト】

「――……ふぅー……」

間もなくして、トウヤは、その世界で眠ったまま目を開けた。

眼前に広がる世界は、機械が見る、共有された人工の夢――夢信空間。

第二世代人工頭脳〝瞳〟型処女機〈瞳〉（一番機）。その夢の内容は、『現実と瓜（うり）二つの街並みの再現』。

トウヤは今、昼間（覚醒現実）に見たのと同じ、那都界（なとざかい）市そっくりの夢の中にいた。

「瑠岬トウヤ（アタッカー・ワン）、接続完了」

ヘッドセットへ接続シークエンスの完了を告げると、背後から同じ文句が続く。

「薪花ウルカ（シューター・ワン）、接続完了っす」

「那都神(アタツカー・ツー)ヨミ、接続完了ダヨ」

「呀苑(ウイッチ・ワン)メイア、接続完了よ?」

　部隊(フォーマンセル)が揃(そろ)っていることを確認して、リーダー(トウヤ)が指揮者(レンカ)へ最終報告を上げる。

「〈夢幻S・W・(セキユリテイ・ワークス)〉、対悪夢特殊実務実働班、作戦地域に到着しました」

【りょーかい。待ち合わせ時間にはちと早かったな。他社の連中はまだみたいだ】

　パッ、パッと、レンカが紫煙を肺に入れる音。数秒して、ふぅーっと長い吐息。

【今夜の依頼は、〝協会指定特型駆除案件〟――複数社の〈獏(バク)〉との合同作戦行動だ】

　第二の経済圏たる世界、夢信空間(むしん)。そこに発生する悪性因子、〈悪夢(ノイズ)〉を狩ることを生業(なりわい)とする〈獏(バク)〉は、〈夢幻S・W・(トウヤたち)〉を含めて全国に約一千社、事業従事者は約十万人といわれている。それらを束ねているのが、全国夢信武装執行事業者連合協会(全夢連・通称『協会』)である。

　此度(こたび)〈夢幻S・W・(セキユリテイ・ワークス)〉が招集を受けた〝協会指定案件〟とは、一社単独での対処が難しい〈悪夢(ノイズ)〉に対して、複数社の〈獏(バク)〉が合同で戦闘を展開する特殊作戦のことを指す。

　作戦開始時刻にはまだ余裕があり、合流相手の〈獏(他社)〉もしばらくはやってきそうにない。

　今のうちにと、レンカはトウヤへ忠告した。

【瑠岬(るみさき)。〈L・D・事件(ラヴリイ・ドーター)〉以来、毎度言ってることではあるが……《頭蓋(ずがい)の獣》は原則使用禁止だ。依頼がくるたびに出動先の人工頭脳を熱暴走(オーバーヒート)させてるようじゃ堪(たま)らんからな】

「わかってます、レンカさん」

レンカの鼻で溜め息を吐(つ)く声を聞きながら、トウヤは額の古傷に触れた。

夢の世界の絶対強者、《頭蓋の獣》。

夢信史上たった三体だけ存在が観測されている、規格外(クラスX)――〈獣の夢〉、その一体。

トウヤの実姉、瑠岬センリの意識と《頭蓋の獣》が融合したことでトウヤはそれを使役でき、『望むままに夢の内容を書き換える』という比類なき夢信特性を発動できる。

が、その力は文字通り規格外。あまりの強大さゆえ、夢信空間もろとも人工頭脳を破壊しかねないことから、通常使用は想定しない切り札中の切り札という扱いになっている。

トウヤは改めて自分に言い聞かせた。

六月の〈銀鈴(ぎんれい)事件〉を経て、メイアを生かすために悪夢を狩り続けると誓った、〈貘(バク)〉としての日常。

七月の〈ラヴリィ・ドーター事件〉を経て、ユリーカと思い出を作っていこうと約束した、高校生としての日常。

それは彼女たちにとってだけでなく、自分(トウヤ)にとってもかけがえのない日常なのだと。

それをこれからも守っていかなくてはならないのだ――《頭蓋の獣》に頼ることなく。

「――おーい！」

夢信空間〈瞳(ひとみ)〉の、那都界(なとざかい)市中心部を再現した大通りに、ヘッドライトの光が見えた。

合同作戦を展開する〝ご同業〟だった。屋根(ルーフ)のついていない四輪駆動車が二台。それぞれに運転手と助手を乗せた車列が、大きなタイヤとサスペンションを軋らせて停車する。

各人が軽い自己紹介と挨拶を交わし、トウヤは仲間たちを振り返った。

トウヤは胸の内に繰り返す。これが俺の守りたい日常だと。

——だから、俺は今日も戦うんだ。

「それじゃ、行こうか、みんな」


【——Case/G-926……そいつが今回発生した〈悪夢〉だ】

四輪駆動車の後部座席に揺られながら、トウヤはレンカの通信に耳を傾けていた。

「話には聞いたことあります。『最弱にして最悪の黒い悪魔』って呼ばれてるとか」

【あぁ。クラスGは分類上、G〜S評価で最弱。〈貘〉でない一般人でも対処可能な、脅威にすらならないクラスだ——単体なら、な】

ガコンッ。車が縁石を乗り越える。本来は歩行者天国であるアーケードを、けれど一般接続が遮断されている今はルール無用と我が物顔で進入していく。

今回の作戦地域は、〈瞳〉全域。人海戦術が必要であり、そのための合同作戦行動だった。

トウヤたち〈夢幻S・W・〉の四人は、先ほど車を用意して合流してきた同業者とチームを再編し、〈夢幻S・W・〉二・同業者二の四人一チーム計二組として行動している。

トウヤの属する一班、〈夢幻S・W・〉組として彼と行動を共にしているのは——

「ふっふっふっ……ついにこの日がきたぜぇ、瑠岬(るみさき)先輩の隣に立つ日がよぉ！」

スナイパーライフルの遊底(ボルト)を引きながら、トウヤの隣の座席でウルカがほくそ笑んだ。

「夢(夜)の那都界(なとざかい)市を先輩とドライブ……これはもう実質デートと言って過言ではあるまい」

「いや過言だろ……仕事中に何言ってんのきみ」

「きゃー、車がなんかその辺に乗り上げて先輩のほうに傾いちゃうっすー」

「乗り上げてないから。傾いてもないから。棒読みしながらこっちに擦り寄ってこないで」

「ん、んんっ！」

ウルカがトウヤへ絡みついていると、前部座席の同業者が咳(せき)払いしてきた。トウヤが「こらっ」と軽く拳骨(げんこつ)を当てて、それを喰(く)らったウルカが「でへへ、サーセン」と舌を出した。

車が商店街を徐行する。助手席の同業者がハンドライトで軒先を一軒一軒照らしていく。

「そういえばレンカさーん、Case/G-926(ソイツ)ってどんな見た目してんすか？」

【ん？　あぁ、まぁ見落とすことはあるまい。何せ自己主張の激しい見た目してっから――】

ちょうどそのときだった。

「いたぞ、あそこだ。精肉店の二階、室外機の陰に這(は)っていった」

ターゲットを発見した同業者が、車のブレーキを踏んで言った。

「構えろ、ウルカ」「うっす」

二人は臨戦態勢に早変わりする。長射程(スナイパーライフル)のウルカと、それをカバーする中距離(サブマシンガン)のトウヤ。

同業者がゆっくりと、ハンドライトを〈悪夢(ノイズ)〉が逃げ込んだという方向へ向けていった。

ライトの光に踊る影が、まるで彷徨(さまよ)う幽霊のように見えて。次の瞬間……ヌゥッと。

それは七三分けの、広い額をした丸顔だった。

毛虫のように太い眉(まゆ)が眉間で繋(つな)がりかけている。その下に開く目は瞳(ひとみ)が異様に大きくて、そのアンバランスさが見る者の不安を煽(あお)る。大きな丸い鼻の下、唇はそこだけ紅を塗ったかのように血色がよく、それが口を閉じたまま半笑いしていて――

そんな男の顔のように見える模様を翅(はね)に浮かび上がらせて、そこにいたのは体長三十センチはあろうかという、巨大なゴキブリであった。

「…………～～～～……」

主夫の大敵。トウヤは思わず、その〈悪夢(ノイズ)〉を見て口をあんぐりと開けて固まっていた。

ゴソリ……トウヤたちと目が合った巨大ゴキブリが、翅を広げ威嚇(いかく)してくる。

ウワッハッハッハッハッハッ
それは翅を擦(こす)り合わせることで発された音。まるで人面が笑い声を上げたかのような。

「…………ぎぃいやぁぁあ！　《ゲジマユゴッキー》ッ!!」

ズドォンッ！

巨大ゴキブリを前に悲鳴を上げたウルカが引き金(トリガー)を引いていた。後半に出た呼び名は彼女が脊髄(せきずい)反射で叫んだものである。〝ウルカ式命名法〟、堂々の歴代最速の命名であった。

ウルカの弾丸の直撃を受けた〈悪夢〉が、千々に千切れて呆気なく消滅する。が、
ゴソゴソ、ゴソリ……その発砲音に追い立てられ、物陰の裏で蠢く闇よりも濃い無数の影。
「〜〜〜……あぁ……悪夢だ……」と、トウヤの声が力なく零れる。
数え切れない《ゲジマユゴッキー》の群れが、ライトの光を受けて黒光りした。

【——〝This Man〟って、聞いたことあるか?】

斬ッ。ヨミの抜いた打刀が月明かりを受け、水に濡れたかのように光るなか、レンカの通信。

【住んでる場所も日時も全く異なる不特定多数の人間の夢に、同じ見た目の〝不気味な顔の男〟が現れるっつー都市伝説だ】

この場は第二班。ヨミとメイアと、四輪駆動車を運転する同業者二名による混成チーム。

【都市伝説が先だったのか、それともこの〈悪夢〉が先だったのか、夢信技術が普及した今となってはもうわからん……だがどちらにせよ、それが《ゲジマユゴッキー》の持つ特性なんだ】

ヨミの一太刀で縦に真っ二つにされた〈悪夢〉が、霧散しながら足元に転がる。

【〝不特定多数の人間の意識に寄生して、際限なく増殖する〟——最弱にもかかわらず協会指定特型駆除対象になってるのはそれが理由だ。……ヤツが一匹いたら、物陰に百匹いると思え】

《ゲジマユゴッキー》の翅に浮き上がる人面と目が合った気がして、ヨミはぷるっと震えた。

「おーぅ……ヨミ、一人でお昼寝するときもこの顔思い出しちゃうかもなんダヨ……」

ゴシャッ……ヨミの目の前で、革手袋を嵌めたメイアが、己の拳で〈悪夢〉を殴り潰す。

「クラスG……本当に弱いわね、このコたち。でも、いくら潰しても潰してもキリがないわ？」

「はわ……！　メイアちゃん、ゴキさん叩き潰せちゃう人なんダヨ？　ヨミ、戦慄……」

「おーいきみたち！　駆除終わったんなら乗った乗った！　次のエリアに向かうぞ！」

同業者が手で合図してくる。ヨミとメイアが車に飛び乗り、一同は勢いよく走りだした。

「こちらエリアB－2、クリア。作戦進捗と次のエリア指定を求む」

助手席の同業者が車載通信機に語りかけると、カーステレオ越しに協会関係者の声。

『ご苦労様です。現在三十部隊が稼働中、作戦進捗率は二十五パーセントほどです。そちらからでしたら、次はエリアC－5へ向かってください』

「了解。ここからC－5なら……高速道路が使えるな。飛ばせ！」

車が急ハンドルを切って高速道路の入り口へ向かう。ゲートを潜り、速度を上げる。

と、そこへ緊急連絡が入った。カーステレオから先ほどとは別の声が飛び出してくる。

『――こちらエリアD－5！　すまない、しくじった！　撃ち漏らした手負いの個体が〝群生相〟に変質しやがった……群れを連れて移動している、警戒してくれ！』

それを聞いた同業者が、ハンドルを叩いて「はぁ!?」と声を上げた。

「どこぞの素人がとちったな……クソザコゴキブリ野郎を器用に半殺しにしやがった！」

「？　どういうこと？　さっきから何の話かしら？」

メイアが小首を傾げていると、レンカの通信が捕捉してくる。

【《ゲジマユゴッキー》は通常、〝孤独相〟っつー最弱形態でただ寄り集まってるだけ。……だが、こいつに半端なダメージを負わせたまま放置しちまうと、〝群生相〟形態に変質して──】
ウ　ワ　ッ　ハ　ッ　ハ　ッ　ハ　ッ　ハ　ッ
そのとき、ヘッドセットの音声を掻き消すほどの、大きな大きな羽音が響き渡った。

高速道路の高架を走行中だったメイアたちの足元から、巨大な影がせり上がってくる。

視界いっぱいに広がる、気色の悪い人面模様が浮かぶ翅。

黒光りするその身体は、胴体だけでメイアたちの乗った車の三倍はある。そこに加えてクレーン車と見紛うほどの長く屈強な脚が生え、束ねたワイヤーのような太い触角が風を切る。

凝らしたくもない目を凝らして見れば、それは無数のゴキブリどもが一つに密集した存在で。

まるでB級の怪獣映画……超巨大ゴキブリが、メイアたちと並走して飛んでいた。

「うい、レンカさん、説明不要なんダヨ……コイツのヤバさ、ヨミは本能で理解しました……」

ウワッハッハッとけたたましい羽音を鳴らして、《大ゲジマユゴッキー》が旋回、走行中の四輪駆動車の真上すれすれを横切って、高速道路の反対車線へと飛翔していく。

斬ッ、ズドンッ。

生理的嫌悪を堪え、ヨミとメイアが超巨大ゴキブリとの交差際に斬撃と打撃でかちあげた。

が、ボンッ、ボンッと。二人の渾身の一撃が触れた瞬間、聞こえてきたのは大きな破裂音。

「……あら？　手応えが」「ないんダヨ!?」

無数に群れることで一体の巨大〈悪夢(ノイズ)〉として振る舞っている《大ゲジマユゴッキー》。その構成単位たる《小ゲジマユゴッキー》の一体一体が、外部からの衝撃を受けた瞬間自ら破裂していた。その爆発の勢いでもって内部へのダメージを相殺し、群れ(本体)を守る。

それはさながら爆発反応装甲(リアクティブ・アーマー)。戦車が敵弾を防御するのと同じ原理だった。

破裂した《小ゲジマユゴッキー》が《大ゲジマユゴッキー》の体表から脱落していく。しかしそこに生じた装甲の穴は、内側から這(は)い出た新たな個体(群れ)によって瞬時に修復されてしまう。

「参ったわね、これが最弱……？　無敵の間違いではないの？」

反対車線へと到達した《大ゲジマユゴッキー》が翅(はね)を畳んで着地する。鋭い脚の爪で路面を蹴(け)り掻(か)き、その〝黒い悪魔〟は暴走列車のごとく高速道路を走り出した。

それを追って、同業者(運転手)がアクセルを踏み込む。

「こうなるとマズいんだ！　〝触れたら爆発する皮〟を被(かぶ)ったクソデカゴキブリ、そんなもんがその辺のビルにでも突っ込んでみろ……周囲一帯の夢が吹き飛んじまうぞっ！」

ズドォンッ！　と、そこに聞き慣れた銃声が聞こえた。

ブォンッ！　メイアたちとは反対車線に、トウヤたちの乗った四輪駆動車が飛び込んでくる。

「メイア！　ヨミ！　俺とウルカでアイツを止める、援護してくれ！」

トウヤが車上から〝進め進め進め(ゴーゴーゴー)！〟とハンドサインを振り、メイアたちを追い抜いて前に出る。彼の隣ではガシャリッと、ウルカがスナイパーライフルに次弾を装塡した。

「爆発反応装甲……一瞬動きを止めるならともかく、ライフルじゃ押し切れないっすよ⁉︎」

「アイツの急所はさっきレンカさんから聞いた！　横づけできればそれでいい、やってくれ！」

「合点でぃ！」

ズドォンッ！　ウルカが二射目を放った。疾走する《大ゲジマユゴッキー》の脚部に命中。特殊装甲の前にダメージは通らないが、減速させることには成功し、トウヤたちが追いつく。

「俺が合図したら撃て。任せるぞ、シューター・ワン！」

それだけ叫ぶと、トウヤは並走する《大ゲジマユゴッキー》に飛び移った。そのまま黒光りする体表を伝い、折り畳まれた翅の隙間に身体を滑り込ませていく。

ウルカが「ひぃ」と顔を青くしていると、やがて《大ゲジマユゴッキー》の翅が開き始めた。翅の下に入り込んだトウヤが、全身をジャッキにして内側から持ち上げたのである。

分厚い翅で守っているということは、つまりは腹が急所ということ。

「ここだ！　やれぇ！」

露わになった急所目がけ、《大ゲジマユゴッキー》の真後ろにつけたウルカが狙いを定めた。

その途端、周囲の景色が一変した。夜空がコンクリートの天井に取って代わる。

「トンネル⁉︎　こんなときに⁉︎　あーんもう！　照明で目が……！」

夜目に慣れていたウルカの目が、突然の照明の光で眩む。堪らず目を閉じたわずか数秒。

次に目を開けたとき、ウルカは《大ゲジマユゴッキー》の尻がぶくりと膨れたのを見た。

「……うわぁい……なんかすげぇヤな予感……」

ポンポンポンポンポンッ！

《大ゲジマユゴッキー》の腹が脈動したかと思った刹那、ゴキブリの尻からバレーボール大の卵が発射された。それは凄まじい勢いでトンネルの内壁にバウンドし、車に襲いかかる。

涙目になったウルカが「あばばばば!?」っと叫ぶ。それにつられてライフルの照準がぶれる。

そこへ、「遊撃は頼んだっ、アタッカー・ツー！」と、トウヤの雄叫びがして、

斬ッ、斬ッ、斬斬斬ッ。

しかして、ウルカが卵スパイクの直撃を喰らうことはなかった。

夢信特性《明晰夢》——後方から加速してきたヨミが己の脚で車を追い越し、その前方に展開、疾走しながら打刀を振るって、飛来した卵をことごとく斬り落としたのである。

「うい、ウルカちゃん。真後ろからはダメっぽいんダヨ。横から狙って」

「那都神先輩！　もうその勢いでアイツに斬りかかっちゃってくださいよッ！」

「ほあ……ごめんねウルカちゃん、今日のヨミはゴキさん見ちゃったせいで元気が少ないのです。そろそろ能力切れなんダヨォ……」

「そ、そんなぁ!?」

ヨミの走力が徐々に落ちて後方へ下がっていく。同時にトンネルを抜けて夜空が開ける。四

輪駆動車は中央分離帯を乗り越え、《大ゲジマユゴッキー》の反対車線へ抜けて並走を開始した。

「ウルカ、やばいぞ……！　このままだと市街地に突っ込む！」

巨大な翅（はね）をジャッキアップし続けているトウヤが歯を食いしばる。速度計（スピードメーター）は優に時速百キロを越えている。走る爆弾と化した超巨大ゴキブリが街中に突っ込む様など想像もしたくない。

焦る気持ちを抑え、ウルカはスコープを覗（のぞ）き込んだ。その照準線（レティクル）に獲物の急所を重ねる。

〝獲（と）った！〟――ウルカがそう、指先にほんのわずか力を込め……ようとしたその瞬間に。

スゥーっと、トウヤを乗せた《大ゲジマユゴッキー》がウルカの視界から離れ始めた。

「!?　ちょっと運転手！　相対位置変えんな！　狙えないでしょうがよ！」

「無茶言うな！　ここから先は立体分岐路だ！　地形が変わる、どうにもならん！」

真横から《大ゲジマユゴッキー》を狙うために反対車線に出ていたことが徒（あだ）となった。立体分岐路に沿って市街地方面へ向かうゴキブリに反し、ウルカたちは郊外方面に抜けてしまう。

ウルカが悔しさのあまり頭を抱えて天を見上げていると、レンカの通信（こえ）が飛んだ。

【まだ諦（あきら）めんなよ薪花（まきはな）ぁ！　後ろから真打ちのおでましだ、頭下げてろ！】

その指示に、反射的に頭を下げたウルカの頭上を、鳥のような影が擦過（さっか）する。

「――《放り投げなさい》」

己（おのれ）の夢信特性で自身を放り投げたメイアが、空飛ぶ魔女のごとく前方に飛び去っていった。

ドゴォッ!!　続いてメイアの着地点、走行する四輪駆動車（ウルカたち）の前方およそ二百メートルで土煙が上がる。それに併せ、大型の道路標識がそれを支えている鉄柱もろとも車道上に倒壊した。

運転手が急ブレーキを踏み込もうとするのを、ウルカが「そのまま！」と制する。

車が時速百キロ超で倒壊した標識へと突っ込んでいくなか、土煙にメイアの影がゆらめいた。

「……ええ、これが〝チームワーク〟ということなのね。最近ようやくわかってきたわ」

突っ込んでくるウルカたちを正面に見据え、魔女の黒髪が夜風になびく。

メイアが両脚を肩幅より広く広げ、そこにどっしりと体重を乗せた。そのまま前傾し、両手を地面について、飛びかかる瞬間を待つ肉食獣のような低姿勢をとる。

「わたし、人の〝こころ〟をもっと知りたいの――〝悲しい〟？　〝嬉しい〟？　それとも〝楽しい〟？　……ねえ、今のこれは、どういうのかしら？」

そんなメイアの耳元に、一人〈悪夢〉と格闘しているトウヤの通信が届く。

『メイア。今のお前が感じてる感情は、そのどれでもない――チームワークを作るのは、〝勇気〟と〝信頼〟だっ！』

ふふっと、メイアが口元を微笑ませた。

「あらそう？　〝ゆうき〟と〝しんらい〟……いいわね。なんだかとても、素敵な言葉」

「――――呀苑さぁぁあーんっ！」

車上で遊底を引いたウルカが射撃体勢を取り、メイアと目が合う距離に迫る。

『来いっ！　何だって俺が受け止めてやる！　ウィッチ・ワン！』

遠く立体分岐路の向こうへ消えたトウヤの通信(こえ)が、耳元で誰よりも近くから魔女を呼ぶ。

こくりとそれらに頷(うなず)き返して、そしてメイアは頭上に念じた。

「いいこと、《魔女の手》——《トウヤの所へ、届けなさい》！」

ゆらと、不可視の魔手が鎌首をもたげ——ブォンッ!!

《魔女の手》が倒壊した道路標識を支え、四輪駆動車の軌道を変えるジャンプ台を形成する。

力を溜め込んでいたメイアが、車がジャンプ台に乗り上げた瞬間、さらに下から押し出した。

四輪駆動車が高さ数十メートルの大跳躍をなし——開けた視界のその向こう、分岐路の先に消えていたトウヤの姿と、《大ゲジマユゴッキー》の急所を、ウルカは真っ正面に捉えていた。

「一発入魂！　喰(く)らいやがれぇぇぇぇぇっ!!」

——ズドォンッ!!——


『——作戦進捗率九十パーセント。あと一息です、残るエリアはA-3、I-9、L-5……』

夢信(むしん)空間〈瞳(ひとみ)〉、夢の中の那都界(なとざかい)市。

その高速道路上にて、カーステレオから通信音声が漏(も)れ聞こえてきていた。

その車体は鼻先(ボンネット)がぺしゃんこで、着地した拍子にお尻(テールライト)を夜空に向けて逆立ちさせていた。

走る爆弾と化した超巨大ゴキブリの姿は見当たらない。それはとっくに霧散して消えていた。

パシィンッと、ハイタッチの音と共に歓声が上がる。

「ウエエ――イ！　見たかゴッキー！　くぉれが〈夢幻S・W・（セキュリティ・ワークス）〉じゃーっい!!」

「うい、今までで一番息が合ってた気がするんダヨ。ほいメイアちゃんも、手ぇ出して」

「？　こう？」

飛び跳ねるウルカを背に、ヨミが万歳するメイアにぽんぽん優しくハイタッチ。「もっと褒めてもいいのよ？」と謎（なぞ）の上から目線のメイアへ、二人が「「よくできましたー」」と抱きついた。

合同作戦行動は継続中だったが、今作戦で最大の戦果を上げた〈夢幻S・W・（セキュリティ・ワークス）〉は事実上の早上がり。後は他社の連中に任せると決めて、覚醒現実（管制室）のレンカも煙草（タバコ）に火を点（つ）けている。

【ふぅーっ……うむ、各人の強みを活かしつつ、他社との連携も取れてたいいオペレーションだった。いいチームになってきたじゃないか、私も鼻が高いッ。――そうだろ？　リーダー】

レンカのその声に合わせて、一同の視線がトウヤに集まる。

「はい。……。……ええ、俺もそう思います」

口元に笑みを浮かべて、トウヤはそう返事した。

《大ゲジマユゴッキー》と格闘を繰り広げたトウヤは、メンバー内で最も消耗していた。ウルカがとどめの弾丸を放った際にも、自分の身体ごと敵の急所を撃ち抜かせたほどである。

そんな特攻紛いの真似（まね）ができるのは、このチームの中でも瑠岬（アタツカー・ワン）トウヤを置いてほかにいない。

未だにハイテンションでいるウルカが、ぴょんぴょん飛び跳ねながらトウヤを小突いた。

「あっるぇー？　どしたんすかパイセン、そんな生返事ばっかして。あれっすか？　とうとうあたしの情熱の《魔弾》に撃ち抜かれて頭ぴよぴよになっちゃったすか？　ガハハッ」

「ん……？　あぁ、うん、どうだろう……もしかしたら、そうなのかもな……」

ウルカの弾丸を受けた脇腹に手をやったまま、トウヤが心ここにあらずといった様子で頷く。

彼の顔は……なぜか青ざめていた。見れば足元もふらついている。

それに気づいたヨミがジト目を細くした。

「瑠岬くん？　大丈夫？　ヨミみたいにゴキさん相手して気分悪くなっちゃったんダヨ？」

「うん……うん……何でもないよ、ヨミ……あぁ、仕事は、終わったから、那都神か……」

トウヤの瞼がとろんと緩んで落ちていく。立ったまま眠るように、肩からも力が抜けている。

まともに会話が成立しなくなって、それを見かねたメイアがトウヤの真隣へやってきた。

「トウヤ、汗塗れになってるわ。あなた何だか変よ？　よく顔を見せない、トウヤ」

メイアがトウヤへ手を伸ばす。トウヤもメイアへ力なく顔を向ける。

トウヤの視界にはそんな彼女の手が四重に見えて、どれが本物なのか見分けがつかなかった。

そして――「……メイア……俺……やっぱり何か……変、かな……――」

ふいに、トウヤの膝から力が抜けて……ストンッと。

頽れたと同時に彼の意識は、ドロドロに溶けて、夢信空間を認識できなくなっていた。

＊＊＊　覚醒現実　＊＊＊

》》那都界(なとざかい)市郊外、山中。未明。トウヤが夢信空間で倒れたのとほぼ同時刻。

街灯もない山奥の林道に、パトランプの赤い光が回っていた。

盂蘭盆(うらぼん)明けの熱帯夜には秋の気配など微塵(みじん)もなく、けれど夜空の月は凍りついたように碧(あお)い。

生い茂る木々が魔物のような影を落とすなか、改谷(あらたや)ヒョウゴ刑事官は、懐中電灯と煙草(タバコ)の火だけを灯(とも)して山中を進んでいた。

闇(やみ)の中をしばらく進むと人の気配。〈警察機構〉と書かれたベストを着た巡査と目が合う。

「改谷警部、お待ちしておりました。こちらです」

巡査が軽く敬礼をしてみせてから、ヒョウゴを先導していく。

「たはー、こりゃまたえらい山奥ですなぁ。五十路(いそじ)のロートルにゃ堪(こた)えますわ」

「ご足労感謝します。足元にご注意ください」

「ほんで？　ハイキングじゃないほうの事件(ヤマ)は、どういった具合なんです？」

「は。通報があったのは四時間前、現場は麓(ふもと)の住人が所有するプレハブ小屋です。普段は物置として使用しているため無人、というより、ほとんど放置の状態だったようです」

「それで発見が遅れたってぇことですか……」

林道の先に黄色い帯が見えてくる。『立ち入り禁止(バリケードテープ)』を持ち上げて、その下を潜(くぐ)り抜ける。

「……にしてもそれなら何でまた、第一発見者は四時間前(真夜中)なんかに通報を？　麓に住んでるとはいえ、山ん中のボロ小屋をそんな時間に覗く気になんて普通ならんでしょうや」

「眠れなかったそうです。──連日、うるさくて我慢の限界だったと」

巡査のその報告を聞いて、ヒョウゴが立ち止まり首を傾げた。

「うるさかった？　…………何が？」

「…………」

振り返った巡査の顔からは……血の気が引いていた。

「…………カラスが、ですよ。改谷警部」


カァカァ、カァカァ、カァカァ！　と。

数え切れないほどのカラスたちが、巡査の指差す周囲一帯に群れていた。

病的に張り巡らされた『立ち入り禁止』。その中心にあるのは錆の浮いたプレハブ小屋。

その異様な光景を一目見ただけで、ヒョウゴは、「嫌な事件だ、これは」と直感した。

巡査が、震える声で呟いた。

「どうかお覚悟を、警部。あちらが〝現場〟です……──〝男女六人変死事件〟の」

貘
バク

第二章　病の夢

混濁した意識の中で、瑠岬（るみさき）トウヤは夢を見ていた。

先日の、共有（夢信空間）された夢での戦いの記憶が再生されいく。

――『俺が合図したら撃て。任せるぞ、シューター・ワン！』

――『遊撃は頼んだっ、アタッカー・ツー！』

――『来いっ！　何だって俺が受け止めてやる！　ウィッチ・ワン！』

ズドォンッ!!――――それは彼の、彼女たちの、四人（フォーマンセル）の放った一撃。

トウヤの身体（イメージ）を貫いて、〈悪夢（ノイズ）〉を仕留めた、〝勇気〟と〝信頼〟を束ねた一撃。

――だから俺は、そんなの痛くも痒（かゆ）くもないんだ。

ウルカとヨミとメイアが、ハイタッチをして喜び合っている姿が見える。

そこでふと、トウヤは違和感を覚えて視線を下げた。脇腹に空いた銃痕（あな）を見る。

――こんなの……痛くも痒くも、ないはずなんだ……それが俺の能力なんだから。

『あっるぇー？　どしたんすかパイセン』と、ウルカの幻影が訊（き）いてくる。

ズキズキと、傷口が痛んでいた。

――おかしいな。止まんないや、これ。

タラタラと、傷口から赤い血が流れ出てくる。

『瑠岬くん？　大丈夫？』と、ヨミの影絵がゆらゆら揺れる。

——やめろよ。こんなの、みんなが心配するじゃないか。

血がどす黒く変色していく。ネバネバになって、ヘドロのような臭いまでしてくる。

『トウヤ、あなた、何だか変よ？』と、メイアの砂嵐が、輪郭を歪めてギシギシ軋んだ。

そして皆が、トウヤの元から離れていった。

少しずつ、ゆっくりと。まるで臭いヘドロを垂れ流すトウヤを避けるように。

——みんな、待ってくれ。止めるから。こんなのすぐに止めるから。

トウヤは片手で穴を塞ぎ、ぎこちない笑みを浮かべて、もう片方の手を仲間たちへ伸ばす。

でも誰も、トウヤのその手を握り返してはくれない。

——待って。そこは俺の居場所なんだ。守りたい場所なんだ。置いてかないで。

ヘドロが噴き出してくる。両手で慌てて穴を塞ぐ。止まるどころかそれは勢いを増していく。

いつしかその夢は、黒いヘドロで塗り潰されて、トウヤ以外に誰もいなくなっていた。

——いやだ……俺の居場所がなくなる。

——いやだ……俺がどこにもいなくなる。

——いやだ、そんなのは。いやだいやだいやだいやだ。

横腹に空いた穴の奥から、ゴロゴロと不気味な音が聞こえ始める。それはどんどん大きくなって、トウヤの中をのたうち回る。

ゴロゴロゴロゴロゴロゴロゴロゴロ。ゴロゴロゴロゴロゴロゴロゴロゴロ。

――………………あっ…………………………出ちゃう。

ドボリ。……瑠岬トウヤは、夢を見る。

ヘドロ塗れの悪夢の中で、中身のなくなった抜け殻だけが、頭陀袋のように転がっていた。

＊＊＊　覚醒現実　＊＊＊

「――夢信症ですね、瑠岬さん」

丸椅子に腰かけたトウヤの前で、白衣の男性がそう言った。

「……え？　何て、今？」

「ですから、夢信症です。悪夢を伴う意識の混濁と、軽い記憶障害。軽度夢信症に分類される症状です。ここがどこかわかりますか？　どの道を通って、誰といらしたかは？」

診療録にペンを走らせながら白衣の男性が訊いてくる。その顔が、姉を見舞いに病院を訪ねたときにたまに見かける精神科医のものであると、トウヤは時間をかけてようやく思い出した。

ここは那都界大学附属病院、最上階。精神神経科・夢信症病棟だった。

「……俺、〈貘〉なんです、〈夢幻Ｓ・Ｗ・〉の。昨夜、合同作戦の仕事があって、〈悪夢〉を駆除して。そしたら急に、目の前が真っ暗になって、何が何だかわからなくなって……」

「大丈夫ですよ瑠岬さん、落ち着いて。あなたがそのことを説明してくださるのはこれで四度目です。今鎮静剤を投与したところですからね。目を閉じて、ゆっくり深呼吸してみましょう」

トウヤは言われたとおりにする。目は冴えているのに、頭の芯にねっとりと眠気が絡みついていた。上手くものを考えられない。医者の声が断片的にしか聞き取れなかった。

「〈貘〉のほうはしばらく控えて——何日か入院が必要——手続きは後見人の方が——」

》》同病棟、入院病床区画。

「…………」

病衣に着替えさせられたトウヤが、ベッドの上で、じぃぃ……っと、天井を凝視していた。

ふっと、その視線がいつぶりかに動く。トウヤはベッドの傍らに人影があることに気づいた。

「……。……あぁ、悪い。ぼーっとしてた」

メイアが握手をするようにして、トウヤの手をずっと握っていた。

「目を開けたまま寝てるのかしらって思ってたわ、トウヤ。みんな心配していたのよ？」

気づけばベッドの周りを囲うようにして、レンカ、ヨミ、ウルカ、そしてユリーカもいた。

レンカの少し冷たい手がトウヤの額を撫でる。

「鎮静剤が回りきったな。シャキっとなったろ。どうだ、初めての夢信症は？」

「頭の中に、ぶよぶよしたイクラみたいなのを何個も流し込まれたって気分です」

「あーわかる、最悪だよなそれ。しばらくは寝返りするだけで吐き気がくるから気ぃつけな」

「これで〝軽度〟って診断われた気がするんですけど」

「〝重度〟歴四年の私から言わせりゃ軽い軽い。君のはすぐ治るやつだから心配すんな」

レンカがニッと笑う横では、ヨミが枕元に巾着袋を括りつけている最中だった。

「瑠岬くんこれ、神社で売ってる〝悪夢退散〟のお守り。お花の香りつきなんダヨ」

「うん。ありがとう、那都神」

その横から、しゅんと口を窄めたウルカがとぼとぼ出てくる。

「瑠岬先輩、すみませんでした……あたしが〈悪夢〉ごと先輩のこと撃っちゃったから……」

「ウルカのせいじゃない。昨夜のはきっと……、…………、……何だったんだろうな」

混濁から回復したトウヤの言葉が、けれど何秒も途切れる。何かを誤魔化すように微笑んで、

「きっと合同作戦で気が張って疲れてたんだ。何日か休んだらすぐ復帰するから待っててくれ」

そんなトウヤを励ますように、ユリーカがバスケットを手にこほんと咳払いした。

「トウヤ、皆さまあなたに早く元気になってほしくて、お金を出し合ってリンゴを山ほど買い込みましたのよ。アップルパイを焼いてきました。召し上がってくださいな」

「お、聞いたかみんな、お隣さんからの差し入れだ。早速いただこうぜ？」

レンカがユリーカのアップルパイを一切れ摘まみ、「うめうめ」と頬張る。それにつられて一同の口元からも、サクサクとパイ生地の弾ける音が聞こえだす。

トウヤが数日入院することになった病室に、皆の笑い声が広がっていく。

それはとても和やかで——そして誰もが動揺を隠しきれていない、歪（いびつ）な空間だった。

トウヤが〈悪夢（ノイズ）〉との交戦で夢信症（むしんしょう）を発症——本来、それはありえないことだった。

夢信空間での精神負荷（ダメージ）をいくらでも耐えられる能力。それがトウヤの真骨頂なのだから。

それがクラスG（最弱）の〈悪夢（ノイズ）〉と、たった一発の被弾（フレンドリー・ファイア）でこんなことになるなど……。

皆が互いの笑顔の裏に、そんな不安を抱え合っているのを感じていた。だから尚更、気丈に笑ってみせる。突然直面したこの〝異常〟から、少しでも目を背けていたくて。

だからその場へコンコンと、扉をノックする音が聞こえたとき、全員が内心ほっとした。

それは〝日常〟の音だったから。今以上の異常なんて、起きるわけがないと思っていたから。

扉の向こうから、険しい顔をした改谷（あらたや）ヒョウゴが現れるまでは。

「瑠岬くん、入院されたてぇ聞いてお見舞いに……あぁいや、建前はよしときます。——犀恒（さいづね）さん、あんたにどうしても、相談したいことがあって伺いました」


》》》同院内、同病棟、休憩所。

共有スペースに机と椅子が整然と並び、自動販売機が低い唸（うな）りを上げている。

その片隅。レンカの向かいで、微糖の缶コーヒー片手にヒョウゴが重い溜め息を吐（つ）いた。

「改谷さん、目の下に隈浮いてますよ。つーかちょっと臭うんですけど」

「あぁ、すんません……何分、昨夜から徹夜なもんで」

そう言ってヒョウゴが目許を揉む。酷く疲れているように見えた。

「どしたんすかそんな身なりで。私、枯れた男が好きなわけでも臭いフェチでもないですよ？」

「冗談が言えるようなら、瑠岬くんがあんなことンなってんのに、あんただけ休憩所に引っ張ってなんてこないんですけどね……」

「……ちょっと改谷さん、ほんとに顔色悪いですけど大丈夫です？」

「たはは、こういうときに病院じゃ煙草吸えないのがしんどいですなぁ……」

ヒョウゴが顔を上げる。本気で心配そうにしているレンカを見て、彼は覚悟を固めた。

ヒョウゴがいつも持ち歩いているセカンドバッグ。そこから一枚の茶封筒が取り出される。

「先に言っときます……『申し訳ない』。あまりにアレなのは抜いてきたんですが、〝血〟が写り込んでます。心を決めてから開けてください」

「…………」

ブラックコーヒーの残りをぐっと煽って、レンカが茶封筒から写真の束を取り出した。

薄暗い、陰気な建物の内部写真だった。プレハブ小屋の安っぽい床と壁。

辺り一面が血の海だった。

汚れていない箇所を探すほうが難しい有様。そこに白いテープが人の輪郭のように貼られていれば、その現場に元々何があったのかは尋ねるまでもなかった。

「ひでぇな」と呟きながらレンカが写真を捲る。「一、二、三……」と、数を数えていく。

「……六人？　そんないっぺんに？　重大事件じゃないですか」

「〝那都界市山中男女六人変死事件〟……暫定ですが、それがこの事件の呼び名です」

「行ったんです？　改谷さん、この現場に」

ヒョウゴが無言で頷く。レンカは同情の籠もった溜め息を吐いた。

「なんで私に相談なんか？　夢信空間絡みならまだしも、覚醒現実の人死になんて」

「『申し訳ない』……朝現場から引き揚げてから昼まで、仏さんらの身元を洗ってたんですよ。そしたらとある共通点が出てきまして。ワタシにはあんたぐらいしか相談先がなかったんです」

カシュッと、ヒョウゴが缶コーヒーを開けて、

「――全員が、夢信症患者でした」

「…………」

レンカは微動だにせず、ヒョウゴに続きを促した。

「被害者六人の遺体には、互いに激しく争った跡がありました。夢信症の症状の一つに、〝攻撃性パニック〟というのがあるそうですね？　目に映るもの全てが敵に見える幻覚症状だとか」

「確かにそうですけど……夢信症の中でもかなり重度の症状ですよ。被害者の診察記録は？」

「生前の通院記録では、六人のうち四人が軽度、残る二人が中度夢信症と診断されてました」

「なら攻撃性パニックはないですよ。被害者全員が夢信症を原因に殺し合ったとは考えにくい。もっと単純な諍いトラブルか、過激な集団自殺か、そう見せかけた猟奇殺人って考えたほうがまだしっくりきますけど」

「それがこの事件の、悪夢めいてる点でしてね……」

ヒョウゴが缶コーヒーを両手で包み込む。口をつける気になれないようだった。

「……犀恒さん。〝男女六人変死事件〟が暫定の呼び名だっての、何でだと思います？」

「今日未明に発覚したばっかの事件だから、正式な事件名がまだ決まってないってだけじゃ？」

「決まってないのは事件名のほうじゃないんですよ……まだ数が、確定しないんです。あのプレハブ小屋に本当は、何人分の死体が転がっていたのかが」

自販機の稼働音が、異様に大きく聞こえた気がした。

「想像するのも悍ましいんですけどね……被害者の胃の中から、人体の一部が検出されました」

「おいおいおい……それってまさか……」

「共喰いですよ……少なくとも七人は、あそこにいたってことです」

「悪夢だな、そいつは確かに」

気づけばレンカのほうも、煙草が吸いたくて堪らなくなっていた。

「……それで？　現役で重度夢信症を患ってる私に、この事件と夢信症患者の異常行動とが関連し得るかどうかの所感を訊きに来た——ってことでいいんです？」

「いや……それもあるにはあるんですが、違うんです、犀恒さん」

ヒョウゴがレンカと目も合わせず、缶コーヒーを見下ろしたまま言った。顔を青ざめさせて。

「死体現場の、あの饐えた空気を吸い込んだときに……刑事官の勘が、囁いちまったんです」

「……何て？」

「『似てるな』ってね――〈礼佳弐号事件〉に」

四年前に起きた夢信災害。

瑠岬トウヤの両親の命を奪った、〝夢の中で人間を殺す悪夢〟。

レンカも、その悪夢をその目で見て生き残った一人だから。

だからヒョウゴは「申し訳ない」と前置いたのだ――「思い出させてしまってすまない」と。

「そういうこと、か……確かに、言われてみりゃあ似てるかもな……」

ボリッ、ボリッと聞こえてきたのは、レンカが精神安定剤を嚙み砕いた音だった。

「犀恒さん、念押しですが、これはただのワタシの勘に過ぎません。〈獣の夢〉にまつわる因縁は、もうどこにもないはずなんです。……それでも、あくまで今回の事件との比較事例として、ワタシはもう一度調べてみる必要があるんじゃないかと思うんです――『〈礼佳弐号事件〉とは何だったのか』、と」

ヒョウゴの話を聞きながら、レンカが煙草を咥えた。火を点けるのだけは堪えて、そして、

「……わかりました。経緯はどうであれ、那都界市でそんな重大事件が起きたことは見過ご

せません。改谷さん、その捜査、協力しますよ」

「あぁ……犀恒さん、恩に着ます。あんたがいてくれると、本当に心づよ――」

カランッ、カランカランッ。

そのとき二人の背後で物音がした。

空き缶が床に転がった音。そこに「あっ」と、息を呑んだ声が続いて。

レンカが椅子から腰を浮かせて振り返ると、自販機の陰から銀色と鳶色の髪が見えた。

「はぁーっ。……ヨミ、ウルカ、隠れてないで出てこい」

「うい……」「あっちゃぁ……」

女子高生二人がおずおずと姿を見せる。レンカが目を細めた。

「正直に答えなさい。ジュースを買いに来ただけなら、そのまま戻ってよし。盗み聞きしてたなら、どこから聞いてた?」

「……〈礼佳弐号事件〉と似た事件がってとこからダヨ」

「レンカさんがやるんなら、あたしらにも手伝わせてほしいっす」

「ダメだ。きみらが首を突っ込むような話じゃない」

レンカが険しい声で突っぱねたが、二人は食い下がった。

「レンカさん、夢信空間に繋がれないでしょ? 何かを調べたりするなら、夢信空間を使ったほうが便利なんダヨ。ヨミたちがいれば効率的だと思うんダヨ」

「瑠岬先輩があんなことになっちゃって……あたしたち居ても立ってもいられないんすよ。それなのにこんなタイミングで〈礼佳弐号事件〉なんて、先輩の過去を抉るワード聞いちゃったのに気にするなっていうんすか？　無理でしょうよ、そんなの」

「お前ら……」

レンカは困り顔になった。ヨミもウルカも、一度やると決めたら引かない。それは上司たるレンカが誰よりもよく知っている。折れるしかなかった。

「……〝トウヤには言わないこと〟。それが条件だ。今は夢信症から回復することに専念させたい。無用なストレスはかけないでやってほしいんだ」

「うい、もちろんなんダヨ。メイアちゃんにもユリーカちゃんにも黙っとくんダヨ」

「よっしゃい！　そうと決まれば、女子高生探偵団の出動っす！」

張り切るヨミとウルカの健気さを見て、険しかったレンカの顔にも余裕が出てきた。

「まぁ、確かに人手は多いほうがいい。何も犯人を捜そうだとかじゃないんだ。今回の事件が〈礼佳弐号事件〉とは無関係って確信が得られればそれでいいだけ。ですよね、改谷さん？」

「ええ。すんませんね、ワタシの勘なんて、根拠のないもんにつきあわせちまって」

ヒョウゴの顔にも血色が戻っていた。相談できただけでもすっきりしたといった様子。

「さてと、皆さんの協力も取りつけましたし、ワタシはこれでお暇しますわ」

ヒョウゴが帰り支度をしていく。その最中だった。

偶然、テーブルに広げられていた写真のうちの一枚が、レンカの目に留まった。

「改谷さん、その写真。隅に写ってるの何です？」

「ん？　あーこりゃ、玩具の類でしょう。現場は物置小屋ですから、こういうのが転がってても不思議じゃありませんよ——メダルの一枚や二枚」

ヒョウゴは特に気にするでもなく、写真を回収するとその場から去っていった。


≫≫同刻、同院内、個室病室。

げぇぇ……と、ベッドの上で、トウヤがたらいに向かって吐いていた。

「っ……。ごめん、ユリーカ……アップルパイ、せっかく作ってきてもらったのに……」

「いいえ、お気になさらないで。明日はもっと消化のいいものを作ってきますね」

ユリーカがペーパータオルでトウヤの汚れた口元を拭く。この場をメイアに任せると、ユリーカはたらいを洗いに病室の外へ出ていった。

見舞いに来たと言ったその舌の根の乾かぬうちに、レンカを連れ出していったヒョウゴ。それを見計らったように、ヨミとウルカもお手洗いに行ってくると言って姿を消して。

トウヤがベッドに身を起こす。一人だけこの場に残ったメイアが、傍らの丸椅子に腰かけた。

「……なぁ、メイア」

「なぁに？　トウヤ」

「俺、ほんとにどうしちゃったんだろう。なんで急に、夢信症なんて……」

「さぁ？　お医者様のいうことだもの、私にはよくわからないわ。こんなときに蛭代先生がいてくれたら、よかったのかもしれないわね？」

「あぁ。あの変人、二週間ぐらい前からどこか出張に行ってるらしいんだ。まさかこっちから蛭代先生に診てほしいって思うことになるなんてなぁ……」

「なぁに？　何だか弱気ね、トウヤ。あなたらしくないじゃない、普段は無茶が取り柄なのに」

「……そう、だな」

自嘲の笑みを浮かべて、トウヤは小さく溜め息を吐いた。

夢信症に倒れてしまったなりにでも、少しでも瑠岬トウヤらしくいたいとずっと気張っていた。その緊張の糸が、メイアと二人きりの空間で緩んで、弱音が口を衝いて出ていた。

それをトウヤは自嘲する。本当に、これじゃ俺らしくも何ともないなと。

瞼が重くなってきていた。頭の芯に眠気がべっとりと絡みついてくるのを感じる。

「……窓、開けてくれないか」

トウヤがうとうとしながら呟く。メイアは「いいわよ」と頷き返し、病室の窓を開けた。

冷房で冷えた身体に八月の風が心地いい。メイアは窓辺で何度か深呼吸してから振り返る。

「これでいいかしら、トウヤ？」

そしてメイアが振り返ったときには、トウヤは既に、白昼夢の中にいた。

「……あぁ……姉さん。いたんだ……」

鎮静剤が切れかけていた。夢信症の症状が再発して、トウヤは意識を混濁させていた。

「……姉さん、聞いてくれる？　聞いててくれるだけで、いいからさ……」

トウヤはメイアの姿に、姉の幻を重ねて見ている。

「姉さん、俺……みんなに、置いていかれたくない。足手纏いに、なりたくない……」

トウヤにとっての、唯一の肉親が目の前にいる。彼が今見ているのはそういう白昼夢。

だから最後の緊張の糸まで、ぷつりと切れて。メイアにさえ言わないでいた弱音が零れる。

「ウルカの、先輩でいたい……。那都神の隣に、並んでいたい……。メイアの……俺は、あいつの〝呪い〟なんだ。レンカさんも、ユリーカも……全部、俺の大事な、居場所だから……」

白昼夢を見ているトウヤの、素直な言葉が零れていく。ポツリ、ポツリ、ポツリ、と。

「それを守れなくなるのは、嫌だな……姉さん、俺、もう……独りには、戻りたくないよ……」

「…………」

メイアはそんなトウヤを見て……じんわりと、胸の奥が温かくなるのを感じた。

自分の胸に手を当てる。〝これ〟はいったいなんだろうと首を傾げた。

そっとベッドの傍らへ歩み寄り、微睡むトウヤの頭を優しく撫でてみる。

〝これ〟を独り占めにできたらいいのにと。メイアは自分の〝こころ〟がそう呟いた気がした。

けれど彼女は、今だけは、〝メイア〟ではなく、彼の〝お姉さん〟でいてあげたいと思った。

「……少し、眠りましょう？　トウヤ」

「……うん……姉さん、傍にいてね……独りは、すごく……さびしい……か……ら……」

何度も何度も、メイアは彼の〝お姉さん〟の振りをして、トウヤの頭を撫で続けた。

一筋だけ涙を流した彼の泣き顔が、穏やかな寝顔に変わるまで。


トウヤが眠りについたのを見届けると、呀苑メイアは彼の病室を後にした。

向かった先は同じ病棟の別の病室。スライドドアを開け、メイアは〝彼女〟と対面する。

瑠岬センリ。

声も姿も鏡映しの少女が二人。〈眠り姫〉の寝顔へ向けて、メイアはそっと呟いた。

「センリ、トウヤのことを守ってあげて。そのために〈獣の夢〉になったあなただもの。きっと今度だって、守ってくれるわよね？」


⋙　日時不詳。極東島国、首都圏、山間部。大深度地下構造体。

「──ンもぅっ、こんなとこまで視察に来させて、シノブの奴マぁジ人使い荒すぎなァい？」

裾が擦り切れたジーンズに、皺だらけの白衣を揺らして。大きな丸い縁なし眼鏡をかけた、妙齢の残念美人兼変質者が喚いていた。

「蛭代チーフ。この施設は我々サービス四課の管轄です、亜穏課長へのクレームはお控えを」

「技術一課からこのアタシがわざわざ出張ってきてんのよォ？　茶の一杯でも接待しなさァい」

「当〝安置所〟は地上から最下層まで直通エレベーターが通っているだけの吹き抜け構造ですので。生憎ですが水もお出しできません」

「サービス四課なんて名乗ってるくせにサービス悪ゥい！」

地の底へと続く深い深いエレベーターシャフトに、喚き声が木霊していった。

蛭代ナリタ。表の職は那都界大学附属病院に勤務する、臨床夢信科医。

そして〈鴉万産業〉技術一課・チーフエンジニアという肩書きが、彼女の裏の職である。

ナリタは現在、那都界市から飛行機で首都圏入りし、そこから電車と車に何時間も揺られた末、人里離れた山間部に建造された〝安置所〟と呼ばれる施設にやって来ていた。

大昔に閉山した鉱山を改造したその施設の奥底へと、エレベーターで下降を始めてから既に五分以上が経過。亜穏シノブの部下が、振り返りもせずナリタへ語りかけてくる。

「本日はどういったご用件で？　亜穏課長からは、貴女をアレの前にご案内するようにと」

「だったらまずはそこまでつれてきなさァい。そしたら教えてあげてもいいわよォン？」

ゴゴォン……と、ちょうどそのとき密室が揺れた。エレベーターが目的地へと着いた振動。

「お待たせいたしました。当〝安置所〟最下層、封印区画にございます」

シノブの部下に付き添われながら、ナリタが一歩踏み出す。その先は光差さぬ深淵(しんえん)だった。
ナリタが白衣の胸ポケットからペンライトを取り出す。けれど深淵はペンライト程度の光量など容易(たやす)く呑み込んでしまう。光が端まで届かない。恐ろしく広い空間。

「えーっとォ、どこにあるんだったっけェ？」

「直進方向へ二百歩、そこから右へ四百歩、その先で左に三百歩の位置です。ご注意ください、不用意にこの闇(やみ)の中を歩き回られますと、二度と現在位置(エレベーター)へ戻ってこれなくなりますので」

カツン、カツンと、足音が響く。深淵に呑まれぬよう、ナリタは正確に歩数を数えていった。
指定されたとおりに進んでいくと、ペンライトの光の先に巨大な影が浮かび上がった。
それは金属の塊だった。大型のコンビニ店舗二階分ほどのサイズの。
丸みを帯びた滑らかな形状。表面には細かい皺(しわ)のような波模様が浮かんでいる。そこら中に這(は)う太い配線の切れ端と合わせて、それはまるで摘出された巨人の脳味噌のようだった。

「コイツとお目にかかんのも、かれこれ四年ぶりかァ……お久しぶりねェ、真処女機ちゃァん」

それは、〝必要悪の遺産〟。
生体部品搭載型、第零世代人工頭脳……真処女機、〈銀鈴(ぎんれい)〉。
世界で最初の〝夢を見る機械〟。それを見上げながら、シノブの部下が口を開いた。

「四年前、諜報(ちょうほう)技術の研究実験中にこの〈銀鈴〉から発生した、〝夢の中で人間を殺す悪夢〟——《顎(あぎと)の獣》。我々には手に負えず、こうして物理的に隔離するほかなかったわけですが、二ヶ月前の〈銀鈴事件（ぎんれいじけん）〉で《顎の獣（あぎと）》が討伐されて以来、この〈銀鈴〉も完全に活動を停止しています。……そんなものを、なぜ今になって視察など？」

その質問を受け流して、ナリタは〈銀鈴〉の外周に沿って歩いていた。何かを探している。

「……『銀の弾丸などない』って言葉、知ってるゥ？」

「いえ、生憎（あいにく）と」

「技術屋（アタシ）みたいなのが使う格言よォ。〝化け物を一発で退治できる銀の弾丸が存在しないように、技術的問題を即座に解決できる手段もまた存在しない〟――って意味ィ」

〈銀鈴〉ののっぺりとした表面に指を這（は）わせていたナリタが、ある位置で立ち止まった。

「でもこの言い回しって、理不尽だと思わなァい？ 解決手段（銀の弾丸）はないのに、問題（化け物）だけはいるってことでしょォ？」

ナリタが指先を滑らせると、金属塊の表面がスライドした。

隠し蓋（ぶた）。その奥には金庫のそれにそっくりなダイヤル錠と鍵穴。手早く解錠していく。

プシュゥーッ。

〈銀鈴〉から解放音。人工頭脳の外殻に亀裂が入り、人一人が通れるだけの扉が開く。

ナリタとシノブの部下が、〈銀鈴〉の中へと踏み入った。

微細なガラス管が、血管のようにびっしりと内部に張り巡らされていた。その中に満たされているのは赤い血ではなく、銀色をした伝導流体。

先を歩くナリタの背中へ、シノブの部下が問いかける。

「銀の弾丸に化け物と……先ほどから何をおっしゃりたいのです？　蛭代チーフ」

「アタシの知り合いにねェ、いたのよォ……銀の弾丸を、本当に使えた男が」

人工頭脳に夢を見せる、子守唄代わりのパルス信号。その電源にはまだわずかに息があった。明滅する銀色の光が、振り向いたナリタの横顔を照らし出す。

「アタシもそいつのことはすっかり記憶の彼方に忘れてたんだけどォ……那都界市で妙な事件が起きたみたいでねェン——だから今日、こうしてここに視察に来たのォ」

前後の文脈の繋がりを理解できず、シノブの部下が首を傾げる。

二人は〈銀鈴〉の中心部に辿り着いていた。

ナリタが、足元へ視線を向ける。

そこにはまるで破水でもしたかのように、伝導流体が流れ出ていて。

その向こうに。何か、腐りかけの物体が転がっていた。

「蛭代チーフ！　これは、いったい⁉」

「呀苑クナハ。覚醒現実に産まれることができなかった、《顎の獣》のなれの果てよ」

その死体は、〝人間〟とは到底呼べないモノだった。腐敗していたからではない。

それは小柄で、全身が毛むくじゃらで……あろうことか尻尾のようなものまで生えていた。

「呀苑メイアが瑠岬センリの姿を真似て目覚めたように、呀苑クナハは〈獣〉の姿に呑まれたのねェ……これじゃまるで、狼男だわァ」

ナリタは溜め息を吐くと、それを最後に興味をなくした様子で、さっと踵を返した。

「さてと、視察はおーしまい。あとの処理、よろしくゥ」

「もうよろしいのですか？　この遺体に用があったのでは？」

「だぁからそれが終わったって言ったのよォ。ものの見事に手遅れだったわァ」

シノブの部下にその場を譲り、ナリタはやれやれと肩を竦めた。

「全く、世の中化け物だらけ。〝魔女〟に〝眠り姫〟、そして〝狼男〟――今更そこに〝魔法使い〟が戻ってこようが、驚くことでもないのかもねェ」

立ち去っていくナリタの背後で、クナハの死体を検分していたシノブの部下が声を上げた。

「っ！　まさか、そんな馬鹿な……！　こちら封印区画！　亜穏課長に大至急連絡を！　――〝安置所〟に、何者かが侵入していたとっ!!」

ナリタが『手遅れだった』と呟きその場を去った、〈銀鈴〉の胎の中――そこに転がるクナハの死体には、頭部がなかった。

「まんまと持ってかれたわねェ……文字通り、〈銀鈴〉の頭脳を」

第三章　アタッカー・ワン

＊＊＊覚醒現実＊＊＊

一週間後。八月二十六日、午後十二時三十分。大学病院、夢信症病棟。

「──どうだトウヤ、具合のほうは？」

トウヤの着替えを詰めた紙袋をぶらさげて、一人見舞いにやってきたレンカが言った。

「はい、発作もなくなって大分良くなりました。もう自由に出歩いていいって言われてます」

「うむっ、食欲も戻ってきてるみたいだし、その調子ならじきに退院できそうだな」

院内はちょうど昼食時、トウヤの元にも病院食が配膳されていた。バターロールにユリーカ手作りのリンゴジャムを塗りながら、トウヤが近況を尋ねていく。

「そっちこそ食事、三食カップ麺とかになってませんよね？　レンカさんはともかく、メイアのやつはインスタント嫌いだから」

「問題ない。家政夫の我が家での日々の活躍ぶりを聞かせてやったらな、どういうわけかそれから毎日ユリーカがお裾分けに来るんだ。『今日も作りすぎてしまいまして』ってな」

「（あぁ、そういうことか。ユリーカ、レンカさんの食生活を見兼ねて食事の面倒見てくれてるんだ）そうですか、よかった。家のほうは、またゴミ屋敷になってたりしませんよね？」

「それも問題ない。奇妙なんだが、ユリーカが来るようになってから汚れが目につかないんだ」

「（ユリーカ、俺は今申し訳ないと思っている。レンカさんのせいで毎日掃除にまで来させてしまって）なるほど、不思議ですね。それはそうと今度ユリーカに菓子折持っていきましょう」

「今の話でなんで菓子折が出てくるんだ……？　ははーんわかった、引っ越し祝いだな！」

トウヤは笑顔を引(ひ)き攣(つ)らせて、この話はもうよそうと思った。『ユリーカのことをよろしく頼む』と言っていたジャックに、心の中で「こちらこそお世話になってます」と謝っておいた。

やがて病院食を半分ほど平らげると、二人の話題は仕事に関するものへと移っていく。

「それで、仕事は……〈貘(チーム)〉のほうは、どうなってますか」

トウヤとレンカの顔つきが、〝同居人〟から〝部下と上司〟のものに変わった。

「ああ。例の《ゲジマユゴッキー(協会指定特型駆除対象)》なんだが、あれからもしぶとく増殖を繰り返してる。連日複数の夢信(むしん)空間を跨(また)いで、他社との合同作戦を継続展開中だ。三人編成(スリーマンセル)でな」

「すみません、そんな忙しいときに俺、こんなことに……」

「気にすんなって。今まで散々無茶してきて、ずっと平気な顔してたほうがどうかしてたのさ」

レンカが、何でもないことのように肩を竦(すく)めて、

「それにヨミとウルカとメイアなんだが、あの三人、思った以上に連携がいい。試しにリーダーの役割をローテさせてみてるんだが、それぞれで得意な状況が分かれてておもしれぇんだ。練度を上げれば、トウヤも含めて戦況に応じてリーダーを可変させる万能の編成に育つかも——」

そうやって、レンカの言葉に知らず知らず熱が入りだしていたときだった。

「…………」

カチャリと。トウヤがスプーンを置いた。病院食はまだ半分近く残っていた。

「……トウヤ？」

「……レンカさん。ひょっとして、俺……もうやらないほうがよかったりしますか」

トウヤがぽつりと、躊躇（ためら）いがちに、そんなことを口にした。

レンカが首を傾げる。トウヤが何を言っているのかわからなかった。

「？　何の話だ？　家事と掃除の件なら、君がいてもらわないと困る――」

「違います、そんな話じゃないです。――俺、〈貘〉を辞めたほうがいいですか」

トウヤが声を絞り出すようにして、今度ははっきりとそう言った。

それを聞いてレンカは面食らった。

「は……？　……いやいや！　どうしたトウヤ、何で急にそんなこと」

「すみません、切り出すなら今かなって思って……ずっと考えてたんです、ここに入院してた間。俺ってもう、〈貘（バク）〉を続ける理由がないんじゃないかって」

「……。……うん、聞かせて」

それはトウヤがこの数日、夢信症の発作と鎮静剤を投与される日々のなか、悪夢と白昼夢を繰り返すなかで思いを巡らせていたことだった。

「〈礼佳弐号事件〉がきっかけで、レンカさんに弟子入りして〈貘〉になって。いつか〈獣の夢〉を狩るんだって、俺はそのことだけ考えてればいいんだって、そう思ってました。手の届かないものへの復讐心だけを原動力にしてたんだって、今ならわかります」

「うん。でも、君は変わったじゃないか。そんなふうに、自分を見つめ返せてる」

「〈銀鈴事件〉以来、俺の中でいろんなことが変わったんだと思います。この前、蛭代先生にも〈白夜〉でそういうふうに言われました」

「あぁ。だからこそ、それが悪夢を狩り続ける新たな理由なんだって、君は私にそう示してくれたじゃないか。覚醒現実で独りぼっちでいるメイアを、君の手で支えるんだって」

レンカの言葉にトウヤは頷く。自分の胸に手をやって、その奥に感じる温もりを摑んだ。

「メイアはもう独りじゃないです。あいつの中で、他人への思いやりが芽生え始めてるのがわかるんです。メイアのチーム行動の練度が最近急に伸びてきてるのは、きっとあいつがそうやって変わり始めているからなんだと思います」

「トウヤ。それはメイアだけのことじゃなくてさ、君にとっても大切なことだろ?」

「もちろんです。メイアを生かすことが、今の俺にとって何よりも大切なことですよ」

「じゃあなんでそんなこと言いだすんだよ、トウヤ。〈貘〉を辞めたほうがいいかもなんて」

そこでトウヤは首を横に振った。「だからですよ、レンカさん」と。

「俺みたいな人間が戦い続けるには、復讐心が一番ちょうどよかったんです。そういうのって碌(ろく)なところに行き着かないと思うんですけど、俺の場合はメイアとユリーカ、二人も救うことができたから、それは本当によかったなって。——だからひょっとしたら、この辺りが俺にとっての退き際なのかもって。今回入院したのが、その予兆(サイン)なんじゃないかって思って」

「なぁ、ちょっと落ち着こう？　君、夢信症(むしんしょう)のせいで弱気入(ダウナー)ってるんだよ」

「逆ですよ、レンカさん。弱くなったせいで夢信症になっちゃったんですよ、俺」

トウヤの肩へと伸びかけていたレンカの手が、その一言で止まった。

「この前の合同作戦行動のとき、俺、何考えてたと思います？『ここが俺の居場所だ』って、『この居場所を守りたい』って思ってたんです」

「……別に、それは何もおかしくない。自分の拠(よ)り所を守りたいと思うのは自然なことだ」

「それが〈貘(バク)〉でも——夢信武装執行員の戦闘現場でもですか？」

「…………」

トウヤの言葉にレンカは数瞬、返す言葉が見つからなかった。その間にトウヤの言葉が続く。

「俺だってそんな、『何かに依存するのはよくない』なんて斜に構えたこと言うつもりはないですよ。ただ、戦闘チームとしての〈貘(バク)〉が依存(そう)先なのは、ちょっと違うんじゃないかって。それに縋(すが)ろうとした俺の心が、能力の弱体化(こういう形)で表面化したんだとしたら、これ以上俺が〈貘(バク)〉を続けても、みんなの足を引っ張るだけなんじゃないかって——そのせいでいつか他(ほか)の誰かが、今の俺みたいになっちゃったら、誰よりも俺が俺のことを許せなくなります」

「そんなの、全部憶測じゃないか。トウヤの耐性能力が減衰した原因はまだわかってないんだから。それを自分のせいにするのはよくない」

「一昨日、〈白夜〉で精密精神分析を受けました。蛭代先生はまだ戻ってきてないですけど、代わりの先生に診てもらって『どこにも異常はない』って言われたんです」

「……黙ってたのか、今日まで」

トウヤが精密精神分析を受けた事実もその結果も、レンカは知らされていなかった。

それはトウヤが、それだけ自身の異変を真剣に考え、向き合っていたということでもあった。

「俺の心には異常がないのに、能力だけがダメになったんだとしたら。それはもう、俺の気持ちのあり方が問題ってことにならないですか？　復讐心ももうなくて、メイアももう独りじゃないのに、戦う理由はもうないのに、ただ〈貘〉でいること自体に依存しちゃった、俺の」

「センリさんが……まだ、センリさんがいるだろ。君が救うべき人、君が〈貘〉でいる理由は」

「姉さんは、〈貘〉じゃなくてもいつかきっと救います。それこそ今まで貯めた給料で、姉さんのために夢信科医を目指すのもいいかなって」

「トウヤ……」

レンカはとうとう、何も言い返せなくなった。

それはトウヤが、一人で何日も真剣に悩み、考えた末の言葉だったから。

〈夢幻S・W・〉のチームとしての今後の可能性と、瑠岬トウヤ自身のあり方を思うと、ここが〝アタッカー・ワン〟としての自分の身の退き際なのではないかと。

「何か今すぐ辞めたいって言ってるみたいになっちゃってますけど、俺は俺で〈貘〉に未練はありますよ、当然。みんなとこれからも誰かのために戦えるなら、こんなやりがいのある仕事はないと思ってます。……でも、今の俺が抱えちゃってる問題も受け容れないとって」

トウヤがベッドの上からレンカを見つめる。まるで助けを求めるように。

けれどレンカは、そんなトウヤの目を見つめ返して、首を横に振った。

「トウヤ……私には言えない。言えないよ。今の君に、私から『〈貘〉を続けろ』だなんて」

「でも、俺がこの迷いを断ち切れるんだとしたら、それはきっと師匠のあなたの言葉なんです」

トウヤが懇願するように言ったが、レンカは俯いて、無力を悔いるように唇を噛んだ。

「それは違う……私には、君を力ずくで〈貘〉に留まらせる資格はない。君を〈貘〉にならざるを得ない境遇に陥れたのは、他でもない私だから。……君の未来は、君自身が決めるべきだ」

「決められないですよ、そんなこと……。俺、どうしたらいいんですか……」

「トウヤ。私は、君に何が何でも〈貘〉でいてほしいんじゃないんだ。……だけど――」

ピピピッ、ピピピッ、ピピピッ。

レンカの腕時計が鳴らしたアラーム。それが二人の会話をせき止めた。

「……悪り、仕事の時間だ。この件はまた今度、落ち着いてゆっくり話そう」

「……はい」

レンカが会話を切り上げて病室を出ていく。トウヤはじっと、食べ残した病院食に視線のやり場を求めていた。

スライドドアが二人を分かつ——「「はぁぁ……」」と、二つの溜め息が同時に漏(も)れた。


昼食時間が終わり、病院食が下げられてから間もなく。

トウヤはベッドを降りてサンダルを履くと、一人病室を出た。

特に目的があったわけではない。ただ、堪(たま)らなくそうしたい気分だった。

医者や看護師、他(ほか)の入院患者たちとすれ違いながら、リノリウムの廊下を歩く。

この病棟は、元々トウヤにとって馴染み深い場所だった。患者ではなく、見舞う側として。

かつてのトウヤにとって、ここには非現実の〝匂い〟とでもいうような、そんな気配が満ちていた。現実で嫌なことがあったときに逃げ込んでくる、お城のような場所。

夢と現実、二つの世界(くに)の境界に建つ、魔法のお城。そういう幻想。

けれど今、夢信(むしん)症患者としてその幻想の世界の住人になってみると、そこにはトウヤがこれまで感じていた〝魔法〟の気配はどこにもなかった。

見えない面紗(ヴェール)を被(かぶ)されるようだった消毒液の匂いは、鼻が慣れてもう感じない。

不思議な抑揚で呪文を唱えていた院内放送は、ただの事務的な連絡だったと気づかされる。

周囲を行き交う大人たちは、神秘を識る巡礼者なんかではなく、本当はただ疲れた顔を浮かべているだけだった。

夢信症病棟には、かつて少年(トウヤ)が抱いていた、現実を忘れさせてくれる幻想なんてなかった。

ここにあるのは、夢に侵されて苦しみもがく現実(リアル)でしかないと、青年(トウヤ)はその身をもって知る。

けれどここにも一つだけ、本物の幻想があった。

『瑠岬(るみさき)センリ』

その名札の貼られた病室の前に、トウヤはふらりとやってきていた。

〈眠り姫〉。夢の世界と繋(つな)がり続けている少女。

センリの存在ただ一人が、トウヤがこの場所に抱いていた幻想を具現化している。

レンカに苦悩(思い)を吐露してから、トウヤは入院来感じていたモヤモヤが晴れていた。

けれどモヤモヤが晴れた先にあったのは、身体に穴が空いてしまったような空虚感だった。

数日前に見た悪夢の内容が鮮明に蘇る。脇腹に空いた穴から〝中身〟が零(こぼ)れ続けて、最後には頭陀袋(ずだぶくろ)のようにしわしわに萎(しぼ)んで崩れてしまう悪夢。

ついこの間まで、〈貘(バク)〉という仕事にあんなに熱意と使命感を持っていたのに……夢信症になった途端、自分がどうやって走り続けていたのか、トウヤにはわからなくなっていた。

スライドドアの取っ手を力なく握る。トウヤはゆっくりとそれを開けた。

「……姉さん、久し振り。今日は良い天気だ、ね――」

すると――そよ風がトウヤの頬(ほお)を撫(な)でて、彼は次の瞬間、言葉を失っていた。

「――トウヤ？　どうしたの、寝ていなくていいの？」

病室の窓辺に、長い黒髪の少女が立っていたからだった。

まるで、直前まで彼が抱いていた〈眠り姫（センリ）〉の幻想が、本当になったかのようだった。

「あ……」と、思わずトウヤの口から吐息が漏（も）れる。

だからその少女がメイアだと頭ではわかっていても、トウヤの胸はいっぱいになっていた。

気づけばトウヤの頬（ほお）に、ぽろぽろと涙の筋が流れていた。

「!?　ちょ、ちょっとトウヤ、どうされまして!?」

病室の奥から、花瓶の花を取り替えていたユリーカが驚き顔で駆け寄ってくる。

「トウヤ、大丈夫？　どこか痛いの？　苦しいの？」

目の前にやってきたメイアが、不思議なものを見るようにトウヤのことを見つめてくる。

トウヤは「何でもないんだ」と声にしようとしたけれど。ふるふると震える唇と、嗚咽（おえつ）で塞（ふさ）がってしまった喉（のど）からは、ただの一言だって出てきやしなかった。

――あぁ、やっぱり俺……弱くなっちゃったんだなぁ……。


「――引退するかもですって!?」

ユリーカが丸椅子から跳び上がり、二本に結った金髪がぴょいーんと宙に躍った。

「ユリーカ、病院で大声出しちゃいけないのよ？　センリがびっくりしちゃうじゃない」

「あっ。粗相いたしましたわ……いきなりのお話でしたからつい。ごめんなさいっ」

ぺこり。メイアに注意されたユリーカが、ベッドに眠るセンリを向いて深々とお辞儀した。

メイアとユリーカの二人は、トウヤを見舞う前にセンリの様子を見に来ていた。そんな二人とトウヤがこの場で出くわしてから、いくらかの時間が経っている。

ちょうどトウヤが、レンカに相談したのと同じ内容を二人に話し終えたところだった。

「……それで？　トウヤ、あなたがお話ししたいって言ったことはそれで全部かしら？」

「あぁ。……お前は驚かないんだな、メイア」

「だって今のあなた、私のパンチ一発で倒れてしまいそうなんだもの。『このままじゃみんな(わたしたち)の足を引っ張ることになる』って、確かにそうねって思ったのよ」

「メイア、前から思ってはいましたけど、あなたこういうときマジ容赦ありませんわね……」

ユリーカが食品容器に入れたリンゴの砂糖煮(コンポート)をトウヤとメイアへ差し出しながら言った。

「俺、自分がこれからどうすればいいのかわからなくなっちゃって……いっそレンカさんに決めてもらおうと思って正直に全部話したんだけど、断られちゃってさ……」

「なぁに？　私、トウヤがそんなこと言うの、好きじゃないわ」

砂糖煮を頬張り(ほおば)ながら、トウヤの言葉にそう返したメイアの声には棘(とげ)があった。

彼女のそんな反応を疑問に思い、俯(うつむ)いていたトウヤが視線を上げる。

「……メイアは、俺が無理してでも〈貘(バク)〉を続けたほうがいいって思うってことか？」

「違うわ」

「？　じゃあ、戦力にならないなら、やっぱり俺は〈貘(バク)〉を辞めたほうがいいって……？」

「違うわ、違うわ」

メイアはどちらの問いかけにも首を横に振った。トウヤは意味がわからず首を傾げる。

「どうしたんだよ……？　何が言いたいんだよ、メイア」

するとトウヤの見る前で、メイアの表情がみるみる険しくなっていった。

「トウヤ。わたしは、自分で自分のことを決められなくなっているあなたのことが、そういうのが好きじゃないって言っているの」

いつしかメイアの声は、氷のように冷たくなっていた。二人が出会ったばかりの頃のように。

そんなことを言われるなんて思ってもみなかった。トウヤは胸がざわつくのを感じた。

「……だってしょうがないだろ。俺だって情けないと思ってるよ。ベッドの上でずっと何日も考えて、それでも上手(うま)い結論が出せなかったんだ。頭が混乱して、どうしたらいいのかわからなくなって……そういうときに仲間の言葉に頼ろうとするのが、そんな悪いことかよ」

「だったらトウヤは、レンカさんが『辞めなさい』って言ったら〈貘(バク)〉を辞めるの？　わたしが『辞めないで』って言ったら続けるの？　他人の言葉であなたの答えは変わってしまうの？」

「揚げ足取りだろ、そんなの。そういうことじゃない、そんな言い方しないでくれよ……！」

弱り果てたトウヤが額に手をやる。吐き出す溜め息には苛立(いらだ)ちが混じり始めていた。

夢信症で弱った心で、トウヤは助けを求めるようにメイアを見る。けれどメイアはメイアで意固地になって、「ふんっ」とそっぽを向いて彼の視線を振り払った。

「……メイアっ……！」

こっちを向け、向いてくれと、トウヤがメイアに手を伸ばす。

するとそんなトウヤに、メイアの横顔が呟いた。

「……自分を守るのも、誰かのために戦うのも。どちらもあなたがやることでしょう、トウヤ」

ピタリとトウヤの手が止まった。ゆっくりとメイアがトウヤへ振り向く。

「それなのに、どうしてあなたの言葉がどこにもないの？　……わたし、そんなトウヤは嫌い」

二人が見つめ合っていた十数秒間——トウヤはメイアの言葉に、一言も言い返せなかった。

やがて——「今日はもう帰るわ、わたし」

まるで怒りを込めるように膝に手をやり、メイアがすっくと席を立った。

無言のトウヤと、両手を口にやっているユリーカを尻目に、メイアが出ていこうとする。

するとそこで、トウヤも勢いよく立ち上がり、

「待てよ、メイア！」

トウヤの手が、メイアの腕を思いきり摑んだ。転瞬、

「わたしに触らないで」

ムゥウウウンッ

その場に聞こえたその音は、病床に備えつけの、医療用夢信機のコイル鳴きの音だった。

チカチカッ！　と、天井の蛍光灯が激しく明滅する。

トウヤはその光景に見覚えがあった。

あれは梅雨入り前の六月——管制室の暗闇の中で魔女と初めて対面した日——それはメイアの覚醒現実上での異能——〈銀鈴〉の生体部品だった、彼女にだからできること——周囲の夢信機に遠隔接続し、それに連なる電気系統を暴走させる特殊体質。

次の瞬間、トウヤはベッドの上に覆い被さった。「——姉さん！　危ないッ!!」

バチィンッ！　コンマ数秒後、蛍光灯が暴走の果てに破裂した。

周囲にガラス片が降り注ぐ。ユリーカが驚いて「ひゃあっ!?」と悲鳴を上げた。

センリを庇って背中にガラス片を浴びたトウヤが、慎重に身を起こす。

「……っ！」

トウヤが防ぎきれなかった、一片のガラスの欠片が、〈眠り姫〉の頰に細い傷をつけていた。

「……おい、メイア……！　何やってんだよお前！　謝れ！　姉さんに謝れッ!!」

激昂したトウヤがメイアに詰め寄る。ユリーカが慌ててトウヤのことを押さえ込んだ。

メイアが険しい顔のまま、トウヤとユリーカを見返す。

それからセンリへ視線をやり、顔を曇らせると、メイアは逃げるようにして出ていった。

「メイアッ！　…………はぁっ……ッ」

ドスンと丸椅子に腰を落としたトウヤが、参った様子で両手に顔を埋める。

「……ユリーカ、誰か呼んでくれ……。ガラス、片づけてもらわないと……」

「わ、わかりましたわ……！」

ユリーカがあわあわしながら、ベッド脇から伸びている呼び出しボタンを連打する。この場の重い空気に耐え切れず、彼女の表情は沈鬱になっていた。

「(那都神さま、薪花さま……トウヤとメイアが大変なんです。こんなときにどこへ行ってしまいましたの？)」

*** 夢信空間 ***

≫≫ 同刻。「——ふいちゅ！」

機械の見る夢の中で、小動物の鳴き声のような奇声が上がった。

【あ？ ……誰かなんか言ったか？】

ヘッドセットの向こう、覚醒現実にいるレンカが首を傾げた。

「今のウルカちゃんダヨ。変なくしゃみだからすぐわかるんダヨ」

「変ゆーな！ そこはかわいいでしょうがよ！」

夢信空間に接続中のヨミとウルカの声が続く。二人とも声はするが姿が見えない。辺りを埋め尽くす巨大な建造物で視界が悪いせいだった。

【ふむ、誰かが噂話(うわさ)でもしてるってか……うし、二人とも、一息入れよう】

「「はーい」」

レンカが覚醒現実(管制室)で伸びをする。ヨミとウルカが、建造物――表面に幾本もの白い光の筋を走らせている巨大な角柱の陰から姿を見せた。

【何かそれっぽいのあったかぁ?】

「はぇ……ぜーんぜんっす!」

「ヨミ、終わりが見えなくてなんだか修行してる気分になってきたんダヨ……」

三人は揃(そろ)って溜め息を吐(つ)いた。

大学病院(トウヤの病室)からの去り際に、レンカが言った〝仕事〟――現在の状況がそれである。

ここは第二世代人工頭脳〝瞳(ひとみ)〟型七番機、〈友恵(ともえ)〉。

日中は営業時間外の〈夢幻S・W・(セキュリティ・ワークス)〉管制室を間借りして、ヨミとウルカはこの夢信(むしん)空間へ接続していた。レンカは管制員(オペレーター)の代わりに機材操作を担当している。

その夢は、碧(あお)い夜を戴く幾何学の世界だった。

まるで夜空を支えるように、無数の角柱が地平線の彼方までひたすら等間隔に並ぶ夢。無機質な近未来を連想させるその夢は、その空間自体が記録装置として機能している。

新聞記事、書籍、学術論文からテレビニュースの切り抜きまで……覚醒(かくせい)現実の図書館を遙(はる)

かに凌駕した情報量を所蔵する、大規模記録保存設備——それが〈友恵〉だった。

【私は夢信機が使えないからな。改谷さんと二人して、大学図書館でちまちま過去の記事を洗い出す気でいたが……君らが協力してくれるなら話が早い】

先日、改谷ヒョウゴ刑事官が相談をもちかけてきた変死事件。その捜査に協力することを約束したレンカたちは、現在この〈友恵〉を使って〈礼佳弐号事件〉の記録を調査中だった。

ヴンッ……角柱が起動音を立てて白い光の筋を走らせる。流れ星のように無数の光線が飛び出して、空中に立体画像が投影される。

ウルカとヨミは目の前に並んだ書類画像を眺めて、そのあまりの多さにげんなりとなった。

「……つーかすんません、今更なんすけど、あたしら何を調べりゃいいんすっけ？　今回起きたっていうその変死事件と〈礼佳弐号事件〉って、そもそも何か関係があるんすか？」

【関係性を調べてるというよりは、過去の事件が参考にならないか資料を集めてるって感じだ】

「うい……まだ自殺なのか他殺なのかもわかんないって、改谷さん言ってたんダヨ」

【〝夢信症患者の異常行動が関係した重大事件〟ってぇと、近年の那都界市だと〈礼佳弐号事件〉がその代表例。だからその内容を比較すれば、今回の事件が集団自殺だったのか、それとも真犯人が別にいる他殺なのかぐらいの〝当たり〟はつけられるかもっつーこった】

「要するに、なーんもわかんないからとりあえずどこかにヒント落ちてないか探し回れってことっすか？　うわ、不毛……」

「ヨミたちてっきり、あのときレンカさんと改谷さんが話してる内容が、『〈礼佳弐号事件〉には真の黒幕がいた』とかだと思ったから協力するって言ったんダヨー……」

【そんな陰謀論を話した覚えはないぞ。私は改谷さんとつきあい長ぇから、そのよしみで資料集め手伝ってあげますよって意味で言ったんだ。中途半端に盗み聞きしたほうが悪ーい】

「うあーん！　こんなことにつき合ってられるか！　あたしは先に帰らせてもらうっ」

「ウルカちゃーん。それ死んじゃう台詞なんダヨー」

ひたすら根気勝負の資料漁り。集中力の切れたウルカが駄々をこね始める。ヨミは逆に諦めの境地に達しつつあり、何かの悟りを開きそうになっていた。

女子高生探偵団がふにゃふにゃになるのを、レンカが【ご愁傷様ぁ】とからかう。

その笑い声の裏で、レンカは内心ほっとしていた。この現実逃避の時間に。

――『俺、〈貘〉を辞めたほうがいいですか』

夢信症に倒れたショックに打ちのめされて、不安な目をしてそう訴えてきたトウヤ。レンカは、彼がそこまで思い詰めていたなんて思いもしていなかった。

その場で結論を出してしまうのが恐ろしくて、「仕事があるから」とはぐらかしたレンカは自己嫌悪を覚えていた。だから頭を空っぽにできるこの不毛な作業が、彼女にはありがたかった。

「レンカさん？　どうかしたんすか？」「急に無言になっちゃったんダヨ？」

レンカがトウヤのことで思い悩んでいると、ウルカとヨミが心配して声をかけてきた。

レンカははっと気持ちを切り換える。二人にトウヤのことでこれ以上心配をかけさせたくなかった。冗談を飛ばして誤魔化(ごまか)す。

【……おぉっと、すまんすまん！　二日寝てないから座ったまま意識飛んでたわ】

「ちょっとぉ……帰りの車の運転、気をつけてくださいっすよ？」

「ヨミ、二日起きないならできるけど、二日も寝なかったら死んじゃうんダヨー……」

そんなやりとりで休憩を終えると、三人は再びそれぞれの作業に取りかかる。

レンカは管制室で機材を操作しながら、〈礼佳弐号事件〉について改めて整理していった。

第三世代人工頭脳、改元記念機〈礼佳〉シリーズ。

〈白夜(びゃくや)〉に代表される第一世代。〈瞳(ひとみ)〉から連なる第二世代。それらを遥(はる)かに凌駕(りょうが)する感覚再現性能を誇り、『脳が夢を現実と誤認する』とまで評された、世界最高の演算力を持つ人工頭脳。

地方都市である那都界(なとざかい)市が、〝夢信技術先進都市〟を目指して官民を挙げて開発拠点を誘致した一大プロジェクト。それによって建造されたのが〈礼佳弐号〉である。

商業稼働目前だった最終試験運転の最中。この国のどこかで〈鴉万産業(民間諜報会社)〉が行っていたという、第零世代機〈銀鈴(ぎんれい)〉を用いた諜報(ちょうほう)技術実験中に突如発生した〈獣の夢〉――《顎の獣(呀苑クナハ)》が〈礼佳弐号〉に侵入。それによってもたらされた大量虐殺……それが〈礼佳弐号事件〉。

虐殺に巻き込まれた瑠岬(るみさき)トウヤの両親は死亡。

トウヤはそのショックで一時は精神崩壊に近い状態となり、以降は対悪夢異常耐性を獲得。

瑠岬センリは事件の最中に夢信特性を発現し、〈礼佳弐号〉そのものと融合。醒めない眠りに落ちることを代償に、《頭蓋の獣》となって今もトウヤのことを夢の世界で守護している。

その場に当時、〈貘〉として出撃していた犀恒レンカも被災。パニック症状と不眠症状という二重の重度夢信症を発症。その結果、夢信空間に接続できない身体になってしまった。

〈礼佳弐号事件〉では、彼女たちの他にも多くの犠牲者が出た。

その中には重度の攻撃性パニック症状を発症し、無差別殺人と〈警察機構〉との戦闘を演じた末、壮絶な自殺を遂げた事例も記録されている。

そして、此度の〝男女六人（暫定）変死事件〟である。

山中のプレハブ小屋を舞台にした、凄惨な殺し合いと共喰い。

〝異常行動〟という点で、今回の事件と〈礼佳弐号事件〉には確かに共通するものがあった。

しかし逆を言えば、共通項はそれだけである。

レンカ自身、二つの事件に直接の関連があるとは考えていなかった。これはあくまで独立した事件のうち、〈礼佳弐号事件〉を範例に変死事件を解決する糸口を探しているにすぎない。

あまりに不毛な資料調査である。やってみる価値はあるかもしれないが、実りが出る可能性は限りなく低い。ヨミとウルカが音を上げるのも無理はなかった。

だからふとモニターを眺めたその先で、少女が二人夢信空間の地べたに伸びていても、レンカは驚かなかった。

【……おーいこらそこの二人、サボってたらバイト代出してやんねぇぞー？】

「あーんもう無理ぃ……花の女子高生がなぜ夏休みをこんなことに消費せねばならんのかー」

「ふぅむ。この端末の光、ぼーっと眺めてるとプラネタリウムみたいで綺麗なんダヨー」

【夢ん中で寝っ転がってる場合か、仕事せんかいガキどもー！】

レンカが機材を操作した。〈友恵〉で倒れ込んでいる二人の頭上に物資が転送される。ぶ厚い辞書が二冊。それがヨミとウルカの額にゴツンと落下して、「「あ痛ぁ！」」と声が上がった。

そして偶然は、まさにそのとき起こった。

ヨミがよろよろと立ち上がり、角柱に寄りかかる。その拍子に新たな立体画像が投影される。その横で額をさすっていたウルカが、大量に展開された画像の一つに目を留めた。

「……ぬ？　あれ、パイセン、この人って……」

ウルカが画像を指差す。それはとある学術誌の切り抜き記事だった。

「おー……これ、ジャ、ジャックさんなんダヨ。ウルカちゃんよく気づいたんダヨ」

そこにはユリーカの実父、〝ミスターF〟ことジャック・F・ユングが写っていた。

【ん？　まぁあの男はGD社の社長、夢信関連の記事に写真が載ってても特に不思議は――】

そしてレンカが、モニター越しにその記事を覗き込んだときだった。

レンカの眉間に皺が寄った。

【……ちょい待て。どっかで見たことあんぞ、これ】

「いやだから、さっきからジャックさんだって言ってるじゃないすか」

「寝ぼけちゃったんダヨ？　レンカさん？」

【違う違う、そっちじゃなくて——これだよこれ、社長と肩組んでる隣の男のほう！】

レンカの視線が写真に釘づけになった。

そこに写っているのは、大企業の社長然としたスーツ姿で優雅な笑みを浮かべるジャック。

そしてその隣。同じくスーツ姿で、カメラに無表情を向けている男の、その手元。

拡大してみると、そこに写り込んでいたのは——銀色に輝く小さなメダルだった。

レンカは首筋に鳥肌が立った。

先日ヒョウゴが見せてきた、変死事件現場の写真。そのうちの一枚に、確かにそれと同じメダルが写り込んでいたと思い出して。

【おいおい、嘘（うそ）だろ……線が繋（つな）がりかけてないか、これ】

レンカが画像をさらに拡大すると、メダルの表面に文字が読み取れた。

——〝BORDERLESS（ボーダレス）〟と。

記事の内容を確認する。日付は四年前、〈礼佳（らいか）弐号事件〉の数ヶ月前に撮影されたものだった。

『「夢が今、現実を越える」……第三世代機〈礼佳弐号〉完成記念式典にて。

——（右）来賓の〈ゼネラル・ドリームテック（GD）〉社社長（プレジデント）、ミスターF。

——（左）夢信症（むしんしょう）治療新薬の開発担当者、〝伽世（とぎせ）ゲイン〟氏』

第四章　魔法使いの影

＊＊＊ 覚醒現実 ＊＊＊

二日後。八月二十八日、午前十一時。那都界市住宅街、犀恒家の入るマンション。

トウヤとレンカを乗せた赤いスポーツカーが、地下駐車場へと続くスロープを下っていく。

十日間の入院を経て、トウヤは夢信症から無事回復した。大学病院へ退院手続きにやってきたレンカにその場で迎えられ、二人はちょうど自宅へと帰り着いたところだった。

が、病院から自宅への道中、車内ではほとんど会話がなかった。

先日の、入院中にトウヤが口にした〝例の問題〟が尾を引いていた。

——瑠岬トウヤは、果たしてこのまま〈貘〉を続けるべきなのか？

病室で、漠然と抱えてしまったその迷いを言葉にして以来、レンカはおろか、トウヤ本人もこれからどうすべきなのかわからないままでいる。

トウヤがちらと、助手席から運転席を見た。

バックで車を入れていくレンカ。その横顔は化粧で本音を覆った、大人の女性の顔だった。

エンジンキーを抜いたレンカが車を降りる。トウヤもそれに続く。

「ほい、おかえりトウヤ」

「……ただいま、です。レンカさん」

「ん。まぁ、何だ……お互い話しづらい感じになってってけどさ。とりあえずウチ入ろ?」

「ですね」

エレベーターのボタンを押す。表示ランプが切り替わるのを見守りながら、トウヤは居心地の悪さを沈黙に委ねる。

そこでふと、彼の隣でレンカが口を開いた。

「あぁそういえば。今客が来てるんだけど、トウヤは気にしなくていいからな」

「?　あ、はい」

トウヤがレンカへ振り向く。

エレベーターランプをじっと見上げるその横顔は、やっぱり大人の女性の顔だった。

「――あーどうも。お邪魔してますよ、瑠岬くん」

トウヤが犀恒家に帰ってくると、食卓の椅子にかけていたのは改谷ヒョウゴ刑事官だった。

「改谷さん!　――レンカさん、お客さんって」

「あぁちょっと野暮用があったんでうちに呼んでたんだ。それに客ならまだ他にもいるぞ」

玄関でハイヒールを脱ぎながらレンカが言うと、その声に反応してリビングから気配。

「「(瑠岬くん)(先輩)退院おめでとー(っす)」」

ヨミとウルカの二人が、ソファの陰から揃ってひょっこりと顔を出した。

「二人も来てたのか！」

「うい。瑠岬くんの退院、ヨミたちでお迎えしよーって。はいこれ、神社で売ってるもなか」

「パイセン、どういうことっすか！　伝説に聞く『男子の部屋のベッド下』、覗いてみたけどなんもないじゃないっすか！」

ソファで居眠りしていたのであろうジト目をしょぼつかせているヨミと、トウヤの部屋を物色し終えて鼻の穴を広げているウルカに出迎えられる。

「まぁ、みんな積もる話もあろうが、今は純粋にトウヤの退院をお祝いしようじゃないか」

ヨミのもなかを開けながらレンカが声を明るくする。トウヤは皆が、ナイーブになってしまっているトウヤのことを気遣って集まってくれたのだと理解した。嬉しい気持ちと申し訳ないなという気持ちが入り混じったが、今は素直に厚意を受け取ることにする。

緑茶を淹れようとしているレンカが、急須へどう見てもおかしな量の茶葉を投入しようとするのを「あ俺がやります」と早口で止めて、トウヤがキッチンに立つ。

見慣れた風景、自分の居場所。トウヤはようやく人心地つけた気がした。

が。リラックスできたことで、トウヤはこの場に違和感があることに気づいた。

「……あれ？　──メイアは？」

キッチンとリビングを見回す。呀苑メイアの姿がどこにもなかった。

レンカが棚から出した湯飲みも、この場に居る五人分しか並べられていない。

トウヤがレンカを見ると、彼女は頬を掻いて困り顔を浮かべた。

「あー……そのことなんだが、トウヤ……ちぃっとばかし、面倒なことになっててな――」


(ピンポーン)

インターホンを押すと、扉の向こうから呼び出し音がくぐもって聞こえた。

レンカから事情を聞いたトウヤは現在、犀恒家を出てマンション共同通路に立っている。

目の前には、『ゆんぐ』と書かれた表札。

カチリと鍵の外れる音。玄関扉が開かれて、ユリーカが顔を覗かせた。

「……まぁ、トウヤ！　退院しましたのね、よかった！」

「うん。……それでユリーカ、レンカさんから聞いたんだけど」

「Oh……ですわよね。……まずはどうぞ、お入りになって？」

ユリーカに招かれて、トウヤは犀恒家のお隣、ユング家の敷居を跨いだ。

とある一室の前へ案内される。ユリーカが手で指し示した。

「こちらですわ……」

トウヤが無言で頷き返す。彼は扉の前で息を吸うと、コンコンとノックした。

「……メイア、レンカさんから聞いたぞ。家出だって？　そんなことやめて戻ってこい」

……………。何も反応はない。物音もしない。

ドアノブを回してみる。押しても引いてもびくともしなかった。内側から施錠されている。

「開けろってば、メイア」

「いやっ!!」

トウヤがノックを続けていると、扉の向こうから声が返ってきた。

「ったく……。この前のことか？　何駄々こねてんだよ、聞こえてるんなら顔ぐらい見せたらどうだ」

「帰りなさい、トウヤ。わたし、今度からこの家に住むわ！」

「ユリーカに迷惑だろ。お前が開けないんなら、この扉壊さなくちゃならなくなるぞ」

「やってみなさい。そんなことしたらわたし、マンション中の機械を焼き切るんだから！」

「…………」

どうにもならず、トウヤは扉の前から一歩下がると大きな溜め息を吐（つ）いた。

ユリーカと顔を合わせる。彼女の金髪（ブロンド）の眉（まゆ）が八の字に下がった。

「センリさんの病室であんなことがあって以来ですの。あの日私が帰ってきたら、玄関前にメイアがいて……それから部屋に閉じこもりっきりで、丸二日この調子なのです。私心配で」

「ごめんユリーカ、メイアのやつがこんな迷惑かけて」

「いいえ、迷惑だなんて。メイアがいたいと言うのなら、いつまでいてくれても構わないのですけど……でも、こんな形は誰にとってもよくありませんわ」

「ああ。俺もあのときはついカッとなって言いすぎた……。……俺のせいだな、これも」

「トウヤ……」

病室での悶着と、メイアの家出……ただでさえ夢信症の件でナイーブになっているトウヤの胸に、また新たな悩みの種ができてしまう。

ひとまず胸のざわつきを落ち着けると、トウヤは顔を上げた。

「ユリーカ、悪いけど俺もしばらくここにいていいかな」

「ええ。それはもちろん、構いませんけれど……本当にトウヤお一人で大丈夫ですの？」

「これは俺とメイアの問題だから。時間はかかるかもしれないけど、なんとかしてみる」

それきりトウヤは口を噤むと、メイアの閉じこもる部屋の前に座り込んだ。

トウヤがユング家にて、家出少女との持久戦に突入した頃。

「——そんじゃま、トウヤが行ってくれてる間に、こっちも進めるとしよう」

犀恒家では、レンカの言っていた〝野暮用〟——変死事件の調査報告会が開かれていた。

「うい……ヨミ、なんだか瑠岬くんだけ仲間外れにしてるみたいでモヤっちゃうんダヨ」

「いいえっ、これは瑠岬先輩を思えばこそ。人知れず事件を解決するのが女子高生探偵団っす」

ヨミが嘆息しながら緑茶を啜る横で、ウルカが那都神神社もなかを頬張りながら言った。

「あながち、ウルカの言うことももう冗談じゃ済まなくなってきてる」

イマイチ締まりのない少女二人を隅に置き、しかしレンカの表情は真剣そのものだった。

「この前〈友恵〉で見つけた、四年前の記事……あれのせいで〈礼佳弐号事件〉と変死事件が繋がりかけてる気がしてならん。トウヤにとっての〈礼佳弐号事件〉は、もう過去のことであってほしいんだ。今更トウヤの見ている前で、そいつを突き回すような真似はしたくない」

「それは……」「確かにそうなんダヨ……」

三人が神妙な顔つきになる。

夢信症の治療に専念してほしいからと、〝トウヤには黙っておくこと〟を条件に進めてきた変死事件の調査協力が、思いがけず新たな局面に突入していた。

「ほいじゃあ早速、情報の整理と共有といきましょうっか」

ヒョウゴが、食卓に大量の資料を広げて切り出した。

「順を追っていこう。まずは改谷さんから」

「はいはい。えー、ここからは今回の事件を〈共喰い変死事件〉と呼称します。〈警察機構〉で進めてた、例の被害者の腹ン中から出てきた別の仏さんの件、結果がまとまりました」

「うわー……いきなり聞きたくない内容っすねぇ……」

「事件の被害者は、総勢九名。要するにこのうち三人が異常行動に遭って、六人の胃袋に収まってたってことです。ただし復元されたその三人のピースには、一部欠落が見られました」

「欠落？」

「ええ。検死を担当した者の話によると、『三人合わせてちょうど人間一人分ぐらい、首から下の全身部位に相当する分がきれいにどこかに消えてる』と」

「あわわわ……山の動物さんたちが食べちゃったってことなんダヨ……？」

「あるいは、何者か、事件に関わる第三者が持ち出したか……。ワタシからの報告は以上です」

「それじゃお次は私の番だな」

資料を片手に持ったレンカが、部長の顔つきになって報告していく。

「〈礼佳弐号事件〉と〈共喰い変死事件〉。二つの事件の間で浮上した接点――きっかけは、〈共喰い変死事件〉の現場に落ちてたメダルだ。こいつとまるっきり同じもんを、四年前の記事の中に見つけた。人工頭脳〈礼佳弐号〉の完成祝賀会で撮影された写真らしい。そこにはあの社長、ジャック・F・ユングも出席していた。……ご縁ってな不思議なもんだな。仮面の道化どもに銃で脅されて縛られたのも、無駄じゃなかったってわけだ」

「レンカさん、その言い方、もしかしてっすけど……」

パサリ。レンカが持っていた資料を食卓に投げた。

ジャックと、その隣に謎の男が並んで写っている記事の切り抜き。男の手には例のメダル。

「お隣さんに掛け合って、イギリスのパパを直接問い詰めたさ。『四年前のあんたと肩組んでるこの男は何モンだ』ってな。電話代あっち持ちで」

「「ようやる……」」と、ヨミとウルカが声を重ねて呆れた。

火を点けていない細い煙草を指示棒にして、レンカが写真の謎の男を指し示す。

「〝伽世ゲイン〟。メダルの存在から浮かび上がった、こいつが今んとこの最重要参考人だ」

写真の中の伽世という男は、黒い髪に漆黒の瞳、中肉中背。その上無表情。

総じて、印象に残らない男だった。

が。そんな伽世をどうしようもなく悪目立ちさせているのが、頬に刻まれた長い傷痕だった。

「何者なんダヨ、この人」と、ヨミがその先を促す。

「ジャック曰く、〝天才〟――あの社長をして、そうとしか表現できない男だったらしい」

煙草を口の端でプラプラ揺らしながら、レンカが続ける。

「高校卒業と同時に、イギリスの工科大学に留学。夢信工学を専攻して頭角を現し、飛び級で卒業。その才覚に惚れ込んだジャックが、ＧＤ社に雇い入れたのが出会いだったんだと」

「人生勝ち組ですか、羨ましいもんです。ほいで、ＧＤ社で夢信機の製作に関わったと？」

「いいや。夢信工学の神童だったが、その頃の伽世の興味は脳医学に向いていたらしい。本人のたっての希望で、就職後はＧＤグループ傘下の医療系研究機関に勤務。学術誌に論文が載る常連だったが、なぜか二年後突然辞めてる。ＧＤ社とはそこで縁が切れたんだと」

「見かけによらずわがままっていうか、自由な感じの人っすね。そこからどうなったんすか？」

「そこから先はジャックも詳しくは知らんらしい。ただ、伽世はＧＤグループを退職際に、周りの人間に『帰国して夢信交換局に勤めることになった』っつってたんだと」

「じゃあこの写真は、それより後の時期ってことなんダヨ？」

「伽世がこの国に帰ってきてからのもんだな。〈礼佳弐号〉完成祝賀会でジャックが伽世と再会したとき、この男は那都界大学薬学部に再入学してた。学内ベンチャー企業を立ち上げて、製薬会社と共同で夢信症治療薬の開発をやってたらしい……夢信交換局に勤務しながらな」

「は？？？　どういうことっすかそれ？　経歴がめちゃくちゃなんすけど」

「な、意味わかんねぇだろ？　この男、一所に長く留まらねぇくせに、行くとこ行くとこで全部何かしらの業績を残してるんだ。常人ができないことを、魔法使いみたいにポンポンとな」

「まさに、『〝天才〟としか言えない』ってぇわけですか」

伽世ゲインという男についての説明が終わると、すかさずウルカが手を挙げた。

「はいレンカさん！　説明が長すぎてウルカちゃんは前後の繋がりがわからなくなりました！　つまりはどういうことでしょうかっ、三行で頼むっ」

「・私たちの街でやべぇ事件が起きて、その現場に変なメダルが落ちてた。
・この伽世って男がそのメダルを作ってたっぽい。
・結論、この男怪しくね？　以上」

「わかりやすい！　お邪魔しましたっ！」

ウルカがささっと後ろに下がる。次にレンカはヒョウゴへと目を向けた。

「つーわけで改谷さん、現物のほう見せてもらえます？」

ヒョウゴが「はいはい」とセカンドバッグを弄り、ビニールパックを取り出した。

パックの中に入っていたのは、乾いた血のこびりついた、銀色のメダル。

「結局何なんです、ソイツは？」

「〈ボーダレス〉……そう呼ばれているもんだそうです。〈警察機構〉の中でも〝その道のプロ〟が言ってるんで間違いありません」

「その道のプロ？」

「ええ。薬物対策調査部がね」

レンカたちに〈ボーダレス〉と呼んだメダルを手渡しながら、ヒョウゴが説明を続ける。

「見かけは金属のメダルに見えますが、そいつは経口薬品です。なんでも夢信症治療のために開発された新薬で、人工頭脳に使われてる伝導流体と似た成分を固形にしたもんなんだとか」

「『夢信症治療新薬の開発担当者〝伽世ゲイン〟氏』だったのか……液体金属ってそんなもん、身体に入れて大丈夫なんです？」

「専用の薬液に溶かして服用することで、人体への吸収と排出を制御できるらしいです。開発当初は夢信症の各症状に対して効果テキメンって評判だったみたいですよ。……尤も、御上の認可が下りず、一般販売にまで漕ぎ着けなかったそうですが」

「そんな代物が〈共喰い変死事件〉の現場に？　なぜ？　販売されてないんでしょ？」

「表向きはね」

「？　どういうことです？」

「〈ボーダレス〉は、今言ったように夢信症治療にかなりの効果があったそうなんですが、『乱用すると強い依存性を生じる』という欠点を持っていたんです。それに〝ノー〟が突きつけられたわけですな。そんで、製薬会社と御上が揉めてる間に試作品が裏社会に流出、プレミア価格で勝手に取引開始——要するに、麻薬としての需要ができちまったんですよ」

「だから薬物対策調査部なんて出てくるわけか……」

「薬対部のもんが感謝しとりましたよ。これまで麻薬調査業務で製薬会社へ聞き取りに行くたんびに門前払いされとったのが、伽世の名前を出した途端に掌ひっくり返したそうです」

「は？　えらい挙動不審ですねその製薬会社。麻薬なんて不本意な使われ方をされてるとはいえ、元々は伽世の大学ベンチャーと共同開発した志ある薬なんでしょ？　落ち度はねぇんだから、最初から堂々と捜査協力してりゃいいのに」

「〝共同開発〟と言ってはいますが、実態は〈ボーダレス〉の成分内容も製造法も、伽世にしかわからないブラックボックスだったようです」

「なるほど……麻薬捜査に協力したくても『自分たちが何を作ってたのかわからないんです』

なんて言ったら製薬会社のメンツが潰れる。だからこれまで門前払いしてたのが、〈警察機構〉側から伽世の名前が出たもんだから自分たちも被害者なんだと泣きついてきた。ってことか」

「そういうことですなぁ」

「そんなわけのわかんねぇクスリを、伽世は四年前に片手間で作ってたってのか。本格稼働前の〈礼佳弐号〉の運転に関わりながら……不気味だな」

「交換局員としての伽世については何とも言えませんがね。現在裏社会で流通している〈ボーダレス〉については、この男が関係している可能性が濃厚でしょうな」

「となると〈共喰い変死事件〉、伽世は参考人どころか真犯人って線も……居所は？」

「もちろん調べましたとも。……調べはしたんですけどねぇ」

手帳を捲りながら、そこでヒョウゴが口をへの字に曲げた。

「住んでた物件はあっさり見つかりました。なんですけど……もうおらんのですわ、この男」

「いない？　もうこの街には？」

「いいえ。こ、この世に、です」

「「え……？」」

レンカたちが目を丸くするのを見て、ヒョウゴが捕捉を入れていく。

「四年前、時期は〈礼佳弐号事件〉発生後間もなくってタイミングで、隣の市の浜辺で水死体が発見されてます。腐敗が酷かったようですが、身につけていた夢信交換局の身分証と歯の治療痕から伽世ゲイン本人であると確認したと、〈警察機構〉にはそう記録されていました」

それを聞いて、ウルカとヨミががっくりと肩を落とした。

「なぁーんだぁ……犯人見つけたぞーって思ってたのに、無駄足だったってことっすか」

「うい……誤解しちゃってごめんなさいって、ご祈禱とお祓いしとくんダヨ」

「ここまで来て事件は振り出しに戻る、か……。ちょっと一本吸ってくるわ」

情報整理に一区切り着き、レンカが煙草を吸いにベランダに出る。ヒョウゴも後に続いた。

「フゥーッ……お疲れさんでした、犀恒さん。ご感想は？」

「ふぅーっ……正直、徒労に終わってくれてほっとしてます。怪しい男の関与が浮かんで、そして消えたことで、今回の謎めいた事件、随分すっきりしたなって」

「ええ。一人の天才が残した夢信麻薬〈ボーダレス〉……どうやら〈共喰い変死事件〉は、コイツを巡ったチンピラたちの小競り合いが原因って説が濃厚になりましたなぁ」

「とはいえ、振り出しに戻ったことには違いない。素人の調査じゃここらが限界かぁ」

「いいえ、いい線いってましたよ。お陰でワタシが見落としてた〈ボーダレス〉に辿り着けました。伽世ゲインについても、生前の記録含めて今後の捜査に役立たせていただきます。――もう十分です、ご協力ありがとうございました。女子高生探偵団にもお礼言っといてください」

〈共喰い変死事件〉の現場で見つかった、夢信症治療薬〈ボーダレス〉。その糸を伝って四年前の記録から浮上した、〈礼佳弐号事件〉の前後で不審な行動をとっていた男、伽世ゲイン。

二つの事件が一つに交わるかに見えた調査は、しかし『伽世自身もまた、過去の記録にすぎなかった』という結末に辿り着いた。

それはヒョウゴの〝刑事の勘〟が囁いたという、『この事件は、〈礼佳弐号事件〉と何か因縁があるかもしれない』という杞憂が払拭されたということでもあって。

だから素人の捜査協力は、これで終わり。レンカもヒョウゴもそのつもりだった。

「――とは言っても、あんたらもこれじゃすっきりせんでしょ。どうです、これからワタシ、伽世が住んでたてぇ物件見に行くつもりなんですが、同行します？」

犀恒家の玄関の鍵を回して、ユング家からトウヤが戻ってくる。

「はぁ……メイアのやつ、なんで急にあんな強情張って……。レンカさん、ちょっと話が――」

廊下を渡ってきたトウヤの声がそこで途切れた。

キッチンにもリビングにも、誰の気配もなかった。

首を傾げながら食卓までやってくると、トウヤはそこに置き手紙を見つけた。

〝トウヤへ。みんなでちょっと外出してくる。夜には戻ります。――レンカ〟

「出かけちゃったのか、みんな」

それは何でもない内容の置き手紙だったが、トウヤはどことなく落ち着かなさを覚えた。

メイアとの長期戦に備えて荷物を取りに戻ってきたトウヤである。入院に家出にと非日常的な刺激ばかりで頭が追いついていなかったが、一人になった今、ふと疑問が湧いてくる。

——レンカさんたち、俺に黙って何をしてるんだ？

ヨミとウルカはともかく、考えてみればヒョウゴが家に来ているのは明らかに不自然だった。思い返せば入院初日にも、ヒョウゴはレンカを訪ねてわざわざトウヤの病室にまで来ていた。それにトウヤがこの前進退を相談持ちかけたとき、レンカが言っていた〝仕事〟とは何のことだ？　彼女は常勤の夜勤職、基本的に昼間は休みのはずなのに。

胸がざわついた気がした。夢信症が尾を引いているのかも知れない。壁掛け時計がコチ、コチと、誰もいない家の空気を叩く。

トウヤは頭を振ってネガティブな考えを払った。よそう、今はメイアのことだけ考えようと。

〝レンカさんへ。メイアを説得してきます。しばらく戻れないかもしれないです。何かあったらユリーカの家に連絡ください。——トウヤ〟

レンカの置き手紙にそう書き足し、荷物をまとめると、トウヤはその場を後にする。

そうしようとしたときだった。トウヤの目の端に何かが映った。

食卓の椅子、その座面。写真が一枚、そこに置き去りにされたように落ちていた。

トウヤが写真を手に取り覗き込む。そこに写っているものを見て、彼は首を傾げた。

「？　何だろう、この写真……亜穏さんが持ってたのと同じメダルが写ってる」

≫≫≫那都界市郊外、田園地帯。

緑の穂をつけた稲がさやさやと一面をそよぎ、水面のように風の通り道を浮かび上がらせる。

赤トンボが飛び交う田園風景。それを見下ろすようにして、一軒のコテージが建っていた。

「――優雅っつぅか、長閑っつぅか……随分と小洒落た暮らししてたんだな、伽世って男」

ヒョウゴが提案した伽世旧宅の実地検分。レンカ、ヨミ、ウルカはその誘いに乗り、四人はトウヤへの置き手紙を残してこの場へとやってきていた。

ヒョウゴが管理会社から借り受けた鍵を使い、ポーチの大きく張り出した玄関扉を開ける。

「元は土地バブル時代に建てられた別荘です。ここいらは古い集落で、最寄りのスーパーは一山向こう。眺めはいいが恐ろしく不便なもんで、伽世の死後は買い手がついてません。現在は管理会社の人間がたまに様子を見に来るだけだそうです。何の変哲もない空き家ですよ」

「世捨て人の天才ぐらいしか欲しがらない珍物件、か」

レンカが室内へと踏み入った。

間取り図によれば、コテージは地上二階、地下一階の三層構造。丸太を積み上げた壁に高い吹き抜け、暖炉も完備。採光窓から差し込む陽射しで、埃っぽい室内に光の柱が浮いている。

原野を利用した広い庭にはハンモックまであり、ヨミとウルカがそれを取り合っていた。

「こんなとこに何があるとも思えないですけど……まぁ、終着点(デッドエンド)にしちゃ悪くない。私もあの子らも、これで気持ちよく切り上げられますよ」

「そりゃようござんした。ワタシは地下のほうから順番に見てきます、犀恒(さいづね)さんはご自由に」

「へーい」

ヒョウゴが地下室へ歩き去る。レンカは特に当てもなく、二階へ上がってみることにした。

キシ、キシと、木造の階段が軋(きし)る。積もった埃(ほこり)に足跡が刻まれていく。

長閑(のどか)すぎて拍子抜けしていた。こんなことならあのままトウヤの傍(そば)にいてあげればよかったなと、レンカは一人になってふとそんなことを思った。

二階に辿(たど)り着く。そこは天井が屋根の形そのままの、いわゆる屋根裏部屋だった。

一階とは打って変わって薄暗い。小さな採光窓は長年の風雨で汚れきっている。

「さてと……帰るか。死体が転がってるわけでもなし――」

と――そのときだった。

……ガバリッ。「……っ!?」

レンカは突如、呼吸ができなくなった。

一瞬の混乱。そして素早く理解する。

口と鼻を塞(ふさ)がれている。背後から大きな手。男の。ハンカチのようなものを当てられている。

頭の中で即応手順が組み上がる。レンカは素早く、背後へと肘鉄(ひじてつ)を放った。

が、それをガシリと止められて——「しぃ——だ、れ、だ」

耳元で、そんな囁き声がした。聞き覚えのある声だった。

「——大丈夫です、犀恒さん。落ち着いて。わたくしです」

「っ……」

「物音と声を控えていただけますか。了承ならば三つ数えるうちに二度頷いてください。それ以外は申し訳ありませんがこのまま眠っていただくことになります。一、二、三——」

コクコクと、レンカは口を塞がれたまま二度頷いた。即座にその場で解放される。

空き屋の屋根裏に潜んでいた人物——振り返るまでもなく、レンカには誰かわかっていた。

「プロかくれんぼ大会の決勝中ですだなんて言わねぇだろうな——亜穏シノブ」

ハハッと、笑い声が返ってきた。

「残念。これがほんとにプロかくれんぼなら、決勝どころか予選落ちですよ」

暗がりの中から、トレンチコート姿のシノブが現れた。

神出鬼没とはこいつのためにある言葉だなと、それがレンカの頭を過った最初の言葉だった。

「人間ってなぁあれだな……度を超えて意味不明な展開に遭遇すると、逆に納得しちまうんだな。『あぁ、こういう場所になら亜穏がいるよな』って」

「人をゴキブリか何かだと思ってません……？　言っときますけど犀恒さん、わたくしのほうがびっくりしてるんですよ？　どうして貴女がここにいるんです」

「改谷さんの仕事の手伝いだ。この物件の元持ち主について調べてる」

「なぜ？」

レンカは一瞬迷ったが、スパイ野郎に隠すことでもないと開き直って話すことにする。

「十日前に市内で変死体が見つかった。現場に転がってた薬物を追ってたら伽世って男に辿り着いた。だがそいつは既に死んでて、念のためそいつの持ち家だったここに来た。それだけだ」

「驚いたな……自力で〈ボーダレス〉と伽世の線を見つけたんです？　信じられない……」

シノブのその口振りを聞いて、レンカは眉を顰めた。

「あ？　てめぇこそ知ってんのか、その男のこと」

「…………」

シノブが手袋を嵌めた手を顎にやって黙り込んだ。話すかどうか迷っている。

やがて、シノブは真剣な表情で口を開いた。

「……いいですか、犀恒さん。これは警告です。ここでは詳しいことは話せませんが、貴女方は今、ご自分たちが思っているよりずっと危険な領域に踏み込みかけています」

「……？　どういうことだ？　いきなりンなこと言われても意味が——」

「伽世ゲインは、〈鴉万産業〉の人間です」

「は……!?」

レンカはそれを聞いて絶句した。そして次の瞬間には納得してしまっていた。

伽世ゲインという人物像。決して一所に留まらない流浪の天才……その真の職は民間諜報員だったのだと言われれば、なるほどその掴み所のない印象にしっくりはまる。

同時に、目の前にこうしてシノブが現れたことにも合点がいった。

そして現状を踏まえた上で、レンカはシノブへ矢継ぎ早に質問していった。

「〈共喰い変死事件〉のことを〈鴉万産業〉は？」

「把握しています。ですが関与はしていません」

「この事件と〈ボーダレス〉とかいう薬、それと伽世の線は？」

「全て繋がっています」

「伽世は死んだことになってるらしいが？」

「奴は今も生きています。残念ながら」

「何を企んでやがんだ、その男は。いや〈鴉万産業〉は」

「不明です。伽世の独断行動なのです。わたくしも調査のためにここへ来ていたのですよ」

「敵はどっちだ？〈鴉万産業〉にとってのじゃない。〈夢幻S.W.〉にとっての、だ」

「それをこの亜穏シノブの口から言ったところで説得力に欠けますが、それでも申し上げましょう。敵は伽世です。〈鴉万産業〉にとっても、〈夢幻S.W.〉にとっても、ね」

レンカは質問をやめると、煙草の箱を取り出した。暗がりの中、指の感覚だけで器用に一本抜き出して、流れる動作で火を点ける。

「ふぅーっ……。最後の質問だ。今回の件、〈礼佳弐号事件〉との関わりは？」

レンカのその質問に、シノブが一瞬息を呑んだ。

「……はい、あります」

それを聞いて、レンカは煙草を咥えたまま天を仰いだ。

「チッ……あーぁ、やっぱりかぁ」

「逆に訊かせてください。どうやってそこまで辿り着いたんです……？」

「ん。刑事と女の勘」

「あら……弊社の情報網なんかよりよっぽど強力なやつだ」

呆れ顔を浮かべたシノブが、「降参です」と両手を挙げた。

そこへちょうど、一階からヒョウゴの声が聞こえてきた。

「――犀恒さん、二階におるんですか？　地下はなんもなしでした、そっちはどです？」

レンカがシノブを睨む。スパイ野郎は肩を竦めて営業スマイルを浮かべるばかりだった。

そして、唐突に、

「ところで、犀恒さん……明日、わたくしとデートしません？」

「ぶっふぉ!?」

紫煙を思い切り吸い込んでしまい、レンカは盛大に噎せ返った。

「は？　……は!?　はぁぁぁぁッ!?　ちょっ、待てやこら、今の話の流れで何でそう――」

「しぃ……。ですよ？」

シノブが指先を伸ばす。それはレンカの唇に振れて、彼女の口を黙らせた。

「知りたくはありませんか？　伽世(とぎせ)のことと、〈礼佳弐号事件〉の真実について」

「…………」

「先ほど、『ここでは話せませんが』と申し上げました。もっと雰囲気の良い所で、どうです？」

シノブとレンカ。互いの息が触れ合うほどの至近距離で、両者がじっと見つめ合う。

「犀恒さん？」と、ヒョウゴの呼びかける声が聞こえていた。キシ、キシと、階段を上がってくる音がそれに続く。

シノブがレンカの唇から指を離す。掌(てのひら)を広げて、〝わかりますよね？〟とジェスチャーした。

やがて――「あぁ、改谷(あらたや)さん！　二階(こっち)も何もおかしなもんは見当たらないですね」

シノブと目を合わせたまま、レンカがそう声を張り上げていた。

「ん？　そうですか？　一応です、ワタシもこの目で確かめて――」

「だぁからいいですってば！　初老のおっさんがすっ転んでも私、面倒なんて見ませんよ？」

「……へいへい、お気遣いどうも。ヨミとウルカ(庭の二人)呼んできます、帰りましょうや」

キシ、キシ……ヒョウゴの足音が遠ざかり、再び屋根裏に沈黙が降りた。

にっこりと、シノブがスマイルを浮かべた。

「素晴らしい。――それでは明日、こちらでお待ちしております」

そう言うとシノブはチケットを一枚取り出して、レンカのスーツから覗く胸へと差し込んだ。

「おい、セクハラ野郎。蹴り潰すぞ」

「おー怖……おっぱい触りたいの我慢してるだけでも誉めてほしいですね、ハハッ！」

階下に三人の声が聞こえだしていた。長居は無用と、レンカは屋根裏部屋を後にする。

「……約束しろ。トウヤとメイアは巻き込むな。四年前の残り火は、私たちの手で──」

ふと、捨て台詞と共に、レンカが肩越しに振り返った。

その先の暗がりには、既に何の気配も残ってはいなかった。

まるで、最初から亜穏シノブなんていなかったかのように。

「……チッ……スケベ忍者野郎が」

≫≫≫その日の夜。那都界市住宅街、マンション八階。ユング家。

パキュッと、廊下に座り込んだトウヤが、これで五本目になる栄養ドリンクを開けた。

彼が見つめる先は、メイアが引き籠もっている部屋の扉。辺りは一面夜の帳が降りている。

チク、タクと、闇の中でアンティークの柱時計が奏でる音色だけがひたすら続く。

パチン。そこに新たな音が聞こえた。一拍おいて、廊下に光が降り注ぐ。

「──まぁ！　トウヤ、まだ起きてましたの？　もう夜中の三時ですよ……？」

電灯を点けたユリーカが、白いワンピース型の寝間着姿でその場に立っていた。

「あぁ、ユリーカ。ごめん、起こしちゃったかな」

「いいえ、ちょっとお手洗いに起きただけですわ」

ユリーカがトウヤの隣にやってきて、ちょこんとその場にしゃがみ込む。

「メイアのほうは、あれからどうなんですの？」

「あぁ、うん……あいつなら相変わらずだよ」

トウヤが引き籠もり部屋の前に立ち、コンコン、その扉をノックした。

すると扉の向こうから、ドンドン！　と、乱暴なノックが返ってきて、

「起きてるわ！」と、メイアの不機嫌な声がした。

「ずっとこんな調子なんだ」

トウヤが肩を竦める。その顔には疲労が浮き出ていた。

「二人とももうおやめになって。こんな根比べのようなこと……倒れてしまいますわよ？」

ユリーカが心配顔を通り越し、呆れ顔になって言った。

「ごめん、ユリーカの頼みでもこれはやめるわけにいかない。今メイアをどうにかできるのは俺だけだから。せっかくチームワークができてきてたのに……俺のせいなんだ。放っておくわけにいかない」

「トウヤ……」

するると扉のすぐ向こうから、トウヤのその言葉を聞いていたメイアの声が返ってくる。

「ふんっ、よくそんなことが言えるわね。〈獏〉を続けるか辞めるかも自分で決められない意気地なしのトウヤのくせに。わたし、そんな人の〝呪い〟なんてもう信じられないわ」

「メイア……」

ユリーカが眉を八の字にして、トウヤとメイアの間で首をきょろきょろさせた。

〝ユリーカ〟という人格にとっての、初めてできた友人であるトウヤとメイア。そんな二人が目の前で疲弊していくのを見せられて、心が痛まないわけがなかった。

どうにかしてあげたい反面、けれど自分には何もできないことも、ユリーカは知っている。

これは『誰が正しいか』という問題ではない。『心が納得できるかどうか』の問題なのだ。

〝集合無意識の海の底〟——人工の夢である夢信空間の底が抜けた、そのずっとずっと奥底にある、人の心の根源のような場所。ユリーカはそこで、自分自身の分身たる二人の親娘の想いに触れて、『私は私』と、心の拠り所となる言葉を見いだした。だからわかるのだ。

迷ってしまった自分の心を導けるのは、たとえ拙くても自分で紡いだ自分自身の言葉なのだ。どんなに立派な他人の言葉なんかでもなく。

今のトウヤとメイアは、それを見失ってしまっているから。

「……ごめんなさい……私、今のあなたたちに何もしてあげられませんわ」

だからユリーカは、しゃがみ込んでいた腰を上げた。

トウヤとメイアは何も言わない。互いに互いのことで頭がいっぱいだった。

ユリーカは何も言わず、振り返ることもせず、その場を立ち去っていく。

チク、タクと、再び柱時計の音が沈黙を満たしていった。

パキュッ……トウヤが更に追加でもう一本、栄養ドリンクを開ける音。

「ふんっ」と扉の向こうで、メイアが鼻を鳴らす何度目かもわからぬ声。

昼間からずっと続いている、硬く、重く、険悪な空気が、また部屋の空気を尖らせていく。

「――でも、もしかしたら私、そうやって喧嘩ができるお二人が羨ましいのかもしれません」

そこへ、立ち去っていたユリーカがキッチンから引き返してきた。

「私は〝ユリーカ〟になってから、迷い続けていたこの十二年間、パパとただの一度だって、対等な口論さえしたことがありませんでしたから。……不謹慎かもしれませんけど、思いのすれ違いを口に出して喧嘩ができるって、そういうの私、ちょっと憧れてしまいます」

そう言ってユリーカが差し出した両手には、マグカップが二つ握られていた。

右手に持っていたそれをトウヤへ。そして左手に持っていたもう一つを扉の傍に置く。

「私は何もできませんけれど――ドリンクの飲み過ぎも、絶食も、よくありませんよ」

夏の夜に、温かいオニオンスープのいい香りがした。

「…………」「…………」

「おやすみなさい。二人とも、身体を壊すのだけはいけませんからね？」

それだけ言うと、今度こそユリーカは自分の寝室へと去っていった。

「――……ありがとう、ユリーカ」

すると背後から、そんな声が重なって聞こえた。

無力なことが、誰かのためになることもある――ユリーカの口元は、穏やかに微笑んでいた。

「ええ。――何もできなくて、どういたしまして」


チク、タク。チク、タク――ユリーカが去ってから、更にいくらかの時間が過ぎていた。

チク、タク。チク、タク――柱時計の音が、時をゆっくりと刻んでゆく。

トウヤは受け取ったマグカップをじっと覗き込んでいた。オニオンスープには口をつけずに。

目の前の扉に目を向ける。その傍らには二つ目のマグカップが置かれたままになっている。

自分だけスープを口にするのはフェアじゃないと思った。それをやってしまったら、今自分たちがこうしているのはいったい何なんだろうと、全部わからなくなってしまいそうだった。

チク、タク。チク、タク。

つまりはトウヤもいい加減、きっかけがほしかったのである。

チク、タク。チク、タク――――――ぐぅ。

だから扉の向こうでそんな音が鳴ったのを聞いて、トウヤは重たい口を開くことにした。

「……。なぁ、メイア……スープがあるぞ」

トウヤのその呼びかけに、扉の向こうから返事はない。

けれどゴソゴソという衣擦れと、『ぐぅ』ともう一度、腹の虫が鳴く音が聞こえた。

「メイア。ユリーカが用意してくれたんだ、冷めちゃうだろ」

「……いらない……」と、メイアのふて腐れた声が返ってくる。

「嘘つくなよ。丸二日もそんなとこに閉じこもって、いらないなんてことないだろ」

「平気よ、これぐらい。車椅子に乗っていた頃は、一日一食でも多いくらいだったんだもの。それに、カップ麺をたくさん持ってきているわ。だからお腹が減ったりなんてしないの」

「それも嘘だ。お前嫌いじゃないか、カップ麺」

「…………」

「いいからスープだけ持っていけよ。見なかったことにしとくから」

トウヤがそう言うと、彼の見ている前でドアノブが回った。

扉の隙間から手が伸びて、マグカップを摑むとサッと引っ込む。ガチャリと鍵をかけ直す音。

「……ふぅ、ふぅ……」

メイアが扉の向こうでスープに口をつける気配を待って、トウヤもカップに口をつけた。

眠気覚ましの栄養ドリンクばかり口にしていた身体に、スパイスの効いたスープの味が沁みていく。意地を張って二日も絶食していたメイアなら尚更だろうとトウヤは思った。

ユリーカにもう一度心の中で礼を言う。きっとこれ以上この状態が続いていたら、自分たちがこうなった理由も経緯も見失って、心に取れないしこりができてしまうところだった。

やがてオニオンスープを飲み干すと、トウヤは扉に背中をもたれかけた。

「………お前、怒るとそんなふうなんだな」

どう切り出すか数十秒迷った末に、トウヤの口から出てきたのはこの悶着の第一印象だった。

メイアがこんなにはっきりと〝怒り〟の感情を見せたのは、これが初めてのことだった。

喜怒哀楽、そんな単純な感情表現さえ、六月に初めて出会った頃のメイアは覚束なかった。

自称名医の蛭代ナリタをして、「何もしてあげられない」と首を振らせたメイアの心は、宇宙の果てのように真っ暗だったのだ。

そんな人の心を知らない魔女のようだった彼女が、今は家出するほどに強情を張っている。

メイアの心が確実に変化してきているのを――成長しているのを目の当たりにして。だからここへきてトウヤの口から、単純だけれど驚きに満ちた言葉が零れたのだった。

「……センリは、大丈夫?」

トウヤが声のトーンを下げたのを聞いて、メイアが恐る恐る尋ねてきた。

「うん、姉さんはなんともない。痕も残らない掠り傷だって、先生がそう言ってた」

「そう……よかったわ。よくないけれど、よかった……」

メイアも扉に寄りかかっているようだった。彼女の声がトウヤの背中に伝わってくる。

トウヤがメイアの〝怒り〟の感情に驚いたのと同じように、メイア自身も戸惑っていた。

「……センリの病室であなたに腕を摑まれたときね？　わたし、頭の中が真っ黒だったの……トゲトゲしていて、熱くて、それと同じぐらい冷たくて、火傷しそうな塊が、お腹の奥からワアーッて噴き出してきて、気づいたらあんなことになっていたの」

「うん、言いたいことはわかる。人間は怒るとそういうふうになるんだ」

「トウヤも、わたしに怒っているときはそういうふうなの？」

「そうだ」

「そう……。わたし、びっくりしたわ。わたしがわたしでないみたいな感じだったから」

「だからそんなとこに閉じ籠もってるのか？」

背中でゴソゴソ物音がした。メイアが膝を抱えて、その上に顎を乗せる姿が目に浮かんだ。

「誰にも会いたくないって思ったの。おかしくなったわたしを見せたらいけない気がしたの」

「別に、おかしくなんてない。嫌な思いをしたら怒るのは、そうなっちゃうのは自然なことなんだ。メイアは普通になってきてるだけなんだ。だからそんなに戸惑わなくていい」

トウヤのその言葉で、メイアのゴソゴソが収まったのがわかった。

魔女の強情が落ち着きを見せたことに安堵する。すると今度は、その反動がトウヤにきた。

「……メイアがおかしいんじゃない。おかしくなっちゃったのは、俺のほうなんだよ」

頭はとっくに眠くなっているのに、栄養ドリンクで覚醒しきった身体が眠るのを許してくれない。安堵したことで意識に纏っていた鎧が緩んで、押し込んでいた弱気が滲み出てくる。

「元はといえば、メイアを怒らせたのは俺だ。俺が急に『〈獏〉を続ける理由はもうないんじゃないか』なんて言いだしたから。いきなり夢信症になんてなったから」

「トウヤ……？」

「入院してたときにレンカさんから、チームが俺抜きの三人編成で上手くやってるって聞いて、そこまではよかったんだ。あぁ、それなら俺が復帰するまで大丈夫だなって、そう思った――」

心の蓋の隙間から、言葉が次から次へと吹きこぼれてくる。自分の意思とは無関係に。

「――でも、『メイアも持ち回りでリーダーをやってる』って聞かされたとき、俺の中で急に、何かの糸が切れた」

それはトウヤも無自覚だった、彼の本心。

「〝メイアにだけは、リーダーを取られるのは嫌だ〟って思っちゃったんだ、俺」

彼は自分の声を自分で聞きながら、入院中の瑠岬トウヤが抱いていた本心を紐解いていく。

「俺がお前に〝呪い〟をかけたんだから。お前を生かすために俺は〈獏〉を続けるんだって思ってたから。そうやってお前が俺に依存してくれることに、俺は依存しちゃってたんだ。……お前にかけたはずの〝呪い〟が、俺に跳ね返ってきたみたいに」

だから、メイアがリーダーになるのだけは嫌だと。メイアがリーダーを必要としなくなったら、瑠岬トウヤは〝アタッカー・ワン〟を続ける理由がなくなってしまうからと。

原因不明の弱体化で足踏みしているトウヤを、メイアたちはあっという間に追い抜いていく。

強くなっていく。成長していく。お互いの立ち場が、居場所が、みるみるうちに離れていく。

メイアたちに置いていかれたくない。

でも、メイアたちの足を引っ張ることはもっとしたくない。

関係が変わってしまうことが怖い。

決断するのが怖くなって、だから進退問題なんて口にして。

『きみが生きたい理由にはなれなくても、死ねない理由ぐらいにはなってやる』——六月の〈銀鈴(ゆめ)〉の中でトウヤがメイアにかけたその〝呪い〟は、いつしかトウヤ自身を呪っていたのだ。

「こんなの〝アタッカー・ワン〟じゃない……《顎(あぎと)の獣》に挑んだ六月の俺も、《ユリーカの夢(クラスS)》を諦(あきら)めなかった七月の俺もそう言うと思う。メイアが怒るのも当然だよ」

「トウヤ」

「どうしちゃったんだろうな、俺……過去の因縁は全部片づけて、これからってときなのに」

「トウヤ」

「この前、メイアたちと一緒に父さんと母さんの墓参りに行ってさ。あとは未来(まえ)に進むだけだって思ったら、そしたら急にいろんなことが怖くなって。変わっていくことが、俺の居場所がなくなるのが、怖くてどうしようもないんだ……」

「トウヤ。トウヤ。ねぇ、トウヤ」

溢(あふ)れてくる自分の言葉に呑み込まれていたトウヤを、メイアのその声が繋(つな)ぎ止めた。

「トウヤ……聞いて？」
「………うん」
「わたしがトウヤのいない間に、リーダーをやっていたのはね。あなたの代わりをしようとしたんじゃないわ」
メイアが扉の向こうで顔を上げ、頭のてっぺんでこつんとノックしてくる。
「あなたがいた場所を知りたいと思ったの。あなたが立っていた場所を守っていたかったの。ここには瑠岬（アタッカー・ワン）トウヤが帰ってくるのよって。みんなそれを忘れないでねって」
――『ウルカの先輩でいたい』
――『那都神（なとがみ）の隣に並んでいたい』
――『メイアの……俺はあいつの〝呪い〟なんだ』
――『レンカさんもユリーカも、全部俺の大事な居場所だから』
――『それを守れなくなるのは、嫌だな。姉さん、俺、もう独りには戻りたくないよ』
それはメイアだけが知っている、病床（ベッド）の上の白昼夢にいたトウヤが口にした言葉。
トウヤがこの場で自身の本心（こえ）を聞くよりずっと前に、彼女だけが聞いていた彼の〝こころ〟。
メイアは、トウヤが悩み始めるよりもずっと前から、彼の中にある真実を知っていたから。
「……だからお前は怒ってたのか……怒ってくれてたのか」
「あなたのためばかりじゃないわ、トウヤ」

メイアが扉に頬（ほお）をつける。トウヤの耳元のすぐ傍（そば）で、彼女の声が聞こえる。

「わたし、何度も言ってるでしょう？　あなたはわたしの〝呪い〟だから。わたしより先に、あなたがどうにかなってしまうとわたしが困るのって」

トウヤも丸めていた背中を伸ばし、扉へ向いて語りかける。

「俺もさっき言っただろ？　お前は俺の〝呪い〟にもなっちゃったんだ。お前のこと嫌いなはずなのに、どうやっても切れない何かができちゃったんだ」

「ふふっ。あら、いいじゃない。それならあなたとわたしで、〝呪い〟を半分こしましょ？」

「はは……呪いのことクッキーか何かだと思ってないか？　お前」

扉を挟んで笑い合う。トウヤは、胸に引っかかり続けていたものが取れた気がした。

それが感情の栓にもなっていたらしい。トウヤは溜め込んでいた気持ちを吐き出していった。

「……俺、〈貘（バク）〉を続けたい。〈夢幻S・W（セキュリティ・ワークス）〉に、みんなの所に戻りたい」

「そうすればいいわ。みんなあなたを待っているのだもの」

「もう前みたいに戦えないかも、迷惑かけるかもしれない……それでもいいのかなぁ……？」

「関係ないわ。たとえトウヤの能力が弱くなっても、あなたのリーダーの素質は失われないもの。あなたが戦えない分は、わたしたちが戦ってあげる」

「そんなになっちゃっても、まだ俺……みんなのリーダーでいても、いいのかなぁ……？」

「なぁに？　そんなことで悩んでいたの、トウヤ？」

カチャリ……と、閉ざされていた鍵が開かれて。

キィ……と、覗(のぞ)いた扉の隙間から、魔女の優しい声がした。

「――どんなにあなたが変わっても、トウヤはトウヤじゃない。なら、〝アタッカー・ワン(わたしたちのリーダー)〟は、いつだってそこにいるわ」

「……あぁ、そうか。当たり前のことだけど、そうなんだよな……」

メイアが扉を開けた先に、瑠岬(るみさき)トウヤが立っていた。

座り込むのも俯(うつむ)くのもやめて、自分の足でしっかりと。

濃紺色に色づいてゆく夜と朝の境目で、目元と鼻先をほんの少し赤く腫(は)らして。

「あら、あなたまた泣いていたの？」

「泣いてない。これは鼻水だ」

「ふふっ……あらそう？　そういえばいつかのときも、そんなことを言っていたわね」

ふふっとメイアが笑みを浮かべる。それから白銀の手を、そっとトウヤへ伸ばした。

「手伝ってもらえる？　お腹がぺこぺこで、脚がふらふらするの」

「もう……やっぱりやせ我慢してたんじゃないか、馬鹿」

トウヤもつられて頰(ほお)を緩めて、メイアの細い手を取った。

「……今度、二人で姉さんの所に行こう、メイア。いっぱい心配かけちゃったから」

「そうね。びっくりさせてごめんなさいって、わたしもセンリに謝りたいわ」

二人がそう約束を交わすと、ちょうどそれを見届けるように朝陽が昇った。

それに合わせて、部屋の奥の寝室から寝ぼけ眼のユリーカが起きてくる。

「ファー……。……あら？　うふふっ。トウヤ、メイア。仲直りですわね」

何があったかは知らないけれど、どうなったかは見ればわかる。ユリーカは何も言わずにキッチンに歩いていくと、エプロンと鍋摑み（オーブンミトン）を身につけて微笑（ほほえ）んだ。

「お家に帰る前に、朝ご飯を一緒に食べましょう？　コテージパイがありますよ」


その後、三人でお腹いっぱいになるまで朝食を囲んで、トウヤとメイアはユリーカにお礼と謝罪とをしてユング家を出た。そして犀恒（さいづね）家に帰ってくる。

「ふぅ、今帰りましたー」「ただいまよ、レンカさん？」

玄関で靴を脱ぎながら、トウヤとメイアが呼びかける。

けれど、家の中はしんと静まり返っていた。トウヤもメイアもすぐに違和感を感じ取る。

誰もいない。留守の家に特有の不思議な感覚（匂い）。

「……ねぇトウヤ？　レンカさん、ご飯を買いに行ってるのかしら？」

「昨日、書き置きがあったんだ。夜には戻るってあったんだけど、帰ってきてないのか……？」

トウヤがキッチンに辿（たど）り着く。食卓の上に目を向ける。

そこには昨日の昼間と同じく、置き手紙があった。

が、その内容はレンカの手で新たに書き足されていた。

「レンカさん、やっぱり帰ってきてたんだ。別の仕事かなんかか——なっ⁉」

新たな置き手紙の内容を読んでいたトウヤが、声を上げて固まった。

「トウヤ、なぁに？　レンカさんがどうかしたの？」

遅れてキッチンへやってきたメイアへ、トウヤがギギギギ……と首を回す。

「メイア……何が起きてるのかわからないけど、大変なことになってるみたいだぞ……！」

……〝トウヤとメイアへ。自分でも何を言っているのかわからないが、デートに行ってくる。いつ戻るかは……すまん、予想がつかん。とりあえずいってきます。——レンカ〟

≫≫≫同日。八月二十九日、午前十時。

『——お待たせいたしました、只今より入場を開始いたします』

炎天下に館内放送が響き渡り、ゲートにかけられていた鎖が係員の手で外された。

蝉の声を浴びていた雑踏の列が、堰を切られた大河のようにぞろぞろと進みだす。

ゲートスタッフがチケットに入場印を押したのを受け取って、犀恒レンカは顔を上げた。

「因果応報ってわけでもなかろうが……まぁこの街で〝雰囲気の良い所〟っていやぁ、ここか」

レンカの見上げた先では、大きな観覧車が回っていた。

ここは那都界市郊外を流れる大きな運河沿いに建てられた、チケット制の複合商業施設。

かつてレンカが、トウヤとメイアを『親睦が足りねぇんだよ』とけしかけた場所だった。

あのときはチケットを押しつける側だったレンカが、今回は受け取らされる側になって。

それも相手はあの亜穏シノブである。

昨日、伽世旧宅でシノブと密約を交わしてから自宅へ帰ってくると、トウヤの姿がなかった。書き置きによると、家出したメイアをつれ戻しにユング家へ押しかけているとのこと。二人の帰りを待とうとしたが、どうにもじっとしていられなかった。早朝からマンションを出、愛車で市内をかっ飛ばして落ち着かない気持ちを振りきり、そして現在に至るという経緯である。

「つーか何だよデートって……こちとら伽世の話を聞きたいだけだっつうのに」

ブツブツ文句を垂れながら、レンカが大股に場内を歩いていく。

先ほどから、そんなレンカとすれ違った男女の何割かが、思わず彼女を振り返っていた。

「亜穏の野郎、意識させせやがって……試されてるみたいですげー腹立つ……」

ショーウインドウに貼られた鏡を覗き込み、レンカは自分の身なりを改めてチェックした。

高いヒールのついたボーンサンダル、八分丈のタイトジーンズ、ベージュのノースリーブシャツにカーディガンを羽織り、自然に流した長い茶髪が舞う。鎖紐のついたバッグを提げる姿は、彼女の素を知る者には凶器を持っているように見えたかもしれないが、何も知らない者にとって今の犀恒レンカという女性は、完全無欠の『綺麗な大人のお姉さん』だった。

バッグから紙切れを取り出す。それは昨日、シノブからチケットと共に渡されたメモ書き。施設内の簡単な手書きの地図に、サングラスをかけた二等身の落書きが指を伸ばして『十一時にここ！』と待ち合わせ場所を示している。

シノブ自身をデフォルメした落書きが地味にかわいいことにイラっとさせられながら、レンカがやってきたそこは複合商業施設の中心部。大きな花時計が設置された噴水広場だった。

花時計はまだ十時半も指していない。「あーくそ、これじゃのぼせて早く着いちまったみたいじゃねぇかよ」と、レンカがクワッ、小綺麗な化粧顔を憤怒に歪めたそのときだった。

「おーい、レンカさーん」

行き交う雑踏の中から、彼女の名を呼ぶ声があった。

しかしそれはシノブの声ではない。というよりそもそも男性の声ですらなかった。

そして人混みの向こうにヨミとウルカがいるのを見つけて、レンカは目が点になった。

「……はぁッ!?　ちょ、何で、お前ら……!?」

レンカが狼狽していると、私服姿のウルカがトコトコ歩いてきて首を傾げる。

「へ？　レンカさんこそ、何でそんな顔するんすか。あたしらがいちゃ悪いんすか？」

地方都市の那都界市民にとって、この場は覚醒現実屈指のプレイスポットである。その上今は夏休み。友人知人部下上司とばったり出くわしたとしてもおかしなことではない。

「うっ……いや、だからって今のこれはタイミングがよすぎだろ……っ」

暑いのとは別の理由で汗が出てきたレンカ。その様子を見上げてウルカが眉根を寄せる。

「ん？　ん⁇　ん～～～？？？　どういうことっすか？　タイミングも何も、だって今日のこの時間にここに集まるようにって――」

「ウルカちゃん。ちょいちょい」

何か言いかけたウルカの頰を、ヨミが突っついて黙らせた。訳知り顔のジト目を一瞬レンカへ向けて、ヨミがウルカに何かコソコソ耳打ちする。

「……あっ、そっかもう始まってるんすねこれ、ウルカちゃん了解いたしました！」

ヨミの助言で何やら納得した様子のウルカが敬礼のポーズをしてみせる。

そしてレンカが訳もわからず棒立ちになっていると、女子高生二人は口を揃えて、

「あっれ～？　偶然ですねレンカさ～ん」と、とってつけたような棒読みセリフを並べた。

レンカはすっかり混乱してしまっていた。

こんな三文芝居な偶然があって堪るか。ヨミとウルカは明らかにこの状況を理解している。

作為的な人員配置。誰かが裏で手を引いている。置いていかれているのは自分だけ。

ならばこの状況を仕込んだ野郎は、一人しかいない。

「――だ、い、だーれだ」

そして今度こそ聞こえてきたそれは、紛れもなく野郎の声だった。

「おや？　まだ約束の時間になってませんけど、お待たせしちゃったみたいですねぇ、ハハッ」

レンカはコンマ一秒でも、〝デート〟の文字列を意識してしまっていた自分を呪った。

「……て、め、えぇぇ……女三人に声かけて、ぬぁにがデートだこの野郎ッ!!」

バッグをぶんぶん振り回しながら、その剽軽(ひょうきん)声へ振り返る。

「え……」「なっ……」「は……？」

斯(か)くしてそれは、その男の姿を目にしたヨミとウルカとレンカが発した戸惑いだった。

「いやー、嬉(うれ)しいなぁ。わたくしと会うの、そぉーんなに楽しみにしてくれてたんですかぁ？ハハハーッ↑」

レンカの前に、ド派手なアロハシャツを着た、亜穏(あのん)シノブが立っていた。

「――ささ、こちらでございますよぉ」

噴水広場で偶然出くわしたヨミとウルカも加わって、レンカがシノブに通されたのは、複合商業施設内に構える高級レストランだった。

ヒールが沈み込みそうなぶ厚い絨毯。大きな一枚板のテーブル。天鵞絨(ビロード)のカーテン越し、青空と観覧車の遠景が、ブルーサイダーに浮かべたレモンの輪切りのように鮮やかに映える。

個室のテーブル席は密室で、部外者の目も耳もここには届かない。

そんな上質な空間にあって、レンカの視界に刺さって離れないのは、シノブの私服姿だった。

「色もコーデもどういうセンスだ、頭ン中に〈悪夢（ノイズ）〉でも湧いてんじゃねぇのかお前……」

「何をおっしゃいますか犀恒（さいづね）さん。わたくしの夏の一張羅ですよ？」

その場で大きく屈伸するシノブを見て、レンカは目がチカチカした。

ハイビスカス柄の、エメラルドグリーンのアロハシャツ。膝（ひざ）下丈の黄色い木綿ズボン。ローカットスニーカーに、頭の上には四角く潰（つぶ）れた麦わら帽子のような見た目のカンカン帽。

シノブの私服センスはレンカの想像の斜め上をぶち抜いて、もはや行方不明レベルだった。〝亜穏シノブ〟というアイデンティティーは、今やいつもの丸形（ロイド）サングラスのみである。

ヨミもウルカも、一歩どころか五歩は引いてレンカとシノブのそんなやりとりを見ていた。

しかし慣れとは恐ろしいものである。そんな色彩の暴力も、数分も経てば気にならなくなっていた。ひとたびシノブが営業スマイルで「どうぞ、おかけください」とエスコートすれば、途端に謎（なぞ）の説得力を帯びる。

シノブが示したテーブルの各辺には、ここに通された時点で四脚の椅子が並べられていた。

「昨日コテージで私らを見かけた時点で、那都神（なとがみ）と薪花（まきはな）も巻き込む気満々だったってか」

「人聞き悪いなぁ……。『伽世（とぎせ）のことと、〈礼佳（らいか）弐号事件〉の真実について』――それを知りたがってたのは犀恒さんたちのほうじゃないですか、違います？」

席に着いたレンカがシノブを睨（にら）み上げて黙り込んだ。

事実シノブの言うとおりであったし、それが目的で今日この誘いに乗ったのだ。ヨミとウルカを巻き込むのは歯がゆいが、この際それには目を瞑るしかないとレンカは割り切る。

レンカの表情からそれを読み取って、シノブは部屋の隅にいる少女たちへ向き直った。

「さぁお二人も、そんな所に固まってないで、お座りください？」

シノブが椅子を引き、ヨミとウルカへ着席を促す。が、

「うい……」「あ、えーっとぉ……」

二人はその場からなかなか動こうとしなかった。酷く戸惑っているように見えた。

「ヨミ？　ウルカ？　どうした。私が昨日こいつと会ってたの黙ってたのは悪かったが、こいつから誘われた時点できな臭いって気づかないいきみらじゃないだろ。悪いがここまで来たんなら最後までつきあってくれ」

レンカがそう言うと、ようやく二人は渋々席に着いた。

正方形のテーブル、レンカから見て左辺側に座ったウルカが不安そうな顔で何度も首を捻っている。しかしレンカにはウルカが何をそこまで気にかけているのかピンとこない。

レンカが奇妙に思っていると、右辺席に座ったヨミが耳打ちしてきた。

「……レンカさん。その〝フリ〟、いつまで続けるんダヨ？」

「フリ……？　何のことだ？」

何を言われたのか理解できずレンカが怪訝な顔をすると、ヨミまでなぜかしゅんとなって、

「うい……何でもないんダヨ……」

それきりヨミとウルカはよそよそしいまま、その場にどんよりとした空気が漂う。

「あらー……テンション低いですねぇ。夏バテですか？　ハハッ」

この場で未だ明るい声を出しているのは、亜穏シノブ一人だけ。

「そんな皆様に打ってつけ。ここの料理、さっぱりしてて美味しいんですよぉ」

そう切り出すと、シノブはチリリーンと、呼び出し用のハンドベルを鳴らした。

スーツベスト姿の店員が数名、コース料理を乗せたワゴンを押してやってくる。
①前菜、②スープ、③魚介料理、④氷菓子、⑤肉料理、⑥デザート、⑦カフェの七品目で構成されたコースメニュー表が各自に手渡される。それに合わせて一品目の皿と、レンカとシノブには赤ワイン、ヨミとウルカにはオレンジジュースのグラスがそれぞれ配膳されていった。
「ではとりあえず、食前の乾杯から」

シノブがグラスを掲げる。社交場専用と思しきスマイルには、一切の感情が含まれていない。

レンカは、そんなシノブにほんの僅か、薄気味悪さを感じた。

「悪いが、コース料理なんて悠長に食ってるつもりはない。さっさと本題に移ってもらおうか」

「あらら？　犀恒さん、もしかして警戒してます？」

「ったりめぇだ。あんな匂わせ情報小出しにされた昨日の今日で股開くほど、人の信用ってやつは安く買えねぇぞ、〈鴉万産業〉」

そう声を低くするレンカを横目に、シノブはグラスを軽く躍らせてワインを口に含んだ。

「……心外だなぁ。毒なんて入ってませんよ？　ハハッ」

「初対面の頃のくそつまんねぇ冗談はやめろ」

「もーそんなおっかない顔しないでくださいよ……わかりました、わかりましたって」

シノブが肩を竦める。前菜を味わいながら、その男は背もたれに身を預けた。

「……伽世ゲイン。ええ、彼についてお話ししましょう」

四人きりの密室。天井にぶら下がるシーリングファンが、音も立てずに回っていた。

「そもそもどういう男なんだ。表のカオじゃあない。裏社会の伽世は」

「伽世ゲイン、二十八歳。元〈鴉万産業〉技術二課、上級研究員。

高校を卒業後、イギリス工科大学に留学中、現地特派員からのスカウトを受け〈鴉万産業〉へ入社。ごく普通の留学生として振る舞い、当時英国内で最先端といわれた夢信工学科から機密資料を持ち出す諜報活動に従事。

卒業後は〈鴉万産業〉の指示に従い、表向きには　G　D　社に新入社員として入社。同じく機密情報の持ち出し任務に従事。

英国での諜報活動を終えてからはこの国へ帰国。夢信交換局員の肩書きでここ那都界市へ赴任。第三世代機〈礼佳〉シリーズの機密情報持ち出しに従事。

それに並行して那都界大学薬学部へ入学。〈鴉万産業〉のステルスリクルートにより大手製薬会社と新薬開発プロジェクトを立ち上げ、創薬技術に関する機密情報持ち出しに従事――」

「あーもういい。たくさんだ」

レンカが堪(たま)らず掌(てのひら)を突き出し、未だ伽世の概歴を喋(しゃべ)りかけていたシノブを黙らせた。

「漠然と『流浪の天才』、『気紛れな魔法使い』って印象でいたが……出向いた組織から手当たり次第、機密情報の持ち出し持ち出し持ち出し！　真っ黒なスパイ野郎じゃねぇか」

「はい、何せ〈鴉万産業〉創立以来無二の逸材とまで言われた男ですから」

「〝敵〟だとも言ってただろ。そんな最高傑作のカラスが、〈鴉万産業(お前ら)〉に爪を立てたって？　そこから〈共喰(ぐ)い変死事件〉に繋(つな)がるって言われてもピンとこねぇぞ」

「そこが何分込み入ってる話でしてね。順序立ててご説明させていただきたく、えぇ」

コンコン、ガチャリ。そのとき個室の扉が外から開かれた。

コース料理二皿目、スープを乗せたワゴンがやってくる。レンカの席にやってきた店員が、一皿目(オードブル)に手が着けられていないのを見て、「おさげしてもよろしいでしょうか」と伺いを立てた。

「えぇお願いします」とあしらって、そこでレンカはいつ振りかにヨミとウルカへ目をやった。

「？　どうした、二人とも？」

シノブとの会話に意識が向きっきりだったレンカが、思わず困惑顔になった。

ヨミもウルカも、料理に口をつけないどころか、フォークに触れてさえいなかった。

一皿目(オードブル)が下げられ、二皿目(スープ)が全員に行き渡り、店員が個室から出ていく。

ウルカがレンカのことをじっと見つめ返す。その表情はレンカ以上に困惑を浮かべていた。

「レンカさん……さっきからこの人と何の話してんすか？」

「伽世（とぎせ）ゲインは〈鴉万（からすま）産業〉の社員だったんだ。〈警察機構（改谷さんとこ）〉の記録じゃ四年前に死んだって話だったが、どうにもこいつが実は生きてるらしい。〈共喰（ぐ）い変死事件〉の裏で糸を引いてる上に、〈礼佳（らいか）弐号事件〉にも関わりがあるみたいんだ。……何かまだ、私たちの知らない、四年前から続く因縁が隠されてる……だからその情報を聞き出すために、今日こうして集まって――」

「伽世？　え？　レンカさん、どういうことっすか……あたし、頭痛くなってきたっす……」

ウルカが青い顔をして、レンカとシノブを交互に見た。先ほどからのシノブの説明がよほど理解できないのか、涙目にすらなっている。

ヨミが心配そうにそんなウルカへ手を伸ばす。そして時折チラチラと、ヨミはレンカのほうへ、ウルカに向ける以上の心配の色を滲（にじ）ませているように見えた。

二人の戸惑い方は異常だった。

しかし、レンカには何が彼女たちをそうさせているのかがわからない。

この場でいつもと変わらずにいるのは、亜穏（あのん）シノブだけである。

「おっ、このポタージュ、いけますよ！　三皿目は伊勢エビが出てくるそうです。エビ好きなんですよねぇ、わたくし。ハハッ」

その様子をウルカがじっと凝視していた。「はぁ、はぁ……っ」と口呼吸して、唇が乾いているのがレンカからも見えた。喉（のど）もよほど渇いたのか、ウルカは耐え切れないといった様子で、オレンジジュースのロンググラスをごくごくと一気に半分ほど飲み干した。

スープを口に運んでいたシノブが手を置き、ナプキンで口元を拭く。

「ふぅ。さてと、伽世と〈鴉万産業〉が敵対した理由、でしたね？　――正確には、〈鴉万産業〉が伽世の暗殺を実行した経緯ということになりますが、お話ししましょう」

「暗殺だと？」

「〈警察機構〉の記録はお聞きになってますでしょ？　四年前に発見された、伽世ゲインと推定される水死体……あれは我々サービス四課が、伽世を暗殺しようとした痕跡(こんせき)なのですよ」

「だが、伽世は生きているとも言った。暗殺に失敗……いや、成功したと勘違いさせられた？」

「残念ながらそのとおりです。四年前、伽世は〈鴉万産業〉に対し、重大な背任行為を犯しました。その報復としての暗殺だったのですが……奴はこの亜穏シノブを出し抜いたのです」

「死体が他人(フェイク)だとわかった頃には、本物の伽世はとっくに雲隠れしてた、か……その〝背任行為〟ってのは、伽世は何をやらかしたんだ？」

シノブがスプーンを口へ運ぶ。スープで唇と喉を湿らせると、再びゆっくりと口を開いた。

「伽世は、四年前(当時)、〈鴉万産業〉が取得していた人工頭脳、真処女機〈銀鈴(ぎんれい)〉の管理責任者でした――と言ったらどうです？」

それを聞いて、ぞくりと、レンカの背筋に鳥肌が立った。

頭の中でキーワードが組み合わさっていく。

伽世ゲイン。〈鴉万産業〉。四年前。〈礼佳〉シリーズの機密情報持ち出しに従事。〈銀鈴〉の管理責任者。背任行為。

「おい、まさか……」と、ほとんど無意識に、レンカはそう呟いた。

こくりと、シノブが頷き返して、

「奴が犯した背任は、『〈銀鈴〉から《顎の獣》を解き放った罪』——伽世ゲインは、奴こそが、〈礼佳弐号事件〉の実行犯です」

「なっ……!?」

「いかがです……我々が伽世暗殺を決定するには、十分すぎる理由でしょう?」

上顎の裏に舌が貼りついて、声が出てこなかった。

レンカはようやく、自分の口の中がカラカラに渇いていたことを自覚する。

《顎の獣》。呀苑クナハ。クラスX。〈獣の夢〉。夢の中で人間を殺す悪夢。夢信災害。虐殺者。

四年前、それを解き放ち、惨劇を手引きした者がいた。

そして今回の〈共喰い変死事件〉。

伽世ゲイン。〈鴉万産業〉が生み出した最高傑作にして、決して赦されない大罪人。

まだ、その男は生きている……。

ガタッ。

それはヨミが席を立った音。彼女のジト目は、今まで見たこともないほど険しくなっていた。

「……ヨミ……さっきから何なんだ、そんな顔して……」

「〈警察機構〉に報せるんダヨ」

「待て、落ち着け、ヨミ。まだこいつの話を全部聞き終えてない」

レンカが見上げると、ヨミは顔を真っ赤にして鼻息を荒くしていた。ウルカは逆に、さっきから一言も口に出さずに塞ぎ込んでいる。

「本当にどうしたんだ……ちょっとおかしいぞ、今日のきみたち」

「おかしいのはレンカさんのほうなんダヨ……っ！」

はぁ、はぁ……っと、ヨミが肩で息をする。

「レンカさん……いつまで〝今日ヨミたちと偶然会ったフリ〟なんてしてるんダヨ……？」

ヨミがレンカの肩を摑んでくる。まるで正気を確かめるようにレンカのことを揺すってくる。

「ねぇ、覚えてないの？　昨日、コテージから帰るときに、レンカさんが言ったんダヨ――『今日、この人と会う約束をしてる』って……『偶然会ったフリをして、ヨミたちも同席してほしい』って……『話がまとまるまで改谷さんには黙っていてくれ』って……！」

「ッ……何のことだ……何の話をしてるんだ？　そんなこと、私は言った覚えがない……」

「レンカさんッ！　どうしてそんな平気な顔してるんダヨ!?　ウルカちゃんもおかしいんダヨ、何にも聞こえてないみたいに……目の前にこの人がいるのにッ!!」

鬼気迫る表情で、ヨミがテーブル席を指差した。

「……ズッ……」と、ほんの微か、それはスープを啜る音。

「……ここのオレンジジュース、おいしいでしょう?」

ヨミが指差した先では、亜穏シノブが二皿目の最後の一掬いを口に運んだところだった。

「酸味の強い品種の果汁、百パーセントの逸品ですから。よ、く、溶けるんですよ、ええ」

丸形サングラス越しに見つめてくるシノブの瞳は、ヨミの席のロングラスに向いていて。

緊張と混乱で喉が渇ききっていたヨミは、既にその中身を三分の一ほど口にしていた。

にっこりと、亜穏シノブが笑いかける。

「そんなイライラなさらず。〝どうぞ、席にお戻りください〟。次の料理がやってきますよ」

「…………うい……」

ヨミの険しく尖っていたジト目が、突然とろんと弛緩した。

ヨミはシノブに言われたとおり席に座り直すと、それきりウルカと同じように沈黙した。

それは明らかに異様だった。異常行動といっていいほどの。

「何だ……何なんだ、さっきから……!?」

はぁ、はぁ……っ。渇ききったままの口で、レンカが呼吸を繰り返す。

「おい、亜穏……ウルカとヨミに、いや、私たちに何をしたッ。説明してくれ……っ!」

レンカが目を見開いて、シノブに訴えかける。

くるくると……その男は、ワイングラスを優雅に躍らせていた。

「──ところで……伽世ゲインは、何をしたかったんだと思います？」

「何……？」

「幾つもの組織を出し抜いてきた、民間諜報員としての伽世が。命を狙われてまで、どうして〈礼佳弐号事件〉なんてものを引き起こしたんだと思います？どうして今になって、〈共喰い変死事件〉なんて手引きしたんだと思います？」

彼は赤ワインを一口含んだ。舌の上で転がして、コクリ……喉仏を上下させる。

「……答えはシンプルです。とても、とても、とても。ね」

「──わたくしたち人類の元へ、〈理想の世界〉をもたらすために、ですよ。ハハッ」

「はぁ、はぁ……っ。亜穏……！　お前……はぁ、はぁ……っ……お前、は……」

渇いて渇いて渇いた果てに、もう限界に達していた。

レンカはワイングラスを引っ摑むと、ゴクゴクと喉を鳴らし、貪るようにそれを飲んだ。

「……はぁっ、はぁっ、はぁっ！　亜穏、お前は──本当に、亜穏シノブか……？」

レンカのその問いかけに、返ってくる言葉はなかった。

代わりにレンカの目の前には、突然、七皿目の、食後のコーヒーカップが置かれていた。

「な、に……ッ!?」

レンカは混乱した。

つい今まで、テーブルには二皿目のスープがあった。次の三皿目は魚介料理のはず。四皿目も五皿目も六皿目も見ていない。いきなり目の前に七皿目が現れた。

記憶が飛んでいる。レンカは自分の認識がおかしくなっていることを自覚した。

——まさか。

シュボッ——「…………ふゥーッ……」

真正面の席から、ライターを点ける音と煙草の臭いが香ってくる。

俯いたままのレンカの顔に、冷や汗が流れた。

数日前のやりとりがフラッシュバックしてくる。

——『犀恒さん、ライターあります？　わたくしってば——』

亜穏シノブは……煙草を吸わない。

——まさか……。

「……悪くない料理だったな。尤も、己以外は結局、誰も一口も食べずに終わったが」

知らない男の声がした。

——まさか……ッ。

レンカは顔を上げようとしたが、身体が言うことをきかない。俯いたまま震える手でどうにかバッグを摑む。けれど指先の感覚もない。バッグの中身をぶちまけてしまう。

『十一時にここ！』と、かわいい（ムカつく）落書きが書かれていたはずのメモ書きは、白紙になっていて。

いや、そもそもの初めから、そこには何も書かれてなんていなかったのだ。

――まさか……まさか……！

どうにか目だけを動かす。テーブルの上。飲み干したワイングラス。その中に何か、小さな破片が転がっているのが見えて……。

それは溶けかけの、銀色をした、メダルそっくりの見た目の錠剤だった。

「それが〈ボーダレス〉だ。お前への投与は、コテージ（昨日）に続いて二度目になる」

レンカの真正面の席に、派手なアロハシャツ姿の亜穏シノブなんていなかった。

そこにいたのは、真っ黒なパーカとジーンズを着込み、フードを目深に被（かぶ）った男。

黒い髪に漆黒の瞳（ひとみ）。特徴のない無表情。そして頬（ほお）に刻まれた、一筋の長い切り傷跡（きずあと）。

――伽世、ゲイン……ッ！

ヨミとウルカがずっと戸惑っていた理由を、レンカはようやく理解した。

亜穏シノブなんて、最初からどこにもいなかったのだ。

――昨日のコテージ、二階の屋根裏……あそこに本当にいたのはッ……あの時点で、おかしくなっていたのは、レンカ（わたし）のほうだったんだ……！

レンカが、全身全霊で腕を伸ばす。頼む、動いてくれと。

「手遅れだ。三人とも、〈ボーダレス〉の〝裏作用〟が既に走っている。この場は己（オレ）が掌握した」

そんなレンカの必死の抵抗を、伽世（とぎせ）ゲインはただ煙草（タバコ）を咥（くわ）えて眺めていた。

「本来、お前たちは己（オレ）のターゲットではなかった。己（オレ）はただ、己（オレ）に降りかかる火の粉を払うまで。恨むなら、お前のその〝女の勘〟とやらを恨め」

ガダダッ！　レンカが自ら椅子ごと床へ倒れ込む。震える身体を引きずって、出口へと這（は）う。

——知らせなければ……ッ！　改谷（あらたや）さんに……本物の亜穏（あのん）に……ッ、トウヤたちに……!!

そんなレンカの頭上に、伽世の人影が無情に落ちる。

「断言しよう。その無駄な抵抗は何もなさない——お前たちが『ここに伽世ゲインがいた』ということを、認識することは決してない」

「……と……ぎ……せ……っ！」

「見ろ、三人ともだ……よぉーく、これを見ろ」

そして伽世は、指一本——たったの指一本を立てただけで、すべてを終わらせていた。

「————だーれだ」

「——本日はご来店ありがとうございました。またのお越しをお待ちしております」

大きな観覧車が名物の、複合商業施設内に構える高級レストラン。

コース料理の支払いを済ませ、店を出ていく四人の背中を、店員が深々とお辞儀で見送る。

何とも奇妙な客たちだった。

「ふぅーっ、食った食った！　よくわからん料理ばっかだったけど旨かったっす、ガハハ！」

料理に一口も口をつけなかったはずのちんちくりんの少女が、満足そうにお腹を擦っている。

「フフッ。ウルカちゃん、あんなお高いお店で『お箸ください』なんて言っちゃメなんダヨ。亜穏さん、今日は誘ってくれてありがとーございました」

食事中終始、目を開けたまま眠っているようだった銀髪の少女が、店員の身に覚えのないハプニングを口にして笑っている。

「っていうか亜穏、そんな格好でよく入店できたなお前。——あぁ!?　私の私服は、お前がデートなんて言うから……！」

極めつけに異常だったのはＯＬと思しき女性で、パーカとジーンズを着込んでいる男に向かって、「そのアロハ似合ってねぇんだよ！」とわけのわからないことを話しかけている。

そのようにして、無言のまま店を後にした男に向かって、三人の女性たちは一方的に語りかけては勝手に受け答えするという、そんな異常行動をひたすら繰り返しているのだった。

まるで、三人が三人とも、別の世界を見ながら会話をしているような。

何とも不気味な、客たちだった——

「思いがけず駒ができた。せいぜい利用させてもらうとしよう。〈夢幻Ｓ・Ｗ・〉とやら」

傍から見れば全く噛み合っていない会話を勝手に成立させているレンカとヨミとウルカに囲

まれて。伽世（とぎせ）のその独り言は、三人の耳には届かない。

物理的に聞こえていても、彼女たちの意識が『伽世の声が聞こえている』ことを認識しない。

たとえ唾を吐きかけられたとしても。頰（ほお）を打たれたとしても。首を絞められさえしても。

彼女たちは、〝伽世ゲイン〟という男の存在と行為を、一切認識できなくなっていた。


≫≫≫同日。八月二十九日、午後六時。〈警察機構〉那都界（なとざかい）支局・刑事部・捜査課。

捜査資料と事務書類が山積みの改谷ヒョウゴのデスクに、バサリと紙束が放られた。

「――改谷（あらたや）ぁ。ン、これ」

「……何です、この紙袋？」

ヒョウゴが顔を上げると、彼の前には薬物対策調査部（薬対部）勤務の同期の男がいた。

「〈ボーダレス〉の追加資料だ。オメェが寄越せっつったんだろうが」

「うへぇ、こりゃまた分厚い……」

ヒョウゴが書類の束を指で弾く。その様子を見ていた同期の男が手招きした。

「改谷、ちょっとタバコつき合えや。話がある」

二人が向かった先は支局ビルの裏口。錆（さび）ついたスタンド灰皿が置かれているだけの陰気な場所だった。支局内でも古株職員だけが知る密談スポットである。

「――でぇ？　話って何です？」

紙袋を小脇に抱えたヒョウゴが紫煙を吹かすと、同期の男が切り出した。

「紙袋の中身、リストが二つ入ってる。一つは薬対部で管理してた、麻薬としての〈ボーダレス〉の売人と顧客のリスト」

「そりゃどうも。もう一つのほうは？」

「そっちは焼きたてだ。レンカたちの調査のお陰で、製薬会社の奴らが差し出してきた。真っ当な夢信症治療薬としての〈ボーダレス〉、その臨床試験に参加してた人間のリストだ」

「なるほど。〈共喰い変死事件〉の被害者の名前が、このリストのどっちかにありゃ当たりと」

「その件でオメェを呼び出したんだ。近頃めんどくせぇ事件ばっか回されてる〝便利屋おじさん〟に変わって、慈悲深くもこのオレがリストを洗ってやった。ありがたく思え」

「別に、ありがたかぁないですねぇ。むしろそうしてもらって当然。長年お宅が抱えてる麻薬密売案件が絡んでるかも、でしょ？　手柄横取りされたくないのはそっちのほうでしょうや」

「相変わらずかわいげがねぇなぁ……そんなだから出世が遅れるんだ、改谷課長補佐」

「これ以上出世しちまうと、それこそ『めんどくせぇ』です。ご忠告だけどうも、薬対部長殿」

同期の男改め薬対部長を前に、ヒョウゴが煙草を咥えたままニカッと笑った。

「ほいで？　リストの照会結果を聞きましょうか」

「大当たりだ。被害者九人のうち、四人が麻薬のほうのリストに。残る五人が臨床試験のほうのリストに、全員名前があった。——〈共喰い変死事件〉、確実に〈ボーダレス〉が関わってる」

「はっはぁ……。ですけど、わざわざ裏口（ここ）に呼び出したってことは、もっとヤバい話が？」

「あぁ、察しがよくて助かる」

ヤバい話（本題）はここから……薬対部長が咥えていた煙草を灰皿に押しつけた。

「今回オメェがピックアップした男——〝伽世（とぎせ）ゲイン〟の名前を出してやっとこ製薬会社の奴らが素直になったわけだが……〈ボーダレス〉について、ちょいと問題が出てきた」

「問題？　麻薬（ドラッグ）として流通しちまってんのに、今更問題も何も」

「『乱用すると依存性がある』なんて、そんな生やさしい話じゃねぇってことだ」

薬対部長の目つきが鋭くなる。

「四年前、開発担当者だった伽世が水死体で上がって以来、製薬会社は〈ボーダレス〉の製造ノウハウを失った。それでも連中、諦（あきら）めきれなかったらしくてな。手元に残ってた試作の〈ボーダレス〉で動物実験をやってたら、その最中にこの薬の〝隠された効用〟に気づいたんだと」

「隠された効用？」

「あぁ。製薬会社の奴らは〝裏作用〟って呼んでる。——〈ボーダレス〉は夢信症を治療するどころか、特定の条件下で、逆に夢信症を誘発しちまうらしい」

ヒョウゴの顔が怪訝（けげん）に歪（ゆが）み、元からの皺（しわ）が深さを増した。

「……こりゃワタシ、『夢信絡みはさっぱり』なんてもう言うとれませんなぁ」

「何言ってやがる。支局内じゃとっくにお前、夢信関連の事件のエキスパートって評価だぞ」

「はいはい、聞かなかったことにしときます……で、〝裏作用〟とやらの中身は」

「『認知能力の過飽和』だとか『禁忌意識を解放した暗示受容状態』だとか、連中の話はわからせる気がなくてキレそうンなったが……要するに〝夢遊病〟だとか〝催眠術にかかってる状態〟になっちまうらしい。〈ボーダレス〉は、そういう類の夢信症を誘発させるんだと」

「特定の条件下ってぇのは？」

「『トリガーになる信号を含んだ夢』を見ることが、その『特定の条件』ってやつだそうだ」

「つまりは、〈ボーダレス〉を服用した上で特殊な夢を見ると、その人間は何でも言うことを聞く操り人形になっちまうってぇことですか？　……例えば、『共喰いしながら殺し合え』と命令されたら、言われたとおりにしちまうだとか」

そうまとめたヒョウゴに、薬対部長が口笛を吹いた。

「ロートル気取りが聞いて呆れるぜ……やっぱり夢信のエキスパートじゃねぇか、オメェ」

〈共喰い変死事件〉と〈ボーダレス〉、そして〝裏作用〟と伽世ゲイン……ヒョウゴは、あの凄惨な死体現場の裏に潜んでいた闇を掴みかけている感触があった。

「薬対部の感触はどうです？　〈ボーダレス〉を設計した伽世、もうこの世にはいないですが」

「意図的に〝裏作用〟を仕込んだと思うか、だろ？　製薬会社の奴らにもそう訊いたわな」

「で、何て言ってたんです？」

「『そんな方法も目的も想像できないが、伽世ならやったかもしれない……』だとさ」

「…………」

「庶民からすりゃ十分天才な連中から見ても、伽世ゲインって男は魔法使いだったたってこった」

何でもできて、何を考えているか誰にもわからない規格外……探れば探った分だけ、伽世の影は蜃気楼のように得体が知れなくなってゆく。

「……ん？　あー、ちょっと待ってください……ここまで出かかってます」

ふと、ヒョウゴは頭の隅に違和感が過ったのを感じた。すかさずそれを捕まえて言語化する。

「ちなみにですけど、夢信症治療薬としての〈ボーダレス〉の臨床試験てぇ、最後にやられたのはいつです？」

「四年前だ。伽世が水死体になるまで、〈ボーダレス〉の生産ラインは動いてたわけだからな」

「麻薬ルート関係者リストと臨床試験参加者リスト、二つで重複する人物は？」

「何人かいるにはいるが、そういう連中は〈共喰い変死事件〉とは関係ないのばっかりだ」

「てぇことはですよ？　今回の事件の被害者の半数は、〈ボーダレス〉を服用してから最低四年は経過していた……一度でも〈ボーダレス〉を取り込んじまった人間は、いつでも操り人形になっちまう潜在リスクがあるってことになりゃしませんか。……仮に伽世が、そんなもんを世間に意図してバラ撒いてたんだとしたら、気味が悪いですね……」

刑事の勘が囁くままにそう零したヒョウゴを見て、薬対部長は何度も頷きを見せた。感心

を通り越して、感服した様子で「改谷ぁ……」と呟いて、

「ほんとにイイ勘してやがる……出世欲さえありゃもっと上に行けたよ、オメェ。……もしそうだったら今頃、オレの勘も囁かずにいてくれたろうになぁ」

「？　何の話してんです？」

「それがお前を呼び出した理由だよ……そのリストん中、赤の付箋貼ってるページ、見てみろ」

薬対部長に言われるがまま、ヒョウゴは書類の束を改めていく。赤の付箋が貼られた書類が一枚だけあった。スルスルとそれを抜き出して――「……っ……！」

ヒョウゴが目を丸くしたのを見て、薬対部長は新たな煙草に火を点けた。

付箋が貼られていたのは、夢信症治療薬〈ボーダレス〉の臨床試験参加者リスト。その一枚。その中に、〈警察機構〉那都界支局・支部局長の――最高権力者の名があった。

「……な？　気味悪ぃだろ」

》》》同日。八月二十九日、午後七時。那都界市住宅街、マンション八階。

「――――～～～」

陽が暮れて間もない犀恒家のリビングで、トウヤがそわそわ行ったり来たりしていた。

『デートに行ってくる』と書き置きを残して姿を消したレンカ。彼女が帰ってくる気配はない。

レンカと同棲を始めて一年半になるトウヤだが、その間レンカに浮いた噂など聞いたことがなかった。そこへ何の前触れもなく現れた『デート』の三文字。落ち着いてなどいられない。

トウヤはレンカとのすれ違いを改めて感じる。

気持ちだけの話ではない。特にここ数日は物理的に、顔を合わせる機会さえ失している。

『やっぱり俺は〈貘〉を続けたい。たとえ俺が弱くなったのだとしても、みんなの所に戻りたいというこの気持ちだけは変わらない』と。ようやく自分のその本心の声を見いだし、向き合い、受け容れることができたのだ。あとはそれを仲間たちに伝えるだけだというのに。

「レンカさんたち……俺に隠れてこそこそやってたのはデートだったのか……？」

レンカたちとの連絡手段がないまま、部屋を往復し続けるトウヤが汗ばんできた頃だった。

ぺたぺたと、フローリングに吸いつくような湿った足音。それからふわりと、石けんの香り。

「ふぅ……。？　なぁにトウヤ、まだそんな所でうろちょろしているの？」

長い黒髪をしっとりと濡らしたメイアが、小首を傾げながらリビングに現れた。

「お前、こんなときによくそんな呑気に何度も長風呂なんかできるな……」

「一日一回はお風呂に入らないと不潔なのよ？　三日入っていなかったのだから、三回入らないと計算が合わないでしょう？」

パチン。メイアがリビングの明かりを点ける。思案に耽りすぎていて、トウヤは陽が暮れたことにも気づいていなかった。

そして電灯の光が室内に満ちた瞬間。

トウヤはその場で、そっぽを向いてメイアと対面していた。

「？　どうしたのトウヤ、首でも捻ったの？」

「いや、別に……」

「そう？　それならどうして、そんな首だけ横に向けているの？」

「別に何でもないけど」

「何でもないわけないわ。そんなおかしな格好のトウヤは変よ」

「……。あのさぁ……お前に一番言われたくないんだって……」

メイアを横目で見たトウヤが、大きな溜め息を吐いた。

三人生活を始めて早二ヶ月。残暑厳しい八月にあって、メイアの部屋着はいつもと変わらず『男もののオーバーサイズTシャツを被っただけの無防備ワンピーススタイル』だった。

それについてはトウヤはもう諦めて久しい。

が、今のトウヤは更に一段階上の困惑で頭痛を催していた。チラとメイヤへ視線を向ける。

「……それ、新品のシャツ？」

「そうよ、今日初めて着るわ？」

「もしかして、風呂入ってる間に洗濯した？　乾燥もかけて？　三回も？」

こくりとメイアが頷いたのを見て、トウヤは「あぁー……」と天を仰いだ。

縮んでいた。

オーバーサイズの新品Tシャツが。三度に亘る強制乾燥を経て。軽く二回りほど。

膝上十センチでひらひらしていたはずのTシャツの裾は、今や太股の付け根にまで大きく後退し、その下から見えてはならない三角形の白い布地がちらちらと……。

「トウヤ、あなた、また何だか変よ？　こっちを向きなさいな」

「そんな格好しといてどの口で『向きなさいな』なんて……頼むから着替えてきてくれ」

「？？？　もしかしてあなた、まだ夢信症が治っていないの？　見せてみなさい、ねえ、ほら」

「ちょっ、そんな近寄ってくるなって……!?」

テレビか絵本の見様見真似で、メイアがトウヤの額の熱を計ろうと手を伸ばしてくる。腕を上げたせいでTシャツの裾がさらにずり上がる。状況はまさにのっぴきならない事態に。

「トウヤ、避けないで。おでこを触らせなさい」

「あーもうっ……！　だからそういうんじゃなくて——あっ……!?」

そのときズルッと、汗ばんでいたトウヤの足裏がフローリングの上で滑った。

〝やばい……っ！〟というトウヤの思考は、しかし覚醒現実上では肉体動作に追いつかない。

メイアの後頭部を床板に叩きつける体勢で、二人が倒れ込み——ドスンッ。

メイアの肩に体重を乗せて、トウヤは彼女のことを思い切り押し倒してしまっていた。

倒れた先にソファがなければ、あわや大怪我という有様だった。

「ッあ……ごめん、大丈夫か⁉」

「ええ。別に、何ともないわ？」

メイアが普段の調子で淡々と応じたのを見て、トウヤはほっと胸を撫で下ろす。

マンガだとかテレビドラマでよくあるシチュエーション。「そうはならないだろ」といつも見流していたそれを、いざ自分の身で体験して、これは洒落にならないとトウヤは肝を冷やす。

打ち所が悪ければ、どちらかが確実に病院送りになっていた。

「ッ……悪かった、メイア……ごめん、俺、退院したてだからやっぱり……レンカさんがいないって、そのことばっかりそわそわ考え込んじゃってて」

目を閉じてゆっくりと呼吸を数える。胸騒ぎを鎮めて、トウヤはいち早くその場から離れた。

離れようとした。

メイアが、トウヤの首に両腕を回してくるまでは。

「…………」「ちょっ……」

その体勢のまま固まって、二人は身動きがとれなくなった。

キッチンの壁掛け時計の音はリビングまで届いてこない。防音のしっかりしている壁は、耳をつけたって何も聞こえない。ぶ厚いカーテンが、外界の騒音も街明かりも追い出して。

たった腕一本分の距離。見えるのは互いの顔だけ。聞こえるのは互いの息遣いだけ。

世界はたったそれだけだった。

「……どうしたんだ、メイア」と、トウヤの口からそんな言葉がまず漏れた。

目の前のことに感情も理解も置いてけぼりで、一周回って無感情になっていた。

それはメイアのほうも似たようなものらしかった。

「……わからないの、わたし。自分でも何をしているのか」

メイアの湿った唇が蠢く。長いまつげが上下に躍る。

「ただ〝これ〟を、独り占めにできたらいいのにって。病院でトウヤと二人だけになったときもそうだった……きっとわたしの今の気持ちは、そういうことなのだと思うわ」

「………………」

メイアが何を言っているかなんて、トウヤにはわからなかった。メイア本人もわかってなんていないのかもしれない。

ただ不思議と、彼女がその言葉で何に触れようとしているのか、それだけはわかる気がした。

これはきっと、あの呀苑クナハが忠実だった〝肉欲〟だとか〝破壊衝動〟だとかじゃない。

ユリーカが見いだした、〝愛〟だとか〝友情〟だとかでもない。

きっとこれは――これが〝呪い〟なんだと、トウヤは漠然とそう思った。

肉欲でも愛でも友情でもない。それでも二人の人間を繋ぎ合わせて切れないもの。

たとえ好きという感情がよくわからなくても。たとえ心に孤独な宇宙を抱えていても。

どうやっても切れることのない、引き合う力。

〝呪いを分けあう〟とは、つまりはそういうことなのかもしれない。

トウヤはじっと、目の前の女を見た。

魔女の顔がそこにある。〈眠り姫〉に――瑠岬センリに生き写しの顔。

トウヤは次第に倒錯していく。夢信空間でも夢信症でもない、彼自身の白昼夢に沈んでいく。

やがて彼は、今更のように素朴な疑問を抱いた。あるいは予感のようなものを。

この世に、同じ顔の女が二人いる――それは本当に、許されることなのだろうか？

「……トウヤ……トウヤ……瑠岬、トウヤ」

トウヤの身体の下で、メイアが繰り返し囁いていた。

「センリ、センリ……瑠岬、センリ」

〝瑠岬トウヤ〟と。〝瑠岬センリ〟と。その名前の輪郭を確かめるように。

「わたしに形をくれた人。わたしに〝呪い〟をかけた人。センリ、トウヤ……わたしたち、ずっと一緒よ。ずっとずっと一緒なのよ……ふふっ、ふふふっ、ふふふふふっ……」

魔女が笑う。そこには悪意も善意もない。ただ彼女の歓びだけが満ちている。

今更畏れることはない。トウヤはとっくに理解している。呀苑メイアは、善も悪もなさない。

無邪気で邪悪な、混沌の娘。それがメイアという女の本質なのだから。

そういえば、こいつと二人きりの夜なんていつ振りだろう――メイアの纏う石けんの香りに包まれて、トウヤはそんなことを思った。

二人きりの今だけならば、彼女のこの混沌（こんとん）に、身を任せたっていいのかもしれない……。

トウヤが身を任せ、自身の身体を支える両腕から力を抜きかけたときだった。

ティルルルル。ティルルルル。

それは白昼夢の終わりを告げる音色だった。固定電話の着信音。

「電話よ、トウヤ」

トウヤの首の後ろで溶接されたように繋（つな）がっていたメイアの両手が、ふっと解かれる。

「うん」とただ頷（うなず）き返して、トウヤはソファから起き上がると、受話器を取った。

「はい、犀恒（さいづね）です」

『――あ、瑠岬（るみさき）くんですか？〈夢幻S・W・（セキュリティ・ワークス）〉管制室です、こんばんわ』

運用監視部・対悪夢特殊実務実働班からの電話だった。女性管制員（オペレーター）が用件を告げる。

『犀恒部長、そっちにいるかな？　遅刻されてるみたいなんだけど』

「いえ。それが、今朝用事があるって書き置き残して一人で出かけたっきりなんです」

『そっかぁ……困ったな、那都神（なとがみ）さんと薪花（まきはな）さんも出社してこなくて……あ、呀苑（がえん）さんは？』

「メイアなら、今ここにいますけど」

『あはは、もぉー、今日出勤日だよって伝えておいて。あ、瑠岬くんはいいからね？　今月いっぱいは休養で申請出してるから』

一通り用件を聞き終えると、トウヤは受話器から耳を離して首を傾げた。

レンカさんはまぁともかくとして……那都神とウルカも出社していない？

あの二人が無断欠勤するとは思えない。遅刻にしても二人同時というのは不自然だった。

再びトウヤの脳裏を、昨日の日中このキッチンに集まっていた四人の姿が過（よぎ）っていって……。

――デート……レンカさん、本当にそうなんですか……？

胸騒ぎがした。今までに経験したことがない、胸焼けのように粘り着く胸騒ぎだった。

リビングを振り返る。小首を傾げるメイアと目が合った。

胸騒ぎ（見えない問題）をいくら考えたところで、トウヤにはどうすることもできない。どうにかできるのは、目の前に見えている問題だけ……優先順位をつけ直すと、トウヤは受話器へ向き直った。

「……あの、俺でよければ、なんですけど――」

＊＊＊ 夢信空間（むしん） ＊＊＊

【――一般接続の遮断を確認。オブジェクト破壊権限保有者、限定接続を開始します】

女性管制員（オペレーター）の声が、トウヤの頭の中に直接聞こえてきていた。

【自我意識〈孔（チャネル）〉、人工頭脳〈瞳（ひとみ）〉と連結。論理相転移、最終フェーズへ移行】

頭の中に響いていた声（イメージ）が、次第に耳元へ移動してくる。より現実的（リアル）な音の聞こえ方へと変化して、ヘッドセットという形を得て、耳に装着されているという肌触りを伴っていく。

抽象的な印象(イメージ)の集積でしかなかった夢が、具体的な情報を纏(まと)い、夢信空間(むしん)へと変質していく。

管制室の管制員(オペレーター)が発した声には、少しだけ不安が混じっていた。

【無理はしないでくださいね、瑠岬トウヤ(アタッカー・ワン)………3、2、1、今。コンタクト】

ドサッ――「ッ、う……っ」

夢信空間〈瞳(ひとみ)〉への着地に失敗して、戦闘服姿のトウヤが地面に倒れ込んでいた。

【だ、大丈夫っ!? 瑠岬(るみさき)くん!?】

朦朧とする意識で管制員(オペレーター)の通信(こえ)を聞きながら、トウヤが立ち上がる。

「ッ、大丈夫です……アタッカー・ワン、接続完了……」

トウヤはそう強調すると、足元に落としていた制帽を被(かぶ)り直して周囲を見回した。

〈瞳〉。覚醒現実(那都界市)そっくりに作られた夢。十日前、トウヤが最後に出撃したのと同じ夢信空間。

しかしあの日と違うのは、トウヤが己(おのれ)の弱体化を自覚しているということと。

それから、〈夢幻S・W(セキュリティ・ワークス)〉から出張ってきている〈貘(バク)〉が、彼一人だけという状況で。

犀恒(さいづね)家で電話を受けてから間もなく、トウヤはメイアと二人で〈夢幻S・W(セキュリティ・ワークス)〉へ出社し、休養申請を取り下げて急遽現場復帰を果たしていた。

「メイアは――呀苑(ウイッチ・ワン)メイアのほうはどうなってますか」

トウヤが尋ねると、呀苑メイア(ウイッチ・ワン)の管制を担当するベテラン男性管制員(オペレーター)の応答が返ってくる。

【今ちょうど〈友恵(ともえ)〉へ接続を完了した。繋(つな)ぐか？ 夢から夢への通信はちょいと乱れるが】

「お願いします」

【あいよ】と男性管制員（オペレーター）の返事。ザザッ！　と一際強い雑音が走って――

【――も、シもしトウヤ？　〈瞳〉に着い、タのね？】

「あぁ。メイア、そっちの様子はどうだ？」

【作戦領域に移動中、ヨ。……なぁにこ、レ？　何だかブツブツ途切れ、テ聞こえるわ？】

管制員（オペレーター）の言ったとおり、トウヤとは別の世界（ゆめ）に出撃しているメイアとの通信は乱れている。

「行動計画（ブリーフィング）は聞いてたな？　この前から続いてる《ゲジマユゴッキー》掃討戦、協会の分析どおりなら今回の第五次合同作戦、〈瞳〉と〈友恵〉の分で駆除が完了する。撃ち漏（も）らすなよ？」

【アら、ゴキブリ退治はもうわた、シのほうがベテランさんなのよ？　あなたのほうこ、ソがんばってね、トウヤ】

「うん。ありがとう、メイア」

そのやりとりを最後に、〈瞳（トウヤ）〉と〈友恵（メイア）〉間の通信が閉じられた。

再び一人になったトウヤは、拳（こぶし）を握っては開き、夢の中での肉体感覚を確かめた。

「……重いな、やっぱり」

耐性能力の減退……やはりそれは回復していない。むしろ悪化している感覚さえある。

けれどつべこべ言ってる暇はない。外套（マント）からアサルトライフルを取り出し、弾倉（マガジン）を差し込む。

「無い物ねだりじゃ始まらない。やってみるさ、俺なりに、今ここにあるもので」

一人で勝手に『もう〈貘(バク)〉を辞めたほうがみんなのためかもしれない』なんて思い詰めていた間、仲間たちはずっと待ってくれていた。守ってくれていた。

ここにはアタッカー・ワンが帰ってくると。そのことを忘れるなと。

当のトウヤ本人が誰よりも怖れて、忘れてしまっていたことだった。

「しっかりしろ……俺が、〝瑠岬トウヤ(アタッカー・ワン)〟なんだから」

レンカもヨミもウルカもいないというのなら、今度は自分が彼女たちを待つ番だと。帰ってくる場所を守る番だと。トウヤは己(おのれ)を奮い立たせる。

やがて、そんなトウヤの頭上に、バラバラと風切り音が聞こえてきた。

人払いされた夜の夢の街中に、ヘリコプターが降下してくる。他社の〈貘(バク)〉だった。事前の打ち合わせどおりの地点へ縄梯子(なわばしご)が垂らされ、ヘッドセットに〝ご同業〟からの通信が入る。

『待たせたな。さぁ乗ってくれ。あー、御社は確か……』

そして操縦士のその言葉を引き継いで、トウヤは声を張り上げた。

「〈夢幻S・W(セキュリティ・ワークス)〉です。よろしくお願いします!」

＊＊＊ 覚醒現実(かくせい) ＊＊＊

トウヤが一人、夢信(むしん)空間〈瞳(ひとみ)〉で〈悪夢(ノイズ)〉掃討作戦に参加している頃。

「hum～♪」

覚醒現実、オリジナルの那都界（なとざかい）市内。街灯明るい夜道に、ユリーカのハミングが響いていた。

彼女はつい先ほどまで、夢信空間を利用して英国の父親（ジャック）と家族団欒（だんらん）のひとときを過ごしていた。トウヤとメイアの家出騒動が解決してよかったねと笑い合って、ジャックの仕事の時間になってお別れしたところで目が覚めて。マンションから夜景を眺めているうちにこのまま眠るのが惜しくなって、水筒にハーブティーを淹（い）れて近所の公園にやってきたところである。

「いい夜ですわね。トウヤもメイアも、今頃はお仕事がんばってるところでしょうか――あら？」

そこでふと、ユリーカの視線が一点を向いた。

公園の入り口、自動販売機の前で屈（かが）み込む人影。

「……もし。ミスター改谷（あらたや）？」

「ん？　おぉ、ユングさん！　変な時間に会いますなぁ」

缶コーヒーを手にしたヒョウゴが、近づいてきたユリーカへ振り向き口を丸めた。

「うふふっ。ユングも素敵ですけれど、ユリーカで構いませんわ。まだお仕事中なのですか？」

車止めに覆面車輌が停められているのを見ながらユリーカが言う。ヒョウゴは頭を掻（か）いて、

「あぁ……えぇまぁ。今抱えとる案件で、見ておきたい場所があったもんでね。ちょいと休憩しとったんです」

そう零（こぼ）したヒョウゴの表情には影があった。缶コーヒーを空けて、くずかごへ放る。

「夜歩きも乙ですがねユリーカさん、くれぐれもご注意ください。出るかもしれませんよ」

「出るって、何がです？　サンドマンはもういませんわよ？　ヨーホーホー」

「そうですなぁ、例えば……人喰いゾンビ。それとも、死んだはずの魔法使い。とか」

「？　ミスター改谷……？」

ブラックジョークのつもりが、ヒョウゴのそれは冗談を言っているようには聞こえなかった。

「ほいじゃ、ワタシはこれで」と去っていく刑事官の背中を、ユリーカは「あの……？」と生返事で見送るしかない。覆面車輌が那都界市の夜景の中へ走り去っていった。

「神秘信仰者には見えませんけれど……私、この国の人のことがたまによくわかりませんわ」

足元に生えていたホオズキに「Don't you think so?」と語りかけ、ユリーカは家路につく。

マンションへと続く帰り道……。

そしてこれより数分後、ユリーカは目撃することとなる。

皆が寝静まり、第二の経済圏たる夢の中へと沈み込んだ、今は無人の那都界市で――ふらふらと彷徨い歩く、三つの人影を。

「……あら？　あれは、もしかして――」

＊＊＊ 夢信空間 ＊＊＊

》》》人工頭脳〈瞳（ひとみ）〉、夢の中の那都界市。市街地ビル屋上。

ウワッハッハッハッハ——————ダダダッ！

人面翅（じんめんばね）を震わせ不気味な声（音）を立てていた巨大ゴキブリが、三点バーストの直撃で弾け飛んだ。

「——ヒット。《ゲジマユゴッキー（Case/G.926）》、撃破確認しました」

『了解。ここいら一帯のゴキブリ退治は今のでクリア。次に向かう、それまで一休みしてくれ』

「ふぅ……」

プロペラ音が耳を劈（つんざ）くヘリコプターの後部座席。スコープを覗（のぞ）き込んでいたトウヤが、操縦士の声をイヤーマフ越しに聞いてアサルトライフルを下ろした。

ひたすらに増殖能力だけが脅威の最弱〈悪夢（ノイズ）〉、《ゲジマユゴッキー（Case/G.926）》を相手に、瑠岬トウヤ（アタッカー・ワン）の奮戦が始まって既に数十分が経過していた。

揺れる機内で一時の休息を取る。ふと手を見ると、引き金（トリガー）を引いていた指が痺（しび）れていた。

「はぁ……はぁ……」

震える手でアサルトライフルの弾倉（マガジン）を外し、残弾を確認する。数分前から集中のしすぎで目眩（めまい）を感じていて、そのせいで無駄弾が目立ってきていた。

「はぁ、はぁ……管制室、予備弾倉を転送してください……」

【了解しました。……瑠岬トウヤ（アタッカー・ワン）、バイタルが乱れています。戦闘の継続は可能ですか？】

「いけます、やらせてください」

【これ以上数値が悪化すると戦闘適性基準値を下回ります……本当に、無理はしないで】

「数字なんてどうでもいいから！　さっさと弾倉よこしてくださいよッ!!」

女性管制員の言葉についカッとなってしまっていた。トウヤは怒鳴り声を上げてしまう。

【っ！　ご、ごめんなさい、すぐ処理します！】

管制員の悲鳴が聞こえてしまう。ライフルの予備弾倉がゴロゴロと大量に転送されてきた。焦りの上から罪悪感が覆い被さってくる。手で顔を拭き、トウヤはマイクを引き寄せた。

「……すみません、取り乱しました……俺なら大丈夫です。無理なら無理って言いますから」

管制員が震える声で【了解しました……】と囁いたのがいたたまれなくて、通信を切るとトウヤは大きく息を吸った。

「何やってんだよ……自分からやらせてくれって言ったのに」

耐性能力前提の無茶なやり方が意識に染み着いてしまっていた。肉体がそれについてこない。だからこんなにバイタルが乱れて。

「もっとがんばれよ俺。でないと、みんなにどの面下げて……！」

トウヤが自分へ八つ当たりするように、心臓の上を拳で思い切り殴りつけたときだった。

『——何？　何て言った、もう一度！』と、ヘリの前席から操縦士の声が上がった。

それは外部との会話。相手は協会関係者、合同作戦指令部。

イヤーマフのチャンネルを調整し、トウヤもその会話に聞き耳を立てる。

『〈瞳〉内に識別不能の〈孔〉を確認。本作戦行動に未登録の自我意識が接続してきています』

『一般人ん？　遮断されてるはずだろ、〈瞳〉への通常経路は』

『そのはずなのですが……そちらのヘリが最速です、至急保護に向かってください』

『よぉ青年、聞いてたな？　レスキューの真似事だってよ、懸垂下降の準備してくれ！』

「了解です！　……迷い込んだ一般人、か」

ヘリが次の戦闘エリアへの航路を外れ、大きく旋回していった。

『夢と現実の認識乖離を最小限に』をコンセプトに、現実の街並みが忠実に再現されている夢信空間、〈瞳〉。トウヤの眼下に見えてきたのは、彼にとって特に身近な景色だった。

「あそこが公園で、こっちがバス停……うちのマンションのすぐ近くの夢だ、ここ」

『見つけたぞ、ふらふらほっつき歩いてるのが三人いる！』

「降下準備完了、ハッチ開けます！」

下降用金具を身につけたトウヤが、ヘリの側面ハッチを開けてロープを下ろす。操縦士に合図すると、停止飛行する機体からロープを伝って素早く降下していった。

地面に着地。トウヤは迷い込んだ一般人たちと対峙する。

「俺たちは〈貘〉です！　この夢は今〈悪夢〉との戦闘作戦中です、すぐに退去してくだ――」

そこまで言いかけて、トウヤの口は塞がっていた。殴りすぎた心臓が止まったのかと思った。

迷い込んだ一般人は、女性が三人だった。

一人はバッグを提げた大人の女性。残る二人は銀髪と、鳶色髪をした少女――

「――レンカさん⁉　ヨミ⁉　ウルカ⁉」

トウヤには、何が起きているのか理解できなかった。

「――三人とも、何でこんな所に⁉」

一般接続が遮断されているはずの夢信空間〈瞳〉で、私服姿の仲間たちと出くわしたトウヤは困惑していた。

それは間違いなく犀恒レンカと薪花ウルカと那都神ヨミだった。しかし様子がおかしい。

「――――」「――――」「――――」

ふらふらと。それはまるで夢遊病者か、魂の抜けた亡者のような異常な足取りだった。

焦点の合っていない目をぐりんと上に向けたまま、三人がトウヤのほうへ近づいてくる。すぐ頭上でヘリが滞空しているにもかかわらず、三人は全く反応を示さない。トウヤの存在も無視して、ふらふらと緩慢な足取りでひたすらどこかへ向かって歩き続けている。

「俺ですよレンカさん！　那都神！　ウルカ！　聞こえてないのか⁉　見えてないのか⁉」

ウルカとヨミが出撃したという連絡は受けていない。更におかしいのはレンカである。レンカは患っている夢信症のせいで夢信空間に繋がれないはず。

トウヤがどういうことだと考えている間にも、三人はふらふらとどこかへ向かって進んでいく。いくら呼びかけても反応がない。

「俺に隠れてずっと何やってたんですか……どうなってんのか説明してくださいって！」

堪らずトウヤは駆け寄ってレンカの肩へ手を伸ばした。

しかし、トウヤには感触がなかった。

『相変わらず反応がない』という意味ではない。そんな次元の話ではなかった。

物理的に。トウヤには、『レンカに触れている』という感触そのものがなかったのである。

「なッ……!?」

すり抜けていた。

レンカに伸ばしたトウヤの手が。レンカの身体を突き抜けてその向こうへ。

まるで立体映像。あるいは幽霊のように。そこには実体がなかった。

どうやっても触れることができない。何度やってもすべてすり抜けてしまう。

「何だ、どうなって……何が起きてるんだ!?」

どう考えてもおかしかった。レンカたちの振る舞いは、夢の世界の物理法則、世界規定を明らかに逸脱している。そんなことは不可能なはず。

と、そのとき――ピタリッ。

レンカの脚がふいに止まった。前後に脚を開いた歩行動作のまま、一時停止したように。

「?・?・?　レンカさん……？」

トウヤがその場へ追いつく。停止したのはレンカだけだった。ヨミとウルカはどんどん先へと進んでいく。あまりに謎すぎる状況に、ひとまずトウヤはレンカのことを調べることにした。

一時停止しているレンカ。詳しく見ていくと、グッ、グッと、彼女の肩が揺れている。

〝何か〟がレンカを止めている……全てをすり抜けてどうやっても止まらなかったレンカを。

まるで、透明人間が背後からレンカの肩を摑んでいるとでもいうような。

「……誰か、いるのか……そこに……？」

トウヤがレンカの背後、夢信空間〈瞳〉の、誰もいない空間を見つめて問いかけた――》》

＊＊＊ 覚醒現実 ＊＊＊

《《同刻。夢信空間〈瞳〉の複製と同地点。覚醒現実の那都界市。

「――あーんもぉ！　どうなってますの!?」

〈瞳〉の中にいるトウヤが「誰かいるのか？」と問いかけた場所で、少女の声が上がった。

そこにいたのは、ユリーカ・F・ユング。

「犀恒さま！　犀恒さまったらっ!!　聞こえておりませんの!?」

「――――――」

ユリーカがレンカの肩を背後から摑み、しきりに揺すっていた。

ユリーカは公園からマンションへの帰り道、誰もが寝静まり車も走っていない幅広の道路のど真ん中で、ふらふらと徘徊するレンカたちを目撃していた。

何度呼びかけても反応がないレンカのことを、ユリーカが引き留めている。

グッ！　と、レンカが振り返りもせずに、ユリーカの手を強引に引き剝がした。

「ひゃあ!?」と、バランスを崩したユリーカがその場に膝をつく。が、レンカはそれも無視し、先に去っていったヨミとウルカを追って再び歩き始めた。

「痛たた……もぉ、酷いではありませんか……今になって嫌われてしまったのでしょうか、私」

〈ラヴリィ・ドーター事件〉でレンカには悪いことをしたと自覚がある手前、強く非難できないユリーカである。「でも和解したはずなんですけれど……」としゅんとなり、仕方なくとぼとぼマンションに帰ることにする。

前方数十メートル先で、レンカとヨミとウルカの後ろ姿が見え続けていた。どうやらユリーカと同じくマンションへ向かっているらしい。ユリーカは三人の後についていった。

マンションへと辿り着く。するとそこでも、レンカたちはおかしな行動に出た。

犀恒家とユング家の入るマンションは、上階への行き来には原則エレベーターを使用する。が、レンカとヨミとウルカはエレベーターの前を素通りし、非常扉を開けると、その先に設けられた吹き曝しの階段を上り始めた。

「ちょ、ちょっと。皆様どこ行かれますの？？？」

三人の行動は目に余った。ユリーカも階段に出て後を追っていく。

二階、三階、四階、五階……そして六階、七階と。彼女たちは上へ上へと上っていく。

やがて八階、犀恒家の入る階に辿り着くと、レンカとヨミとウルカはぴたりと立ち止まった。

「═══」「═══」「═══」

吹き曝しの階段、その踊り場に棒立ちして、三人が那都界市の夜景をじぃーっと凝視する。

その目に生気と呼べるものが全く宿っていないのを見て、ユリーカは腹の底がぞっと冷えた。

「……犀恒さま？　那都神さま？　薪花さま……？」

……そして、

三人が、踊り場の手すり壁に手をかけて、その上によじ登ったのを目にして……ユリーカは思わず叫んでいた。

「っ!?　何をやっているのです！　馬鹿な真似はおやめなさいッ!!──≫」

＊＊＊ 夢信空間 ＊＊＊

「≪──何やってるんだ！　やめろッ!!　レンカさんっ！　那都神っっ！　ウルカっっっ！」

覚醒現実の那都界市でユリーカが叫んだのと、全く同時刻。同地点。

夢信空間〈瞳〉の中の那都界市でも、トウヤの叫び声が上がっていた。

トウヤは見えない〝何か〟がレンカのことを引き留めた現象を調べていたが、それから間もなくレンカは再び歩きだしていた。

レンカたちの後をなす術もなくただ追いかけて、マンションに辿り着いて階段を登って……。

そして今、トウヤの見ている前で、転落防止の手すり壁によじ登った彼女たちが、虚ろな目で遙か眼下の硬い地面を見下ろしていた。

い、い、い、い、い、い、い、い、

明らかに飛び降りようとしている。

「はぁ……っ、はぁ……っ！　何で、何でそんなことするんですかっ――アッ、カッ……！」

トウヤの額に脂汗が噴き出していた。緊張で息の仕方を忘れる。

おかしい。三人の様子は明らかにおかしい。異常行動。

呼吸もできないままトウヤは暴れ回った。彼女たちの足元で懸命に両腕を振り回した。一瞬でいいからと。指一本、そのほんの指先だけでいいから擦ってくれと。触れさせてくれと。

焦りと混乱と恐怖と孤独がトウヤを苛む。

どうして。

何が彼女たちをそうさせる。そうさせた。何が？　誰が？　どうやって？　こんなことを？

〝瑠岬トウヤ〟を待ってくれていた人たちが、大切な仲間たちが、こんな俺を繋ぎ止めてくれた縁の糸が切れてしまう。触れることさえできないまま、目の前で。

苦しい。苦しい。苦しい。

トウヤはその感覚を思い出していた。

とうに忘れて、記憶の底のずっと奥に埋めて隠して蓋をして、二度と見ないですみますようにと消去した感覚。

目の前で大切な人の命が消えること。〝自分〟という世界の土台が音を立てて崩れ去ること。

およそ筆舌に尽くしがたい絶望。真っ当に生きていれば決して知ることのない恐怖。

そんな暗黒のような感情と通ずる因縁を、トウヤは一つしか知らなかった。

――〈礼佳弐号事件〉！

それは推理なんてものではなかった。仮定も過程もすっとばして、トウヤは自分たちが再びその因縁に絡め取られたのだと理解した。

――調べてたんだ！　レンカさんたちは〈礼佳弐号事件〉に関係した何かを！　それを俺に知らせずに解決しようとしてたんだ！　そして巻き込まれた！　その何かにッ！

――まだ残ってたんだ！　四年前の因縁が！　でもどこに!?

――そんなこと今はどうだっていい！　今はとにかく三人を止めろ！

レンカたちを止めなければという一心で、トウヤの意識は時間を置き去りにするほどに加速していた。周りの景色が超高精細写真のようにくっきりと見える。

「！」その中に、トウヤは〝それ〟を見た。

手すり壁に立つヨミの下半身。私服のロングスカートに不自然な皺が寄っていた。

レンカのときと同じ。まるで透明人間がそこにしがみついているような。

「――ユリーカだッ!!」

超加速したトウヤの意識が、それしかありえないと答えを叩(たた)き出す。

――ユリーカがいるんだ！　見えないけどそこに!!　幻影(これ)はみんなの影！　現実から夢に落ちてる影なんだ！　本体は！　触(さわ)れるレンカさんと那都神(なとがみ)とウルカは、覚醒(かくせい)現実にいるッ!!

トウヤは目の前の現象を理解する。しかし理解したところで状況は変わってくれなかった。

二つの那都界市に、二人の互いに届かない声が響いていく。

夢信(むしん)空間でトウヤが。

覚醒現実でユリーカが。

「》》》ユリーカッ！　助けてくれ！　みんなを助けてくれぇぇぇッ!!」

「》》》mmmmm……!!!　……ダメッ、私じゃ、一人しか……ッ！」

触れられないと理解してもなお、トウヤは腕を振り回す。

「》》》那都神だけじゃダメなんだ！　レンカさんだけでもウルカだけでもないんだ！　みんながいてくれなきゃそんなの嘘(うそ)だッ!!」

ユリーカが必死に飛び降りを阻止しようとするも、彼女の細腕では一人しか止められない。

「》》》こんなこと……ッ！　私にこんな、選ばせるようなこと、させないでください……ッ!!」

トウヤの眼前でレンカたちの身体が揺れた。

「≪≫ あっ……あぁッ！　ユリーカ！　レンカさんとウルカが！　落ちちゃう！　死んじゃうよ！　死んじゃうよッ!!　死なせないで！　死なせないでくれぇぇぇぇぇ!!!」

　ユリーカも思わず神に祈っていた。

「≪≫ あぁ、神よ……！　こんなの、こんなの知ったら、トウヤとメイアが悲しみます……！　どうか、どうかお慈悲を、お慈悲をッ……――あッ！」

　そして次の瞬間――トウヤの絶叫が上がった。

「≪≫ うあぁぁぁぁああぁっっっ!!!!!!　レンカさぁぁぁづぁあん！　ウルカぁぁぁあぁぁあづ!!」

……夢信空間〈瞳〉と、覚醒現実。

……夢と現実。二つの那都界市。

……二重に存在する、同じだけれど異なる世界。

そこへ実体と幻影を同時に映して……その瞬間、二人の女が身を投げていた。

――――グシャッ。

＊＊＊ 夢信空間 ＊＊＊

「……あ……あ……」

夢信空間〈瞳〉、マンションの吹き曝しの階段。八階の踊り場で、トウヤが頽れていた。レンカとウルカが身を投げた瞬間をその目で見てしまった。

「……ぁ……ァ……はっ……はっ……はっ……」

嘘だ。嘘だ。嘘だ。

脚に力が入らなかった。内臓が寒い。目の奥が捻れる。脳味噌が頭の中で回転している。暑いのに寒い。ねばねばする汗が止まらない。瞬きするのが怖い。でもなぜか目は全然乾かない。逆に唇はヒビが入るほどカラカラで、開いた口から涎が糸を引いて垂れてくる。

「……はっ……はっ……はっ……。……ぁ、死、死……死ん、じゃった……死んじゃった……何で。レンカさんと、ウルカが……。……ぁ……はっ、はっ、はっ……は、は、は……」

息が詰まって、呼吸がわからなくて、泣いているのでも笑っているのでもない、そういうときにしか出ない声が漏れてくる。

吐きそうだった。いっそ内臓をぶちまけて、萎んで消えて楽になってしまいたかった。

およそ筆舌に尽くしがたい絶望。真っ当に生きていれば決して知ることのない恐怖。

四年前、〈礼佳弐号事件〉で感じた、この世の地獄。

瑠岬トウヤは完全に、そんな暗黒の感情に呑まれていた。

〝どうしよう、死のうかな俺も〟――安易な逃避が思わず唇の隙間から漏れてくる。

そんなときだった。

ズル、ズルッと。どこかから衣擦れの音が聞こえた。

足元からだった。確かに聞こえた。

人の気配――生きている人の。

その物音を耳にした瞬間、トウヤの萎んだ瞳にはっと光が戻った。

めまぐるしく展開する事態に頭の処理が追いつかないが、努めて冷静に、状況を再確認する。

目の前には、ユリーカのしがみつきで投身自殺を阻止されたヨミが気絶して倒れていた。

だが違う。物音はヨミが立てた音ではない。

トウヤは脚に力を入れた。ふらつきながら立ち上がる。吹き曝しの手すり壁によろよろと掴まりながら、そして彼は恐る恐る、祈るようにして階下を覗き込んだ。

遥か眼下の硬い地面に、レンカの持っていたバッグの破片が散らばっていた。

それだけだった。死体は転がっていない。

そしてトウヤは、二階下、六階の壁面にそれを見た。

ズル、ズルッと音を立て、女性の脚が四本、踊り場へ引き込まれていく瞬間を。

「――レンカさんッ！　ウルカぁーッ！」

トウヤは脚が縺れるのも構わずに、階下へと転がり下りていった。

＊＊＊　覚醒現実　＊＊＊

≫≫トウヤが、夢の中のマンション八階から転がり下りている頃。

覚醒現実の那都界（なとざかい）市でも、同じくユリーカが六階へ向けて駆け下りていた。

「はっはっはっ……助かった……！　はっはっ……助かったんですわ！　二人とも！」

六階から人の気配がする。それに続いて声も聞こえてくる。

「あー、っぶなかったァ……！」と、それは聞き覚えのある女の声だった。

ユリーカが六階踊り場へ辿（たど）り着くと、そこでは無傷のレンカとウルカが横に寝かされていて。

そしてその場に立っていたのは、大きな縁なし丸眼鏡に酷（ひど）い猫背の残念美人だった。

「あなたは……！　あぁっ、ドクター蛭代（ひるじろ）！」

ユリーカが感極まった声で叫んだ。

臨床夢信（むしん）科医、蛭代ナリタがこの場へ駆けつけていた。ユリーカには事の経緯が全くわからなかったが、八階からレンカとウルカが身を投げた瞬間、六階にいたナリタが間一髪のところで飛び降りた二人を受け止めていたのだった。

加えて、そこにはもう一人の人物がいた。

ユリーカに背を向け、レンカの傍らに跪（ひざまず）いている男。見覚えのあるトレンチコート姿。

「ミスター亜（あ）ノ――」

ユリーカがそう、彼の背中に呼びかけようとしたときだった。

「しィ……今は触んないほうがいいわよォン?」

ナリタがユリーカを制止した。それからクイッと、親指で彼の背中を指差して、

「コイツ今、かなり頭にキてるから」


「………」

亜穏(あのん)シノブの背中が、小刻みに震えていた。

彼の腕の中には、気絶したレンカが抱かれていた。

「……この人たちは、関係ないだろう……」

シノブがぶつぶつと小声で呟(つぶや)く。その声もまた小刻みに震えていた。

固く握られた拳(こぶし)。ミチミチと革手袋が擦(こす)れる音。

「嫌な予感は、いつでも当たってしまう……〈共喰い変死事件(あの殺人現場)〉で、これを見つけたときから」

シノブの手の中には、銀色に輝くあのメダルが握り締められていた。

〈ボーダレス〉。

「四年前、貴様を殺し損ねていたこと……この亜穏シノブ、人生最大の失態だ」

シノブの背中から怒気が立ち上る。

嫌な夜だった……生温(なまぬる)い風が、まるで魔物の吐き出す鼻息のようだった。

「今更、何をしに戻ってきた………伽世(とぎせ)、ゲイン……ッ!」

≫≫同刻。那都界市郊外、田園地帯。

ぽつぽつと疎らな明かりが灯るだけの古い集落の一角で、改谷ヒョウゴが車を降りた。

見上げる先は、無明のコテージ。

「…………」

無言でポーチへ上がりながら、ヒョウゴの脳裏ではとある記憶が再生されていた。

――『改谷ぁ……こりゃあ、オレの麻薬取締官としての勘なんだがよ』

それは〈警察機構〉那都界支局の裏口で、薬対部長が零した話。

――『この伽世って男……こいつぁ、人間じゃねぇな』

コテージの錆びついた玄関扉を開ける。

――『麻薬に手を出す奴の頭ン中は、売る方も買う方もシンプルだ。金か快楽。オレァよ、人間のそういう、シンプルに分解できちまうとこが好きなんだ』

懐中電灯で真っ暗な室内を照らす。ヒョウゴは迷うことなく進んでいく。

――『だがな……伽世ゲイン、こいつは違う』

ヒョウゴの前に階段が現れる。先日調べられなかった、二階へ続く階段を上っていく。

――『こいつは、どんなに調べても、何を考えてやがんのかこれっぽっちも理解できねぇ。

伽世(とぎせ)が天才だったからだとかじゃあない……もっと根本的で致命的な問題だ』

屋根裏部屋へ辿(たど)り着く。前回レンカが言っていたように、そこには何もなかった。

さらに奥へと進んでいく。夜より深い闇(やみ)へ向かって、ライトの光を向けていく。

その闇の一番奥に――闇と同化した、真っ黒な一枚の扉があった。

「………」

ヒョウゴは無言のまま、ゆっくりと扉へ手を伸ばしていった。

――『オレが好きなのはよぉ、改谷(あらたや)。〝人間〟っていう思想(パズル)をシンプルに分解することなんだ。逆に言うとだな……パズルの構造そのものが異質すぎて分解できませんなんてなぁ、そりゃ〝人間〟じゃねぇんだよ』

ドアノブへ手をかける。八月の夜に、それは凍えるように冷たかった。

――『麻薬(ヤク)で人間辞めちまった奴を、これまで見飽きるほど見てきたが……そんな奴らよりも、誰よりもイカれてやがるってことだよ、伽世ゲインは』

……ガチャリ……。

――『〈警察機構(オレらの立場)〉でこんなこと言うのもなんだがよ………こいつは、死んで当然の化け物だったんだと思うぜ?』

そして……ヒョウゴが、闇の底に辿り着いた。

「……こりゃあ………――悪魔の家だ」

……二十畳はある、正方形の部屋だった。

ヒョウゴから見て正面、北側の壁一面は、壁そのものが巨大な書架になっていた。タイトルも読めない、あらゆる国の言語で書かれた論文のファイルがそこにずらりと並んでいる。

東側の壁はそのままホワイトボードになっていた。そこには書いた本人以外は誰も理解できないであろう、無数の数式と幾何学模様がびっしりと書き込まれている。

西側の壁一帯は簡易の工房になっていた。棚には無数の薬品と工具が整然と並び、その手前の大きな作業机には、薬の調合に使用するガラス機材と、ヘッドギア型の夢信機が安置されている。机の端に無造作に置かれたバケツ、そこにはまるでメダルゲームの景品のように、あの〈ボーダレス〉が山積みになっていた。

そして部屋の中央には、赤黒いヘドロのような液体が滴る、汚れた手術台が据えられていた。

手術台の上には、血と体液とが生乾きになっているだけで何もなかった。が、そのすぐ横に立てられている図面台に、人間の全体図が描かれた大きな図面が貼りつけられている。そこには点線で仕切られた人体の部位ごとに、赤・青・黄色のペンで☑マークがつけられていた。

十分すぎる状況証拠だった。改谷ヒョウゴの刑事の勘が囁きかける。

伽世ゲインは死んでなんていない。この悪魔は今も生きている。

この場こそが、〈ボーダレス〉を用いて実行された猟奇殺人、〈共喰い変死事件〉の収束点。

九人の被害者たちに〝共喰い〟をさせたのは、『被害者の人体の一部が現場から消えている』

という事実が発覚するのを遅らせるため。そうしてあの山奥のプレハブ小屋から持ち出した人体部品を、ここで組み上げた。人間一人分の肉の塊へと。

だが、なぜそんなことを？

吐き気を堪えながら、ヒョウゴが人体図面を覗き込む。

図面の、頭部にあたる部分。そこにだけは☑マークの代わりに引き出し線が伸びていて、『Unit β』と書き込まれていたが、ヒョウゴにはそれが何を意味するのか理解できなかった。

この物件は即刻封鎖だ、長い現場調査が始まる――ヒョウゴがそう心の中で呟いて、一路〈警察機構〉へ報告と手続きのために引き揚げようと振り返った、そのときだった。

そこに今、初めて光を向けて。ヒョウゴの手から懐中電灯が滑り落ちた。

ヒョウゴが入ってきた真っ黒な扉の面する、南側の壁。

「っ……！　あぁ、大変だ……!!」

懐中電灯を蹴り飛ばして、ヒョウゴはコテージを飛び出していった。

……それは写真だった。

びっしりと、壁一面に貼りつけられた、数えきれない写真の山。

日時も場所もバラバラだったが、そこに写っている被写体だけは統一されていて――

――それは一人の、少女の写真だった――

＊＊＊　夢信空間　＊＊＊

≫≫第二世代人工頭脳〝瞳〟型七番機、〈友恵〉。

……ヌオリ。と、その夢の世界を踏み躙る者がいた。

「――あぁ、そうだ……己のターゲットは、最初から、お前ただ一人だった」

そう発した声の主……伽世ゲインが、何の感情も宿っていない視線を向ける。

その視線の先には少女がいた。

黒い軍服調の戦闘服に、外套と制帽を被った、長い黒髪の少女。

呀苑メイア。

「……？」

メイアが伽世を振り返る。その男を見て、彼女は無言で小首を傾げた。

「しかし、そういえば……人間としてのお前は、何という名前だったか」

そんなメイアと対峙して……はてなと首を傾げ返したのは、当の伽世のほうだった。

が。それはあるいは当然の反応ともいえた。なぜならば――

「……まぁ、そんなものは誤差の範囲だ、問題にはならない」

伽世ゲインにとって〝人名〟とは、ただの非効率な識別信号にすぎないのだから。

「お前を、回収にきたぞ。ユニット、、、α」

第五章　化け物殺し

＊＊＊ 夢信空間 ＊＊＊

》》》数分前。

ウワッハッハッハッハ――――――ベチンッ。

夢信空間〈友恵〉にずらりと建ち並ぶ、記録装置たる巨大角柱群。その表面でガサゴソ這い回っていた《ゲジマユゴッキー》を叩き潰して、メイアがふぅと息を吐いた。

「こちら呀苑メイア、虫さんの退治終わったわよ？　次はどっちへ向かえばいいのかしら？」

『ご苦労様です呀苑メイア。先ほどの個体が最後の一体でした。〈友恵〉の浄化、完了です』

ヘッドセットから合同作戦司令部、協会関係者の声が告げてくる。

『〈瞳〉の完全浄化も間もなく完了するとの連絡が入っています。それをもちまして本作戦は完遂となります。各社の皆様の働きに感謝いたします』

「ふぃーっ……やれやれ！　これでようやく連日のゴキブリ退治から解放される」

メイアの傍ら、小型四輪駆動車の運転席で男がうーんと伸びをした。第一次作戦でもメイアと行動を共にしていた〝ご同業〟である。

「お疲れ様だったわね？　運んでもらえて助かったわ」

「礼を言うのはこっちのほうさね、お嬢ちゃん。撃破数（スコア）の分け前どうも」

メイアと組んだ日は懐が温かいらしい。男はハンドルに寄りかかって満足そうに笑う。

「そういえば、今日はお仲間はどうしたね？　第一次作戦（この前）のヨミ（銀髪ちゃん）とウルカ（ちんちくりん）とトウヤ（黒髪の兄ちゃん）は」

「那都神（なとがみ）さんと薪花（まきはな）さんはズル休みなの。レンカさんもなのよ？　トウヤはずっと元気がなかったのだけれど、〝呪い〟を半分こにしたら〈獏（バク）〉に戻ってきてくれたわ。二人で一緒にセンリの所へ、心配させてごめんねって、謝りに行く約束もしたのよ」

メイアは自分の主観で一息にそう並べ立てた。当然聞かされた側は彼女が何を言っているのかわからない。同業の男はぽかんと口を開けて頭を「？」まみれにする。

それでも、同業の男はにこりと微笑（ほほえ）んでいた。

呀苑（ウイッチ・ワン）メイアが無邪気な子供のように、心の底から嬉（うれ）しそうな笑みを浮かべていたからだった。

最後に良いものが見れた。同業の男は仕事終わりの晴れ晴れとした気分でハンドルを握った。

「そいじゃ、ここでお別れだお嬢ちゃん。〈獏（バク）〉同士、また機会が巡れば」

「ええ、またどこかで会いましょう」

合同作戦終了に伴い、二人が別れの言葉を交わす。

「……もしもし、聞こえる？　管制室。こっちの仕事は終わったわ。トウヤのほうは――」

そしてメイアが、通信先を〈夢幻S・W・（セキュリティ・ワークス）〉管制室へ切り換えたときだった。

彼女たちの背後に、それが現れたのは。

……ヌオリ。

無数に生える角柱の一本。その陰から、まるで夢の世界を踏み躙るかのような黒い気配。

「――あぁ、そうだ……己のターゲットは、最初から、お前ただ一人だった」

声が聞こえた。機械のように、抑揚のない声だった。

「……？」

メイアと同業の男とが、揃ってその声へ振り返る。

碧い夜の落とす影の中から、フードを目深に被った人影が浮かび上がる。

「しかし、そういえば……人間としてのお前は、何という名前だったか」

それは全身真っ黒な男だった。闇そのものを纏っているかのような。

「……まぁ、そんなものは誤差の範囲だ、問題にはならない」

フードの下から覗く目も、男が纏っている闇と同じ深い漆黒。

そしてその頰に走った切り傷痕だけが、男の能面のような無表情に歪な彩りを添えていた。

「お前を、回収にきたぞ。ユニットα」

黒いフードの男――伽世ゲインが何を言っているのか、メイアには全くわからなかった。

「？？？　だぁれあなた？　わたしの名前は呀苑メイアよ。〝ゆにっとあるふぁ〟なんて、そんな変な名前じゃないわ？」

メイアが小首を傾げると、伽世の首も傾いていく。

「呀苑、メイア……？　あぁ、すまない。人間の名前を覚えるのは苦手なんだ」

首を戻した伽世が、天を仰いで「あぁ……」と溜め息とも嘆息ともとれない息を吐く。

「お前が己を知らないのは当然だ。あぁそうだとも。だが己はお前のことを知っている、誰よりも。だからこうして己はお前の前に現れた。自明なことだ」

伽世がぶつぶつと独り言のように呟いていく。

すると伽世はおもむろに右腕を上げ、メイアに人差し指を向けてきた。

「――ひとつ」

「？？？」

伽世がさっきから何を言っているのか、何をしたいのか、メイアには全くわからなかった。

そこへ、メイアの背後にいた同業の男が突然、激しい剣幕で駆け寄ってきた。

「おいあんた、お嬢ちゃんに向かっていきなり何てことしやがる！」

同業の男がなぜそんなに怒っているのか、それもメイアにはわからなかった。

メイアには、ただ『目の前に現れた真っ黒な男に指を差された』という認識しかない。

ただそれだけのこと。それなのに、同業の男は激怒して伽世の肩を突き飛ばす。

「〈貘〉どうしの小競り合いは御法度だ！　所属を名乗れ、協会に報告す――」

するともう一度、メイアの見ている前で、伽世が今度は同業の男を指差した。

「その勧告は誤りだ、訂正しよう……第一に、己は〈貘〉ではない。第二に、協会に報告されるのは面倒だ、己(オレ)は死んだことになっているのでね」

「あん？」

ピタリと……伽世(とぎせ)に指差された同業の男の動きが止まった。

「お前は邪魔だ……〝消えていろ。さっきまでいたCase/G-926(ゴキブリ)のように〟」

そして伽世がそう呟(つぶや)いた次の瞬間、そこには異様な光景が広がっていた。

グネエ～リッ。

「――あの野郎ォ……どこ行きやがったァ？」

同業の男が、唐突にその場で仰向(あおむ)けになり、両腕と両脚で全身を弓反らせた。

「！」

メイアが目を丸くすると、彼女と目の合った同業の男がブリッジしたまま首を捻(ひね)る。

「何だァ？　お嬢ちゃん、どうして逆さまになんてなってるんだァ？　しっかりしろォ……」

「今そっちに行くからよォ」

ガサガサ、ガサガサ、ガサガサ。

同業の男が四肢を小刻みに震わせて、左右に行ったり来たりしだす。

「どうなってんだァ？　さっきから身体がヘンなんだァ……上手(うま)く歩けねえんだァ……」

男はブリッジの体勢のまま、ガサガサと蠢(うごめ)いて間抜けに喚(わめ)く。

まるでゴキブリだった。

ガサガサガサ……「いぉぉぉォォ……」……やがて同業の男は呻(うめ)き声を漏(も)らしながら、逆さまのままどこへともなく這(は)い回り、やがて姿が見えなくなった。

それは明らかに、常軌を逸した異常行動だった。

「……っ」

ごくり……メイアは堪(たま)らず固唾(かたず)を飲んだ。

そこへ、

「――ふたつ」

メイアの視界の端、彼女へ向かって再び人差し指を向けてくる伽世の姿が映った。

ザッ……！　メイアは反射的に横飛びすると、両手両足を地につけ低姿勢をとった。

何をされたというわけでもない。突然現れた謎(なぞ)のフード男に、指を差されただけ。

にもかかわらず、呀苑(ウイッチ・ワン)メイアのとったその構えは攻撃態勢だった。それも全力の。

「っ……。……敵ね、あなた」

臨戦態勢のメイアに対して、伽世のほうは棒立ちしたまま首を傾げる。

「敵？　それは定義にもよるが……現状を強制的に変更しようとする外力をそう呼ぶとするのなら、確かに今の己(オレ)はお前の敵ということになる」

「おかしな話し方をする人……何なの？　何者なのかしら？」

「それを説明することに特に意味は見いだせないが……あぁ、そういえば夢(ここ)は〈友恵(ともえ)〉か。

ならばちょうどいい」

パチィン。伽世が右手の人差し指をメイアに向けたまま、左手で高らかに指を鳴らした。

ヴンッ……伽世の真隣に屹立していた巨大角柱から起動音。次いでその表面に、幾本もの白光が流れ星のように走りだす。

「〈友恵〉は、記録保存設備機能に特化した夢信空間……今、この角柱と己の記憶野を連動させた。そういうこともできる。己が何者かと、視覚的に説明してやったほうがお前も――」

「敵なら、今すぐ消えなさいな」

ドゴォッ！

伽世の言葉が終わらぬうちに、跳躍したメイアが殴りかかっていた。

が、「――みっつ」と、メイアの耳元で声が聞こえた。

いつの間にかメイアの真横に回り込んだ伽世が、彼女のこめかみへ人差し指を向けていた。

「っ……!?」

汗が一筋、メイアの頰を流れた。

――この人……今どうやって避けたの？

「それでは、まずは自己紹介しよう……己の名は伽世、伽世ゲイン。二十八歳。身長174・3センチメートル。体重64・8キログラム。血液型はO型」

ヴンッ……伽世が操作した角柱から、無数の白い光線が飛び出して空中へ立体画像を投影する。そこへ伽世の写った写真が高速でスライドされてゆく。

幼少期から少年期、小学生から高校生、イギリス留学時代の写真。メイアの知る由もない、レンカたちが膨大な記録の中から発見した例のあの写真まで。常に同じ、感情のない無表情で。

角柱端末が伽世の記憶を次々に再生していく。

ズドンッ!!　その隙(すき)を突き、メイアがボディーブローを撃ち放った。角柱端末を操作中の伽世の土手っ腹へ、ほぼ零距離から拳(こぶし)を叩(たた)き込む。

が。

「さて……己(オレ)の自己紹介はこんなものでいいだろう」

外れようがない零距離打撃のはずだった。しかし伽世は、また、いつの間にかメイアの真横に回り込んでいた。

メイアの呼吸が、動揺で乱れた。

伽世の回避動作が見えない。

――どうやったの……こいつの足はずっと見てた。摺(す)り足一つしてなかった。瞬間移動？

「お前は己(オレ)を知らない……だが先にも言ったように、己(オレ)はお前を知っている」

パチィン。メイアのそんな動揺など意に介さず、伽世が二度目の指を鳴らした。

それに応じて、角柱から投影される立体画像(ホログラム)が、静止画から動画へと切り替わる。

「その根拠を示そう……これが、己(オレ)の見た過去だ」

ビーッビーッ！　と、動画からけたたましい警報音が聞こえてきだす。

それは、とある人工頭脳に群がる人間たちを、伽世(とぎせ)が物陰から覗(のぞ)き見ている記憶だった。

＊＊＊

ビーッビーッビーッ！

『――〈銀鈴(ぎんれい)〉に異常発生！　侵食指数急激に増大、安定域を超えてなおも上昇中！』

『――実験中止！　実験中止！　動力遮断急げ、全行程省略、強制ダウンさせろ！」

『――待て、〈礼佳弐号(らいか)〉との裏接続経路(バックドア)を塞(ふさ)いでからだ！　ユニットαのイメージを〈銀鈴〉に回収！　我々の足跡を、第三世代機に侵入していた痕跡(こんせき)を残すわけにはいかん！』

『――ユニットβ、侵食指数12!?　侵食指数10(絶対崩壊値)を突破ッ!!』

『――どういうことだ……生体部品風情が、覚醒(かくせい)現実へまで侵食するとでもいうか……ッ』

『――伽世はどうしたッ、〈銀鈴〉管理責任者が、こんなときに席を外すなどッ』

『――ユニットα、イメージ回収完了！　しかし、これはッ……こちらも絶対崩壊値を突破！』

『――〈銀鈴〉、伝導流体圧力異常値！　緊急開放弁開きます、ここにいては危険です!!』

『――退避！　総員退避ーッ!!』

ドボォッ！

人間たちが蜘蛛の子を散らすように逃げ出したその瞬間、人工頭脳〈銀鈴〉から銀色をした伝導流体が血潮のように噴き出した。

その銀の濁流に乗って、機械の胎から押し出されてきた物体が一つ。

『――あれは……！』

それに向かって、溢れた伝導流体の沼へ足を踏み入れる者がいた。

『――亜穏！　戻れ！　その伝導流体は有害濃度なんだぞ⁉』

制止する者たちの声を無視して、今よりも少しだけ若く見える亜穏シノブが、有害な液体へ両腕を差し込み、それを抱き上げる。

『――人間です……女の子だ、まだ幼い……十四年もいたのか、こんな冷たい機械の中に……！』

そして、亜穏シノブの慟哭がその場に響いていった――

＊＊＊

「――そうだ……これは、四年前に己が見た光景。〈鴉万産業〉の研究施設で、ユニットα、お前が覚醒現実へと産まれ落ちた日の記憶だ」

記憶映像の再生を終えて、伽世が機械のように平淡な声でそう締め括った。

「はぁ、はぁ……っ」

映像を見終えたメイアは、自分の呼吸が酷く乱れていることに遅れて気づいた。

ヌオリ――「――よっつ」

その隙に、また真横へ回り込んできていた伽世が、メイアへ人差し指を向けてきていた。

メイアは慌ててバックステップを踏んだ。

――何、この人……！　さっきから何なのッ!?　いつの間にか移動してる……ッ。

間合いを読めない。気配を感じない。気づいたときにはもう遅い。伽世は位置を変えている。

「――いつつ」

その声は間合いを取ったはずの直後。なのにまたもやメイアの真横から聞こえてきて。

「あと三つだ、ユニットα」

そんな意味のわからない、不気味な宣告がメイアの耳を撫でた。

「ッ……何なの!?」

メイアが裏拳を放つと当時に真横へと振り向く。しかし伽世の姿は既にない。

「はぁ、はぁ、はぁ……っ」

得体が知れなかった。メイアは、戦闘服の下で嫌な汗が流れていることを自覚した。

パチィン。と、そこへ三度目の指が鳴る音。

メイアが伽世を見失ったまま、角柱から白光が放たれる。新たな映像が再生されていく。

空中に浮かび上がる映像……それを目にしたメイアは思わず、声を震わせていた。

「…………あぁ、いや……」

＊＊＊

……一人の少女がいた。暗(くら)くて冥(くら)くて昏(くら)い部屋に。

薄いエプロン型の検査衣を着せられて、両腕を天井に吊(つる)されぐったりしている。

『——薬の経過はどうだ、ユニットα』

伽世ゲインの記憶(視界)を通じて、かつての伽世がかつてのメイアへ——生体部品〝ユニットα〟へ語りかける。

『——逃亡および自殺防止の筋弛緩剤。上層部(うえ)の要望どおり、中断症状で激痛が生じるよう調合した……そろそろ薬が切れる頃だ。今日はその観察にきた』

チッチッチッチッ……伽世の記憶(視線)が、左腕に巻かれた腕時計を覗(のぞ)き込む。

『——……あ……う……っ』

ユニットαが苦悶(くもん)の声を漏(も)らし始めた。全身にぽつぽつと脂汗が浮き上がってゆく。

かつてメイアから身体の自由を奪い、車椅子に縛りつけていた薬……その効果が切れかける際に現れる激痛症状。次第に強まっていくその苦しみの過程を、薬の設計者たる伽世ゲインがただ見ているだけという記憶。その視線が腕時計とユニットαの間を行き来する以外で全くぶれないことが、この男が当時苦しみ藻掻く少女を前に何も感じていなかったことを物語る。

『──苦しいか？　ユニットα』

伽世のその問いかけに、ユニットαが死に物狂いで何度も頷く。

『──そうか……これで理解したか？　苦しいのが嫌なら、この薬を絶えず飲み続けることだ。お前の自由と引き換えに』

伽世が筋弛緩剤を差し出す。目の前に翳されたそれを、ユニットαは犬のように必死に舌を伸ばして絡め取り、飲み込んだ。

伽世の記憶がゆっくり上下する。満足そうに頷いたのだとわかる。

そして、映像の中の伽世が、おもむろに白衣の内ポケットへ手を伸ばした。

『──それと、今日はもう一つ……お前にこれをやろう』

伽世がポケットから取り出したそれは、先ほどユニットαに与えた筋弛緩剤とは異なる薬……銀色のメダル形状をした錠剤だった。

〈ボーダレス〉。

伽世が〈ボーダレス〉を薬液の入ったビーカーへ落とすと、それはみるみるうちに溶けて液体状の経口薬品へと姿を変えた。

伽世がビーカーをユニットαの口元へ近づけてゆく。弛緩した身体でどうにか首を振って抵抗するユニットαの顎を摑み、こじ開けて、伽世は少女の中に〈ボーダレス〉を流し込んだ。

『――己(オレ)は数日中に〝死んだ男〟になる。〈鴉万産業(からすま)〉を欺くための死体は用意してある。己(オレ)が〝伽世ゲイン〟として社会に存在できなくなる前に、布石を打っておかねばならない』

ゴクリ……ユニットαの喉元(のどもと)が上下し、〈ボーダレス〉が飲み込まれた。

『――お前には、己(オレ)という存在を忘れていてもらわなければならない……〝来たるべきその日〟に、お前の前に現れる未来の己(オレ)のことを、お前が警戒しないように』

とろんと、ユニットαの表情が弛緩して……その眼前に、伽世の人差し指が立てられた。

『――ユニットα、この指だ。この指を見ろ……よーく、見ろ』

そして過去の伽世の声が、まるで魔法使いのように囁(ささや)いた。

『――だーれだ』

＊＊＊

「……はぁ、はぁっ、はぁ、はぁっ……っ！」

記憶映像が消えた〈友恵(ともえ)〉で、メイアが蹲(うずくま)っていた。頭を抱えて、目をかっと見開いて。

思い出していた。〈ボーダレス〉によって消されていた、かつての記憶を。

――〝こわいひと〟ッ。そうよ、この人は〝こわいひと〟！　どうして今まで忘れていたの!?

意識外から突如降り注いだフラッシュバック。それがメイアの心を直撃し、パニックを起こさせていた。先ほどまで冷静に戦況を分析していた呀苑メイアは、もういない。

――〝こわいひと〟はいや……〝こわいひと〟はいや……〝こわいひと〟はいや!!

ここにいるのは呀苑メイアではなく、〝ユニットα〟だった。かつての恐怖を思い出し、叩きのめされたメイアは、伽世ゲインに対する戦意を完全に喪失してしまっていた。

そんな彼女の耳元に、聞こえてくる。

「――そして今この瞬間こそが、〝来たるべきその日〟ということだ」

伽世の声がする。しかし姿が見えない。まるで魔法使いのように。

「最初に言っただろう……お前を、回収にきたと」

「はぁっ、はぁっ、はぁっ、はぁっ、はぁっ、はぁっ……いやぁぁぁぁぁぁああああっっっっ!!!!!!」

伽世が言っていることなど、メイアにはもう何もわからなかった。

パニックに陥ったメイアが、《魔女の手》を無闇やたらに振り回す。

不可視の魔手が巨大な鉤爪を作り、周囲一帯をガリガリと無差別に切り刻んだ。あっという間に、メイアを中心とした半径数メートルの地面に無数の爪痕が刻まれる。

にもかかわらず、「――むっ、つ」

「ひっ……!?」

またもや、真横……人差し指を向けてくる伽世と目が合って、メイアの肩から力が抜けた。

攻撃が掠りもしない、何が起きているのかわからない……なす術がない。

「〝八つの暗証コード〟――〈ボーダレス計画〉が〈鴉万産業〉に露見しないよう、お前の意識に仕込んでおいたセキュリティだ……これを使って、今からそのセキュリティを解除する」

伽世の右手、人差し指が立てられているそこに、幻影のように何かが浮かび上がってくる。

そこに現れたのは、一丁の拳銃だった。

ジャコッと、拳銃が空薬莢を吐き出す。

足元に転がり落ちた空薬莢は、銀色に光り輝いていた。

「とある格言は、『銀の弾丸などない』と言うが――いいや、ある。これが、己の能力だ」

伽世が空いているほうの手を握って開く。するとそこから、手品のように弾丸が現れた。

その弾丸こそが、伽世ゲインの夢信特性。

「この《銀の弾丸》は、被弾者の認識を改変させる。〝ひとつ〟の時点で、お前は既に被弾していた。だがお前は自分が撃たれたことを知らなかった。〝己の攻撃を認識できない〟と、己がそう暗示を書き込んでいたからだ。――そして今のお前は、〝己に攻撃を当てられない〟」

ガチンッ。戦意喪失しているメイアの眼前で、伽世が新たな《銀の弾丸》を装填する。

「あと二発だ、ユニットα……あと二発で、お前にかけたセキュリティが解除される」

ジャキッ。拳銃の撃鉄が上がる。発射準備が整う。

伽世が銃口をメイアの口へねじ込んだ。外れようがない七発目を叩き込むために。

「はぁっ、はぁっ、はぁっ……あ……あっ……」

メイアをフラッシュバックが再び襲った。かつて〈ボーダレス〉をむりやり口の中に入れられた記憶。それが今のこの状況と重なって、恐怖(トラウマ)となって彼女から思考も抵抗も奪い去る。

「…………たすけて…………」

だからもう、彼女には命乞いしかできなかった。

そう。命乞いしか、できないから、

「…………たすけて…………トウヤ」

そんな彼女の、悲しい声が――分かつ〝呪い〟を、引き寄せる。

「受けろ、ユニットα。なな……」

「――――《その弾丸は、絶対に当たらない》」

「……っ」

ガツンッ。……そのとき伽世(とぎせ)は、確かに引き金(トリガー)を引いていた。

外れようがなかった。銃口は、メイアの口の中へねじ込まれていたのだから。

が。同時に伽世は違和感を覚えた。手応えがおかしかった。

「……？　どうした……何が起きた」

メイアの口から銃を引き抜く。するとチャリンッと、銃口から弾丸が零(こぼ)れ落ちた。

不発弾だった。

それはありえない現象だった。

《銀の弾丸》は伽世の夢信(むしん)特性である。通常の弾丸ではない。一度生成されると内部に込められた暗示(コード)が開放されるまでは破壊することも消滅させることもできず、不発弾ともなり得ない。

ならば、今のこの状況を説明できる現象は一つしかなかった。

世界規定——夢の世界の物理法則そのものが書き換えられたとしか。

それを瞬時に理解して……ゆらと伽世が、振り返る。

「……あぁ……これは少々、厄介なものが出てきたな」

——ザリッ！

それは夢信空間〈友恵(ともえ)〉の大地を踏み締めた、三人目の足音。

「……無事か、メイア！」

瑠岬(アタッカー・ワン)トウヤが、ここに立つ。

ヴンッ……ヴンッ……ヴンッ、ヴンッ、ヴンッ。

夢信空間〈友恵〉に建ち並ぶ、無数の巨大角柱群。それらが続々と起動を開始していた。

角柱に灯(とも)った光は、これまでの白色ではなく赤色。それが意味するところは『緊急起動』。

〈夢幻S・W・(セキュリティ・ワークス)〉の管制員(オペレーター)たちが、状況を告げていく。

【夢信(むしん)空間〈友恵(ともえ)〉、計算機群の緊急自律稼働を確認。世界規定の歪(ゆが)みが修正されていきます】
【〈礼佳(らいか)弐号〉から〈友恵〉への大規模演算介入終息。〈友恵〉、熱暴走回避(オーバーヒート)、持ち堪(こた)えました】
【さすがは第二世代機屈指の〝演算性能特化型〟、〈礼佳弐号(第三世代機)〉相手でもびくともしねぇか】
【ツんとに、大したもんだ……〈友恵〉がじゃない。たった一人で、こんなバカでかい夢の内容を書き換えちまえるあいつがだよ】

それは『強すぎるから』という破格の理由で、使用を禁じられた力。

〈獣の夢〉——《頭蓋(ずがい)の獣》の使役者、瑠岬トウヤ(アタッカー・ワン)。

ゆらり。怒り狂った幽鬼のごとく、トウヤが耳元(ヘッドセット)へ手を伸ばした。

「……管制室。レンカさんと、那都神(なとがみ)とウルカは。無事なんでしょうね……」

トウヤのその凄味(すごみ)に管制員(オペレーター)が気圧(けお)されていると、代わりに管制室へ駆けつけてきていたヒョウゴの声が報告してくる。

【瑠岬(るみさき)くん、大丈夫。犀恒(さいづね)さんと女子高生二人、命にゃ別状ありません。今会社の医務室に運び込んで手当てを受けとるとこですよ】

「亜穏(あのん)さんに、代わってください」

【……はい。こちら、亜穏シノブ……でございます】

ヒョウゴと同じく管制室へやってきていたシノブの声が聞こえてくる。その声を聞いただけで、トウヤにはシノブの中に激しい怒りが渦巻いているのがわかった。

「俺の視覚情報、今から直接管制室に送りますから……しっかり確認してください」

ギョロリッ。トウヤが前方を睨みつけた。

その先に立っているは、メイアへ拳銃を向けている、全身真っ黒なフード姿の男。

はぁー……はぁー……っと、トウヤは頭の中が、怒りの籠もった呼吸で震えるのを感じた。

シノブの通信が返ってくる。

【確認しました……伽世ゲイン、奴で間違いありません】

「メイアにまで、こんな酷いことして……もう俺、これ以上自分を抑えてられません」

【瑠岬さん、貴方の手を汚させる真似はしたくありません……ですが、それでも申し上げます】

トウヤとシノブ。怒れる二人の男の意志は、共通していた。

【……今が奴を、伽世を仕留めるまたとない好機──煮るなり焼くなり、お好きにどうぞ】

「……。……はぁぁぁぁぁーっ……」

それまで前屈みになって怒りを抑え込んでいたトウヤが、スッと背を伸ばした。

激情で煮え滾った吐息を吐き出しながら、目の前の敵を見る。

ジャコッ……ガチンッ、「……長話は終わったか？〈貘〉」

不発となった拳銃に新たな《銀の弾丸》を込め直しながら、伽世が口を開いた。

「メイアを放せ。お前は動くな、伽世。一ミリだって許さない」

「脅しにしてもそれは陳腐だ……あぁ、やれるというなら──」

やってみろと、伽世が言葉を継ぎかけたとき、

「――《お前が触れる空気は全部、カミソリみたいに切れる》」

ビシィッ。「っ……!?」

伽世はその瞬間、トウヤの警告どおり、文字どおり、一ミリたりとも動けなくなった。

地肌も服も頭髪も、眼球の動作すら。触れている空気、それそのものが変質して。伽世は直感する。〝空気は切れる〟と。まるで全身に見えないカミソリを当てられている気分だった。

事実、伽世はその時点で、全身数カ所に切り傷を負っていた。夢とは思えぬ迫真の痛み。

「動くな……殺すぞ？　《頭蓋の獣》なら、夢の中でお前を精神崩壊させることぐらいできる」

『ラァアアアアアアアアアッ』

トウヤの怒りに呼応して、《頭蓋の獣》が啼き吠えた。

次元の狭間から巨大な獣に睥睨される。伽世は肌が粟立つのを自覚すると囁いた。

「……行け、ユニットα……どうやら、要求に従うしかないらしい」

動くと切れる。ゆえに腹話術を用いた最小動作の発声。それでも伽世の唇からは血が溢れた。

糸が切れた人形のようにずっとへたり込んでいたメイアが、腰が抜けている身体を両脚を暴れさせてどうにか後退させる。伽世と距離ができたことでやっとの思いで立ち上がる。過呼吸に胸を押さえながら、彼女は十メートルほどを駆け、トウヤの背後へ逃げ込んだ。

「トウヤ……トウヤぁ……っ！」

「……メイア……お前、そんなに怖がって……」

「〝こわいひと〟！　〝こわいひと〟なの……っ！　わたし、『呀苑メイア』なのに……わたしの上に『ゆにっとあるふぁ』がベチャッてなってきて……何もわからなくなっちゃったの……っ」

「もう大丈夫だから……もう怖くない。メイアはメイアだ。『ユニットα』なんかじゃない」

トウヤの背中に顔を押しつけ、メイアがこくこくと何度も頷く。

その温もりを感じながら、トウヤはやっと一息、安堵の息を漏らした。

〈友恵〉へ駆けつけるまでの間、ヒョウゴとナリタとシノブから、すべての事情を聞いていた。

伽世ゲイン。目の前にいるこの男こそが、すべての元凶。

トウヤは改めて、目の前の元凶を見た。

「伽世……お前の動機も目的も、そんなものなんてどうでもいい。どんな言葉も行いも、お前のやってきた〝悪〟をほんの少しでも軽くできるなんて思うな」

依然として〝切れる空気〟に囲まれている伽世が、微動だにせず声だけ発する。

「〝殺意〟が随分と高いな。己はまだ、お前の名前も知らないというのに……ゴホッ、ゴホッ」

喉に流れ込んだ血で伽世が噎せる。その振動で全身に新たな切り傷が生じる。目の乾きに堪らず瞬きするたびに、瞼が裂けて血の涙が流れていく……それは残虐非道を積み重ねてきた大罪人に相応しい罰だった。伽世ゲインのその様を目にする皆がそう思った。

この男には、たった一摘まみの情けも無用と。

「ゴホッ……。……あぁそうだ、よくわかる。よぉくわかる……お前たちの〝怒り〟が、この己に何の迷いもなく向けられているのが」

「命乞いなんて聞かない。言い訳も主張も恨み言も。お前の言葉を、俺は言葉とは思わない」

「笑止……そんなつまらん行為、頼まれたところで己はやらん」

伽世が、「ウグッ……！」と呻きを伴いながら眼球を動かした。トウヤの頭上、次元の裂け目の向こう側にいる《頭蓋の獣》を見上げる。

「〈獣の夢〉……言葉一つで人間を殺しも救いもする、か……これほどとは……」

その絶対的な力を前に、伽世は完全に無力だった。

ヴンッ、ヴンッと、再び角柱群が自律起動を開始する。緊急起動の赤い光が周囲を照らす。

《頭蓋の獣》による強制的な世界規定の書き換え。その負荷で〈友恵〉の限界が近い。

頃合いだった。

「終わりだ、伽世。お前の罪を償うときだ」

《頭蓋の獣》で伽世の意識を半死半生の状態まで破壊する。そして覚醒現実の伽世本体を〈鴉万産業〉が回収・処分する――そういう手筈だった。

トウヤは、一言〝それ〟を言葉にするだけでいい。「死ね」と。

そのたった一言――けれど、たとえ決して許されない大罪人が相手でも。良心の呵責を乗り越えるには、ほんのわずかだったが時間を要した。

「……メイア。俺の手、握っていてほしいんだ」

トウヤが背中の温もりへと手を伸ばす。

「うん……ええ、トウヤ」

まだ〝ユニットα〟が抜けきらないでいるメイアが、ぎゅっとトウヤの手を握り返した。

それだけでよかった。それで十分だった。

トウヤは迷いを断ち切った。

深く深く、胸に息を吸い込む。

「──《伽世ゲイン。お前は、ここで死──」

「…………」

一方……瑠岬トウヤが、断罪の迷いを断ち切るまでに要した、そのわずかな時間の中。

その間に、伽世ゲインは考えていた。

伽世という男は、常に考え続けている。考えて考えて考えている。

そして伽世は、この土壇場で導き出していた。

この絶対的な窮地を脱する方法を。

──一つ、アドバイスをしよう、青年。

──この局面で、お前は〝重いほうの迷い〟を選ばざるを得なかった……そういう状況を作り出した。それはお前がしたことだ。己が計画したことではない。

——断言しよう……お前はお前自身の選択で、この己に敗れる。

「——《伽世ゲイン。お前は、ここで死——」

〝——ね》〟と。トウヤが宣告しようとした瞬間だった。

ブツッ、ブツッ……ザクリッ。

伽世が、〝切れる空気〟の中で、右腕を突き出したのは。

「な⁉」と、トウヤの言葉が驚愕で塞がった。

「むっ……！　ぐっ……ッ‼」

〝切れる空気〟の中で無理に動かしたことで、伽世の右腕がみるみるズタズタになってゆく。

しかし伽世は迷わなかった。手首から血を噴き出しながら銃把を握った。親指を裂きながら撃鉄を起こした。千切れかける人差し指を、それでも確かに引き金にかけた。

「っ……。……『良心を振り切り、他人の命を奪うこと』と……ッ、……『理想のために、腕一本捨てること』——どちらの〝迷い〟の、克服が容易か……比べるまでもない」

——ドンッ。

その瞬間、《銀の弾丸》が放たれていた。

「うっ⁉」

弾丸がトウヤを直撃する。心臓の真上。

だがトウヤは何も感じなかった。痛みも苦しみも。耐性能力を失っているにもかかわらず。

それは当然のことだった。そもそも《銀の弾丸》という能力には、一切の攻撃力がない。

《銀の弾丸》にできるのは、『伽世の組んだ思考(コード)を相手に植えつける』ことだけ。

ボトリ……伽世の右腕が、〝切れる空気〟に切断されて地面に転がる。

そうまでして伽世が放った、たった一発の《銀の弾丸》…………「――ななつ」

その狙いは、トウヤではなかった。

「……あぁ、既にセキュリティは、解除されかけていた……六発も撃ち込んでいたからな」

右腕を失った肩を抱いて伽世がふらつく。その男の顔は勝ち誇っていた。

トウヤが首を回す。背中に感じる温(ぬく)もりへと振り返る。

呀苑(がえん)メイア――彼女の脳天に、トウヤの胸部を貫通した《銀の弾丸》が命中していた。

「メイア……!?」

「…………」

《銀の弾丸》に攻撃力はない。トウヤと同じくメイアも無傷。

しかし彼女は硬直したまま動かない。

「今の弾丸には……己(オレ)の記憶を組み込んでいた。〈夢幻S・W(セキユリテイ・ワークス)〉……あの三人を自殺させるために、己(オレ)が何をしたかの記憶を」

メイアの意識に、《銀の弾丸》に込められた伽世の記憶が流れ込んでいく。
レンカとヨミとウルカが投身自殺しかけたこと。メイアはそれを知らなかった。
その事実を、覚醒現実で何があったかを、伽世の主観で叩き込まれる。
伽世が、レンカとヨミとウルカを『邪魔な駒』としか思っていなかったこと。
〝とある状況〟を作り出すためだけに、三人を投身自殺という演出に組み込んだこと。
その間、伽世は真に、何の感情も抱いてなんていなかったこと。
それはこれ以上ないほどに、澄みきった〝悪〟だった。

「…………」

そんな伽世の記憶に触れた瞬間、メイアの中で火花が散った。

……憎い。

――――ビキッ。

憎い。酷い。惨い。悲しい。恨めしい。腹が立つ。ムカつく。気持ち悪い。

――――ビキキッ。

懲らしめてやりたい。後悔させてやりたい。一生謝り続けさせたい。
壊してやりたい壊してやりたい壊してやりたい壊してやりたい。

――――ビキビキッ。

殺してやる殺してやるぶっ殺してやる殺してやる殺してやる。

死ね死ね死ね死ね死ね死ね死ね死ね死ね死ね。

――――ゴョギッ。

死ね死ね死ね死ね死ね死ね死ね死ね死ね死ね死ね！　伽世ゲインッ!!

――――ヴヴッ。

お　前　な　ん　か　死　ね　!!

ワァアアアアアアアアアアアアアーッ

――『わたしが、わたしでないみたいな感じ』

「……己(オレ)が憎いか、ユニットα。お前の中に、〝怒り〟はあるか？」

「――ぐるるる……！」

メイアが、まるで獣のような唸(うな)り声を上げていた。

ザッ……、

転瞬、トウヤの背後からメイアの姿が消える。

それは『消えた』と錯覚するほどの、あまりにも強靱(きょうじん)な踏み込みだった。

伽世への〝怒り〟。感情(それ)がとてつもない爆発力となって、メイアの戦闘力を跳ね上げる。

それと同時に、彼女の理性までを吹き飛ばしていた。

ザザッ、「がるるるッ！」

獣のような低姿勢で、メイアが伽世の背後へと回り込む。その拳が固く固く握り込まれる。《銀の弾丸》で生じた〝怒り〟。それに伴う激しい殺意で、メイアにかけられていた『伽世に攻撃を当てられない』という暗示は消し飛んでいた。次の一撃は必ず当たる。

メイアが野蛮な動作で拳を振りかぶった。

そしてその段階になって、トウヤはようやく、メイアの身体の異変に気がついた。

「っ……メイア！　お前……お前の、《魔女の手》がッ!?」

……ヴヴッ、と。

怒り狂ったメイアの背から、花が生えていた。

不可視であるはずの《魔女の手》。それが実体化した上に変形したもの。

それがまるで、骨でできた大きな花のように見えたのだった。

鈴なりに花弁をつけた——トリカブトのように。

ワァアアアアアアアアアアアアアアアーッ

メイアに咲いた《魔女の花》から、どす黒いオーラが噴き出していく。

けれどメイアは、自身に起きた異変に気づくことなく、攻撃動作に入っていた。

そしてそれを目にする伽世の無表情が……トウヤにはまるで、嗤っているように見えて。

「……あぁ……これこそが、己の望んだ〝状況〟だ。己は、お前の〝怒り〟を待っていた」

「ぐるるる……！　伽世ぇぇぇぇぇぇぇぇぇぇぇぇぇぇッッッ!!!!!!!!!!!!!」

メイアが怒りの叫びを上げたと同時に跳躍、その勢いに乗せて魔女の鉄拳が放たれた。

伽世の顔面へと飛んでいく拳……集中した意識が時間の流れをゆっくりと感じさせる中、伽世はメイアを見つめながら、何事か独り言ちていった。

「己（オレ）のなすべきことのために、この状況がどうしても必要だった——儀式のための〝器〟は、先に完成していた。だが〝中身〟が失われていた……だから、お前を回収にきた」

顔面への右ストレート。直撃まで残り僅（わず）か数センチメートル。

「ユニットα……お前にセキュリティをかけたのは、あの子を失ったときのための〝保険〟だった。そのために四年前、〈ボーダレス〉を使ってお前に己（オレ）のことを忘れさせた……——この世で唯一、お前のその〝怒り〟だけが、あの子の精神構造を再現できる」

迫り来る魔女の鉄拳を前にして、伽世は——

「αとβ……生体部品（お前たち）は、元より二つで一つなのだから」

そのとき伽世は——腹の底から、達成感を味わっていた。

つまるところ、伽世の〈ボーダレス計画〉は……この瞬間、その条件を整えたのである。

「さぁ……………………起動しろ、ユニットβ」

夢信空間〈友恵〉に、次元の裂け目がもう一つ開いた。

美しく啼く〈獣の夢〉、《頭蓋の獣》の真正面に。

そして、その新たな次元の裂け目から聞こえてきたのは——


『————バオォおoォオヲオッ』


悍ましい咆哮が、夜を揺らし肌を震え上がらせた。

それは咆哮というよりも、最早ただの衝撃だった。

「まさか、そんな……!?　あれは……あれ、は……っ！」

次元の裂け目から現われたモノ……それを目にしたトウヤの表情は、完全に凍りついていた。

……醜い。それはそれは醜い獣だった。

狼にも似た、腐りかけの頭部。

首から下は、部位ごとに男女の区別もなくバラバラにつなぎ合わされた死体でできている。

その醜悪な姿はまるで狼男のようで。あるいはフランケンシュタインのようで。そしてゾンビのようでもあって。

それはかつての、《顎の獣》。

呀苑クナハと、〈共喰い変死事件〉の犠牲者たちのなれの果て。

知性も自我も失った、見るも哀れな死体人形。

それが等身大の操り人形となって、ぐたりと伽世（とぎせ）の肩に寄りかかっていた。

「あえて名をつけるなら、そうだな……《亡骸（なきがら）の獣》。己（オレ）は、コレをそう呼ぼう」


世界が真っ赤に染まり上がっていた。

夢信空間〈友恵〉が、狂ってしまった夢の内容を必死に修正しようとしている。

――――ズッッッッッッドォォオンッッッ!!!!!!

伽世へと放たれていたメイアの拳（こぶし）が、地面を穿（うが）ちクレーターを作った。

その拳は空振りしていた。今度こそ確実に、伽世への直撃コースだったにもかかわらず。

「ぐるるる……！　がるるる……ッ!!　と、ぎ、せぇぇぇぇッ！」

〝怒り〟の感情でメイアが吠える。その背中には黒いオーラを垂れ流す《魔女の花》。

伽世の能力、《銀の弾丸》による認識改変。その影響でメイアの感情は暴走状態だった。《魔女の手》の形状が変形してしまうほどに。

トウヤはメイアのその豹変（ひょうへん）ぶりに戸惑ったが、何とか気を取り直す。

「ッ……メイア！　気をつけろ！　真後ろだッ!!」

「！」

トウヤの警告を耳にしたメイアが背後へ振り向く。

「…………」

そこには確かに伽世ゲインが立っていた——一歩も動かず、棒立ちのまま、無傷で。

トウヤにもメイアにも、状況が理解できなかった。

何が起きた？　その位置からさっきの一撃をどうやって躱した？

また《銀の弾丸》の効果？　いや、メイアの目には伽世の姿がインパクトの瞬間まで見えていた。そしてトウヤは《銀の弾丸》に被弾していない。そんな二人の認識と記憶は一致していた。「伽世は身じろぎ一つしていなかった」と。

トウヤは不条理を突きつけられて混乱してくる。メイアの傍へと駆け寄った。地面に拳をめり込ませたままでいる彼女の隣にぴたりとついて、マシンガンと手榴弾を構える。

トウヤは改めて敵を見た——伽世と、新たに現れたもう一体の敵の姿を。

「何でアイツが……《顎の獣》がここにいるんだ!?　討伐したはずなのに！」

「…………」

トウヤとメイアの前方およそ五メートル。その位置に伽世が無言で立っている。

『バオぉoォヲ……』

その傍らに、伽世が《亡骸の獣》と呼んだ、《顎の獣》のなれの果てが佇んでいた。

トウヤはそれを見るや、躊躇うことなくマシンガンを一斉射。加えて手榴弾を投げ込んだ。

無数の着弾音と爆風。どうやろうと直撃は免れない。が……、

「…………」

爆煙が晴れた先。そこには伽世と《亡骸の獣》が変わらず棒立ちしているだけだった。

追加ダメージ、ゼロ。

「っ!?《お前の足元は、底無し沼になる!》」――『ラァァァァァァァァァァァァッ』

間髪を容れずの追撃。トウヤの宣告どおりに、《頭蓋(ずがい)の獣》が世界規定を書き換える。

伽世の足元に巨大な底無し沼が出現する。それが敵を呑み込――

「……適応しろ、ユニットβ」――『バオォぉ0ォォヲオッ』

――いいや、まなかった。

伽世の足元に底無し沼なんて現れなかった。ただの硬い地面のまま、何も変化がない。

夢信(むしん)空間〈友恵〉が、《頭蓋の獣》による演算介入で悲鳴(角柱の発光)を強めただけだった。

「!?!?」

……ヌオリ、ヌオリ……。

トウヤとメイアが息を呑んでいる間に、伽世が二人へ向かってゆっくりと歩きだす。伽世の動きを封じていたはずの〝切れる空気〟も、いつの間にか効果を失っていた。

トウヤは理解が追いつかない。何が起きているのかわからない。

ヌオリ、ヌオリと歩を進めながら、伽世ゲインが口を開いた。

「ユニットβが……《亡骸の獣》が起動した。この場での己(オレ)の目的は、これでほぼ達成された」

ゆっくりと伽世(とぎせ)が近づいてくる。トウヤは背筋がゾクリと冷えた。

「はぁっ……はぁっ……！　っ……このぉぉぉおおっ!!」

やたらめったら撃ちまくった。マシンガン、火炎放射器、果てはロケットランチャーまで。

そうまでしているのに——……ヌオリ、ヌオリ。

伽世ゲインは、無表情で近づいてくる。

「!?　何で……規定(ルール)を書き換えても元に戻される!?　どうして一発も当たらないんだ!?」

トウヤの表情がみるみる引き攣(ひきつ)っていく。対して伽世のほうは無表情のまま呟(つぶや)いた。

「……言うまでもないが、この呀苑クナハ(ユニットβ)は既に絶命している。腐敗も激しい。……が、己(オレ)は『《頭蓋の獣(お前の獣)》と全く逆の演算をさせる』、その程度のことなら造作もない。……加えて、もうそこにはいいない。ゆえにお前たちが今更何をやろうが、何もかも手遅れだ」

伽世が何を言っているのかわからなかった。トウヤは焦燥に駆られ《頭蓋(ずがい)の獣》を乱発する。

「はぁ、はぁっ……！《この弾丸は絶対に当たる！》、《伽世(お前)の前には見えない壁がある！》」

しかし、

「手遅れだと、己(オレ)はそう言ったぞ」————『バオォおｏォォヲオッ』

ヌオリ……ヌオリ……ヌオリ……。

伽世は、トウヤの力(言葉)をすべて無視して近づいてくる。ゆっくりと、ゆっくりと。

「まぁ、好きなだけ試すがいい。飽きるまで続けるがいい。そして身をもって知れ——」

……ヌオリ。

「もう、お前にはどうすることもできないとな」

「はぁ、はぁっ……はぁ、はぁっ……はぁ、はぁっ……！」

ゆっくりと、ゆっくりと近づいて……やがて額が触れ合うほどに、伽世に詰め寄られていた。

トウヤの脚が竦む。

「どうした、終わりか？　せっかくこんなに近くにいる、もっといろいろ試してみろ」

伽世の手が伸びてくる。トウヤの腕を摑んでくる。マシンガンを握ったままのトウヤの手を持ち上げて、伽世はその銃口を自分のこめかみに押し当てさせた。

「はぁ、はぁっ……はぁ、はぁっ……！」

狼狽えるトウヤの目をじっと覗き込んだまま、伽世は自ら引き金を引いた。

ダラララララッ。

マシンガンは一瞬のうちに数十発の弾丸を吐き尽くし、弾倉を空にする。

放たれた弾丸たちは、伽世の頭部を左から右へと貫通していた。

しかしそれだけ、だ。

硝煙を立ち上らせる銃口をこめかみに押し当てたまま、伽世は完全に無傷だった。

そして無傷でいるのは、伽世一人だけではない。

「クナハ……！」

伽世（とぎせ）の隣にぴたりと寄り添っている《亡骸（なきがら）の獣》。伽世の頭部を貫通した流れ弾が、もれなくそちらにも直撃していて。けれど《亡骸の獣》も無傷。

その理由をトウヤは目の前で目撃していた。

伽世も《亡骸の獣》も、すべての攻撃をすり抜けていた。

まるで蜃気楼（しんきろう）か幻影のように。ダメージどうこう以前に物理的に触れられないのだ。

「こ、これは……!?」

それは見覚えのある状況だった。

投身自殺しかけたレンカたちに、どうやっても触れられなかったのと同じ現象。

伽世ゲインは、もう〝ここ〟にいない。

トウヤはそれを理解した。意味がわからないが直感（りかい）した。そしてさらなる疑問が湧いてくる。

ならば、こいつはいったい〝どこ〟にいる!?

文字どおりの異次元の思考にトウヤの頭がパンクする。そしてそこへ容赦ない追撃がきた。

ドゴッ――「ぐぶ……っ!?」

伽世の操る《亡骸の獣》が、緩慢な動作でトウヤの懐へ拳（こぶし）を叩（たた）き込んだ。耐性能力がなくなっているトウヤは、そのたった一撃で頽（くずお）れて立ち上がれなくなってしまう。

「〝こちらの世界〟のほうが上位だ……お前たちは己（オレ）に干渉できないが、己（オレ）はお前たちをどうとでもできる」

不条理の極み。理不尽の極致だった。余りにも一方的すぎる。

——こんなの……決して越えられない壁（論理障壁）だとか、心を覗き見る機械（ラヴリィ・ドーター）だとかの比じゃない！

無敵……本当の無敵！

戦闘自体が成立しない。ならばできることは一つしかない。トウヤは頽れたまま振り向いた。

「メイア……逃げろ……ッ。俺たちじゃ、こいつに勝てな——」

トウヤの言葉は、しかしそこで途切れていた。

振り向いた先で見た光景（もの）に、思わず息が止まってしまったからだった。

「ぐるるる……！　トウヤ……腕がッ。わたしの、腕、が……ッ！」

メイアの身体に、更なる異変が起きていた。

伽世への一撃がすり抜けて、地面にめり込んでいたメイアの拳。それが根を張っていた。

感情の暴走による肉体の変質（イメージ）。《魔女の手》が《魔女の花》に変形し、その上肥大化して、メイアの身体を侵食していた。今やメイアの全身が《魔女の花》と化していて、身動きがとれない状態となっていた。

逃げることすらできない。

「メイア!?　何だよ、何なんだよこれ……どうなってんだよ、どうしろっていうんだよ!?」

トウヤは恐怖よりも先に不安を感じた。次から次へと起きる異変に全く理解が及ばない。

この場で起きていることを理解し、己（おのれ）の意志で動いているのは、伽世ただ一人だけだった。

「そして己は、『ここでの目的はほぼ達成された』とも言った……――これが己の、この場でなすべき百パーセントだ」

負ったダメージと押し寄せる不安で立ち上がれないトウヤの前で、伽世が拳銃を取り出した。新たな《銀の弾丸》を生成し、《魔女の花》に侵食されたメイアへ振り向く。

「ユニットα。今のお前のその姿は、己が与えた〝怒り〟のイメージが具現化したもの。《亡骸の獣》を稼働させるには、これからもそれが必要になる……よって摘出を開始する」

「やめろぉーっ！　伽世ぇえーっ!!」

『摘出』と。その言葉の響きの悍ましさに震えを覚えて、トウヤがメイアへ駆け寄った。

しかしそんな非力な抵抗は、容易く《亡骸の獣》に突き返されてしまう。

ジャコッ。無敵状態の伽世が、左腕一本でゆっくりと拳銃の弾倉を開く。

「っ！《その銃は、今すぐバラバラになる！》」

その場でトウヤが叫んだが、

『ラァアアアアアアアアアッ』――――『バオォぉoォォヲオッ』

《頭蓋の獣》の能力は、《亡骸の獣》によって瞬時に無効化されてしまう。

ガチンッ。伽世が口を使って、ゆっくりと《銀の弾丸》を装填する。

「むーっ！　ジむーっ!!」

メイアも動けない身体で必死に抵抗していた。しかしそれも《亡骸の獣》に押さえつけられてはどうにもならない。口も塞(ふさ)がれ、トウヤに何かを伝えることさえもできなかった。

「はぁっ！　はぁっ……！　《亡骸の獣は消えろ！》」――無効。

「《無敵の能力なんて存在しない！》」――無効。

「《メイアは今すぐ起きる！　覚醒(かくせい)現実に戻る！》」――無効。

「《死ね！　伽世ッ!!》」――無効。

「はぁっ！　はぁっ……《止めてくれ！　何でもいいから止めてくれぇ！》」――無効。

それから……《頭蓋の獣》を、いったい何度使役しただろう。

ヴヴヴヴヴヴヴヴヴヴヴヴヴッ。

気づけば夢信(むしん)空間〈友恵(ともえ)〉は赤熱していた。

熱暴走(オーバーヒート)。トウヤが《頭蓋の獣》で何十回と乱発した演算介入。それをそのたびに修正しようとフル稼働を続けていた角柱群が限界に達していた。碧(あお)い夜が地平線の彼方まで燃え上がる。

角柱群が、とうとう自らの発熱に耐え切れなくなり、飴細工(あめざいく)のように崩れだした。

「冷静を欠いたな、青年。あくまで冷静に、管制室側(覚醒現実)から強制遮断させていれば、メイア(ユニットα)をつれて逃げおおせることもできたろうに……だがそれももう遅い。熱暴走(オーバーヒート)した〈友恵(ゆめ)〉は、最早制御不能。自ら退路を断った愚かな選択……それはお前が、〝ストレス〟に屈したからだ」

「はぁ、はぁっ……はぁ、はぁっ……！」

「怒り、憎悪、恐怖、不安、無力感、ネガティブイメージ……人類(ヒト)は弱い。弱さは欠陥(エラー)に繋(つな)

がる、それが〈悪夢（ノイズ）〉だ。夢信（むしん）空間という新たな世界を得てなお、人類（ヒト）というシステムは未だ最適解に辿（たど）り着けずにいる」

　ジャキッ。メイアに狙いを定めた伽世（ときせ）が、無情に撃鉄を起こした。

「だから己（オレ）が、導こうというんだ……不可能を可能にする叡智は、ここにある」

「やめろぉーっ!!」

「ムーっ！　んむジーッ!!」

「セキュリティを解除しよう、ユニットα…………——やっ、つ」

　ドンッ。

　伽世（銀の弾丸）の《銀の弾丸》……その八発目がメイアを撃ち抜いた。

〝八つの暗証コード〟——クナハの精神の代替とすべく、伽世がメイアにかけていた封印（セキュリティ）が解除される。

　メイアを侵食していた《魔女の花》が、ポロポロと崩れていった。

　直前まで呻（うめ）いていたメイアも、それと同時にぐたりと脱力して。

「はぁ、はぁっ……はぁ、はぁっ……はぁ、はぁっ……！」

　ドロドロに焼け落ちていく〈友恵（ゆめ）〉の中で——そしてトウヤはその目で見た。

　悪夢を。

……〝んぎゃあ、んぎゃあ〟……

〝んぎゃあ、んぎゃあ！〟

〝んぎゃあっ！　んぎゃあっ！〟

崩れ落ちた《魔女の花》から摘出されて、小さな身体であらん限りに泣いていた。

それは雪のように光り輝く、白銀の赤子だった。

「はぁ、はぁっ……はぁ、はぁっ……はぁ、はぁっ……！」

逃げ出すこともできなかった。目を閉じることさえ叶わなかった。

トウヤは眼前の悪夢に圧倒されて、もう何も考えられなくなっていた。

ただただ、そこに広がる神秘と邪悪を目撃するほかになかった。

伽世がメイアから〝白銀の赤子〟を取り上げる。それを左手に乗せ、無表情のまま観察する。

やがて興味を失くしたのか横を向くと、伽世は赤子を《亡骸(なきがら)の獣》の前へ差し出した。

〝んぎゃあっ！　んぎゃあっ！　んぎゃあっ！　んぎゃ――〟

《亡骸の獣》が、継(つ)ぎ接(は)ぎだらけの自分の身体を裂き開き、臓腑(ぞうふ)の奥へと赤子を押し込んだ。

『バオォぉoォォヲオッ。バオォぉoォォヲオッ！　バオォぉoォォヲオッ!!』

「はぁ、はぁっ……はぁ、はぁっ……はぁ、はぁっ……！」

「αとβは、二つで一つ……共にゆこう。己(オレ)には、お前たちが必要だ」

ヌオリ、ヌオリ……ヌオリ、ヌオリ……ヌオリ、ヌオリ……。

頽(くずお)れて放心しているトウヤの横を、伽世が素通りしていく。

伽世ゲインにとって瑠岬トウヤとは、初めからその程度の意味しか持たない存在だった——ただの、『己のゆく道に転がる小石』。

「はぁ、はぁっ……はぁ、はぁっ……はぁ、はぁっ……！」

夢信空間〈友恵〉が焼け落ちていく。角柱を失くした空が、星座を従え落ちてくる。

頽れたトウヤと、抜け殻になったメイアだけが、ただそこに転がっていた。

「はぁ、はぁっ……はぁ、はぁっ……はぁ、はぁっ……！」

背後にトウヤとメイアを捨て置いて、伽世が一人呟いた。

「〝夢と現実の境界〟。ここが出発点だ。ここから始まる。〈ボーダレス計画〉の、最終段階が」

＊＊＊覚醒現実＊＊＊

》八月二十九日、午後十一時。オフィスビル十四階、〈夢幻S・W・〉、医務室。

——ズン……ッ

腹に響く振動と、ガラスがガタガタ震えたのを耳にして、蛭代ナリタは窓辺へ駆け寄った。

「！　ちょっ、あの方角って……交換局がある辺りじゃなァい⁉」

その場に居合わせていたユリーカも、ブラインド越しに外を見て悲鳴を上げる。

「……What the hell⁉　大変、火事ですわ！」

那都界市の夜景に炎と煙が上がっていた。先ほどの振動は何かが爆発した衝撃だったのだ。

「マぁジかァ……このタイミング、どう考えても偶然じゃないわよねェ」

ナリタが深刻な表情で室内を振り返る。

医務室のベッドでは、運び込まれたレンカとヨミとウルカが苦しそうな寝息を立てていた。

「わ、私っ、トウヤたちに知らせてきますわ！」

三人の看護をナリタに任せ、医務室を飛び出したユリーカが管制室へと駆けていく。

「——皆様っ、大変ですの！　外で爆発が」

「く　そ　ぉ　っ　!!」

バンッッ!!　ユリーカが管制室に踏み入った瞬間、そこには怒号が響き渡っていた。

壁に拳を叩きつけたシノブが、憤怒に顔を歪めている。

「何が起きとるんです！　瑠岬くんは、呀苑さんは!?」

シノブの隣、ヒョウゴの問いかけに管制員たちの声が重なっていく。

「夢信空間、中枢溶融！　夢の形状を維持できません……完全に、崩壊しました……！」

「那都界第二交換局で火災発生！　人工頭脳〈友恵〉が熱暴走爆発って……嘘だろおい!?」

「伽世ゲインの信号、ロスト……逆探知失敗、まんまと逃げられた……」

「瑠岬トウヤ、生命徴候正常。ですけど、感情曲線がグチャグチャで……瑠岬くん……っ」

「呀苑メイア、覚醒信号受けつけません……これじゃまた、〈銀鈴事件〉のときと同じ……」

管制室は戦場と化していた。それも負け戦。

〈悪夢(ノイズ)〉でも夢信犯罪集団でもなく、たった一人の人間相手に喫した完敗。

混乱と動揺、悲痛と落胆……その重い空気に、ユリーカが思わず涙を浮かべたときだった。

ビクンッ。精密夢信機(ベッド)の上でトウヤの身体が大きく跳ねた。

「あっ……！　瑠岬トウヤ、覚醒(アタッカー・ワン)します！　医務室に連絡！　押さえるの手伝って！」

覚醒時のパニックに備え、管制員(オペレーター)たちが数人がかりでトウヤの身体を押さえ込む。

ビクンッ、ビクンッと更に数度全身を痙攣(けいれん)させた後、トウヤはカッと目を開けた。

「はぁ、はぁっ……！　はぁ、はぁっ……！　はぁ、はぁっ……！」

トウヤが荒い呼吸を繰り返す。暴れ出すようなことこそなかったが、〈友恵〉で見た悪夢に圧倒されてしまっていた。

ユリーカが恐る恐る近づいて、「トウヤ……？」と覗(のぞ)き込む。トウヤはカッと見開いた目でユリーカを見つめ返して、やがて呼吸を落ち着けると、管制員(オペレーター)たちをどけて身を起こした。

「はぁ、はぁ……はぁ、はぁ……」

トウヤが精密夢信機(ベッド)に座り込み、抱えた膝(ひざ)に頭を埋(うず)める。

「瑠岬さん……」

シノブが恐る恐る、そんなトウヤに手を伸ばしかけると、

「……うっ、うヅ……。……づっ、んうッ……！」

嗚咽が聞こえた。トウヤの……小さくなってしまったトウヤの背中が震えていた。

それはその場に居合わせる全員が、息ができなくなるほどの沈痛な嗚咽だった。

それ以上は確かめるまでもなかった。今のトウヤは、まともに会話ができる状態ではない。

瑠岬トウヤは、完全に、完膚なきまでに………心が折れてしまっていた。

誰も一言も発せなかった。先ほどまで怒号の飛び交っていた管制室が沈黙に包まれる。

と、そこへ──「ちょっとシノブゥ！　あァんたヘマやらかしてないでしょうねェ!?」

管制室の入り口にナリタが滑り込んできた。その顔には焦燥が浮かんでいる。

「蛭代さん……何のことでしょうか？」

「あァーッ、ったくゥ！　何よ何よ辛気臭ァい！　通夜の真似事してる場合じゃないわよォ！」

ナリタが階下を指差し喚いた。

「一階に〈警察機構〉の車が大勢来てるわァ！　それも機動部隊のォ！」

それを聞いて、水を打ったようだったその場の沈黙が一転、騒然となった。

「聞いてないですよワタシゃそんな話……！　電話借ります！」

ヒョウゴが〈警察機構〉那都界支局へダイヤルする。やがていくらかのやりとりを経て、

「──何!?　もっぺん言ってみなさいよ！」

ヒョウゴが受話器へ向かって声を上げた。管制員が通話をスピーカーに切り換える。

『──ですから、改谷警部。今申し上げたとおり、緊急出動命令が出たんです。第二交換局

の爆破テロに、〈夢幻S・W・（セキュリティ・ワークス）〉が関与していると』

「んなことあるわけないでしょうがッ！　説明してる暇ないですが、伽世（とぎせ）ゲインなんです！　こいつが元凶なんですよ！　市内全域に検問敷いてください!!」

『聞き入れられません。現在、〈夢幻S・W・（セキュリティ・ワークス）〉の制圧が当局の最優先任務です。あなたもそれに従っていただきます』

「どこのボンクラだッ、そんな馬鹿なこと言ってんのはッ!!」

『本件は支部局長が直接指揮をとっておられます。最上位命令ですよ』

「ンなぁっ!?」

『今の発言は後日正式に問題とさせていただきます。せいぜい点数を稼いでおくことですな』

ブツリ。向こうから一方的に電話を切られた。ヒョウゴが毒突きながら受話器を叩（たた）きつける。

騒然となる管制室。皆が見守る中、机に手をついたヒョウゴがぶつぶつと独り言。

「〈ボーダレス〉、〈ボーダレス〉なのか……夢をトリガーに人間を操れる……四年前に支部局長はあの薬を飲んじまってる…………伽世の仕業てぇことか、こいつも！」

ぐわと身を起こすと、ヒョウゴは急ぎ皆を振り返った。

「ここにいちゃいかんです！　全部伽世の思う壺ですよ！　今すぐ脱出を!!」

それから間もなく、ヒョウゴの勧告に従って、一同はオフィスビルからの脱出を開始した。

眠ったままのレンカ、ヨミ、ウルカ、そしてメイアを皆で担いで運び出す。

管制員たちが身を挺して先陣を切ってくれていた。ビルへ突入してくる〈警察機構〉を撹乱するために、管制員が一人また一人と飛び出して脱落していく。

そのようにして時間を稼ぎながら、彼ら彼女らは必死に脱出経路を探していた。

「…………」

そんな一団の中に、最後尾でよたよたと覚束ない足取りの者がいた。

「瑠岬くん！　ちゃんとついてきとりますか!?」

レンカを背負ったヒョウゴが、トウヤを振り向き声を張る。

トウヤは無言で俯いて、どうにか取り残されないようにするだけで精一杯だった。

「そうです、走りなさい！　ワタシが命令しちゃります！　トウヤ走れ！　今は何も考えなくていい、ただ脚を動かせ！　捕まっちまったら、本当になんもできなくなっちまいますよ！」

トウヤはヒョウゴに言われたとおり、ひたすら無心で脚を動かした。

トウヤの脳裏にはずっと、焼け落ちていく〈友恵〉で見た悪夢が焼きついていた。

伽世ゲインの真っ黒な、機械のように感情のない目。

やっとの思いで倒したはずの《顎の獣》が、より濃い絶望を纏って再来した《亡骸の獣》。

そして《魔女の花》と化したメイアと、摘出された〝白銀の赤子〟の悪夢。

耐性能力も失ってしまった。伽世に《頭蓋の獣》すら無力化された。

無力。ただひたすらに無力だった。

無心で脚を動かしていなければ、無力に喰われて消えてしまいそうだった。

そうやって俯いたまま走り続けていると——ゴツンと、トウヤはシノブの背にぶつかった。

いつの間にか一団が立ち止まっていた。

そこは蛍光灯がチカチカと切れかかっている、古くてみすぼらしい廊下だった。

「着きました、管制員の話ではここのはずです！　動いてくださいよぉ……！」

シノブが壁のボタンを押すと、ヂーンッと古いベルの音。

目の前の薄汚れた扉が開き、その先に四角い空間が現れる。

「このビル最古の、随分昔に使用停止になった貨物エレベーターだそうです。最新の間取り図から消えているのは確認済みです。機動部隊もこれには気づいていないはず。行きましょう！」

気づけば十人以上いたはずの管制員は一人も残っていなかった。皆トウヤたちを脱出させるために囮になったのだ。残った一同を乗せ、エレベーターの扉が閉まる。

じれったい鈍足で、エレベーターが下降を開始する。

やがて、ギシギシと嫌な音がする中、「んん……」と呻き声が聞こえた。

「……あれ……トウヤ……？　改谷さん……？　なんで私、おぶられてんの……？」

レンカが意識を取り戻す。ヒョウゴが声を弾ませた。

「犀恒さん……！　あぁーよかった……ッ、お目覚めで！」

更にその横で、

「……うい……？　どうなって、るんダヨ……？」

「へぁ……ぁ、あはぉうごじゃます……んぇ、しぇんぱい？　なんれそんな顔しへんす……？」

ヨミとウルカも目を開けた。彼女たちを担いでいたシノブとナリタもほっと息を吐く。

「ふぅーっ、久方ぶりのいい報せですねぇ」

「ほんっとやれやれだわァ。現状説明めんどいから、黙ってこのままおぶられててねェン？」

ギシギシ、ギシギシ、ギシギシと。貨物エレベーターが下降を続ける。

十四階からの遅すぎる下降はようやく五階を通過。……四……、……三……、……二……、

そのとき、「……、……ン……」

ユリーカに背負われていたメイアの口から、微かに声が漏れた。

それまでずっと無言でいたトウヤが、はっと顔を上げる。

「！　メイア……！　気がつい——」

チーン！　と、エレベーターベルがその言葉を掻き消していた。

一階に到着。ギギギギ……と、扉が引っかかりながら開いて。

そして————「な……にぃッ!?」

眼前の光景を目にしたシノブが、絞り出すような悲鳴を上げた。

「＝＝」「＝＝」「＝＝」「＝＝」「＝＝」「＝＝」「＝＝」

「＝＝」「＝＝」「＝＝」「＝＝」「＝＝」「＝＝」「＝＝」

エレベーターの開いた先で、数十人にも上る、虚(うつ)ろな目をした亡者たちがひしめいていた。

いや、亡者(ゾンビ)なんて、実在するわけがない。

それは生きたまま。起きたまま。あるいは眠ったまま。意識だけを失った者たち。

夢遊病、異常行動——夢信(むしん)症を発症した市民たちだった。

その光景を目にした瞬間、トウヤの脳裏に、〈友恵(ゆめ)〉の中で聞いた奴の言葉が蘇った。

——『αとβは、二つで一つ……共にゆこう。己(オレ)には、お前たちが必要だ』

これも計画された状況——そう理解した瞬間、トウヤの口から呻(うめ)きが漏れた。

「……来、る……あいつ、が……ッ」

直後、キイイイーッ！

搬入口の向かい、〈警察機構〉がノーマークでいるはずの運搬通路に車が一台横滑りしてくる。

フロントガラス越し、左腕一本でハンドルを握っているのは——伽世(とぎせ)ゲイン！

同時、「わうううううううううううんっ！」

メイアが奇声を発して目を覚ました。

そこからはまさに一瞬、すべてが同時に起こっていた。

メイアの遠吠えに皆が動揺したのに合わせ、夢遊病者たちがエレベーターに詰め寄ってきて。

メイアが、彼女のことをおぶっていたユリーカを押し倒して。

狼少女のごとく四つん這いになったメイアが、詰めかけた夢遊病者たちの股下を潜り抜け。

アクセル全開でタイヤを空転させる伽世の車、その開かれた窓にメイアが飛び込んで。

グンッと加速した車が、一瞬にして視界から消え去った。

バタバタと、メイア強奪のための障害物の役目を終えた夢遊病者たちがその場に倒れ込む。

「く……伽世っ！」

ヒョウゴが夢遊病者たちを押し退け、車道に走り出て拳銃を構える。だが既に、走り去った伽世の車はヘッドライトの明かりすら見えなくなっていた。

わずか数十分前に夢信空間で敗れたのに続く、それは覚醒現実での再びの敗北だった。

彼らは何度でも敗北する。

「――いたぞぉー！　裏の古い搬入口！　管制員は囮だ、本隊を呼び戻せ！」

〈警察機構〉機動部隊に発見される。この場にはもう留まっていられない。

「ッ……！　すぐ近くに我々の車があります、急いで!!」

エレベーターから這い出たシノブが、人垣に埋もれるトウヤたちを引っ張り出しながら叫ぶ。

「何なんだ!?　私たちが眠ってた間に、どうなってやがんだ!?」

「うわっぷ……！　何なんすかこの人たち!?　わけわかんないっすよ……!!」

「ねえ、メイアちゃんは？　メイアちゃん、急にあんなになってどこ行っちゃったんダヨ!?」

「考えちゃダメよォ！　今は考えちゃダメ！　そんな暇あるならとにかく走りなさァい！」

「トウヤ！　へたり込んでいてはいけません！　立って！　立てなくても立って！」

レンカ、ウルカ、ヨミ、ナリタ、そしてユリーカの声が錯綜する。

そんな中、

「……メイア……何でだよ……何で行っちゃうんだよ……」

トウヤは一人、呆然と立ち尽くしていた。

「お前と、俺で、『〝呪い〟を半分こにする』って、言ってたじゃないか……」

伽世が走り去っていった夜景に向かって問いかける。

「何で行っちゃうんだよ、そんな奴の所に……。メイア……メイア……メイア……」

トウヤは何度も呼びかけたけれど……夜の闇から言葉が返ってくることはなかった。

……αとβ。魔女と狼。夢と現実。二つの世界。二つの器。二つの魂。二つの心。
すべてを手にした魔法使い――伽世ゲインの計画が、最終段階に突入する。
現在時刻……礼佳九年八月三十日、午前0時。
〈理想の世界〉降臨まで――あと、二十四時間。

第六章　託す理由

＊＊＊ 覚醒現実 ＊＊＊

朝がきた。

盆地を囲う山々の陰から、大きな太陽が顔を出す。

夜の帳に差し込む光。それに照らされ浮かび上がるのは、朱色に塗られた大きな鳥居だった。

那都神神社。八月三十日、午前五時十分。

『――覚醒現実、今朝のニュースをお伝えします』

和室の茶の間に置かれたテレビから、ニュースキャスターの声が聞こえてきていた。

『今日未明、那都界市交換局団地で大規模な火災が発生しました。この火災により第二交換局建屋が全焼、職員は全員避難して無事でした。火災の原因は同建屋内で運転中だった人工頭脳〈友恵〉からの出火と推定されるとのことで、夢信サービス利用者からは不安の声が上がっており、〈警察機構〉は事件・事故の両面から捜査を進めています。……次のニュースです――』

ブツン。テレビを消したレンカがリモコンを放り投げ、畳に脚を投げ出した。

「かーッ！『事件・事故の両面』だぁ？　こちとら濡れ衣着せられて自分の城抜け出さなくちゃならなかったってのに、よく言うぜ……」

　ばくばくと那都神印もなかをやけ食いするレンカ。復活して間もない頭に糖分を補給する。

　そこへほうじ茶を差し出して、ちゃぶ台を挟んだ向かいでヒョウゴが鼻息を吹いた。

「はーん……やっぱしこりゃ今回、〈警察機構〉は当てにできそうにないですなぁ」

「？　どういうことです？」

「それ食ってからにしなさいよあんた……。報道が〈夢幻S・W〉さんに一切触れとらんかったでしょ？　機動部隊が動いたのにです。本部も戸惑っとって発表できずにおるんですよ」

「ンぐ……それってつまりアレですか、神社に逃げ込んでから改谷さんが話してた」

「〝裏作用〟……うちの支部局長、昔夢信症を患ってたみたいでしてね。そんときに夢信症新薬の評判を聞きつけて、そいつの臨床試験に参加してたんですよ。そんで今回、その〈ボーダレス〉に仕込まれてた『夢をトリガーに人間を操れる〝裏作用〟』にやられて、本人も知らない間に出撃命令を出しちまってた……現状を見るに、やはりそう考えるのが妥当です」

「ビルの搬入口で出くわした〝夢遊ゾンビ〟、あれも」

「〈ボーダレス〉服用者でしょうなぁ。こういうときンために、伽世のやつは新薬の認可が下りなかった以降も、麻薬として世間に〈ボーダレス〉をばらまいていたってこってす」

　レンカが深刻な顔つきになる。ほうじ茶を啜りながら、現在に至るまでを振り返った。

　あれから——〝夢遊ゾンビ〟たちに殺到された貨物エレベーターから這い出した一行は、シノブたちの車に飛び乗り辛くもオフィスビルからの脱出に成功していた。

〈警察機構〉の追跡を振り切り、潜伏先を探していたところに手を挙げたのはヨミだった。一同が彼女に案内されたのは、那都神神社の境内の一角に建つ宿坊。そのお陰でこうして茶菓子までいただきながら情報収集なんてことができている。

レンカたちが気を失っていた、というより、〝夢遊ゾンビ〟と同じ夢遊病状態になっていた間の顛末も説明を受けていた。投身自殺しかけていたのだと聞かされたが全く記憶がない。『とても上質な眠りの中にいた』ということだけ覚えていた。喩えるなら、五分しか眠っていないのにたっぷり半日休んだような睡眠体験、そういうものに似た何か……それが〈ボーダレス〉の依存性だというのなら、確かにこれはハマってしまうかもしれないともレンカは思った。

「――うあーん！　痛あーいっ!!」

レンカが思案に耽っていると、襖を挟んだ隣部屋から悲鳴が聞こえた。

「なーによゥ、こんぐらい我慢なさいよ薪花ちゃァん。〈ボーダレス〉の中和薬、試作品だけど動物実験はクリアしてるヤツだからいけるいける！　ほらもう一本」

「ぐわーっ!?　おいぃー！　二本に分ける意味!?」

襖が開き、注射された両腕に包帯を巻いたウルカが出てくる。その後ろにナリタが続いた。

「はァい、三人の治療終ォわりっ。これで〈ボーダレス〉の影響はもう受けないはずよォン」

「ぐすっ、他人のカラダ弄びやがって……このサイコパスぅ」

そんな具合に皆が情報収集と治療に専念していると、部屋の入り口の引き戸が開いた。

外の通路から、髪をお団子にして腕まくりしたヨミが、一同を覗き込んできた。

「うい、お支度できたんダヨ。皆さん、ひとっ風呂どぞー」


カポーン。


「——あー……生きッ返るぅー……」

宿坊内の大浴場。立ち上る湯煙の中、湯船に肩まで浸かったヒョウゴがしみじみと唸った。

普段は夜のみ開放するという大浴場に、ヨミが特別に湯を張ってくれていた。柔らかい湯に包まれて、激動の一日の疲れが取れていくよう。

「改谷さん、こっち見たらぶん殴りますからね」

が、背後の湯煙越しにレンカの声が聞こえれば。迸る殺気にヒョウゴは溜め息を吐いた。

「わかってまさぁな……素っ裸で猛獣と目ぇ合わすほど、ワタシゃ命知らずじゃありません」

そんな二人の会話につられて、他の女性陣たちの声もしてくる。

「ユリーカちゃん、裸がヤならヨミの水着貸したげてもよかったんダヨ？」

「いいえとんでもないっ。『裸のつき合い』というやつですわよね、貴重な体験ですわぁ……！」

「とほほ、なんであたしだけこんなカッコ……全然くつろげねー！」

「薪花ちゃんは注射打ったばっかだから傷口濡らすの禁止ィ。ほら万歳の腕下がってるわよォ」

それはいわゆる、混浴だった。

〈警察機構〉がいつ敵対するかわからない今、彼女たちは現在潜伏中の身。神主一族（ホスト）のヨミが特急で段取れるのは男湯女湯のどちらか一方だけだった。男女に分ける時間も惜しいとなって、ならば入浴希望者は混浴を覚悟せよという経緯である。

今更見たの見られたただので騒ぐ年でもないヒョウゴは端（はな）から入浴する気しかなかったわけだが、女性陣が全員この状況をよしとしたのは正直意外だった。

けれど、「いや、こういう状況だからか」と、ヒョウゴは所感を訂正する。「あんなことを聞かされてはな」と。

「……瑠岬（るみさき）くん、〝時間〟までに立ち直ってくれりゃあいいんですけどねぇ……——」

夜明け間もない晩夏の朝の梢（こずえ）を抜けて、くっきりと澄んだ風がそよいでいた。

白みがかる淡い空に、ちょろちょろ飛び回る雀たちの茶羽（ちゃばね）が映える。

「…………」

深緑の蔦（つた）の絡まるコンクリートに背を向けて。去年の落ち葉の朽ちて積もったその上で、瑠岬トウヤは膝（ひざ）を抱えて俯（うつむ）いていた。

そこは、もう誰も寄りつくことのない忘れられた場所。

時代の流れに置き去られて、あとは時の流れとともに朽ちてゆくばかりの棄てられた場所。

トウヤがいるのは、小高い丘の上にひっそりと建つ、廃墟（はいきょ）と化した展望台だった。

「――へぇ～、神社の裏からここに繋（つな）がってたんですねぇ」

そんな声が背後から聞こえてきたけれど、トウヤの背中は何も反応しない。

シャクリ、シャクリと、土に還りかけの落ち葉を踏む音。やがて「ふぅぬ」と、トウヤのすぐ後ろにやってきたシノブが鼻で溜め息をついた。

「瑠岬さーん、おはようございまーす。ご機嫌いかがですかー」

「……………」

「今なら朝風呂、混浴みたいですよー。一緒に覗（のぞ）きに行きませんかー」

「……………」

「もーぅ、そんなこの世の終わりみたいな背中して……夏休みの宿題終わってないんです？」

「……ほっといてくださいよ、もう俺のことなんか……」

トウヤの背中がそう零（こぼ）すと、シノブがパンッと手を叩（たた）いて指を向けた。

「はいわたくしの勝ちー。わたくしが黙るより先に喋（しゃべ）った貴方の負けですよー、瑠岬さーん」

「勝手にやっててください、構われても迷惑なだけです……」

「迷惑なのはこっちですよ。逃げおおせて早々どっか行っちゃった貴方を探す羽目になったせいで、犀恒（さいづね）さんの生おっぱい拝み損ねたじゃないですか。どうしてくれるんですっ」

シノブが鼻息荒く苦言を呈すと、トウヤがキッとシノブを睨（にら）み返した。

「……そうやって、調子のいいこと言って励まそうとなんてしないでくださいよ！」

にわかにトウヤの語気が強まる。けれどシノブは態度を改めなかった。

「何言ってんですか、至って真面目な話です！　わたくし犀恒(さいづね)さんに惚(ほ)れてんですからね！　惚れた女の裸が見たいのは男として当然でしょう！　あ、でもわかんないかぁ。瑠岬(るみさき)トウヤとかいう、女に逃げられていじけてる根性なし野郎には」

「……っ！」

シノブのその言葉は、今のトウヤには辛すぎた。カッと頭に血が上る。

ドガッ！

激昂(げっこう)したトウヤが自制を失い、シノブの顔面を殴っていた。

「ふざけるのもいい加減にしろよッ、亜穏(あのん)シノブ!!」

殴り倒したシノブを見下ろし、トウヤが肩で息をする。

「言ってるだろ！　一人にしてくれよ！　もう俺に何かを期待しないでくれよ!!　……自信も、やる気も、何もかもなくなっちゃったんですよ……」

「……ぺっ……全く、呀苑(がえん)さんが絡むといっつも殴られるんだから……——ようやく腑抜(ふぬ)けが治りましたね、瑠岬さん」

シノブが切れた口の中から血を吐き捨てて、中折れ帽(フェドーラ)とサングラスの位置を正した。

「話をしませんか。貴方とわたくし、二人っきりで」

「……俺は……。……言ってるじゃないですか、俺はもう」

「話がしたいんです。貴方が今、どんなに辛い思いでいるか……それは理解しているつもりです。それでも話がしたいんです、しておきたいんです。でないと一生後悔してしまう。逃げたいんなら話が終わった後にしてください。そうしてくれたら、わたくしはもう止めませんから」

「…………」

トウヤは――あれ以来ずっと逃げていた。

伽世ゲインに夢信空間で敗れてから。覚醒現実でメイアを連れていかれてしまってから。

取り戻しかけていた〈貘〉への思いも自信も、全部粉々に砕かれてしまった。

オフィスビルから那都神神社までの逃亡劇、その間トウヤは誰かに手を引かれるに任せきりだった。そして宿坊に落ち着いてから今の今まで、仲間たちを避けてずっと一人でここにいた。

だからトウヤは、既に皆の間で重要な話がすべて済んでいるということもまだ知らない。

〝時間〟が迫っているということも――〝最後のミッション〟までの時間が。

「…………」

トウヤは握っていた拳を緩めると、落ち葉の上に再び座り込んだ。

シノブがその隣に腰を下ろす。

「……いいとこですね、ここ。呀苑さんが来たがったのもわかるなぁ」

ここは廃墟の展望台。かつてメイアが自殺を望み、そしてトウヤたちとの再会を望んだ場所。

ここからはいろんなものがよく見えた。秋に備え始めた緑。夏休み中の校舎。真っ白なお城のような大学病院に、那都界市の街並み……他にもたくさんのいろんなものが。

ただ、メイアだけがまたいなくなってしまった。

二人とも似たようなことを考えていたのかもしれない。シノブが先に口を開いた。

「……先ほど、姿をくらませた伽世ゲインに対して、〈ラ、ヴ、リ、ィ・ド、ー、タ、ー〉を使用しました」

それを聞かされたトウヤに驚きはなかった。

ほんの少しの失望と、もうどうでもいいやという無関心が強まるばかりだった。

「……封印するって言ってたじゃないですか。図面も燃やして、二度と誰にも使わせないって」

「はい、あれの図面はもうこの世に残ってはいません、それは命にかけて誓います。——ただし、こ、ここ以外には、ということになりますが」

トントン。シノブが自分の頭を小突き、

「わたくしの夢信特性でしてね。亜穏シノブという意識が認識した情報の全てを寸分違わず記録して、夢信空間内で自由に引き出すことができるんです。スパイにぴったりの能力でしょ？」

「その能力で諜報旋律の譜面を復元したってことですか……メイアを連れ戻すために」

シノブは何も言わない。トウヤもそれ以上問い質すことはしなかった。

「わたくしはですね、瑠岬さん。民間諜報員をやってはいますが、政治だとか権力闘争だとか、世界の命運がどうだとか、そんなの全ッッ然興味ないんです」

「…………」

「わたくしはただ、自分という存在が何をなせるのか、それを試してみたかった……できればそれが正しいこと、誇れることであってくれれば素敵だなと。わたくしにとって、最初のそれは呀苑メイアだった。〈銀鈴〉から産まれ落ちたあの子をこの腕に抱いたとき、わたくしはこの子のために生きてみようと思った。——それから、あなたたちとの出会いもです」

「…………」

「こんな言い方をすると語弊がありますが、楽しかったんですよ、〈銀鈴事件〉も〈ラヴリィ・ドーター事件〉も。今までこなしてきたどんな仕事よりもやりがいがあった。この能力のせいで道具扱いされるばかりで、碌でもなかったわたくしの人生とその生きがいを、利子をつけて取り返した気分でした」

そう言って笑うシノブは、相変わらず胡散臭かった。

けれど、その笑顔はいつもよりずっと清々しそうに見えた。

「……瑠岬さんのおっしゃるとおりです。貴方との約束を破って〈ラヴリィ・ドーター〉を復活させ、伽世を覗き込んだのは、偏に呀苑さんのためです。私情を挟みまくりました。職権をこれ以上ないほど濫用しました。〝すぎた力の監視者〟として失格、万死に値します」

「言い過ぎですよ、それはさすがに」

「ま、言葉の綾です。ほら、わたくしってば嘘吐きですから？　ハハッ」

「……。それで、伽世はメイアをどこに連れてったんですか。何をやろうとしてるんですか」

「おや？　泣き虫逃げ虫の瑠岬さん、やる気になってくれたんです？」

「ただ聞くってだけですよ、亜穏さんがそうしてくれって言ったんじゃないですか」

「そういえばそうでしたね、ハハッ！」

「どのみち、もう俺たちにはどうしようもないですよ……直接戦ったからわかるんです」

トウヤは胸の内で言葉を継いだ。〝誰も伽世には敵わない〟と。

それを撃ち込まれた人間の認識を改変することができる夢信特性、《銀の弾丸》。

夢の世界の絶対強者たる《頭蓋の獣》を完封した、《亡骸の獣》。

そして、物理的に触れることさえできなかった、謎の絶対無敵能力。

誰も伽世を止められないと。そう確信するのに十分すぎる敗北をトウヤは味わったのだ。

「はぁーやだやだ、湿っぽいですねぇ。バッドエンド一直線じゃないですか！」

「なんでそんなふざけてられるんですか……もう殴る気も起きないですよ俺……」

シノブがいつもの営業スマイルでトウヤをからかう。トウヤは完全に参ってしまっていた。

やがて青みを帯びてきた朝空を見上げて、神妙な顔つきになると、シノブは切り出した。

「……〈理想の世界〉」

「……？」

「伽世の目的ですよ。奴の頭の中は、徹頭徹尾そのことだけでした」

「〈理想の世界〉……何なんですか、それっていったい」

「そのままの意味です。およそ人類が想像しうる限りの楽園、理想郷——伽世は、この世からネガティブイメージを、〝ストレス〟を根絶させようとしているのです」

チュンチュンと、雀が朗らかに二人の前を通り過ぎていった。

「……どうやってそんなこと……できるわけないじゃないですか」

「まともな人間ならそう考えて当然です。というよりそもそもそんなこと考えません。『誰も嫌な思いをしない平和な世界になりますように』なんて、今時小学生でも言わないような陳腐な理想論ですよ。……ですが、伽世はそんな夢物語を本気で実現させようとしている」

「まさか、そんなことのためにメイアを？」

「正確には『ユニットα』、呀苑さんの生体部品としての体質を利用しようとしているのですが……伽世の計画は現代の夢信社会に対して極めて合理的、そして非常に現実的な内容です」

そう言うと、シノブは両手を頭の後ろに回して、落ち葉の上に寝転んだ。

「——『この嫌な仕事、宿題、知らないうちに誰かが片づけといてくれないかなぁ』って、思ったことありません？」

「そりゃまぁ……そんな感じになったことはあると思いますけど。いきなり何ですか」

「要はそういうことなんですよ、伽世が〈理想の世界〉と呼ぶものは」

トウヤが首を傾げた。シノブは相変わらず気持ちよさそうに寝転んでいる。

「人間を三つの要素に分けて考えてみましょう。『肉体』、『意識』、『感情』の三つです」

「はぁ……」

「例えば荷物を運ぶ仕事をしているとします。大きくて重たい箱を運びます。このとき箱を持ち上げるのは『肉体』、どこに運べばいいかを考えるのが『意識』、そしてあーこの仕事めんどくせーとなっているのが『感情』です。……さて、この中で仕事に関係していないのは?」

「『感情』……?」

「正解です。そして〝あーめんどくせー〟という〝ストレス〟を生じさせているのも『感情』です。——『感情』がなくても、『肉体』と『意識』があれば箱は運べる。仕事は成り立つ。社会は機能する。……だったら切り離しちゃえばいいんです、『感情』を」

「切り離すたって、そんなこと」

「人類は大昔からやってますよ? 〝眠って夢を見る〟、という形でね」

「あ……」

「楽しい夢を見ていれば、『感情』は〝ストレス〟を生まない。あとはその状態のまま『肉体』と『意識』を稼働させることができたなら——〝ストレスのない社会〟の完成ってわけです」

「それが、〈理想の世界〉……」

トウヤはそんな世界を想像してみた。

『感情』を持たない、『肉体』と『意識』だけで動く人間……。

トウヤはつい最近、そんな存在を目撃していた。

——投身自殺しかけたときのレンカとヨミとウルカ。

——〈夢幻S・W・〉を脱出するときに遭遇した〝夢遊ゾンビ〟。

——まるで狼少女のように遠吠えた、伽世に連れ去られる直前のメイア。

——全員、伽世が開発を主導したという薬……〈ボーダレス〉の服用者たち。

「そうです、それが〈ボーダレス計画〉——夢と現実のBORDERLESS、〈理想の世界〉です」

「でもそれじゃ、人間はまるで機械と一緒じゃ」

「『感情』を消し去るのではありません。〝ストレス〟を感じている間だけ、『感情』を現実から夢の中へ避難させる。『意識』と『肉体』が仕事をこなして〝ストレス〟がなくなったら、『感情』はまた夢の中から現実へ戻ってくる。伽世はそういういいとこ取りをやろうとしています」

太陽が少しずつ昇ってゆく。光に包まれる。那都界市の遠景はとても美しかった。

「……瑠岬さん。わたくしは、貴方を説得しに来たんじゃないんです。相談に来たんですよ」

「相談？」

「仮に〈理想の世界〉がもたらされたとしても、お話ししたとおり、見かけ上の世界は何も変わらないんです。しかも伽世は、事を終えれば呀苑さんを解放して自首するつもりでさえいる」

「え……？」

「つまり、我々は戦わなくても何も失わないんです。ただ世界から〝ストレス〟だけが消える」

「俺たちが戦わなければ、メイアが戻ってくる上に、そんな世界まで手に入るって？」

「完璧だと思いませんか。どうにもケチのつけようがない」

「そんなことッ……」

トウヤは反論しようとしたが、その後の言葉が出てこなかった。

「その相談に来たんですよ——果たして我々は、〈理想の世界〉を否定してまで戦う必要があるのか。とね」

「だからって……伽世（とぎせ）は〈礼佳（らいか）弐号事件〉の首謀者なんですよ？　あの事件が〈理想の世界〉の準備だったのか実験だったのかは知らないですけど、父さんと母さん、それにセンリ（姉さん）が犠牲になったことは事実なんです。〈共喰（ぐ）い変死事件〉だって、レンカさんたちの自殺未遂だって、それに今この瞬間にもメイアが！　それは赦（ゆる）されていいことじゃないですよ……！」

「おっしゃるとおりです。ですがわたくしは、奴の中を〈ラヴリィ・ドーター〉で垣間見て震えました。伽世の人生は今この瞬間も、ただ純粋に〈理想の世界〉実現のためだけに捧げられている。覚悟の次元が違う。奴はたった一人で世界を理想郷に導こうとしている魔法使いなんです。まさに理性の怪物です。〈鴉万（からすま）産業〉は、とんでもないモノを拾い上げてしまった」

「あんな奴の肩なんて持たないでくださいよ！」

「持ってなんてませんよ。どんなに高潔な理想を抱いていようが、奴は悪です。絶対的に悪です。……それなのに、事実を並べれば並べるほど、伽世ゲインを否定できなくなっていく。

戦う理由を見失っていく。わたくし自身、それが不思議でならないのです」

「みんなは、この話のこと」

「全員に話しましたよ、貴方が最後の一人です」

「何て言ってるんですか、他のみんなは」

「それをお伝えするのも兼ねて、みんなを代表してわたくしが今ここにいます。――ヨッと」

シノブが落ち葉のベッドから身を起こし、トウヤと向き合った。

「わたくしたちの意見は既に一致しています。我々の、恐らくは最後になるであろうミッション――『〈理想の世界〉降臨阻止』。これをやるかやらないかは、瑠岬さんの決断に委ねると」

シノブにそう告げられたトウヤを目を丸くして、数十秒ほど固まっていた。

「……何でそんな、大事なこと……俺なんかに任せちゃうんですか」

「それをわたくしの口から言うのは野暮ですね。気になるなら直接訊きに行ったらどうです？」

「…………」

「わたくしの思いは、先ほどお伝えしたとおりです。――瑠岬トウヤくん、君といると楽しかった。自分の正義と誇りを信じることができた。貴方になら、呀苑メイアを託せると、そんな父親の真似事のような感情を抱きさえした……だから今回も、わたくしは君に賭けてみたい。それが、亜穏シノブが貴方に託す理由です」

「亜穏さん……」

「それに、感情論以前に、いざ伽世を止めるとなれば、どのみち瑠岬さんの力が必要なんですよ。〈貘〉のリーダーとしての貴方の力がね」

トウヤが見つめる前で、シノブが落ち葉を払い落として立ち上がる。

「覚醒現実側から伽世を止めることは、もう不可能になってしまいましたから」

「？　どういうことですか、それって？」

「何、単純なことです」

トウヤの問いかけに、シノブがすっかり明るくなった青空を見上げながら言った。

そしてシノブは天を指差した。高く高く、雲一つない天の果てを――

⋙同刻。那都界市上空――高度一万メートル。

「――ごゆっくりおくつろぎくださいませ、お客様」

座席へ食事を運んできた客室乗務員が、完璧な所作で一礼した。完璧な動作で来た道を振り返り、完璧な足運びと完璧な姿勢で、所定の位置へと戻っていく。

その目は虚ろで、まるで機械のように、感情が抜け落ちてしまったかのようだった。

先刻、那都界国際空港を飛び立った大型旅客機。燃料を満載したその機体は国際線機であるにもかかわらず、先ほどから延々と那都界市上空を旋回し続けている。

操縦席では、スケジュールを無視した機体の異常行動を問い質す管制塔からの通信が響き続けている。が、虚ろな目をした機長はそれを無視して操縦桿を握っていた。

〝主〟からの指示を機械のように遂行していく職員たち。広大な機内に乗客はたった二人。

ファーストクラスにかけた伽世ゲインが、仔羊のソテーを左腕一本で切り分けていた。

先の夢信空間〈友恵〉での戦闘。その中で千切れ落ちた伽世の右腕は、完全に感覚を消失していた。覚醒現実に目覚めてからも、伽世の右手は指一本動かせないままでいる。

ナイフからフォークへ持ち替えて、肉の塊を頬張りながら、伽世が呟いた。

「……《真の獣》。それが、〈理想の世界〉をもたらす力だ」

伽世が通路を挟んだ隣の席へ視線を向ける。そこにはメイアの姿があった。

伽世もメイアも、ヘッドギア型の夢信機を頭に取りつけている。

伽世が食事を続ける横で、メイアは深い眠りについていた。

客室乗務員も機長もメイアも、全員が〈ボーダレス〉の服用者。伽世の命令を実行するだけの〝生身の機械〟たち……だから厳密に言えば、伽世の言葉を聞いている人間は一人もいない。

それで構わなかった。なぜならばそれが習慣だから――伽世は自分自身に語りかける。

〈ボーダレス計画〉……その要素一つ一つを決して取りこぼさないように、伽世は〝伽世ゲイン〟という物語を、声に出して確認していった――

＊

……己は、夢を見たことがない。少なくとも、見たという記憶がない。

己の両親は一般論でいうところの、いわゆる『クズ』だった。母親も父親も酒と麻薬に溺れていて、ある日の乱交を境に身籠もったのが己らしい。だから正確にいえば、己の母親は間違いなく母親なのだが、父親のほうは生物学的に本当に父親だったのか、今でも定かではない。

二十五年前……三歳になったばかりの頃、己は両親に売られた。とある研究機関に実験動物として。額は知らないが、己という生命は、両親の数年分の酒と麻薬代に変換されたわけだ。

別に恨んではいない。そもそも『恨む』という行為は相対的だ。他に何か幸福であると規定する存在がまずあり、それに対して劣る状況に置かれたとき、初めて人間は恨みを抱く。だから生まれる前から最底辺だった己には、そもそも恨むものなんてなかった。

実験動物としての暮らしは悪くなかった。少なくとも両親の元にいたときよりも遥かに快適だった。——だからたとえ、その研究機関が世界で最初の人工頭脳、〈銀鈴〉を建造するために、その前段階としての生体実験を己に施そうが、己には別に不満なんてなかった。

……一つ、興味深い話をしよう。夢信空間の生成に成功するよりも先に、夢信症という病は既に存在していた。己のような実験動物で症例が見られたのが最初というわけだ。

己が発症した症状は、現代の夢信医学でいうところの〝重度夢信症〟に分類される。

己の自律神経は、ほとんど機能していない……呼吸、消化、体温調整、心臓の脈動に至るまで、常に意識による補助を行わなくてはならない。

『呼吸しろ』、『食ったものを消化しろ』、『暑いぞ、寒いぞ』、『今の運動量なら分間七十回の脈拍が適性だ』……他にも列挙しだせばきりがないが、とにかくそうやって全身のあらゆることを意識し続けなければ、己の身体は支障をきたす。

端的に言えば、己は思考をやめると死ぬ。泳ぐことをやめると窒息する回遊魚のように。

己は、眠っているときも思考をやめない。やめられない。

だから己は、夢を見たことがない。

苦ではない。己にとっては、それが当たり前のことなのだから。

〝学び〟とは、己にとって生存行動そのものだ。

生物学は己に肉体構造の理解を深めさせ、数学は論理的思考を己に与え、国語学と歴史学は、〝人間〟がわからない己に、それが何であるかを体系的に教えてくれた。

己は常に思考し続け、あらゆる知識を取り込み、あらゆる事柄を最適化し続けていった。

そして十二歳になった頃、初めて夢信空間に接続したとき、己の手には《銀の弾丸》があった……。

他者に己（オレ）の思考（コード）を撃ち込み、認識を改変させる能力……生きるために思考し続けていた己（オレ）に、そんな夢信（むしん）特性が発現したのは必然だったのだろう。

そして己（オレ）は、その《銀の弾丸》を見て思った。

この力を使えば、〝人間〟という存在（コード）そのものを最適化できるのではないか……と。

『〝人間〟という存在（コード）の最適化』――そのアイディアを持ち始めた頃の己（オレ）は、既に実験動物の役割を終えて中学に通っていた。

授業も休み時間も無視して論文を読み漁（あさ）る己（オレ）という存在は、周囲の生徒に奇異に映ったらしい。いわゆる〝いじめ〟という集団現象に遭遇した。

論文が読めなくて邪魔だった。

だから自分で自分の顔に傷をつけた。そうする瞬間を生徒（にんげん）たちに見せつけた。それでようやく、己（オレ）はゆっくりと論文が読める環境を取り戻した。

両親があれからどうなったのかは知らない。己（オレ）がそれなりの額の〝口止め料〟を渡されて研究施設を出た頃には、既に二人とも薬物の過剰摂取（オーバードーズ）で死んでいた。

特に何も思わなかった。

その頃の己（オレ）は、最先端の夢信理論を学ぶためにイギリスへの留学を決めていたが、両親の遺（のこ）した借金を返済した時点で金がほとんどなくなった。どうにか高校を卒業しイギリスへ渡航することまではできたが、そこで完全に一文無しになった。

〈鴉万産業〉のスカウトを受けたのは、ちょうどそんな時期のことだった。

〈鴉万産業〉の元で民間諜報員としてのキャリアを積みながら、己は大学で夢信工学を、G・D社で脳医学を修めた。……残るは、薬学の知識と高度な創薬設備があればよかった。

〈ボーダレス〉を――《銀の弾丸》の特性を覚醒現実上で再現するためには。

それが『〝人間〟という存在の最適化』を実行するために、必要となる鍵の一つだった。


人工頭脳〈銀鈴〉……。

製薬会社の研究部門を事実上掌握し、〈ボーダレス〉の製造を行っていた時期、己は既にその機構を完全に理解していた。

生体部品についてだけではない。〈獣の夢〉についても。

〈獣の夢〉とは、夢信空間自体が巨大な〈悪夢〉に変質した存在だ。〈銀鈴〉の構造を調査している最中に、呀苑クナハと初めて遭遇したときに直感した――『〈獣の夢〉を使えば己の理想をなし遂げられる』と。

その予想を実証するにはデータが必要だった。だから己はクナハを解き放った。それが〈礼佳弐号事件〉と呼ばれる、四年前に起きた事象だ。

有用なデータが得られた。《銀の弾丸》で〝怒り〟の感情を撃ち込んだクナハは、《顎の獣》

という形(イメージ)を獲得し、人間を夢の中で殺害することに成功した……夢信(むしん)空間と覚醒(かくせい)現実、二つの世界は同化させることが可能だと証明された。

だが、それが限界でもあった。

〈銀鈴(ぎんれい)〉の具現体である《顎(あぎと)の獣》では、〈理想の世界〉をもたらすには演算力が不足していた。

『〝人間〟という存在(コード)の最適化』には、もっと巨大な〈悪夢〉が必要だった。

昨夜の、あの青年が使っていた〈獣の夢〉……己(オレ)がやりたいのはつまりはああいうことだ。

《顎の獣》の演算力では、人間の潜在意識を『恐怖』または『死』という固有の印象(コード)で改変するのが限界だった。それでは〈理想の世界〉はもたらせない。あの青年のやったような、『夢の内容を願うままに書き換える』、少なくともそれと同等以上の演算力を持つ〈獣〉が必要なのだ。

それが、《真の獣》……夢の内容を自在に書き換えるどころか、人間の意識構造そのものを思いのままに書き換えることができる、究極の演算力を持つ〈獣の夢〉だ。

それほどの演算力は、第三世代機――〈礼佳(らいか)〉シリーズをもってしても、実現不可能。

だから、今からそれを創る。それが〈ボーダレス計画〉だ。

生体部品技術の応用だ……〈ボーダレス〉服用者たちの脳を、演算素子として使用する。

〈ボーダレス〉服用者たちの脳を、意識を、処理能力を、夢を介して一つに束ねる。ネットワークを構築する。そのネットワークを、巨大な一つの疑似人工頭脳として機能させる。

この四年で、約三千錠の〈ボーダレス〉をばらまいた……それだけの数の演算素子（にんげん）があれば十分だ。後はネットワークを束ね、統括する集線装置（ハブユニット）があればいい。

それがお前だ、呀苑（ユニットα）メイア。

呀苑（ユニットβ）クナハの発信する、『狼の夢』がトリガーだ……それをトリガーに〈ボーダレスネットワーク〉が起動する。ユニットα、お前がそれを空（ここ）から統括するのだ。

そうして構築された巨大な生体式疑似人工頭脳は、覚醒現実でも夢信空間でもない世界、〝夢と現実の境界〟を創り出す……そしてそれが〈獣の夢〉として形を得たとき、それこそが《真の獣》となる。

《真の獣》によって、人間という生物種の意識構造そのものを書き換える。〝ストレス〟を根絶させる。そして生まれる……夢と現実が一つになった、〈理想の世界〉が。

『なぜそんなことをするのか』と……お前たちは己（オレ）にそう尋ねるだろうか。

回答はシンプルだ。

『己（オレ）にはできるから』――それが理由だ。

これは〝悪意〟による復讐（ふくしゅう）ではないし、〝善意〟による革命でもない。

己（オレ）がなすのは、ただ、〝理性〟による人間存在の最適化。それだけのことだ……

＊

——伽世ゲインは、夢を見ない。

幻想も、願望も、抱かない。

ただ、思い描いた理想を実現可能な知識と技術を持っているから。

できるから、やる。ただそれだけ。

それが伽世ゲインという魔法使い——理性の怪物がなすことのすべてだった。

「とある格言は、『銀の弾丸などない』と言うが——いいや、ある。すべてを解決する理想の手段は、ここにある」


》》》廃墟の展望台。午前十時。

あれから。話を終えたシノブが立ち去ってからも、トウヤはしばらくそこに残り続けていた。

シノブの話では、伽世はメイアを連れて那都界国際空港に駐機していた航空機をハイジャック、以後その消息を絶っているという。

覚醒現実側から伽世の身柄を押さえる手段は事実上なくなった。

「……メイア……」

空を見上げてみる。雲一つないはずなのに、飛行機の影なんてどこにも見当たらなかった。

伽世は、『自分にはそれができるから』というだけの理由で〈理想の世界〉を目指すのだという。言ってしまえば、理性の怪物がただ自身の限界を試したがっているというだけ。

だからこそ、伽世は誰にも止められない。動機があまりにも純粋で、まっすぐすぎる。

〈理想の世界〉が実現しさえすれば、伽世はその後のことはどうでもいいと考えている。メイアを解放して、自首して、重ねてきた罪を理路整然と申告して、それに応じた罰を受けるつもりでいる。そういう一連の社会システムが、理想どおりに機能するのを自分の目で見て満足したいとさえ考えている。それらはシノブが伽世の思考から直接得た情報なので間違いなかった。

実質、トウヤたちは何もしなくても何も失わない。

それでもやるのか。それならやらないのか。

『トウヤに決めてほしい』と――それが仲間たちが出した結論だとシノブは言った。

決められるわけがなかった。

〈友恵(ともえ)〉で味わった強烈な敗北感がフラッシュバックしてくる。

〈理想の世界〉――〝ストレス〟の存在しない世界。それがいけないことだとも思いきれない。

これは世界が変わってしまう危機なのか。それとも世界が変われる好機なのか。それすらわからない。一人では決められない。どうしてトウヤ(おれ)に委ねるのかという戸惑いしかなかった。

――『気になるなら、直接訊きに行ったらどうですか？』

「…………」

シノブの置いていったその言葉に背中を押されて、トウヤはのそりと立ち上がった。

廃墟の展望台から、茂みの中の参道を下り、那都神神社の境内に足を踏み入れる。

――シュッ――シュッ――

するとどこかから、微かにそんな音が聞こえた気がした。

「……？　何だろう？」

はじめは幻聴かとも思った。蝉たちの声に比べて、それはとても小さな音だったから。

――シュッ――シュッ――

また聞こえた。『聞こえる』というよりも、それは気配に近かった。

とても澄んだ、清らかな気配。

トウヤが気配のするほうへ進んでいくと、そこには天井の高い木造の平屋があった。

それは道場だった――和風の体育館、とでもいうような趣の。

――シュッ！　――シュッ！

トウヤが覗き込むと、そこには総髪に道着姿で、一心不乱に木刀を振る後ろ姿があった。

那都神ヨミ。

――シュッ！　――シュッ！　――シュッ、――……。

トウヤがその素振りに見とれていると、ヨミがおもむろに構えを解き、木刀を下げた。

「……どう？　瑠岬くん」

ヨミは振り返りもせずにそう言った。気配だけでそこに誰がいるのかわかるらしかった。

「……うん、かっこよくて、きれいだった……ごめん、那都神、稽古の邪魔して」

トウヤがそう呟くと、ヨミの背中がくすりと笑った。

「ヨミのことじゃないんダヨ。瑠岬くんが元気になってくれたかなぁって、そう訊いたんダヨ」

「あ……うん、そっか。ごめん、勘違いした」

「…………」

ちょんちょん。と。

ヨミの背中が手招きしてきた。無言のまま、振り返りもせず、『上がってきなさい』と。

トウヤは入り口で脱いだ靴を揃えると、小声で「失礼します」と呟いて道場に上がった。

装飾のない質素な内装だけれど、厳かというか、空気が研ぎ澄まされている感じがした。

トウヤは自然と壁際を歩いていき、ヨミの横姿が見える位置で正座した。

ヨミは無言でトウヤのほうを向いてジト目で微笑むと、前へ向き直って素振りを再開する。

——シュッ！　——シュッ！　——シュッ！　——シュッ！

素人目に見ても美しい型だった。体幹にも足運びにもブレがなくて、ポニーテールが常に一定の間隔で揺れている。時計の振り子か、それとも猫の尻尾のように。

トウヤはいつの間にか、悩みも時間も忘れて彼女のそんな姿を見つめていた。

トウヤは那都神ヨミと初めて顔を合わせた日のことを思い返す。

不思議と、初対面でも沈黙が苦にならない女の子だった。〝好き〟でも〝嫌い〟でも〝無関心〟でもないおっとりジト目のヨミの無言の横顔は、ただ〝ここにいてもいいんだよ〟と言っている気がした。それまで『悲惨な事件に遭ったかわいそうな少年』という色眼鏡でばかり見られてきたトウヤにとって、ヨミのそんなマイペースさがどれだけ救いになったかわからない。

今の彼女もこうして、ただ〝ここにいてもいいよ〟と無言で言ってくれている。

――ならせめて、この居心地のいい沈黙を破るのは、俺のほうからじゃないといけない。

「……全部聞いたよ、亜穏さんから。伽世と、メイアと、〈理想の世界〉のこと」

「うん」と、ヨミは前を向いたまま、素振りを続けながら応える。

「那都神は……どう思う？」

「どう思うって、どういうこと？」

「〈ボーダレス〉って、どういう感じだった？」

「…………」

「〝夢と現実の境界〟……伽世と、〈ボーダレス〉を服用した人だけが知覚できる、覚醒現実でも夢信空間でもない世界。どういう感じだったのかなって」

ヨミのポニーテールの振り子が乱れた。素振りの足運びも狂う。

あの薬のせいでヨミは自殺させられかけたのだ。それを思うとトウヤの顔が悲痛に歪(ゆが)んだ。

「あッ……いやいいんだ、この話はもう――」

「ううん、だいじょぶダヨ？　ちょっと考えてただけ。例えるのが難しい……」

シュッ、シュッ。考えがまとまったのか、ヨミの素振りがリズムを取り戻す。

「……ヨミね、明晰夢(めいせきむ)が見れるでしょ？　夢信空間じゃない普通の夢の中でも、起きてるときみたいに自分の意志で自由に跳んだり走ったりできるんダヨ」

「うん、知ってる。それが那都神(アタツカー・ツー)ヨミの強さの源だから」

「明晰夢を見るコツはね、糸を伸ばしていく感じなんダヨ」

「糸？」

「うい。夢の中ではね、身体全体に糸がくっついてるんダヨ。人形劇みたいに。その糸はとっても弱くてすぐに切れちゃう。糸が切れると目が覚めちゃう。だからそーっと、糸が切れないように伸ばしていくの。そうするといつの間にか、夢の中で身体が自由になってるんダヨ」

「それが明晰夢……何となく想像はできる、かな。実践できる気はしないけど」

「明晰夢はね、自由に動けることも楽しいんだけど、ふれあえることがもっと楽しいの」

「ふれあえるって、どういう意味？」

「そのままの意味ダヨ。明晰夢なら一人で見ている夢の中でも、誰かと手を繋(つな)いだりハグしたりしたときの感覚がある。ヨミはそれが一番好き。いつでも大切な人が傍(そば)にいるよって感じがするから。きっと夢の中で、みんなの思いの糸がどこかで繋がってるんダヨ」

「へぇ……なんだか、それって素敵な夢だ。すごくヨミらしいなって感じがする」

トウヤがそう言うと、ヨミは「フフッ」と微笑んだ。

「……でもね、〈ボーダレス〉で〝夢と現実の境界〟にいたときは、そういうんじゃなかった」

「……どういうんだったんだ……？」

「明晰夢に感じる〝糸〟とは違う。身体中を、ゼリーみたいなのに包まれてる感じ……あったかくて、柔らかくて、気持ちいい」

〈ボーダレス〉の体験がそうであるならば、その延長にある〈理想の世界〉もそういう感覚なのだろうかとトウヤは想像した。

〝ストレス〟のない世界……温かくて、柔らかくて、優しい何かに包み込まれた、幸せな世界。

「でもね」と、そこでヨミの声が再び言い足した。

トウヤが想像に集中していた間に、素振りをやめた彼女が彼の前にやってきていた。

「〝夢と現実の境界〟は、気持ちよかったけど……『ふれあえないな』って感じがしたんダヨ」

「ふれあえない……」

ヨミは「うん」と頷いて、そしてトウヤの手を握った。

ヨミの大きな手がトウヤを包み込む。稽古で汗ばんで、手にタコができている優しい手。

「〝夢と現実の境界〟は、身体中が何かに包まれてるから、ずっと一人って感じがしたんダヨ。

こんなふうに、大切な人の手を握ったりだとかもできないなって、そう思ったんダヨ」

「………」

「ヨミはね、夢はみんなで見るのが好きなんダヨ。ふれあうことが好きなんダヨ。……だから幸せな代わりに一人になっちゃう〈ボーダレス〉は、ヨミは嫌いなんダヨ」

トウヤはその言葉にはっとさせられていた。

いくら幸せでも、一人は嫌だと。その言葉がトウヤの胸の中にすとんと入り込んでくる。

それであの伽世(ときせ)を論破できるだなんて、そこまでは思わない。

けれど、ヨミのそんな素直な気持ちに、トウヤは勇気づけられた気がした。

「……ねえ、ヨミ」

「うい？　何かな？　瑠岬(るみさき)くん」

「ヨミはどうして、最後のミッションをやるかやらないか……俺なんかに任せるんだ？」

「……フフッ。別に、難しいことじゃないんダヨ」

トウヤが正座を解いて立ち上がる。足が少し痺(しび)れていたけど、転ばないように、ヨミがしっかりとトウヤの手を握ってくれていた。ふれあってくれていた。

「どんなにボロボロになっちゃってもね。君は、ヨミの憧(あこが)れのヒーローだから。ヨミは、ヨミたちの前に立っていろんな事を決めてくれる瑠岬くんと、一緒にいたいなってだけなんダヨ」

道場を出たトウヤが、境内を奥へ奥へと進んでいた。

足元に敷かれた玉砂利の、シャリシャリと擦れる心地良い音とその感触。

――『参道の途中の、脇道に入ってみるといいんダヨ。あの子ならそこにいるはずだから』

別れ際にそう告げてきたヨミの言葉に従って、トウヤは大鳥居から続く広い参道の途中、そこから枝分かれした石畳敷きの細道へと入っていく。

開けて明るい参道とは打って変わり、細道のほうは樹木の枝葉で緑のトンネルができていた。

無数の木漏れ日が揺れる道を進んでいくと、その突き当たりに小さな社が見えてくる。

ッサ、ッサ、ッサと、石畳を掃く音が聞こえてきて、

「……あ、先輩」

そこにいたのは、小さな背丈に少し大きすぎる竹箒を携えた少女。

薪花ウルカ。

「ちゃっす」とぺこり、トウヤに首だけ下げたウルカが、背を向けて掃き掃除を再開する。

「………」

ウルカは無言の会話が成立するヨミとはタイプが違う。昨日の今日で空気が重い。トウヤは何を話せばいいのかわからなかった。

ひとしきり首の裏を掻いてから、やがてトウヤは恐る恐る切り出した。

「……奉仕活動とか、するタイプだったっけ？」

我ながらしょうもない話題だと思った。ただ沈黙が怖かった。

「あ、あはは……何かそわそわして落ち着かなくって、へへ……」

ウルカの背中が肩を上げて愛想笑いする。ッサッサッサと、竹箒がしきりに揺れている。

「……ウルカ、あのさ――」

「夏休み！　前半は大変だったっすけど、最近は楽しいなぁってなってたんすよ、あたし」

ッサッサッサ。ッサッサッサ。

「そしたら急に、先輩が夢信(むしん)症になっちゃって。あばばばばーってりんご箱買いしたりして」

ッサッサッサ。ッサッサッサ。

「そんなことしてたら〈共喰(ぐ)い変死事件〉なんて起きて。先輩、元気ないから……女子高生探偵だーん！　って、あたしだけでもがんばらなくっちゃって」

ッサッサッサ。ッサッサッサ。

「そしたら……伽世(とぎせ)とか、〈ボーダレス〉とか……そんなよくわかんないのが出てきて……」

ッサッサ……ッサッサ……。

「あたし……飛び下りかけたの助けてもらったとき、ぼんやりだけど先輩の声聞こえてたんす」

ッサ……ッサ……。

「もの凄(すご)く辛そうで、今にも泣いちゃいそうな先輩の声が聞こえて……あぁごめんなさいって……先輩のこと悲しませちゃって、あたし最低だって……」

スンスン、ズビズビと……竹箒の音がやんだ代わりに、ウルカの鼻を啜る音がしだす。

ウルカもトウヤと同じで、沈黙が怖かったのだ。

元気と射撃だけが取り柄みたいな顔をして、けれどほんとは人一倍多感で……沈黙が下りないよう必死に言葉を繋いでいくうち、込み上げた思いで彼女の喉は塞がってしまっていた。

トウヤにとって薪花ウルカという少女は、出会って間もない頃から、表情をコロコロ変えて彼の周りをいつもうろちょろしている仔犬のような存在だった。だからトウヤは、〈礼佳弐号事件〉で天涯孤独の身となった自分が初めてぎこちなく笑ったのが、ウルカの前でのことだったと今でもはっきり覚えている。

感情が死んでいたかつてのトウヤに、最初の元気をくれたのがウルカだったから。

そんな彼女が今、目の前で背中を震わせている。トウヤにはそれが辛かった。

トウヤはかける言葉を探しながら、ウルカの背中に近づいていく。

でも、トウヤのほうも言葉が喉に引っかかって出てこなかった。

手の届く距離で沈黙が下りる。二人が怖れる沈黙が。

「ひっく……ひっく」と、ウルカのしゃくり上げる小さな息遣いまではっきり聞こえて。

自然とトウヤは、彼女の鳶色の頭を撫でていた。

「……泣くなよ、ウルカ。お前が泣いたら、誰がみんなに元気をくれるんだよ」

「無理っすよぉ……だって怖いんすもんン……」

「うん……うん、俺も怖い」

トウヤに頭を撫でられて、我慢が利かなくなったウルカが両腕で目元を拭っていく。

「『何で俺に選ばせるんだ』とか……グスッ、そんな感じのこと訊きにきたんでしょ、先輩」

「……あぁ」

「あたしの理由なんて最低っすよ……ただ決めたくなかったんす。瑠岬先輩にぶん投げたんすよ。呀苑さんが戻ってきて、みんなでまた楽しく笑えるんならどっちでもいいじゃんって」

「ウルカ……」

「ずっとこのまんまがいいんすよぉ……！〈理想の世界〉とか、今より良くなるとか悪くなるとか、そんなんどうだっていいんすよぉ！」

死にかけた恐怖と、トウヤを悲しませたという自責の念でウルカの涙が止めどなく溢れてくる。彼女はもう拭うのもやめていて、今では石畳にボタボタと滴が垂れる始末だった。

トウヤはそんなウルカの本音が、痛いほどよくわかる気がした。

かっこ悪くて情けない言葉だった。だけどとても素直な言葉。どんなに賢い人が考えた立派な言葉より、ずっと心の奥まで届いてくる、薪花ウルカの言葉だった。

ウルカが震えている。凍えたように、一人は嫌だと震えている。

トウヤはそんなウルカの、小さくてふわふわの頭を、ずっと優しく撫で続けた。

変わってしまうことが怖い。みんなと一緒にいられればそれでいい。

そんな彼女の言葉を肯定してあげたかったから。誰にも否定なんてさせたくなかったから。

「ウルカ、聞かせてくれてありがとう……俺、お前にぶん投げられたその気持ち、ちゃんと考えてみる」

「せんぱぁい……ぶん投げついでに、もう一個だけいいっすか……それ片づけたら、いつものスーパーヒロインウルカちゃんに戻るんでぇ」

「あぁ」

トウヤがウルカの頭から手を離す。ウルカはしゃくり上げながらトウヤのことを振り返ると、涙と鼻水塗れの顔を震わせて、強がるように笑顔を作った。

「瑠岬しぇんぱい……あたし、ほんとは見てのとおりのビビりなんで、先輩に伝えらんない想いが、まだまだいっぱい……いっぱいあるんす。だから、世界が変わっても変わんなくても、先輩は変わらずに、ずっとあたしの先輩でいてください！」

ウルカがぺこりと、勢いよくお辞儀した。

その拍子、すぐ目の前にいたトウヤの胸にウルカのくしゅくしゅの顔が埋まったけれど、二人ともそれで構わなかった。

「うん……ありがとう、ウルカ。俺、お前の先輩でいられて、本当に良かった」

もう一度、トウヤがウルカの頭に手をやる。

トウヤに初めての笑顔をくれた、心優しい仔犬のような少女がもう一度笑顔になってくれるまで、トウヤはその胸でウルカの涙を受け止め続けた。

「――うあーん！　あたしはとっくに、こんなに幸せなんだぁーっ!!〈理想の世界〉がなんぼのもんじゃーい！　うあーん！　うあーんっ！　うあぁ～～んっ!!」

トウヤが緑の社の次に向かった先は、神社の入り口、大鳥居だった。

正確には、大鳥居を抜けた外、神社に隣接する私有地に建てられた納屋がその目的地。

――『あの人ならそこで見かけたっす。難しそうな顔してたんでパイセン、話し相手にでもなってあげたらどうっすか』

あれからしばらく大泣きして吹っ切れたウルカから聞いたとおり、そこには人の気配があった。トウヤは納屋の中に踏み入っていく。

ツンと鼻を刺す油の臭いがした。そこに煙草の香りが混じって――

「……んぉ、トウヤ。よくわかったな、ここにいるって」

納屋の奥から、口の端に煙草を咥えた繋ぎ姿の人影が振り返ってきた。

犀恒レンカ。

髪をアップに纏め、モンキーレンチ片手に胡座をかく彼女を見て、トウヤは首を傾げた。

「こんなとこで何やってんですか……？」

「あー……神社に来てからずっと、どうするか考えててな。考え事しながら歩き回ってたら、〝コイツ〟を見つけたんでイジってた。手を動かしてたほうが頭の整理がつきやすい」

レンカが背後を親指で指す。その先には一台のバイクが置かれていた。

エンジンから伸びるパイプや、各部フレームが剝き出しになった大きなバイク——〝ネイキッドバイク〟と呼ばれるカテゴリーの車種だった。

「でもこれ、レンカさんのじゃないですよね？」

「ああ。私が昔乗ってたのとちょうどおんなじ型だったから、懐かしくなってさ。コイツはヨミのお父さんの相棒だったんだって」

「だった？」

「エンジン周りがイカれてるらしい。もう走れなくて、何年もこのままなんだと」

レンカがバイクへ向き直る。

「で、もう走れない、なんかほっとけなくなってさ……『私みたいじゃん、オマエ』って」

「…………」

そう言ってガチャガチャと手を動かすレンカの背中を、トウヤは黙って見つめていた。

レンカと話すのは随分久しぶりな気がした。

トウヤに黙って〈共喰い変死事件〉を調査していたことへの不満だとか、自殺しかけたレンカを見てどんなに辛かったかだとか、入院していた間ずっとはぐらかされていた『瑠岬トウヤ』の進退問題』のことだとか……話さないといけないことは山ほどあると、道中ではそう思っていたのに。いざ彼女を目の前にすると、トウヤの口からは全く別の質問が零れていた。

「……レンカさんは……、……どうして〈貘〉、始めたんですか」

「んー？　それは君と出会ってからの私の話？　それともそれより前の話？」

「俺と出会う前の――〈礼佳弐号事件〉よりも前のレンカさんのことが聞きたいです」

相変わらずトウヤに背を向けてバイクをいじっているレンカへ、彼は続ける。

「〈貘〉なんて、正直楽な仕事じゃないじゃないですか」

「まぁ、まともな神経してるやつがやる仕事じゃあないわな」

「俺やヨミ、ウルカもメイアも、事情があったりスカウトされたからですけど……レンカさんの理由って、何だったんですか」

「『理由』なんて大したもんじゃないよ、私が最初に〈貘〉になろうと思ったのなんて」

エンジン周りを分解しながら、油を拭いてきれいにしながら、レンカの背中が呟いていく。

「……　〝正義の味方〟ってやつになりたかった。私にしかできない、〝特別〟になりたかったんだ……どっかで聞いたような、擦り尽くされた陳腐な理由だろ？」

「そんなことないですよ」

「今思えば、『特別』って言葉自体がすっげぇ普通。それの意味を知らねぇやつが使う言葉さ」

「…………」

「本当の意味で〝特別〟になると、逃げられなくなるんだよ……誰も代わってくれない。助けてもくれない。自分でどうにかするしかなくて、上手くいくのが当たり前で無視されて、失敗したときだけ責められる。そうなって初めて、〝普通〟がどんなに幸せなことか分かるんだ」

レンカの油で汚れた手が、バイクの燃料タンクを撫でる。

「私も結局その口。漠然と〝普通〟を拒否して、何となく〝特別〟に憧れて、手遅れになってからようやく気づいた——走れなくなって初めて、エンジンがイカれてたってわかるみたいに」

「後悔、してるんですか？〈貘〉になったこと」

「あー……どうなんだろうな。少なくとも君やメイアたちに出会えたことには感謝してる」

「俺もです。みんなと出会えてよかったって思ってます」

「でも、君が今私に訊いてるのはそういうことじゃない、だろ？」

「はい。そうなんだと思います」

「結果と過程をイコールで結びつけるのは、簡単だが暴論でもある。『飯が旨けりゃ、腐った食材を調理していても誉められる』ってことにはならないし、『君たちと出会えてよかったから、伽世が〈礼佳弐号事件〉を起こして良かった』ともならない。そういう意味で、『犀恒レンカは〈貘〉になったことをどう思っているか』って考えると……うーん、どうかなぁ……」

ちょうど分解していた部品の組みつけを終えて、レンカは工具を足元に置いた。

腕を組み、背中を丸めて、しばらく「うーん」と唸ってから。やがて、

「……『そんなもん知るか』、かな」

「〈貘〉になって良かったか悪かったかなんて知らない、ですか」

「だってそうなんだもん。知らないんだもん、私。『〈貘〉にならずに普通に生きることを選んだ犀恒レンカ』なんてさ。つーかそのバージョンの私も絶対悩むだろ、『普通に生きるの辛いー。特別がいいー』って」

「じゃあ結局……何かを選択するのって、何を基準にしたらいいんですか」

「そんなもん、存在しないんだと思うよ、トウヤ」

「存在しない……？」

「生きていくうえで、選択を間違わないための絶対の基準なんて存在しない。もっと言えば、『間違い』だとか『正解』だとか、そんな判定もほんとは存在しないんだ。それでも、強いて言うとするなら……〝それ〟を信じた最初の自分を否定しないでいてほしいかな、私は」

レンカが立ち上がる。バイクのハンドルに手を置きながら、トウヤを見つめた。

「たとえどんなに傷ついて後悔して、走れなくなったとしても……一番最初の、何かを信じたり憧れたりしてた自分のことは否定しないであげてほしい。じゃないと、何にも残んないじゃん。私が私でなくていいってことになっちゃうじゃん。それは違うよなぁって、私はそう思う」

レンカがにやりと笑ってみせる。トウヤもにこりと笑い返した。

「もっと別のこと、いろいろ話さなきゃって思ってたんですけど……何だかすっきりしました」

「うん、私も。一人で勝手に考え込んでたんだけど、君と話せたらどうでもよくなった」

「レンカさん。俺、レンカさんともっとたくさん話がしたいです」

「私もおんなじ。酒が飲める年になったらさ、トウヤ。一緒に飲みいこ」

カチリと、レンカがバイクのキーを回した。

ヴォンッ！　――「うぉっ!?」

エンジンが、力強い唸りを上げた。

きょとんと……それを見た二人は互いの顔を向け合って、肩を竦めて、

「……なーんだ。動くじゃん、オマエ」

二人は揃って、大笑いした。

「――レンカさんは、何で俺に任せるんですか？」

笑いすぎて滲んできた涙を払って、トウヤが尋ねる。

「あぁ、その質問なら簡単」

レンカがトウヤを指差して、ぱちりとウインクしてみせた。

「私はね、トウヤ――君がその手で選んだ未来を見てみたい。それが私の、託す理由さ」

＊＊＊

それから数時間後――

「…………」

トウヤは再び、廃墟の展望台へと戻ってきていた。

那都神神社を巡り歩き、仲間たちから託された理由と想いを一つ一つ紐解いて、それらを大切に大切に胸にしまって。改めて目にする那都界市の遠景は、今朝方無力に呑まれながら眺めていた景色とは違う色彩を帯びて見える。

それが気持ちの変化によるものなのか、それともただ太陽の光の当たり方が変わっただけにすぎないのかはわからなかったけれど。彼の心は、随分軽くなっていた。

「……。……俺は……――」

カサカサッと、そのときトウヤの背後で枝葉の揺れる音がした。

「――まぁっ、神社の裏からこう繋がってますのね。素敵な場所」

茂みの参道を上ってきたのはユリーカだった。展望台の根元に腰かけていたトウヤの姿を見つけて、彼女が手を振りながらやってくる。

「トウヤ、宿坊で食事の用意ができていますよ。召し上がりませんか？」

「うん。ありがとう、ユリーカ」

「あら、顔色が随分よくなりましたね。その様子だと、気持ちの整理がつきましたか？」

「あぁ」

「そうですか——それでは、一緒に戻りましょう！　みんながあなたを待っています」

ユリーカが手を差し伸べる。

トウヤは頷き返すと、その手を取って立ち上がった。

＊＊＊

≫≫ 那都神神社。午後六時。

「——オラーイ！　オーライ！　オーラァーイッ!!」

那都神神社の裏手、人目につかない雑木林に、大型トレーラーが乗り入れてくる。

ヒョウゴの誘導が響くなか、その雑木林の一角に自立式天幕が組まれていた。

夕陽差し込む天幕の下、机の上には手作りのおにぎりの山と、麦茶の入った大きなやかん。

「フフッ。なんだかみんなでキャンプに来たみたいなんダヨ」

ヨミが楽しそうに、鼻歌を歌いながら身体を左右に揺らしている。

「あーん！　虫除けスプレー忘れたっす、めっちゃ刺されとる……かゆぃぃー！」

蚊に刺されたらしいウルカが、背後に腕を回してくねくねと珍妙な踊りをしている。

「本当に素敵な夏休みでしたわ。最後の一日は、みんなで揃って記念写真を撮りましょうね」

八月三十一日(あした)が来るのが待ち遠しいと、高級一眼カメラを手にユリーカがにこにこ笑った。

そこへトレーラー――〝移動式夢信(むしん)管制室〟から、シノブとナリタが下りてきて。

「よし、みんな集まったな。――そいじゃ、行動計画(ブリーフィング)を始めよう」

麦茶を傾けていたレンカが、正面のホワイトボードを指差した。

ホワイトボードの両隣に立ったシノブとナリタが、内容を説明していく。

「――このミッションの達成目標は三つ。内訳は、大目標一、付随目標二となります」

キュッ。ホワイトボード、『大目標』の字を○で囲んで、

「必達となる『大目標』……言うまでもなく、これは〈理想の世界〉の降臨阻止です」

その下に補足情報を書き加えていく。

「人間の意識構造そのものを書き換えることができる、究極の〈悪夢(ノイズ)〉――《真の獣》。これを招来されたら我々の敗北、伽世(とぎせ)の勝利となります」

「うい、りょーかいです。〝ふずいもくひょー〟っていうのは何なんダヨ?」

ジト目でふむふむ言っているヨミの質問に、ナリタが答えをよこしてくる。

「付随目標は〈理想の世界〉降臨阻止(大目標)達成のために必要となる条件ってことォ。つまり付随目標(コイツ)をクリアすれば、自動的に大目標も達成となるってわァけ」

キュキュッ。『付随目標』の字から引き出し線が二つ伸びて、

「付随目標には、〝A〟と〝B〟の二つがあるわァ。

まず〝付随目標A〟とは、《真の獣》の招来に必要となる特殊な夢信力場、〝夢と現実の境界〟を制御する、集線装置（ハブユニット）の機能を停止させることよォ。

次いで〝付随目標B〟とは、〝夢と現実の境界〟を起動させているトリガー、こいつの破壊任務のことねェ」

「なるほど、わからん！」

首を捻（ひね）ってふんぞり返るウルカに、シノブが捕捉していく。

「〝夢と現実の境界〟とは、真処女機〈銀鈴（ぎんれい）〉の技術を発展させた、いわば純生体部品式人工頭脳ともいえる空間です。この空間は、その名のとおりの夢と現実の境界……夢信（むしん）空間でも覚醒（かくせい）現実でもない世界です。存在する位相が我々の認識できる世界とは異なるため、干渉することができません」

「干渉できない世界……〈友恵（ともえ）〉で戦ったとき、だから伽世（とぎせ）は無敵だったのか」

トウヤの呟（つぶや）きにシノブがこくりと首肯する。

「伽世を止めるには、奴と同じ〝夢と現実の境界〟へ接続する必要があります……幸い、その方法は蛭代（ひるじろ）さんが確保しました」

「〈夢幻S・W・（セキュリティ・ワークス）〉の医務室にいた間に、〈ボーダレス〉ガンギマリ状態だったレンカたちの脳波を計測してたのォ。そのデータから〝夢と現実の境界〟の存在位相を特定したわァ。ラジオの周波数を合わせるみたいな感じねェ。〝移動式夢信管制室（トレーラーのベッド）〟からいつでも侵入可能よォ」

「なるほど……集線装置とトリガーっていうのは、一体何なんですか？」

「〝夢と現実の境界〟を創り出してる生体部品ってェ、要は〈ボーダレス〉服用者たちの意識なのよォ。無数の人間の意識を繋ぎ合わせて、一つの超巨大人工頭脳として振る舞わせてるってわァけ。そんなもの、司令塔と笛吹きがいなきゃまともに機能なんてしないでしょォ？」

「それが集線装置とトリガー……つまり、ユニットαとユニットβってことですか」

「そゆことォ。つまり言い換えるとォ――

目標A、『集線装置の機能停止』とは、すなわち呀苑ちゃんの救出ゥ。

目標B、『トリガーの破壊』とは、これは《亡骸の獣》を叩きのめすってことォ」

「どうやるんですか、具体的には？」

トウヤの質問に、レンカが待ってましたと言わんばかりにホワイトボードをひっくり返した。

「二方面作戦だ――夢と現実、双方から伽世を挟み撃ちにする」

ホワイトボードの裏面には、『Aチーム』、『Bチーム』と書き出されていた。

「Aチームは目標A、メイア救出のために〝夢と現実の境界〟へ侵入する。この役目は瑠岬、那都神、薪花……そしてユリーカにやってもらう」

それを聞いたヨミが、ジト目を丸くして跳び上がった。

「ほぁ！　ユリーカちゃんもなんダヨ!?」

ユリーカが華奢な腕に力こぶを作ってみせる。

「メイアは私を〝海の底〟まで迎えにきてくれた大切なお友達なのです。是非協力させてくださいましっ、私の能力で必ずお役に立ってご覧にいれますわ！　コールネームは、そうですわね……『レディ・ワン』とでもお呼びになって？」

「元悪食男爵との共闘……うひょー！　何かあたしテンション上がってきたっす！」

ウルカがパイプ椅子の上でぴょんぴょん跳ねる。声にはやる気が満ちていた。

レンカがホワイトボードへ再度の注目を呼びかける。

「そして二方面作戦のもう一方、覚醒現実から攻め込むBチームだが。これは私と亜穏がやる」

「「「「えっ」」」」と、トウヤたち高校生四人組が揃ってどよめいた。

「？　どした、私が参加しちゃいけないのか？」

「いや、だってレンカさん、普段は指揮者じゃないですか……それが何で現場に出るなんて」

「人手が足りねぇの！　〝移動式夢信管制室〟は変態設計になってるせいで開発者じゃねぇと管制できないし、亜穏一人に任せっきりは何か信用できねぇし、改谷さんは昨夜の脱出騒動で走りすぎて腰が痛いとか言いだすし……私しかいねぇだろ」

「変態で悪かったわねェ」「信用ないなぁ……」「たはー！」

レンカの歯に衣着せぬ物言いに、ナリタとシノブとヒョウゴが揃って苦笑を浮かべた。

「――さて、それでは作戦内容の確認も終わったことだし、てめぇらちゅうもーく！」

ほどなくして行動計画を終えると、レンカは一同に注目を促した。

その先に座る、瑠岬(るみさき)トウヤへと。

「さ、チームリーダー。締めの決起挨拶(あいさつ)といこうぜ」

「挨拶なんて、そんなこと言われてもなぁ……」

トウヤが席から立ち上がり、正面へと歩み出た。

「……何喋(しゃべ)ればいいんです？　俺……」

「ンだよトウヤー、そこら中でエモ味垂れ流しまくってたんだろー、締めてけよここもさー」

「……もしかして飲んでません？　レンカさん」

「失礼な！　こんなときに飲むわけねぇだろ！　気つけの発泡酒はノーカンでーす」

「あ、そですか……」

締める気ないのこの人のほうなんだよなぁと心中で嘆息すると、トウヤは居住まいを改めた。

「……みんな、俺に託してくれてありがとう」

ゆっくりと、ここに集った一人一人に目を向けていく。

「俺の意志は、ここに来る前に伝えたとおりです——俺は、〈理想の世界〉を否定する。メイアは俺たちの手で連れ戻す。そうでなくちゃ、俺はやっぱり納得できない」

那都神(なとがみ)ヨミを見る。

「〝ストレス〟がない世界は、全員が嫌なことから『感情』を切り離して独りぼっちの夢を見る世界だから……それがどんなに幸せでも、俺はもう、一人になんてなりたくない」

薪花ウルカを見つめる。

「嫌なことは嫌だって、怖いものは怖いって喚いて悩む世界に俺はとっくに慣れっこだから。そういうのも案外悪くないって、思えるようになったから」

犀恒レンカと向き合う。

「大人になったら、もっといろんな話ができると思うんだ。みんなでお酒とか飲みながら、『あのときは大変だったよね』って笑い飛ばせたら、それはすごく楽しいことだろうなって」

そしてトウヤは、前を見た。

真っ正面を。天幕を越えた、空の果てを。

「……メイアと約束したんだ。俺とあいつで、〝呪い〟を半分こにしようって。〈理想の世界〉には、〝ストレス〟のない世界には、〝呪い〟なんてきっと存在しないから——あいつとの約束を果たせない世界なんて、俺はいらない」

それぞれの思いを、それぞれ一息に言いきって。トウヤはぺこりと頭を下げた。

「——以上、決起挨拶終わり！　ご静聴ありがとうございましたっ」

「うっし……やるかぁ！」

レンカがトウヤの隣に立って、パンッ！　と一つ、威勢良く手を鳴らした。

それに応じて、ヨミ、ウルカ、ユリーカ、ヒョウゴ、シノブ、ナリタがその場に立ち上がる。

「これが世界を救う戦いなのか、それとも救世を阻む悪行なのか、未だに判断できないが……

そんなもん知るか！　自分の信じるもんを信じるだけだ、そうだろお前ら！　ぶちかませ！」

円陣に向かい合った八人が、拳を前へ突き出して。

そして最後のミッションの、火蓋が切られる。

「腐れ縁共闘チーム、『〈理想の世界〉降臨阻止』──状況開始だ‼」

≫≫≫那都界市上空、高度一万メートル。午後九時。

──呀苑クナハ、トリガー起動……〈ボーダレス〉服用者へ信号発信……アクティブ数二千オーバー、目標達成率百三十パーセント。

──呀苑メイア、集線装置始動……〈ボーダレス〉服用者の〈孔〉を捕捉、誘導および結線タスク進行中……。

──〈ボーダレスネットワーク〉、構築完了。夢信空間〈瞳〉上に多層レイヤーを形成……。

──集積密度上昇中……《真の獣》の招来、臨界値まで残り六十パーセント……。

魔法使いが、理性の怪物が、伽世ゲインが、〝夢と現実の境界〟を開く。

「……さぁ、始めよう……──人類という存在の、最適化を」

…………………………………………………………ピクッ。

≫同刻。那都界(なとざかい)大学附属病院、夢信(むしん)症病棟。

「……？」

ちょうど病室の巡回に来ていた当直の看護師が、ふと違和感を覚えて振り返った。

ベッドの上の少女を見る。

「……瑠岬(るみさき)、さん……？」

先日、蛍光灯(ガラス)の破片で切り傷を負った瑠岬センリ。

その傷は癒えて、もう痕(あと)も残っていない。

〈眠り姫〉は今日も変わらず綺麗(きれい)な寝顔で、穏やかに眠り続けている。

そのはずなのだが。

どことは言えずいつもと何かが違う気がして……看護師はそっと、彼女の額に手を当てた。

「んー……。……瑠岬さん。少し、お熱があるみたいね」

貘
バク

第七章 最後のミッション

＊＊＊？？？＊＊＊

「…………」


ぱちりと、機械の敷き詰められたベッドの上で、瑠岬(るみさき)トウヤは目を開けた。

むくりとその場に身を起こす。寝起きのように意識に霞(かすみ)がかかっていた。

ここがどこかを思い出す。

――そうだ、ここは例のトレーラー……〝移動式夢信(むしん)管制室〟の中。

車内をぐるりと見回してみる。

もぬけの殻だった。誰もいない。

車内照明も、機材の電源もすべて消えている。

「……？　ええと……どうなったんだったっけ……」

那都神(なとがみ)神社の雑木林にみんなで手製の作戦本部を組み立てて、決起集会を開いたところまでは覚えていた。

それからどうなった？

意識がはっきりしない。足元をふらつかせながら、トウヤは外へ通じる扉へと手をかけた。

ガラリと、重い扉をスライドさせて――

「っ……！　何だ、これ!?」

トウヤは外の景色を見るや、息を呑んでいた。

おかしな世界が広がっていた。

血のように真っ赤な月が浮かんでいた。

場所は那都神神社の雑木林だった。だが色彩がおかしい。周囲を囲む木々は深い紫色に発光していて、砂利道は溶けた鉛のような鈍い金属光沢を帯びている。そうかと思えば、陽が暮れているにもかかわらず、周囲の闇（やみ）という闇がぼんやりと光を放っているようにも見えて。

それはちょうど、明暗が逆転した写真（ネガフィルム）の世界を覗（のぞ）き込んでいるような。

「これは……夢か？　夢信空間？　でもみんなはどこに……？」

トウヤは目眩（めまい）を感じながらも、どうにかトレーラーから雑木林へと降り立つ。

そのときだった。ジジッと、ヘッドセットに入電音。

【――蛭代（ひるじろ）さん、どうなっとんですかこりゃ!?　画面に瑠岬くんたちの信号が出てこんですが】

【――うるっさいわねェ、今チューニングしてるとこよォ。みんなの意識位相合わせてる最中なのォ、帯域狭いんだから話しかけないでェ。集中できないでしょォ】

それはヒョウゴとナリタ――作戦本部で管制を担当する二人の声だった。

「改谷（あらたや）さん！　蛭代先生！　聞こえますか！　何だか景色がおかしいんです！　みんなはどこ

にいるんですか!?」

トウヤがそう呼びかけると、反応が返ってきた。

【おっ、聞こえた！　瑠岬くん、ワタシにゃよぉわかりませんが、蛭代さんが今君らの意識をチューニングしとるんだそうです、ラジオを合わすみたいに。じっとしとってください！】

ヒョウゴの警告。咄嗟にトウヤは手近の樹木に摑まった。ぼんやりしたままの意識ではヒョウゴたちが何を言っているのかわからなかったが、ただ嫌な予感がした。

転瞬――ズォッ、「うっ……!?」

天地がひっくり返ったかと思った。

地面がまるで数メートルは上下して、トランポリンのように跳ね飛ばされるのではないかと思った。だが地震ではない。それはトウヤの三半規管、もっといえば彼の意識そのものが激しくシャッフルされたことで生じた感覚で。

そして次にトウヤが気づいたときには、世界は普段の色彩と明暗を取り戻していた。

間違いない。ここはスタート地点。那都神神社の手製本部。

そこへきて、世界の色彩が戻ったと同時にトウヤの意識もはっきりする。

記憶の霞が晴れて、彼はすべてを思い出した。

――そうだ！　夕方の決起集会のあと、俺たちは伽世が呀苑クナハと呀苑メイアを起動させたタイミングで作戦を開始するって算段で、移動式夢信管制室の中で夜まで待機してて――

そのとき、トウヤの背後、トレーラーの車内から声が聞こえてきた。

「――Wow!?　何だったのですか、今の夢は!?」

「あばばば!?　誰もいないし景色もおかしい、あたし頭がおかしくなったのかと思ったっす」

「……ほぁ！　外に瑠岬くんもいるんダヨ。おーい」

先ほどまで誰もいなかったはずのトレーラーの中に、ユリーカとウルカとヨミの姿があった。

それだけでなく、

【ふぅ、瑠岬くんたちのチューニング完了っとォ。どぉ改谷さん、みんなの信号拾えてるゥ？】

【ええ、画面に数字が出てきました……ですけど、ほんまにこれで上手くいったんです？】

車内に据えつけられた観測装置の前には、ナリタとヒョウゴの姿もあった。

トウヤはそれを見て混乱した。

なぜ人が急に消えたり現れたりする？　どうしてAチームと作戦本部が同じ車内にいる？

Aチームは夢信機を使って夢の中、作戦本部は覚醒現実に構えているはずなのに。

これは夢か？　それとも現実か？

トウヤは雑木林からトレーラーへと駆け戻った。

「今のこれはどういう状況ですか!?　接続に失敗して、みんな起きちゃったってことですか!?　改谷さ――」

そして車内に這い上がったトウヤが、目の前にいるヒョウゴへ手を伸ばした瞬間だった。

更なる異変が起きたのは。

「なッ!?」と、トウヤの表情が凍りついた。

トウヤの伸ばした手が、ヒョウゴの身体をすり抜けていた。

【ん?】

トウヤが驚愕（きょうがく）に目を見開いていると、ヒョウゴが振り返ってきた。

トウヤのすぐ目の前にヒョウゴがいる。しかしトウヤがどんなに凝視しても、ヒョウゴと目が合わなかった。

ヒョウゴは、トウヤの存在に全く気づいていないようだった。

その隣でナリタも振り返ってくる。ナリタも同じく、眼前にトウヤがいるのに気づかない。

【どしたの、改谷（あらたや）さァん?】

【いや……今、そこに誰か、いたような気がしたんですがね……?】

「改谷さん!? 俺のこと見えてないんですか!?」

【うぉ!? 瑠岬（るみさき）くん、どしたんです急にデカい声出して。見えてるも何も、君ならそこにいるじゃないですか】

どうやらトウヤの声は、肉声ではなくヘッドセット越しにヒョウゴへ届いているらしかった。

ヒョウゴは先ほどからずっと、トウヤの肩越し、トレーラーの車内へ視線を向けている。

トウヤがその視線を追って、車内を振り返ってみると——

「ッ!?　どういうことだ、これ!?」

トウヤは、ベッドの上で眠っている瑠岬トウヤと対面した。

トウヤが戸惑いの声を上げると、同じく車内にいたウルカも跳び上がった。

「何すかこれ、あたし!?　かわいい寝顔――じゃなくて、何であたしがあたしを見てんすか!?」

トウヤがAチームの面々の元へ駆け寄る。自分の顔を指差して、

「みんな!　俺のこと見えてるか!?　ベッドの俺じゃなくて、この俺のほう!」

「ええ、見えてますわ!　声も聞こえていましてよ」とユリーカ。

「改谷さんと蛭代先生以外は、みんな普通に触りっこできるみたいダヨ」とヨミ。

【あんたたちィ、ちょっと落ち着きましょォ。どうなってんのか段々わかってきたわァ】

ナリタがそう呼びかけて、一同はひとまず気を落ち着けることにした。

【まず結果から言うとォ……成功ねェ。侵入できたんだわァ、〝夢と現実の境界〟にィ】

「ここが、〝夢と現実の境界〟……!」

伽世との最終決戦が控えるであろう世界……どんな異空間なのかと身構えていたトウヤだったが、そこは拍子抜けするほどいつもと変わらない世界だった。

住み慣れた、那都界市の空気。

【――空間分析の結果が出たわァン。なるほどねェ……伽世のやつ、そういうことかァ】

ナリタが電算機の吐き出した計算結果を覗き込み、鼻を鳴らす。

【・アタシと改谷さんが今いる、覚醒現実の那都界市。
・夢信空間〈瞳〉の中に存在する、『那都界市そっくりの夢』。
・そして瑠岬くんたちが認識している、〝夢と現実の境界〟
――喩えるなら、全く同じ見た目をした三枚の写真を重ねたような。今のこの状況は、限りなくそういうことに近い状態といえるわねェ】

「夢と現実が重なり合ってる……？　だから覚醒現実に触れられなかったり、眠ってる自分たちの姿が見えたりしてる――ってことですか？」

トウヤがそう考察すると、ナリタが【そういうことねェ】と頷いた。

【〝夢と現実の境界〟が、覚醒現実と夢信空間を接着剤みたいにくっつけてんのねェ。夢、、、と現実が、、、融合している、、、……こんな環境で《真の獣》なんて解き放たれたら、どこまで影響が及ぶことやら……】

「亜穏さんが言ってました……《真の獣》は、《頭蓋の獣》が夢を書き換えるのと同じように、人間の意識構造そのものを書き換えることができるって」

それはいわば、〝人間〟という規定を、自由に作り直せるということ。

『人間は、〝ストレス〟を感じない生物である』と――伽世ゲインは、そんな新たな規定を人類に書き加えようとしている。〝夢と現実の境界〟と、《真の獣》を使って。

ナリタが溜め息を吐いた。

【〈理想の世界〉、かァ……よくもまぁ、そんなもんを本気で目指す気になれるもんよねェ……さぁってと、侵入には成功したわけだけどォ、あとは伽世の居場所ねェ】

ヒョウゴが刑事官の顔つきになって推理する。

【伽世は、《真の獣》を喚び出すタイミングが揃うのを待っとりゃいいだけ……犯人の立場になって考えると、向こうからわざわざ仕掛けてくるとは思えませんな。ワタシだったら、ひたすら隠れてやりすごしますよ】

「……どこに隠れてる、伽世……」

〝夢と現実の境界〟の不可解さにはようやく慣れてきていたが、トウヤたちは自分たちが困難な局面に立っていると理解して黙り込んだ。

状況は、伽世絶対有利の持久戦だった。しかも制限時間つきの。

【……《真の獣》を喚ぶ儀式が始まるんは、確か今夜0時てぇ話でしたね、蛭代さん】

【シノブが伽世の頭ン中から読んだ情報だとそうらしいわァ。どこで何をするかまではわかんなかったみたいだけどォン】

「リミットまであと三時間もない……もたもたしてられないですよ」

皆の間に焦燥感が立ち籠め始めた、まさにそんなときだった。

ガサガサッ――【「「「「！」」」」】

すぐ傍の雑木林から物音。トウヤたちAチームの四人がトレーラーから飛び出す。

そして彼らが視線を向けた先、フラフラと藪(やぶ)を掻(か)き分けてきたのは――

「――――」

それは虚(うつ)ろな目をして徘徊(はいかい)する、夢遊病者。

「〝夢遊ゾンビ〟!?」

トウヤが素早くハンドガンを構えた。が、

【瑠岬(るみさき)くん、待ちなさァい！　そこは〝夢の現実の境界〟なのよォ！】

ナリタにそう警告されて、トウヤは発砲を躊躇(ためら)った。

――そうだ、ここは〝夢と現実の境界〟！　夢と現実(二つの世界)が融合してる世界だ……攻、撃、し、た、ら、ど、う、な、る？　ダメージは？

〝夢遊ゾンビ〟がトウヤへ振り向く。フラフラと定まらない足取りで迫ってくる。

トウヤが対処に迷った十数秒。その間に〝夢遊ゾンビ〟が彼我距離数歩分まで接近してきて、そして突然、「……ワウウウウウウンッ！」

それまで緩慢な動きだった〝夢遊ゾンビ〟が、いきなりトウヤに飛びかかってきた。

遠吠えのような奇声を上げ、口を大きく開けてのしかかってくる。

「うっ……こいつ……ッ!?　うぁッ!?」

ブチッ……トウヤの喉笛(のどぶえ)に〝夢遊ゾンビ〟の歯が食い込んで、

――――斬ッ――――バタリッ。

一瞬の閃光と、そしてカチンと納刀音。〝夢遊ゾンビ〟は白目を剝いて動かなくなった。

「大丈夫？　瑠岬くん」

打刀を収めたヨミが、押し倒されたトウヤの前に屈み込んでいた。

《明晰夢》による加速と、神速の峰打ち――奇しくも、〝夢と現実の境界〟でも夢信特性の使用は可能と示された瞬間だった。

「先輩！」「大丈夫ですの⁉」と、ウルカとユリーカも駆け寄ってくる。

トウヤは落ち着きを取り戻すと、喉元に当てていた手を見遣った。

彼の掌にはべっとりと、噛み傷からの出血がこびりついていた。

【瑠岬くん、大変よッ！】

間も置かずそこへナリタの声が上がった。Aチームが再度トレーラーへ飛んで戻ると、

「これは……っ⁉」

精密夢信機に横たわる覚醒現実側の自分も血を流しているのを見て、トウヤは戦慄した。

「〈銀鈴事件〉と同じだ……〝夢と現実の境界〟で負ったダメージは、覚醒現実に跳ね返る！」

更にはっとして、トウヤはヒョウゴを見た。

「改谷さん！　〝夢遊ゾンビ〟のほうは⁉」

【そういうことですかいや……！　確認します！】

覚醒現実の像が外へ駆け出し、境界もその後を追う。

気絶している〝夢遊ゾンビ〟を検分したヒョウゴが、「こりゃぁ……！」と顔を顰めた。

【ええ、覚醒現実でもゾンビ野郎が倒れてます……首の後ろに峰打ちの打撲痕。もしかするとまずいんじゃないですか、この状況……！】

〝夢遊ゾンビ〟――それはクナハからの信号を受け、生体部品として〝起動状態〟になっている〈ボーダレス〉服用者。それさえなければただの一般人なのだ。

殺されかけた、殺しかけた――その衝撃が遅れて一同にのしかかる。

〈銀鈴事件〉、〈礼佳弐号事件〉――かつて《顎の獣》が関わった事件と、同じ現象。

夢の中で、人間を殺せる……。

今にして思えば、その性質は《顎の獣》にではなく、〝夢と現実の境界〟のほうにこそあったのかもしれない。伽世は四年前よりもずっと前から、この計画を画策していたのだから。

たった一人の〝夢遊ゾンビ〟の乱入で、トウヤたちにはいくつもの戦慄が走っていた。

伽世ゲインは、〝起動状態〟の〈ボーダレス〉服用者の言動を操作することができる。

ならば、例えば大勢の〝夢遊ゾンビ〟たちに『半径数歩以内に近づいた敵に食らいつけ』とでも命じておけば……それだけでも伽世の時間稼ぎには十分。

ナリタを見る。その目つきから、彼女も自分と同じ理解に至ったとトウヤは悟った。

「蛭代先生、どう思いますか？　このゾンビたちの行動パターン」

【一体だけじゃ何とも言えないわねェ……でも少なくとも積極的な攻撃ではないと思うわァ。

伽世は仕掛けてこないはずなのよォ、そんなことしてもアイツに得なんてないものォ】

「こっちの位置がバレたってことは？」

【その可能性も低いと思うわァ。改谷さんの言ったとおり、伽世の立場で最優先すべき戦略は『時間がくるまで隠れてやりすごす』の一択ゥ。アタシたちを監視する必要すらないわァ。伽世はただ定点に陣取って、儀式を邪魔されないよう守りを固めてるだけでいいはずなのよォ】

「伽世は守りに専念してる……儀式を、《真の獣》を喚び出すために……」

トウヤがナリタの見解を反芻する。状況を整理し、分析していく。

ほどなくして、トウヤは何かに気づいた様子で、はっと顔を上げた。

「そうだ、拠点防衛……蛭代先生！〈ボーダレス〉服用者の脳波だけ拾って出力できますか!?」

ナリタも何か、トウヤのその一言で察した様子で、

【あァ～、そゆことォ？　やってはみるけどォ……それこそ罠じゃなァい？】

「ここに留まってても伽世の思う壺なんです、やってみるしかないですよ！」

【アイヨぉ！　窮鼠猫嚙み、イチかバチかってねェ！】

ナリタが電算機を叩き始める。

その間に、顔に「どゆこと？」と書いてあるウルカたちへ、トウヤが説明していく。

「〝夢遊ゾンビ〟は〝夢と現実の境界〟を演算してる生体部品なんだ。それにさっきみたいな迎撃命令も伽世から与えられてる。だからこいつらが密集してる地点が割り出せれば――」

「そこがこの世界を演算している中枢……つまり《真の獣》を降臨させる儀式が行われる地点……伽世もそこにいる可能性が高くなる。ということですわね？」

ユリーカの返しにトウヤが頷く。そこへヨミがジト目を険しくする。

「うぬぬ……でもそれって、〝夢遊ゾンビ〟がウヨウヨいる場所でもあるってことダヨ？」

それを聞いて、一足遅れて状況を理解したウルカが、ポンと掌を叩いた。

「伽世の手がかりを探すには、こっちから〝夢遊ゾンビ〟の山に突っ込まないといけないってことっすか!? 〈銀鈴事件〉のときみたいにダメージがマジになる世界っすよここ……！」

「それでもやるしかない……時間は伽世に味方しちゃってるんだ……！」

【――あらよォ一丁あがりィ！〈ボーダレス〉服用者たちの分布データよォン】

電算機を叩いていたナリタが立ち上がった。無数の点が打たれた那都界市の地図を広げる。

そこには明らかに、一箇所だけ。これ見よがしに分布が集中している地点があった。

「!! これって……!?」

それを見てトウヤは……これは伽世からの宣戦布告だと、そう感じずにはいられなかった。

〝夢遊ゾンビ〟密集地点。その地の名は――――私立西界高校。

＊＊＊ 覚醒現実 ＊＊＊

≫≫≫一方。同刻、那都界市内。

夜更け深まる街並みを、こそこそと掻(か)き分け進む二つの人影があった。

片やベージュのトレンチコート、片やミニスカレディーススーツの男女が二人。

『立ち入り禁止(バリケードテープ)』を潜(くぐ)り、不審者二名は現在、とある施設へ不法侵入の真っ最中であった。

「……スパイ野郎と二人して、警備の人間ボコして不法侵入。私これでも一応〈夢幻S.W.(警備会社)〉の人間だぜ？　人生何があるかわからんとはいえ、まさかこんなことになるとは……」

物陰に背中を張りつけて、犀恒(さいづね)レンカが溜め息を吐(つ)いた。

「ええ、実に楽しいですねぇ！　わたくしたち、いい共犯者(カップル)だと思いませんか？　ハハッ」

レンカの隣にぴたりと身を寄せ、亜穏(あのん)シノブが心底愉快そうにスマイルを浮かべた。

「〜〜〜っ！　豚箱まで同室とか死んでもご免だからな！　もし捕まったら全部てめぇに唆(そその)かされたって供述したるッ」

「えっ!?　やだな犀恒さんったら、同棲だなんて。そんな妄想までしてくださってるんです？」

「だぁーッ、もう！　てめぇと話してると調子が狂う！　作戦中だ、急ぐぞ！」

レンカがシノブに一発蹴(け)りを入れてから、物陰からちらりと顔を覗(のぞ)かせた。

月の光降り注ぐ屋外通路。警備の姿がないのを確認し、二人は一気に通路を駆け抜けていく。

ここは〝夢信(むしん)技術先進都市〟を目指した、那都界市の肝いり施設。昨日の火災騒動も落ち着きさらぬ、夢信交換局団地だった。

第一世代機〈白夜(びゃくや)〉、第二世代機〈瞳(ひとみ)〉をはじめ、〈千華(ちか)〉、〈花子(はなこ)〉、そして〈友恵(ともえ)〉など、人工頭脳を管理する複数の建屋が密集した工業地帯である。

昨夜の、〈夢幻S・W・(セキュリティ・ワークス)〉への機動部隊の突入。あれは人工頭脳〈友恵〉の事故炎上を『爆破テロ』と一方的に断定した〈警察機構〉上層部の、独断命令によるものだった。

支部局長が伽世(とぎせ)の支配下にある現在、その独断命令は一部が未だに機能しているらしく、レンカとシノブはここまで辿(たど)り着く間に何度か検問を通過していた。シノブの胡散臭(うさんくさ)い話術と変装セットがなければ、突破は難しかったであろうとはレンカも認めるところである。

そうまでして、二人がこの施設へ侵入した理由とは――

「おっ！　ありましたよ、犀恒(さいづね)さん！」

通路の突き当たり、T字路の壁面に打ちつけられた案内板を指差してシノブが言った。

『→第八交換局建屋（現在封鎖中、立ち入り禁止）』

「ハア、ハア……そこにあるって言うんだな。私たちの破壊目標、〝目標B〟が……！」

「ええ。十中八九、ほぼ確実に」

シノブが余裕たっぷりに営業スマイルを浮かべ、「ささ、どんどん参りましょ」と先を急ぐ。

レンカが走った息も整わぬうち、「涼しい顔しやがって……！」と毒突いてそれに続いた。

「第八交換局建屋は、ここ那都界(なとざかい)交換局団地の中で、最も近年に建設された設備です」

無人の通路に靴音を響かせながら、シノブが改めて状況を説明していく。

「他の従来型設備が、人工頭脳一基に対して建屋一つであるのに対し、第八建屋だけは上下二層方式を採用。一つの建屋で人工頭脳を二基運転できる仕様となっています」

再び『立ち入り禁止』を潜る。しかし今回のそれは先ほどの火災現場のものとは異なり、設置されてから随分と年月が経っているように見えた。

「……考えてみれば、至極当然のことだったのです。伽世の頭の中を覗くまでもなかった」

その区画は、火事とは別の事故でずっと以前から封鎖されている区画だった。

「なぜ、最強であるはずの瑠岬さんの《頭蓋の獣》が、ああも容易く完封されたのか」

最新設備にもかかわらず、放棄され埃が積もったみすぼらしい通路を奥へ奥へと進んでいく。

「答えは簡単です。伽世の操る《亡骸の獣》の正体……クナハが組み込まれているのは――」

そして……第八建屋の入り口が、二人の前に現れた。

そこにあったものを目にして、レンカは……深い深い、感慨深い溜め息を吐いた。

「……はぁぁぁぁ…………。全く、本当に……――因果なもんだ」

月の光が、建屋入り口に掲示された、二枚の設備標識を照らし出す。

それから――

『↑第二層：〈礼佳弐号〉運転制御棟』

『↓第一層：〈礼佳壱号〉運転制御棟』

＊＊＊ 夢と現実の境界 ＊＊＊

≫同刻、私立西界高校。

その学び舎は、夏休みの夜とは思えぬ人だかりで溢れていた。

「══════」「══════」「══════」「══════」「══════」

「══════」「══════」「══════」「══════」「══════」

数え切れないほどの〝夢遊ゾンビ〟たちだった。それらが虚ろな目と半開きの口で、学校中を徘徊し埋め尽くしている。校舎、校庭、部活棟、果てはプールから池の中まで。

至る所に、伽世ゲインの下僕と化した一般市民たちの群れ。群れ。群れ。群れ。

まるでゾンビパニック映画の撮影でもしているのかと――高台からそんな学校の有様を双眼鏡で見下ろしていたウルカが、青くした顔を上げた。

「……マージで突っ込むんすか？　あん中に？」

「ああ」

しゃがんでいるウルカの背後で、トウヤが短く言い切った。

「ゾンビだらけの夜の学校に？　銃と刀ぶらさげて？　映画じゃないんすよ？」

「そんなことわかってる。わかっててやるんだろ」

「母校っすよ？　っていうか在校生っすよ、あたしたち……なのに学校でドンパチとは」

「俺たちが干渉できるのは〈瞳(ゆめ)〉の中の那都界(なとざかい)市と、俺たちと同じ〝境界〟へ接続してる〝夢遊ゾンビ〟たちだけだ。どんなに暴れたって、覚醒(かくせい)現実の学校は壊れたりなんてしない」

「おうふ、先輩完全にバトルモードですやん……あたしはモラル的な意味で言ってんすけど」

「諦(あきら)めろウルカ。今は状況中だ、それどころじゃない」

出撃前の決起挨拶(あいさつ)をした時点でとうに腹は括(くく)っているトウヤである。そこに加えて〝夢と現実の境界〟の性質を理解した今、瑠岬(アタッカー・ワン)トウヤに迷いはなかった。ヘッドセットに手をやる。

「蛭代(ひるじろ)先生、Aチーム(こっち)はいつでもいけます。全体の作戦状況はどうなってますか」

【Bチーム(レンカたち)から連絡が入ったわァ。交換局へ侵入、〈礼佳(らいか)壱号〉の破壊に向かってるそうよォ】

「伽世(とぎせ)は、クナハの死体をそんなところに組み込んでたって……」

【《亡骸(なきがら)の獣》は、《頭蓋(ずがい)の獣》を無力化できる……ってことは、《頭蓋の獣》と同等の演算力を持ってなきゃおかしいのよねェ。《頭蓋の獣》の本体は、現行機最強の演算力を誇る〈礼佳弐号〉。となれば必然、《亡骸の獣》の本体も同じ〈礼佳〉シリーズってこと……〈銀鈴(ぎんれい)〉からクナハの生首がなくなってるの見つけたとき、まさかとは思ったけど、こんなことになるなんてねェ】

「Bチーム(レンカさんたち)はクナハごと〈礼佳壱号(トリガー)〉を破壊する……Aチーム(俺たち)も急ぎます。集線装置(ハブユニット)──メイアを見つけて正気に戻させないと」

【そのための、『西界(にしざかい)高校攻略戦』よォン。乗ってやろうじゃないのよ、伽世の誘いにィ】

覚醒現実(トレーラー)から管制を執っているナリタとヒョウゴの姿は、もうここからは見えなかった。

現在、トウヤたちAチームが立っているその場所は、眼下に西界高校を見下ろす高台。

あの廃墟(はいきょ)の展望台の最上階……かつてメイアが身を投げようとしたまさにその場所だった。

そんな場所にわざわざ四人が立っている理由——トウヤがリーダー然とした態度で発する。

「西界高校攻略戦……内容は、さっき俺から立案したとおり、空挺作戦だ」

眼下に見える校舎を指差し、

「外周から地上戦をしかけてる時間はない。空からチームを校庭に投下、一気に制圧する」

「伽世を押さえればヨミたちの勝ち……怪しいのは体育館ってことでいいんダヨ？」

「ああ。体育館の中が〝夢遊ゾンビ〟の密度が一番高いんだ。つまりそこが〝夢と現実の境界〟の演算中枢……《真の獣》が招来される場所」

「ゾンビ軍団相手にあたしらが使えるのはゴム弾と峰打ち、それと夢信(むしん)特性だけっすか」

「〝夢遊ゾンビ〟さんたちも〈ボーダレス〉がなければ普通の人間ですから、ダメージが現実になる〝境界(この世界)〟では非殺傷武器以外は使用できない。そういう理解でよろしいですわね？」

「うん、みんなの理解で間違いない。——それじゃあ行こうか」

ジャキリ。トウヤがハンドガンにゴム弾を装填(そうてん)する。

と、そこへナリタからの通信が入った。

【瑠岬(るみさき)くん、いいこと？　あなたの能力についてだけど……あのとき話したとおりだからね】

トウヤへそう語りかけてきたナリタの声は、とても……とても真剣なものだった。

「わかってます、蛭代(ひるじろ)先生……全部わかってますから」

【……だといいんだけど。はぁ……――健闘を祈るわァ！　怪我(けが)したらまた診てあげるから、病院にいらっしゃァい。呀苑(がえん)ちゃんと一緒にねェ】

「はい。そのときはまた〈白夜(びゃくや)〉で診てください。俺とメイアの、心の形を」

【ンもゥ、バカねェ。そこは『縁起でもないこと言うなこのサイコパスぅ』でいいのよォン！】

ナリタがいかにも彼女らしい、ちょっぴり猟奇的な明るい声でトウヤを送り出してくれる。

気合いを入れてもらった――改めて、トウヤは仲間たちを見た。

「瑠岬トウヤ(アタッカー・ワン)、那都神ヨミ(アタッカー・ツー)、薪花ウルカ(シューター・ワン)、それからユリーカ(レディ・ワン)……空挺作戦、開始！」

トウヤの号令。西界(にしざかい)高校攻略戦の幕が切って落とされた。


「参りますわ……」

廃墟(はいきょ)の展望台最上階、一同の中心に立ったユリーカが、両手を祈りの形に組み合わせる。

「夢信(むしん)特性は、心の力……ですから、心のありようが変われば、その力もまた変わる」

その場にふわりと、優しい風が吹き込んだ。

「私、〈L.D.事件(七月のあの日)〉から、まるで生まれ変わった気分でした……皆様と出会えたご縁と、ヘレナ(ママ)とサーシャ(お姉ちゃん)が遺(のこ)してくれた想いに、心から……心から感謝を」

風が強まる。季節外れの落ち葉たちが舞い上がる。

「私は、私が何者なのかをもう知っています。だから私はもう、《私は誰(ミス・ノーバディ)》ではありません」

落ち葉たちが渦を巻き、まるで柔らかな繭(まゆ)のように四人を包み込んでいく。

「私は、私――だから私はこの新たな夢信(むしん)特性を、《私は私(ミス・ファウスト)》と名づけたのです！」

――ファサリッ！

トウヤたちの前に、真っ白な羽が舞い上がった。

かつての少女、ユリーカ・ファイ・ノバディの夢信特性、《私は誰(ミス・ノーバディ)》の『喰(く)らった〈悪夢(ノイズ)〉を取り込む能力』……それは彼女の自我の不確かさがもたらしていた、心の迷いの具現だった。

それが今、ユリーカ・Ｆ(ファウスト)・ユングとしての己(おのれ)の形を確立させた少女がここに見せたのは、神々しくも愛らしい、二枚の翼が生えた姿だった。

それはまるで、サーシャという名の少女がかつて憧(あこが)れた、〝てんしさま〟のような。

「さぁ、どうぞ皆様、摑(つか)まって！」

ユリーカが羽ばたく。手を繋(つな)ぎ合った四人は一つとなって、展望台から飛び立った。

「おわー！　と、飛んでるっす、ほんとに鳥みたいに！　あたし、夢でもこんなの初めてかも！」

「ヨミとおんなじ肉体改変型……だけど身体の形がほんとに変わっちゃうのは、ものすんごく珍しいやつなんダヨ！」

「……あははは っ！　すごい……すごいよ、ユリーカ!!」

風に乗った一同は、あっという間に目的地、西界(にしざかい)高校直上へ達する。

「ポイント到達！　このまま投下だ、ユリーカ！」

「ええ！　また後ほど合流しましょう。皆様、ご武運を！」

ユリーカがトウヤたちを離して空域を離脱する。三人は急落下を開始した。

「どわぁ↓↓い!?　ちょっ、そいえば着地！　着地ってどうすんすかこれぇぇぇ↓↓↓ッ!?」

「ふ↓む、〝夢と現実の境界〟で落っこちちゃったら、ヤバヤバのヤバな気がするんダヨ↓？」

「ウルカ！　ヨミ！　俺の手、離さないで！」

トウヤは落下に転じたその瞬間から二人の手を固く握り締めていた。そして視線を上に向け、

「……大丈夫。ずっとあいつを傍で見てきた……だからわかる。想像できる。メイアはきっと、こういう感じだったはずだ」

トウヤは想像する。虚空へと伸びる感覚を。自分の五感を、身体の外へと拡張していく。

「俺のこの力は、今までは加減がわからなかった……でも今なら、その感覚がある！」

――――ガシィッ、、、！

突如、三人の落下にブレーキがかかった。

みるみるうちに落下速度が減速していく。やがてそれは地面から数十センチの高さにくるころにはほとんど停止状態になり、トウヤたちは苦もなく着地に成功した。

それは彼ら彼女らにとって、とても既視感のある現象だった。

ヨミとウルカが声を揃えて――――「「《魔女の手》!?」」

「――の、真似事だよ」

トウヤが少し照れくさそうな顔をして、

「《頭蓋(ずがい)の獣》は、『思うままに夢を書き換える』能力……今までは、ずっと全開で使ってたから。だから熱暴走(オーバーヒート)なんてことになってたんだ。なら、それを加減してやれば……『メイアの《魔女の手》はきっとこういう感じだろうな』って想像して、その部分だけ夢を書き換えたんだ」

「ほぁー…… 〝夢のほんの一部だけ書き換える〟……コピー能力とはちょっと違うんダヨ」

「パイセンそれ、もしかしなくてもめちゃくちゃ応用範囲が広いのでは……？」

「とはいっても、ぶっつけ本番の実戦投入。二人の練度には敵わないよ。――それに」

トウヤが、校舎へと振り向く。

「能力の新しい使い方を練習してられるほど、相手は待ってくれないみたいだ」

トウヤたちは、こちらをジッと見てくる〝夢遊ゾンビ〟の大群と目を合わせていた。

伽世(ときせ)は、〝夢と現実の境界〟を創り出すために二つの力を行使した。一つは夢信(むしん)特性、《銀の弾丸》。そしてもう一つは、《銀の弾丸》の性質を覚醒(かくせい)現実上で再現した薬物、〈ボーダレス〉。

夢と現実。《銀の弾丸》と〈ボーダレス〉。二つの世界(ちから)に挟み込まれた迷える仔羊……それが〝夢遊ゾンビ〟である。

伽世が〝彼ら〟に仕込んだ命令(コード)は、実にシンプルだった――『探せ。そして喰らえ(サーチ・アンド・デストロイ)』

『『『『ワゥウウウウウウウンッツッツッ!!!!!!!!』』』』

数百人は下らぬ〝夢遊ゾンビ〟たちが目の色を変え、一斉にトウヤたちへ襲いかかる。

「立ち止まるなよ、ヨミ、ウルカ、それから俺も——突貫する！」

「「応!!」」

トウヤたちも真っ正面から、〝夢遊ゾンビ〟の群れの中へと突っ込んだ。

両陣、校庭にてその前線が接触。

トウヤが《頭蓋の獣》の、その絶大な改変能力をほんの僅(わず)かだけ解放した。

トウヤは再び想像する。『背中に感覚が集中する』、『その感覚(かたまり)は俺の身体の外に飛び出す』、『拡張する。空間そのものに五感を投影する』、『俺の手は空間で、空間は俺の手だ。そう思い込め』、『だから想像(これ)を振り回せば、あの辺りまで届くはずだ』

それはコピーではなく、近似解としての——『《魔女の手》のようなもの』だった。

「——邪魔だぁーっ！」

トウヤが、『近似解：《魔女の手》』をぶん回した。

『圧縮』、『膨張』、『加熱』、『冷却』、無数の小規模な物理演算が積み上がり、その結果として『まるで見えない巨人の腕に薙(な)ぎ払われたように』、数十体の〝夢遊ゾンビ〟が一斉に吹き飛んだ。

血路が開かれる。敵陣に楔(くさび)を打ち込むかのごとく、三人がそこへ猛進した。

ガシリと、トウヤが『近似解：《魔女の手》』を突き出し進路を維持するその間に、更なる血路をこじ開けるべくヨミが最前線へと躍り出る。

「そこ退(の)けそこ退(の)け……ヨミの瑠岬(ヒーロー)くんのお通りなんダヨ！」

ビュオッ……！　乱戦の場に、突如風が吹き荒れた。

それは剣圧。めまぐるしい刀身の連続動作に押しのけられた空気の流れがなした風。

これまでの数々の戦闘において、常に一太刀一太刀を繊細かつ大胆に振るってきたヨミが、今宵（こよい）初めてその戦闘形態を『一騎打ち』から『乱戦』へと切り換えていた。

《明晰夢（加速能力）》を高速移動でも居合いでもなく、手数へ振ったその剣舞は、あえての『邪道』。

那都神（なとがみ）流真剣術師範代として、一つ一つの太刀筋に込めるべき美学。それを放棄し、かなぐり捨てて。多勢に無勢のこの状況、ひたすら無理を押し通さんがための手数手数手数だった。

ゾンビ（一般人）を傷つけないために逆刃に握った峰打ちゆえ、本来の太刀筋の鋭さを欠いているにもかかわらず、その連撃、既にヨミ自身の動体視力を置き去りにしていた。

疾（はや）すぎて、多すぎて。振るっている本人もどこを斬（き）っているのかわからない――まさに邪道。

『『ワゥウウウウウウウウンッッッ!!!!』』

そんな剣の嵐を前に、しかし〝夢遊ゾンビ〟たちはなおも押し寄せてくる。

伽世（ときせ）によって与えられた、『探せ。そして喰らえ（サーチ・アンド・デストロイ）』――その命令（コード）は単純すぎるがゆえに、〝夢遊ゾンビ〟たちは怯（ひる）むことも躊躇（ためら）うことも知らず総力戦をしかけてくる。

押し負ける、これほどの手数をもってしても……！

「――まだまだぁ!!」

ビュワッッ!!　剣圧が巻き起こす風が更に強まり、ヨミの銀髪を吹き上げた。

〝夢遊ゾンビ〟の洪水を、ヨミが窮地から一転、ぐんぐん押し返していく。トウヤにもウルカにも何が起きているのかわからなかった。当然である。ヨミにも自分の太刀筋が捉えられないほどなのだから。

しかし、トウヤにもウルカにもこれだけはわかった。

剣圧が巻き起こす風は、倍になったのだ――ならば答えは単純明快。

――二刀流っッ!!

両手に二振りの打刀を引っ提げ、ヨミが血路を掻き分ける。トウヤがその進路を維持する。

〝夢遊ゾンビ〟の大群に深入りすればするほどに、ただ『通り道を作る』という単純作業が指数関数的に困難になってゆく。

「どうやらコイツの出番のようすね……――そう！〝ウルカちゃんバスター〟の！」

それを支えるのが殿、ウルカの務めである。

〝ウルカちゃんバスター〟と愛称を与えられたそれは、巨大な回転式弾倉を備えた連射型グレネードランチャーだった。弾丸ではなく、榴弾を射出する携行火器である。

ウルカが引き金に指を駆け、ひしめく〝夢遊ゾンビ〟たちに照準を向け、

「そいやっ！」――ドムンッ、ドムンッ、ドムンッ！

榴弾が発射された。遥か頭上、〝夢遊ゾンビ〟にかすりもしない方向へ。

榴弾に内蔵されていた炸薬が起爆し、夜空に一瞬の火花が灯る。

まるで無意味な打ち上げ花火だった。〝夢遊ゾンビ〟の何体かはぽかんと顔を上げさえする。

間抜けにもほどがある射撃だった。けれどウルカは指を振る。『チッチッチッ』と。

「既に発動してるっすよ、あたしの第三の〈魔弾〉は！」

上空へ射出され、炸裂（さくれつ）した榴弾（りゅうだん）は——上空十数メートルの位置で、ピタリと停止していた。

遙（はる）か彼方へ飛び去ることもなく。失速して落ちてくることもなく。空中に貼りついている。

それが、これまでの戦いの中でウルカが披露してきた夢信（むしん）特性……第一の〈魔弾（無限に直進する弾丸）〉、第二の〈魔弾（無限に止まらない弾丸）〉に次ぐ、第三の〈魔弾〉——

「——〝無限に止まる弾丸〟！　榴散弾限定トリックショット、薙（な）ぎ払え！」

カチリッ。ランチャーの銃口を下に向けたウルカが、空の引き金（トリガー）を引いたと同時、
ドッ……！　トウヤたちを囲んでいた〝夢遊ゾンビ〟たちが、一斉に数十体も気絶した。

それはウルカが、自身の能力と夢の性質を巧妙に絡めた曲芸射撃（トリックショット）だった。

先ほど射出された榴弾は、空中で無限に止まったまま炸裂し、弾体内に込められた無数のゴム球（散弾）を撒（ま）き散らしていた。

が、その無数の散弾もまた無限に停止していて……ここで、真球形状をしている散弾は、制止映像ではどちらに向かって飛ぼうとしているのかわからない。

それにかこつけて、ウルカは自身の夢信特性で、〝夢と現実の境界〟の物理演算に嘘を吐いた（介入した）のだ——「その無限に止まってる弾丸（制止映像）、下に向かって飛ぼうとしてるやつですよ」と。

そしてカチリと〈魔弾〉を解除。弾道演算を書き換えられた榴散弾は、大外れどころか、有効性が最大となる上空からの打ち下ろし軌道で〝夢遊ゾンビ〟たちに降り注いだのである。

各個人の夢信特性の応用と、チームとしての連携があって初めて成り立つ――それが西界高校、急襲の空挺作戦だった。

「そうだ、俺たちは〈夢幻S・W・〉！　単純な物量で押し切れるほど、俺たちを計算するのは簡単じゃないぞ、伽世ぇえっ！」

三人の奮戦が敵陣を押し崩す。深く深く切り込んだ血路が、ついに最後尾の〝夢遊ゾンビ〟を吹き飛ばして抜けきった。

校庭突破、校舎へ到達。

そこからは早かった。校庭の総力戦で手薄になった校舎を、体育館へ向けてひた走る。僅かな時間だったが昇降口で休息する余裕さえ生まれた。

「はぁ、はぁ、はぁ……。状況確認……ヨミ、ウルカ、まだいけるか？　ダメージは？」

「うい、ヨミもウルカちゃんもだいじょぶ。夢信特性のキレも絶好調なんダヨ」

「この調子で伽世の野郎もボコして、呀苑さんを再救出っす！　――んなことより、先輩のほうこそっすよ……！」

ウルカが、壁に寄りかかっているトウヤの元へ駆け寄った。

「怪我してるじゃないっすか！　ゾンビウイルスとか感染してないっすよね!?」

「そういうんじゃないだろ、〝夢遊ゾンビ〟は……大丈夫、こんなの全然平気だよ」

「瑠岬くん、そいえば耐性能力は……？」

「あぁ……消えたままで戻ってない」

腕の傷に包帯を巻いてくれたウルカに「ありがとう」と微笑みながら、呼吸を整えたトウヤがヨミに向かって首を振る。

「でもいいんだ、今はこれでいい……お陰で《頭蓋の獣》の新しい使い方も摑めてきた」

戦闘の興奮が一段落して、ウルカとヨミは改めてトウヤのことをまじまじと見た。

ボロボロだった。

先の敵陣の強行突破で、トウヤは三人が進む空間を死守する役目を担っていた。ヨミのように攻性に出ることも、ウルカのように迎撃に専念することもできない立ち回りだったのだ。

致命傷はないものの、大小の傷が身体中についている。耐性能力が健在であったなら、あるいはもっと軽い怪我で済んだかもしれないと……ヨミとウルカは沈痛な面持ちを浮かべた。

「平気だって言ってるだろ、二人とも。大丈夫、今俺、心がすっごく軽いんだ！」

そんなトウヤの表情が、三人の中で一番明るかった。

「さぁ行こう、もうすぐ決着なんだ。メイアも入れてファイブマンセルでさ、朝陽が昇るのみんなで見ようよ。〈理想の世界〉なんかじゃない、いつもの世界の、八月三十一日の朝をさ」

眉を八の字にしているヨミとウルカの肩を叩き、体育館目指してトウヤが行軍を再開する。

その場に棒立ちになっていた二人は、トウヤの背中とその言葉を受けて顔を見合わせた。

「……むぅ～～んッ！　っしゃあ！　やったるっすよぉぉーっ!!」

「……うい！　えいえいおー！　なんダヨっ!!」

ヨミとウルカが互いの手をバチンと合わせ、元気を注入し合う。不安と疲れを吹き飛ばし、二人はリーダーの後を追って駆けだした。

ヨミもウルカも、早くその背中に追いつきたかった――でないと、彼の背中が、どこか遠くに行ってしまうような気がしたから。

＊＊＊回想…八時間前：夢信空間＊＊＊

≪第一世代人工頭脳〝寒月〟型夢信医療専用機、〈白夜〉。

それは決起集会よりわずか前。トウヤが仲間たちから『託す理由』を聞き終えた後のこと。

白光に満たされているだけの何もないその夢に、トウヤとナリタが接続していた。

「――ふぅ～～ん？　そォ……アタシが伽世の調査で病院離れてた間に、そんなことがねェ」

ナリタが、手元に呼び出した書類をペラペラ捲りながら呟いた。

彼女が見ている書類は、夢信症を発症して入院していた間の瑠岬トウヤの診療録だった。

「二週間前、《ゲジマユゴッキー》討伐に参加してからおかしいんです、俺……耐性能力が急になくなって、夢信症になんかなっちゃって。今まで全然平気だったのに……」

「なるほどねェ。それで主治医のアタシを差し置いて、他(ほか)の医者の精密精神分析(カウンセリング)を受けたと」

「すみません、どうしても待てなくて……でも、やっぱり蛭代(ひるじろ)先生じゃないとダメみたいです。他の先生じゃ、『どこにも異常なんてない』って突っぱねられるだけでした」

　この二週間の能力減退について。その経緯を説明し終えると、トウヤはナリタに詰め寄った。

「蛭代先生、お願いします。今からでも俺の精密精神分析(カウンセリング)をしてください！　俺、戦うつもりです……みんなの想いを聞いて、伽世(とぎせ)を、〈理想の世界〉を止めようって！　だから――」

「まぁまぁ、落ち着きなさいってば瑠岬(るみさき)くぅん」

　ナリタがトウヤの肩に手を置く。〈白夜(ゆめ)〉に丸椅子(スツール)を出現させると、トウヤをそこへ座らせた。

「あのねェ？　これはあなたのこと診た夢信科医(ドクター)の名誉のためにも言っとくんだけどォ……この診療録(カルテ)、よく書けてるわァ」

「どういうことですか……だって俺、こんな異常な症状なのに、原因も何もわからないって」

　ナリタが、焦るトウヤへ『落ち着きなさい』と視線をやり、彼の向かいに腰を下ろした。

「君が言うその〝異常〟っていうのは……誰から見たときの〝異常〟なのかしらね？」

「誰から見たときのって……？」

「瑠岬くん、君さァ。この際はっきり言っちゃうけど……ずっと異常だったのよ」

「ずっと……？」

「そォ、ずっとォ――四年前からずっとね」

それを聞いて困惑の顔を浮かべるトウヤへ、ナリタが持ち前の不気味な笑みを返す。

「ずっと言われてきてたでしょォ？　君の能力、後遺症だって。〈礼佳弐号事件〉の」

「あ……」

「アタシが今この場で君を診たところで、結果は同じよ。どこにも異常なんかないわ……

――君、治ったのよ。夢信症になれないほどにズタズタになっちゃってた、深い深い心の傷が」

「………」

それまで焦りで持ち上がりっぱなしだったトウヤの肩から、ストンと……力が抜けていった。

「どォ？　アタシが言ったこと、理解したァ？」

「逆だった、ずっと……〝異常〟と〝正常〟が……四年前から、〈貘〉になる前から……おかしかったのは、今までの俺のほうで……今が、普通」

「そゆことォ。君が知らない間に、君の心は、とっくに救われてたのよ」

「救われてた……俺の、心が……」

トウヤは、自分の胸に手を当ててみた。

……天涯孤独の身になった、救われない心の痛みを隠すため。

……ただ機械のように生きて、機械のように死んでいくだけだと。自分の殻に閉じこもって。

……ただ〈悪夢〉への復讐のためだと。自分にずっとそう言い聞かせて。

……ただそうやって生きるだけだった、痛みさえ感じることをやめていた心が。

既に、救われていた。

ふと、トウヤの脳裏に、先日訪れた墓参りの光景が浮かんだ。

ちょこんと、メイアが編んだ花冠を被った墓石——

みんなで騒がしくし笑いながら焚いた、送り火の煙——

去年までは、独りで寂しく来るのが当たり前で、誰にもついてきてほしくなんてないと思っていたのに——

——『いいんです。今年は何となく、みんなと一緒がいいって思ったんです』

——あぁ、ほんとだ……そうなんだ、そうだったんだ………俺、もう、とっくに……。

それが、〈白夜〉でのやりとり——みんなに内緒でナリタにだけ相談していた、トウヤの記憶。

「決起集会前のこんなタイミングじゃ、間が悪いのかもしれないけど……臨床夢信科医として、どうしてもこれだけは言わせてちょうだァい」

〈白夜〉から覚める直前、ナリタが贈ってくれたその言葉を、トウヤは生涯忘れないと誓った。

「……完治おめでとう。がんばったわね、瑠岬くん。あなたの主治医でいられたこと、私は誇りに思います」

＊＊＊現在：夢と現実の境界＊＊＊

≫≫西界高校攻略戦。現在地、校舎本館。

〝夢遊ゾンビ〟の出払っている本館内を走り抜け、トウヤ、ヨミ、ウルカの三人は、渡り廊下の端に身を潜めていた。

長い渡り廊下の先には、目的地、体育館の閉ざされた扉が闇夜に浮かぶ。

「はぁ、はぁ……蛭代先生、中枢は体育館から動いてないんですよね」

【間違いないわァ。相変わらず〈ボーダレス〉の反応が一極集中してるわよォン】

「〝夢遊ゾンビ〟をこれ以上相手にする意味はありません。メイアを、集線装置の機能を停止させることに全戦力を集中させます」

【それが賢明ねェ。最優先は呀苑ちゃんの強制覚醒。伽世はその後。……やれる、瑠岬くん？】

ここは〝夢と現実の境界〟……強制覚醒レベルのダメージを与えるとなれば、間違いなく現実でも怪我を負うことになる。ナリタはその覚悟を問うていた。

「心の準備はできてます。……傷は、いつか必ず治るから。身体だって、心だって」

【ええ、そのとおりね。……突入のタイミングは、君次第よ。瑠岬トウヤ】

「了解」

覚醒現実との通信を切り、トウヤは深く息を吸った。

「……。よし……――最終確認、ウルカ」

トウヤが指示を出す。ウルカが物陰から顔を出し、暗視スコープで渡り廊下周辺を索敵。

「……クリア、敵影なしっす」

「ヨミ、先攻してくれ」

「うい」

ヨミが高速移動で渡り廊下を一気に渡り、体育館正面扉に到達。更に周辺を索敵。

ヨミが『クリア』とハンドサインしたのを見て、トウヤとウルカも体育館前へと移動した。

正面扉に耳を当てる……中は完全な無音だった。物音一つ聞こえない。

こくり。こくり。こくりと。三人が頷き合い、スリーマンセルの臨戦態勢が完了する。

「…………いくぞ――3、2、1、今！」

トウヤが力いっぱい、正面扉を引き開けた。

突入。

トウヤとウルカが銃を構える。ヨミが二刀流を抜いた。

対峙。

明々と照明の点る体育館。その内部の状況を目の当たりにして、

トウヤは…………落ち着けていたはずの呼吸が荒くなるのを感じた。

はぁ、はぁ……。

パイプ椅子が並んでいた。ずらりとその数、数百脚。きっちりと、等間隔に揃えられて。

椅子には〝夢遊ゾンビ〟たちが座っていた。これまたきっちりと、揃えた膝に手を置いて。

はぁ、はぁっ……。

ゾンビたちが身じろぎ一つ、瞬き一つすらせずに、ジッッ……とステージを注視している。

ステージ上にはグランドピアノ。そこにも一体、〝夢遊ゾンビ〟が座っていて。

はぁ、はぁっ……！　はぁ、はぁっ……！

そしてステージ中央には、まるでここまで辿り着いたトウヤたちを嘲笑うかのように……

パイプ椅子が二脚、空席のまま置かれていた。

はぁ、はぁっ……！　はぁ、はぁっ……！　はぁ、はぁっ……！

――――ポロロロン♪

〝夢遊ゾンビ〟が、グランドピアノの鍵盤を弾いた。

……さん、はいっ

――ちょうちょ、ちょうちょ、なーのーはーにーとーまーれー♪

――なーのーはーにーあーいーたーら、さーくーらーにーとーまーれー♪

——さーくーらーのーはなーのー、はーなーかーらーはーなーへー♪

——とーまーれーよーあーそーベー、あーそーベーよーとーまーれー♪

……体育館に整列していた、〝夢遊ゾンビ〟たちの大合唱。

その後も、トウヤたちが武器を構えるその前で、延々と、歌声だけが繰り返されていった。

「はぁ、はぁ、はぁっ……！　——どこだ……いない………伽世とメイアは、どこにいる⁉」

＊＊＊ 覚醒現実 ＊＊＊

⟫ 同刻。第八交換局建屋、第一層運転制御棟。

カッカッカッと靴音を響かせて、Bチーム、レンカとシノブが建屋の階段を下っていた。

「見えてきましたよっ、犀恒さん、あれです！」

シノブのその声に促され、レンカが階下に目を向ける。

「……でかい……！　あれが！」

のっぺりと、丸みを帯びた金属体が見えた。

広大な面積の運転制御棟。その中央に鎮座するのは、コンビニ店舗二階分どころではなく、優にその三倍はあろうかという、巨大で巨大で巨大な人工頭脳だった。

それは最新鋭、第三世代シリーズ処女機、改元記念機〈礼佳壱号〉。

〈礼佳弐号事件〉以来、〈礼佳弐号〉とともに無期限の運転凍結処分が下された姉妹機である。

けれど建屋内には、〈礼佳壱号〉の伝導流体がしきりに流動しているモーター音が響いていて。

「亜穏！ あの人工頭脳、動いてやがるぞ！」

「やはり。制御棟からの停止信号を無視して稼働している……中枢回路が別物に置き換えられているようです。伽世はここの元職員、侵入して改造を施すなんて造作もなかったでしょう」

「つーことは、あの中に……っ」

「ええ、あるはずですよ。弊社の〝安置所〟から持ち出された呀苑クナハの脳髄と、〈共喰い変死事件〉で消失した被害者の人体の一部が。生体部品として」

〈共喰い変死事件〉について初めて相談を受けた日、ヒョウゴが見せてきた血塗れのプレハブ小屋の写真……あの場から持ち出され、伽世の手で繋ぎ合わされた死体人形が、目の前の人工頭脳の中に格納されているのを想像して、レンカは軽く吐き気を覚えた。

そして今まさにこの瞬間にも、〈ボーダレス〉服用者たちが〝夢と現実の境界〟なんていうおかしな世界を演算する部品にされていて……。

「『夢が今、現実を越える』。〈礼佳〉シリーズの宣伝文句ですよ。悪趣味だと思いませんか？」

「やめさせるぞ！ 一秒でも早く、こんな胸くそ悪いことは……！」

「ええ、〈礼佳壱号(らいか)〉には眠っていただきましょう。物理的に、永遠にね」

そう言うと、シノブはレンカに見張りを任せ、一人〈礼佳壱号〉へと歩み寄っていった。図面情報はすべて頭の中に入っている。シノブは迷いなく〈礼佳壱号〉の表面を伝っていき、メンテナンス用のハッチを開けた。

「亜穏(あのん)。そういえば、爆弾でも使うのか？　こんな家よりでかい機械をぶっ壊すなんて」

「ハハッ！　共犯者とはいえ、さすがに一般人をつれてそんなもの使いませんよ。そもそも人工頭脳というのは重要インフラ。耐火、耐水、耐震、耐爆機能完備です。持ち運べる程度の量の爆弾じゃ、どのみち壊せません」

「だったら尚更どうすんだ？」

「これを使います……スパイといえばのお約束、〝秘密兵器〟ってやつでございますよ」

そう言ってシノブが取り出したのは、一本の薬液容器(アンプル)だった。栄養ドリンクサイズの。

「〝伝導流体凝固剤〟……こいつを一本流し込めば、人工頭脳にとっての血液、伝導流体を固めることができます。内部の微細なガラス管にそいつが詰まれば？　内側から『パーン』！　ミッションコンプリートってわけです」

「……。それ、〈鴉万産業(てめえら)〉が作ったのか？　爆弾なんかよりよっぽどヤバい代物じゃねぇか」

シノブがハハッとスマイルを浮かべ、レンカの指摘を華麗にスルーした。

レンカもさすがに、ここで追及するほど野暮ではない。プイッとその場で背を向けて、

「ったく……やるなら早くやれ。私はたまたま、ヤニが切れて煙草(タバコ)吸ってて見てなかった」

「ハハッ！　犀恒(さいづね)さん……やっぱりわたくし、そんなあなたに惚(ほ)れちゃってます」

「はっ。ばーか。寒気がすんだよ、スパイ野郎」

レンカが背を向けたまま煙草を吹かす。彼女がどんな顔をしているのかはわからなかった。

パキリッ。シノブが薬液容器(アンプル)の封を切る。

整備ハッチの奥。伝導流体補充用の給液口に腕を伸ばしていく。

「……瑠岬(るみさき)さん、こちらの任務は完了です。あとは、呀苑(がえん)さんを――」

……………………………………ぱんッ
そのとき、玩具のような、気の抜ける破裂音がした。

「……あん？」

レンカが煙草を咥(くわ)えたまま振り返る。

……パリィンッ
ガラスの割れる音。転がっていく薬液容器(アンプル)の破片。足元にぶちまけられた凝固剤。

……………………ドサッ……………………

そしてそれは、トレンチコートに赤い染みを作った亜穏シノブが、地面に倒れた音だった。

「――亜穏ンン――ツッツ!!!!!!」

第八章 ボーダレス

*** 覚醒現実 ***

≫ 同刻。那都界大学附属病院、夢信症病棟。瑠岬センリの病室。

深夜の病室が、にわかに騒然となっていた。

「――師長！　ダメです、鎮静剤も解熱剤も効果ありません……！」

看護師たちがベッドのセンリを取り囲み慌ただしくしている。看護師長も駆けつけていた。

「どうしたっていうの、二時間前まではいつもと変わりなかったんでしょう!?」

「心拍数百二十、体温四十一度……!?　血圧も計るごとに上昇していますッ！」

「先生を呼んできて!!　集中治療室の空き確認も！　親族の方には連絡つかないの!?」

「それが、ご自宅にも勤務先にも繋がらないんです、夢信空間にも接続されていないみたいで……あぁッ、こんなときにどうして……！」

「瑠岬さん、瑠岬センリさん！　きっと聞こえてますね！　大丈夫ですよ、私たちがついてます！　……いってはダメよ、トウヤくんを置いていったりなんかしちゃダメなんだから！」

「――――」

看護師たちの険しい声が飛び交うなか、センリはずっと眠り続けていた。

ずっとずっと……四年前からただの一度も目覚めることなく、眠り続ける〈眠り姫〉。

常に誰かの庇護(ひご)がなければ、あっという間に衰弱死してしまう、か弱い存在。

だから、看護師たちは知らない――そんな〈眠り姫(センリ)〉が、夢信空間という第二の世界の絶対強者、《頭蓋(ずがい)の獣》であることを。それはトウヤたちだけが知っている秘密だから。

そして今宵(こよい)、そんなトウヤたちですら知らないことが起きていた。

そのことを皆が知るのは、ずっとずっと後のこと。

「――――」

現在時刻……礼佳九年八月三十日、午後十一時。

〈理想の世界〉降臨まで――あと、一時間。

＊＊＊ 夢と現実の境界 ＊＊＊

「――レンカさん！　何があったんですか!?」

作戦本部(ナリタ)から緊急連絡を受けたトウヤが、ヘッドセットの通信チャンネルをレンカたちBチームへ切り替えて呼びかけていた。

レンカの通信(こえ)が返ってくる。ほとんど叫び声に近い声で。

【亜穏(あのん)ンーッ！　亜穏が撃たれたッ!!　待ち伏せされてた！】

「亜穏さんが!?　レンカさんは、そこにいて大丈夫なんですか!?」

【今動力室に逃げ込んだ!　応急処置ッ……亜穏、亜穏!　おい、死んでねぇだろうな!?】

レンカの焦燥した通信を聞きながら、トウヤも思わず固唾を呑む。

そこへ呻き声が聞こえてきた。

【～～ッ……あ痛ったぁ……ッ、わたくしとしたことが……油断しましたねぇ……ッ】

それはシノブの通信だった。トウヤとレンカがほっと同時に胸をなで下ろす。

【よしよし……ッ、トウヤ、亜穏は無事だ!　右肩をやられたんだ、急所じゃない!】

「よかった……!　でも、待ち伏せされてたって!?　誰が!　まさか伽世!?」

【違う!　奴は今雲の上だ……撃ってきたのは支部局長だ、〈警察機構〉の!　改谷さんの言ってたとおりだ、〈ボーダレス〉に操られてやがる!】

【〈警察機構〉は〈夢幻S.W.〉への突入……おいそれと機動部隊は出せないだろうと思ってたんですが、まさか支部局長本人をけしかけてくるとは、伽世も見境がないことをする……】

「亜穏さん、〈礼佳壱号〉は!?」

トウヤが呼びかけると、シノブが力のない声で、無念そうに笑う。

【ハハッ……すみません瑠岬さん、しくじりました……一本しかない凝固剤がお釈迦です】

「他にないんですか、破壊手段は!?」

【ありません。頑丈すぎるんです……人工頭脳は内側からやらないと無理なんですよ。それ

こそ建屋本体丸ごと爆撃でもできない限りは】

ドンッ！　ドンッ！　と、そのときトウヤの耳に、通信の向こうから鉄を殴りつけるような衝撃音が聞こえてきた。レンカが罵り(ののし)を上げる。

【支部局長の野郎ッ、まだ撃ってきやがる！】

「レンカさん、それ以上そこにいるのは危険です！」

【ここまで来て逃げろって言うのか!?　〈礼佳壱号〉が目の前にあるんだぞ！　こいつをぶっ壊して《亡骸(なきがら)の獣》を消滅させねぇと、危険なのはむしろトウヤたちのほうだろう！】

「もう破壊手段がないって、亜穏さんもそう言ってるじゃないですか！　お願いですレンカさん、冷静になってください！　怪我(けが)人をつれてそこから退避してください!!」

トウヤとレンカのやりとりは、感情が昂ぶってまるで口論の様相を呈していた。

が、トウヤの最後の一言で、はっと冷静になったレンカが声のトーンを下げる。

【そう、だな……あぁ、君の言うとおりだ、トウヤ。どっちが指揮者かわからんな、これじゃ】

ゴソゴソと、レンカがシノブの肩を担ぎ上げる音がした。

【……Bチーム、作戦中止……〈礼佳壱号〉の破壊は断念、亜穏をつれてこの場を退避する】

最後に、【すまん……ッ】と、レンカが歯噛(はが)みするのが聞こえた。

Bチーム(レンカたち)との通信が閉じられる。

レンカとシノブが無事に脱出するまで通信を続けていたかったが、トウヤたちのほうも気遣ってばかりいられる状態ではなかった。

トウヤたちAチームの現在地は、西界高校体育館。

トウヤとウルカとヨミの三人で突入して以来、この場には異様な光景が広がり続けていた。

——ちょうちょ、ちょうちょ、なーのーはーにーとーまーれー♪

ピアノの伴奏に合わせて童謡を歌う、〝夢遊ゾンビ〟たち……。

トウヤたちの存在を無視して、何度も何度も、合唱がリピートされ続けている。

そんな異様な体育館内部を調べていた最中に、先ほどのBチームの銃撃騒動が起きていた。

トウヤの元に、調査から戻ってきたヨミとウルカが駆けつけてくる。

「先輩！　レンカさんたち、何があったんすか⁉」

「ウルカ、ヨミ。Bチームは作戦失敗だ、今交換局から離脱を開始した……」

「うい⁉　そんな……！」

「ここからは俺たち、Aチームだけだ。Bチームはクナハの破壊が不可能になったけど、俺たちでメイアだけでも押さえることができれば勝機はある……！　伽世は見当たらないのか⁉」

〝夢と現実の境界〟の演算中枢であるはずの西界高校体育館。《真の獣》はこの場で喚び出される可能性が最も高く、よって伽世ゲイン本人と、メイアもここにいるはずと。

その可能性に賭けていた。だが、
ウルカが首を横に振る。

「那都神(なとがみ)先輩と体育館中を探し回ってきたっす！　でも、どこもかしこも〝夢遊ゾンビ〟ばっかりで、それ以外の人影なんて全然見当たんないっす……！」

ヨミがジト目を険しくして、報告をつけ足す。

「ここのゾンビさんたち、伽世から攻撃指令を与えられてないみたいなんダヨ。さっきから歌ってばっかりで、目の前に近づいても全然反応しないんダヨ」

不可解な状況だった。トウヤは眉(まゆ)を寄せて考え込む。

「何なんだ、この場所は……？　校庭はあんなに防御が固かったのに、何もないなんて……」

そのとき、ジジッと、トウヤのヘッドセットに通信が入った。

通信チャンネルは作戦本部。ナリタの通信(こえ)が聞こえてくる。

【瑠岬(るみさき)くん――〝夢遊ゾンビ〟たちのその歌――めさせて。何か――しいわ】

「……？　蛭代(ひるじろ)先生？」

その通信には違和感があった。

ジジッ、ジジッと。これまでの通信にはなかった雑音が割り込んできている。ナリタの声が途切れ途切れになっていた。

「蛭代先生、通信が不安定になってるみたいです。〝夢遊ゾンビ〟たちがどうしたって？」

【夢信(むしん)力場が増幅してるの――歌声に何かしら信号が――何かしらこれ――収束する、共振、指向性？――力場が束になって逆流してくる――うそ、電圧が――ヤ　ッ　バ　!?――】

ブツ切れの通信の向こう、ナリタが何か、焦り声を上げたように聞こえた気がした。

直後――バヂバヂッ、ボンッ！

「ッ⁉」

ヘッドセットから火花と煙が上がった。配線の焦げる不快な臭いがトウヤの鼻をつく。

それはトウヤだけでなく、ウルカとヨミのヘッドセットも同様だった。

「⁉　何だ、何が起きた⁉」

「先輩、通信機が……！」

「全員のヘッドセット、みんな焼き切れちゃったんダヨ！」

それを聞いてトウヤは目を丸くした。自分のヘッドセットへ呼びかける。

「蛭代(ひるじろ)先生！　聞こえますか蛭代先生‼　レンカさん！　レンカさん‼」

……何も聞こえてこなかった。雑音すらも。完全に無音。

「……っ」

それは作戦行動において、絶対に起きてはならない最悪の状況だった――通信途絶。

ナリタの言葉が思い出される……『〝夢遊ゾンビ〟たちの歌を止めろ』と。

頭から、血の気が引いていくのがわかった。

そのときトウヤは、確信してしまっていた。

未だ影すら摑(つか)ませぬ、伽世(とぎせ)ゲイン。

奴は既に、とっくの前に、張り巡らせていた。完了させていた。

覚醒現実にも。夢信空間にも。〝夢と現実の境界〟にも。

レンカたちにも。ナリタたちにも。トウヤたちにも。すべての場所に。

自分たちが伽世を追い詰めていたのではない。自分たちこそが、追い詰められていたのだ。

「――罠だ！　全部！！」

トウヤが叫んだ、その直後。

『『『『ワウウウウウウウウウンッツッツッ!!!!!!!!』』』』

それまで延々と合唱しているだけだった体育館の〝夢遊ゾンビ〟たちが、一斉に吠えた。

その聞き覚えのある咆哮は、〝指令〟が切り替わった証。

すなわち、〝攻撃指令〟――『探せ。そして喰らえ』！

トウヤはもう何度目かもわからない、伽世ゲインへの戦慄を覚えた。

「あいつは、指揮すら執らないのか……ッ、まるで全部、見えてるみたいにッ……全部、最初から……伏せられてた罠を踏まされてるだけ……ッ！」

館内に整列していた〝夢遊ゾンビ〟たちが、トウヤたち目がけて一斉に雪崩れ込んでくる。

「瑠岬くん！　人混みに流される、このままじゃ分断されちゃうんダヨ！」

「各個包囲なんてされたら、一瞬でやられちゃうっすよぉ！」

「ヨミ！　ウルカ！　一旦退避して立て直す！　囲まれる前に離脱！　急げ！」

「きゃあ！」「いやぁーっ!?」

二人の悲鳴が聞こえた。けれどもみくちゃにされて何が何だかわからない。

トウヤはどうにか〝夢遊ゾンビ〟たちを掻き分けて正面扉に到達する。だが校庭から引き返してきた先のゾンビ軍団に外から押さえられているのか、扉はびくともしなかった。

「ダメだ、出口も塞がれてる！　このままじゃ全滅……うわぁっ！」

トウヤたちが分断された状態で〝夢遊ゾンビ〟に喰らいつかれた、その瞬間。

バリィンッ！

体育館の窓ガラスを突き破り、飛び込んでくる人影があった。

ファサリッ――「遅くなりましたわ！　皆様、ご無事!?」

「「（ユリーカ！）（ユリーカちゃん！）（ユリーカさぁん！）」」

それはユリーカ・Ｆ・ユングだった。

天使の翼、《私は私》を展開したユリーカが、〝夢遊ゾンビ〟の合唱によって焼き切られる直前の通信を聞きつけ、待機していた上空から急降下で駆けつけたのだった。

『『『『ワゥウウウウウウウンッツツツ!!!!!!!!』』』』

ユリーカの乱入で血気逸った〝夢遊ゾンビ〟たちが、更に勢いを増して雪崩れ込む。

「皆様、頭をお下げになって！」

ユリーカが声を張り上げた直後、バッサァアア！

巨大な二枚の翼を目一杯広げ、ユリーカがそれを思い切りぶん回した。その場に屈み込んだトウヤたちの頭上を、白い羽が擦過していく。

〝夢遊ゾンビ〟たちがまるで羽箒で埃を払い飛ばすかのように、四方八方へ吹き飛んだ。

「ユリーカ、助かった……！　あと一歩遅れてたら全滅してた……ッ！」

「うあーん！　頭囓られかけたんすけど⁉　あたしおいしくなんてないっすよぉー！」

「ウルカちゃん、おでこから血が出てるんダヨ……おーかわいそかわいそ……」

分断されていたトウヤ、ヨミ、ウルカが合流。ユリーカも再度加わり、新フォーマンセルが身を寄せ合った。

「体育館は罠だ、脱出する！」

「了解！　皆さま摑まって！　テイクオフですわ‼」

トウヤがサブマシンガンでガラス窓を粉々に砕く。退路を確保し四人が飛翔。眼下では〝夢遊ゾンビ〟たちが再び押し寄せ、あっという間に足の踏み場もなくなっていった。

体育館からの脱出に成功する。が、状況は最悪のままだった。

Bチームは作戦失敗。覚醒現実との通信も途絶。

「まずいな……！」

トウヤが腕時計を確認する。午後十一時を回っていた。午前0時まで残り一時間もない。

「どうしよう瑠岬くん、誰とも連絡つかないんじゃ、どうすればいいかわかんないんダヨ！」

「孤立無援ってやつっすか……！　〈理想の世界〉……あんなゾンビを使わないと創れない世界なんて、やっぱおかしいっすよ！」

「止めるんだ、絶対に！　あと一時間で伽世を見つける……！」

トウヤの声が焦燥で震える。

「《真の獣》を招来させるために、伽世は〝夢と現実の境界〟に接続してなきゃならないはずなんだ……必ず、必ずどこかに隠れてる！」

そのときだった…………ガクリッ。と。

水平に飛行中だった一同が、急に空中で傾いた。

「どうした、ユリーカ!?」

「Oh My……やられましたわ。さっきの一戦で、翼が……！」

ユリーカが表情を曇らせる。彼女の翼の一部が嚙み千切られてしまっていた。

高度が下がっていく。飛行体勢もどんどん傾き、やがて四人は錐揉み状態で墜落していった。

「「「「うわぁぁぁぁぁぁぁああああぁっっっっ!!!!!!」」」」

ザブンッ！　と。墜落の果てにあったのは、激しい着水音だった。

立てば腰ほどの深さの水深。墜落の衝撃から間一髪免れて、トウヤが水面から顔を出す。

「……ぶはっ！　はぁ、はぁ……池か！　校舎横の！」

四人が揃って池の縁に這い上がる。休息している間もなく、背後に遠吠えが聞こえた。

全ての〝夢遊ゾンビ〟が『探せ。そして喰らえ（サーチ・アンド・デストロイ）』の命令（コード）へ移行したらしかった。体育館の方向から無数の足音と地鳴りが聞こえてくる。

「校舎へ退避！　急げ！」

四人が校舎へと駆け込む。退避先とする教室を急いで選定する。

「えぇと……！　籠城戦に最適な教室は!?　ここから一番近くでだ！」

「先輩！　こっからならあそこが一番っす！」

「うい、あの教室は他（ほか）より壁も窓も頑丈なはずなんダヨ！」

ウルカとヨミが先導する。闇夜（やみよ）の教室に駆け込み、重い扉を閉めてしっかりと施錠した。

「はぁ、はぁ……！　――ここは……！」

そこはズラリと、何十床ものベッドが並んだ、広大な保健室のような特殊仕様の教室だった。

高級機材が多く設置されていることと、そこで行われる授業の性質上、壁も窓も扉もすべてが防犯・防音仕様の分厚い作りになっているその場所は――

『夢信（むしん）実技室』。

ドンッ、ドンドンッ！　ドンドンドンッ!!

ほどなくして、外から拳（こぶし）を打ちつけるいくつもの音が聞こえてきだす。

ギリギリのタイミングで籠城態勢は整った。夢信実技室は〝夢遊ゾンビ〟たちの包囲に対して十分な防御能力を発揮している。

が――「とはいえ……いったいどうしますの、ここから!?」

ユリーカの漏らしたその一言が、すべてを物語っていた。

このままでは伽世はおろか、メイアがどこにいるのかさえわからない。午前0時まで持ち堪えたところで、それでは〈理想の世界〉の降臨は止められない。

時計の針は刻一刻と残り時間を減らしていく。焦りと疲労で頭が破裂しそうになる。

……もういっそ全部諦めてしまえば。あと数十分、自分の無力に甘えてしまえば。その後には〝ストレス〟のない世界がやってくる。そうすればこの苦しみからも――

――ダメだ！　そんなのダメだ！

トウヤは頭を振って、そんな弱気を追い出した。

――考えろ、考えろ……考えろ！　瑠岬トウヤ!!　最後の一秒になったって諦めるな！

――俺はこの世界がいい！〈理想の世界〉なんていらない！

――メイアと約束しただろ！　一緒に、姉さんのお見舞いに行こうって！

――逃げるな、瑠岬トウヤ！　夢の中に逃げたって、現実で心を閉じたって、傷つかないでいるだけなんだ！　それじゃ誰も救えない、そんなの一人ぼっちなのとおんなじじゃないか！

「はぁ、はぁっ……！　はぁ、はぁっ……！　はぁ、はぁっ……！」

トウヤは必死に抗った。〝ストレス〟に。

頭がグルグルと回転して、血管が焼き切れそうになったとしても。抗い続けた。

吐き気がした。足元の感覚がなくなる。目が回る。でも頽れることだけはしなかった。

仲間たちの声が聞こえる。耳の中で反響する。頭の中でグルグル回る。

考える。考える。それでもトウヤは考えた。考え続けた。

この世界には、もう散々苦しめられたから——今更こっちから手放してなんてやるものかと。

……そして、
そんなトウヤの、無力だけれど精一杯の抗いの想いに——応えてくれる人が、いた。

「————」

「はぁ、はぁっ……！　はぁ、はぁっ……！　はぁ、はぁっ……！　————うっ⁉」

突然、トウヤに稲妻のような鋭い頭痛がやってきた。

それを呼び水にして、トウヤの思考が高速で回転を始める。

トウヤの意識に、先刻巡らせた彼自身の想いが過っていく。

——夢の中に逃げたって、現実で心を閉じたって、傷つかないでいるだけなんだ！

「はぁ、はぁっ……はぁ、はぁっ……」

——傷つかないでいるだけなんだ！

「はぁ、はぁ……はぁ……。……」

——夢の中に、逃げたって——

「……はぁ……はぁ…………————」

それはまったく……瑠岬（るみさき）トウヤにとって、運命的で神秘的な体験だった。

それは自分の想い（言葉）であるはずなのに、それと同時に〝誰か〟の想い（言葉）でもあるようだった。

まるで最初から、その〝誰か〟に、この場所へと導かれていたかのような。

やがて稲妻のような頭痛が去り、トウヤの思考が通常の速度へと戻る。

「瑠岬くん！」

「先輩！」

「トウヤ！　……大丈夫ですか？　顔が、真っ青ですけれど……」

ヨミと、ウルカと、そしてユリーカの声が聞こえた。

「はぁ、はぁ……」

トウヤは振り返った。改めて自分たちがいる教室を見た。

ここは夢信（むしん）実技室。何十床と並んだベッドが、窓から差し込む月の光に照らされている。

そこに――――いた。

「はぁ、はぁ……」

トウヤが、ベッドの一つへ向かってふらふらと歩き出す。

声にならない、〝誰か〟の想い（言葉）。

確かにそれに導かれていたのだと。そんなありもしないおとぎ話のような奇跡を、けれどトウヤはこのとき、確かに思い知らされていた。

トウヤも。ヨミも。ウルカも。ユリーカも。

無意識のうちに、この場へ辿り着くように、ずっとずっと呼びかけられていたのだと。

もう一人——遠い場所から人知れず、一緒に戦ってくれていた人がいたのだと。

トウヤが立ち止まる。目の前の、ベッドの上を見下ろした。

「………………姉さん」

そこには、〈眠り姫〉が——半透明の、瑠岬センリの像が横たわっていた。

「——」

「——それが、《頭蓋の獣》からの……センリさんからのメッセージだとおっしゃいますの？」

それは数分後。トウヤから説明を受けたユリーカの反応だった。

「トウヤ、もう一度だけ確認させてください。ご自分が今、ここで何をしようとしているか、理解していまして？」

そう続けたユリーカの視線は、ベッドの上を見下ろしていた。

「うん……わかってるよ、ユリーカ」

夢信実技室に据えつけられたベッド。そのうちの一つに横たわって、トウヤが言った。

隣のベッドを振り向く。そこにはセンリの像が無言で横たわり続けている。

「自分でも、何でこんなこと考えつけたのかわからない……いいや、それがきっと《頭蓋の獣》

からのメッセージなんだ。絶対に解けないって思ってた問題の解答だけが、いきなり目の前に降ってきたみたいな感覚……それをどうにかして伝えるために、言葉を失くしてる姉さんが、こうやって自分の姿だけを〝夢と現実の境界〟に投影してるんだって」

言いながら、トウヤが仰向けの体勢で頭上へ手を伸ばした。

その先には読書灯、あるいは無影灯のような見た目をした——夢信機があった。

「俺の頭がおかしくなってなければなんだけど……『これが答えだ』って確信を感じるんだ。——〝夢と現実の境界〟の、更に裏の世界……伽世はそこで、時がくるのを待ってる」

トウヤの発想の突拍子のなさに、ヨミもウルカもユリーカもついていけないでいた。

「瑠岬くん……ヨミたち、〝境界〟に侵入するのに夢信機を使ってるんダヨ？ 覚醒現実から。それなのに、夢の中で更に夢信機を使うの？」

「そんなの聞いたことないっすよ……っていうかどこに繋がるんすか、そんなことしたら？」

「夢の中の夢ということは、つまり夢の反対？ それは目覚めるということでしょうか？？ いえ、でもここは〝夢と現実の境界〟ですから……あーんもうっ、頭がこんがらかりますわ！」

仲間たちのそんな困惑を聞きながら、トウヤは夢信機の電源を入れた。

「やってみれば、全部わかるさ……俺は姉さんを、〈獣の夢〉を信じてみる」

ムゥウゥン……と、論理コイルのコイル鳴きが聞こえだす。

ドンドンドンッ!!——『『『『ワゥウゥウゥウゥウゥンッツッツッ!!!!!!!!』』』』

依然として、夢信実技室は〝夢遊ゾンビ〟たちに包囲されていた。

しきりに窓と扉が叩(たた)かれ、幾重にも重なる遠吠えを聞きながら、トウヤが仲間たちを見る。

「夢の中の夢を見てる間、俺は無防備になる……みんな、悪いんだけど、その間――」

「フフッ。無茶なことする瑠岬くん、何だか久しぶりなんダヨ。うん、ヨミたちに任せて」

皆まで聞かずともすべて理解し、那都神ヨミ(アタッカー・ツー)がトウヤの肩をポンポン叩いた。

「〈眠り姫〉と〈居眠り王子〉のダブルお守りってわけっすか、ふむ……ウルカちゃん案外、これは燃えるシチュエーションな気がしてきたっすよ！」

薪花ウルカ(シューター・ワン)が、トウヤの手を握ってガハハと笑った。

「私たちが必ず守ってみせますから。だからトウヤ、あなたはあなたの閃(ひらめ)きに従ってください。あなたの感覚があなたを導くその先に、何があるのか……しっかり見届けてくるのですよ」

翼を広げたユリーカ(レディ・ワン)が、お守り代わりに羽を一枚、トウヤの胸ポケットに差し込んだ。

「うん。みんな、約束だ――」

そして瑠岬トウヤ(アタッカー・ワン)は、笑みを浮かべて、目を閉じた。

「――〝いつもの明日〟で、必ず会おう！」

〝夢と現実の境界〟で、夢信機が起動する。

《頭蓋の獣(瑠岬センリ)》の、言葉にならない想いとともに。

ムゥウウンッ――――『ラァァァアッ』

……これより先は、誰も知らない物語。

……瑠岬(るみさき)トウヤだけが見た、過去も未来も現在もない、彼の孤独な物語。

『〝いつもの明日〟で、必ず会おう！』

……結論から言えば、彼のその約束が守られることはなかった。

……世界は、変わってしまったから。

……これは、世界が変わる、その直前の物語……。

「――……ほぉ。どうやら、お前は……己(オレ)と思考が、似ているらしいな」

「……やっと、追いついたぞ…………伽世(とぎせ)！」

瑠岬トウヤと、伽世ゲイン。

〝夢と現実の境界〟の、更に裏側――――〝夢の彼方〟で、両者が再び、対峙(たいじ)する。

第九章 瑠岬トウヤの遺言

＊＊＊ 夢の彼方 ＊＊＊

夢の中の夢。〝夢と現実の境界〟の、更に裏側——私立西界高校、屋上。

それは血のように真っ赤な月の昇る、灰色の夜の夢だった。

すべての明暗が反転した、まるでネガフィルムのような世界。

トウヤたちが〝夢と現実の境界〟に最初に接続したとき、迷い込みかけた世界に似ていた。

「——〝夢の彼方〟と。己はここをそう呼んでいる」

屋上の端に立ち、赤い月を見上げながら、伽世ゲインの背中が呟いた。

「覚醒現実、夢信空間、そして〝夢と現実の境界〟……そのいずれにも属さない、欠陥のような領域。〈ボーダレスネットワーク〉の研究中に偶然発見した。己以外でここに辿り着いたのは……お前が初めてだ」

伽世が振り返る。

チュイィンッ……と、伽世の黒髪、その先端で擦過音がした。

「……ここがどこだろうが、何だろうが関係ない。俺はお前を止めに来た。ただそれだけだ」

伽世の後方五メートル、ハンドガンを構えたトウヤが言った。

トウヤが装填した弾は実弾。伽世も頬についた掠り傷に手をやりその意味を理解する。

「……名前を。聞いておこうか、青年」

「瑠岬……瑠岬トウヤ」

「〝瑠岬、トウヤ〟……あぁ、すまない、前回は失礼をした。人間の名前を覚えるのは苦手なんだ……だが、瑠岬、お前の名前は覚えておこう」

ゴソゴソと、伽世がポケットに手を突っ込んだ。

「妙な動きをするな、伽世！　今回はもう躊躇なんてしない」

「主導権はそちらにある、か。あぁ、理解した……煙草を吸うだけだ、大目に見ろ」

伽世はそれだけ言うと、トウヤの警告も無視して煙草を取り出した。伽世の右腕の肉体は前回の戦闘を引きずって消失している。何も通っていないパーカの右袖が風に揺れていた。

「ふぅーッ……。……率直な感想だ、瑠岬。お前がここまで来るのは想定外だった」

カチンと、ライターの蓋を閉じながら、

「己がこの〝夢の彼方〟に隠れたのは、〈鴉万産業〉――サービス四課への対策が目的だった。あの男……あー……〝亜穏、シノブ〟だったか。辿り着くなら奴だろうと考えていた」

「亜穏さんはお前の計画を全部把握してる。その上で俺に託してくれた。だから俺が今ここにいる」

「なるほど、〈ラヴリィ・ドーター〉か……〈鴉万産業〉は長年探していたあれを手に入れたようだな。あぁ、ならば説明の手間が省ける、大いに結構」

伽世がもう一度、紫煙を深く吸い込んだ。

「ふぅーッ…………瑠岬。己の目的を、〈理想の世界〉を。それを知っていてなぜ止める」

「メイアを連れ戻すためだ」

銃の狙いをピタリと伽世に向けたまま、トウヤが続ける。

「伽世……お前がお前の目的のために関わってきた〈礼佳弐号事件〉も、〈銀鈴事件〉も、〈獣の夢〉も、俺たちにはもう関係ない」

自分の思いを、自分の言葉に乗せていく。

「〈理想の世界〉なんていらないんだ……。メイアが、昨日までと同じように俺たちと一緒にいる。そういう世界で十分なんだって、俺はここに来るまでの間にみんなからそう教えてもらった。〝ストレス〟のない世界を創るなんて、それに比べたらどうだっていいんだ」

「感情的に過ぎるな、お前の言葉は」

伽世が吸い殻を放り、スニーカーで踏み消した。

「……己は、夢を見ない。己の生命活動は、常に理性によって維持管理されている。そういう夢信症を幼い頃から患っている。——だからというべきか、己は人間の感情というやつが理解できない。よって瑠岬、お前の言葉は、己にとって理解を非常に困難にさせている」

ゴキリと、フードを被った首を鳴らして、

「己には感情がないという、その自覚がある。ゆえにこの〈ボーダレス計画〉には、悪意も善意も存在しない。己はただ、人類という存在の最適化を実行しようというだけだ」

「あんな〝夢遊ゾンビ〟が！　あんなのがお前の言う『最適化』なんだとしたら、それこそ俺は全力で否定する」

「ゾンビは過程にすぎない。《真の獣》を招来するための演算機能に特化させた結果だ。〈理想の世界〉が降臨し、〝ストレス〟という概念が消滅すれば、より自然な振る舞いになる。人間がいうところの『人間らしい振る舞い』に。〈ボーダレス〉を服用していない者も含めた、全ての人類がそうなる。最適化とはそういうことだ」

「黙れ！」

ズドンッ！　トウヤが夜空に向けて銃を放った。

「……伽世。俺はお前の言ってることが理解できない……」

「それには同意だ。瑠岬、己もお前の感情論が理解できない」

「『人間と見分けがつかないゾンビ』なんて、そんなのもう人間じゃない！」

「見解の相違だ。それは『人間』を何によって定義するかによる。

お前の話し振りは、感情に振り回される存在を人間と定義している。

己は違う。己はより矛盾なく効率的な意識こそ、あるべき人間の形だと定義している。

その結果として〝ストレス〟を感情ごと切り離し、お前のいうところの『人間と見分けがつかないゾンビ』という存在が現れたとしても、己はそれを人間だと認める。感情に振り回されることなく、誰も傷つけず、誰からも傷つけられない合理的集合。それが〈理想の世界〉だ」

「孤独な世界だ、そんなの……夢も希望もない、ただみんなが独りでいるだけの世界だ」

「だが、同時に絶望も苦しみもない……夢と希望の不在も、孤独も、誰も認識しないのだから」

「俺は……みんなと夢を見ていたいんだ」

「己は……死ぬまで夢など見ない。見たいとも思わない」

瑠岬トウヤは夢を見る。

伽世ゲインは夢を見ない。

「…………」

「…………」

つまるところ……それが両者の、決して相容れぬ、絶対的な相違だった。

「……ふん」

——ジャキッ。

伽世が銃を構えた。銀色の銃。夢信特性《銀の弾丸》。

「遅い！」

——ズドンッ。

先に銃声を上げたのはトウヤのハンドガンだった。

先の会話中、それは頭の中で何度も想定していた展開。だから躊躇いなどなかった。

トウヤの冷徹な発砲。伽世の胸部を狙った一撃。

が、そうなるであろうと計算していたのは、伽世も同様であった。

しかしてトウヤの撃ち放った弾丸は、伽世の頭上を擦過していた。

伽世が、《銀の弾丸》を構えたと同時に、屋上から飛び下りたからである。

それは端から戦う気のない、最優先の退避行動だった。自らの《銀の弾丸》をすら囮とした。

「！　正気か、この高さから⁉」

トウヤが屋上の端へと駆け寄る。

ここは〝夢と現実の境界〟に直結している〝夢の彼方〟。ダメージはそのまま現実の肉体へと跳ね返ってくる。そんなことをしてはただではすまない。

トウヤが飛び降りた伽世を追って眼下を見下ろした。その瞬間、

「――――バ　オ　ぉ　o　ォ　ォ　ヲ　ォ　ッ」

その咆哮とともに、ヌオリと、巨大な影がトウヤの眼前に現れた。

「《亡骸の獣》！　でも、これは……⁉」

トウヤが後退る。彼のその視線は、遥か頭上を仰ぎ見ていた。

《亡骸の獣》――〈友恵〉で相見えた際は等身大だったはずの死体人形が、今や校舎より高い背丈の巨人と化していた。

そんな巨人の掌(てのひら)の上に、先ほど飛び下りた伽世(とぎせ)の姿。

「瑠岬(るみさき)、前回も言ったろう……お前は厄介だ」

直立した《亡骸(なきがら)の獣》の全高は、優に校舎の三倍はあった。そんな巨体で殴られようものならひとたまりもない……トウヤは戦術をライフル狙撃(そげき)に切り換えようとしたが、

「厄介な相手とは——関わらないに限る」

巨人の掌、トウヤを見下ろす高所に立って、しかし伽世はぷいと、トウヤを無視した。

《亡骸の獣》の巨大な手が伽世を包み込む。ライフル狙撃を不可能にされる。

完全に守りの体勢。それはトウヤが最も危惧していた展開だった。

時間は、伽世ゲインに味方する。

「《亡骸の獣》の貴重な処理能力(リソース)を、お前との無意味な戦闘になど割くわけにはいかない……早速始めよう、〈理想の世界〉の降臨を」

トウヤの存在を無視して、伽世が儀式を開始する。

左手に伽世を包み込んだ《亡骸の獣》が、空(から)の右手を天に伸ばした。

高く、高く。巨人となったその身体をいっぱいに背伸びさせて、高く高く手を伸ばす。

明暗が反転した夜空。そこに浮かぶ、真っ赤に爛(ただ)れた満月に向かって。

「バオォおoォォヲオッ」

やがて天へと伸ばされた巨人の手が、月に触れた。

遠近感が崩壊している。文字通り夢のような光景だった。

《亡骸の獣》の手に収まった赤い月が、腐った林檎(りんご)のように表皮をぐずぐずに溶かしていく。

その中から現れたのは巨大な水晶。

そして水晶に映り込んでいたのは、逆さまの那都界(なとざかい)市。

水晶の中にもう一つの街がある……トウヤは思わず目を見開いた。

「あれは……！　あの月自体が〝夢と現実の境界〟なのか⁉」

伽世が、トウヤへの返答なのか独り言なのかもわからない口調で呟(つぶや)く。

「〈獣の夢〉とは……夢信(むしん)空間そのものが変質した〈悪夢(ノイズ)〉。そして〈獣の夢〉の最上位である《真の獣》は、この〝夢と現実の境界〟を変質させることでその招来がなされる」

赤い月の中から現れた、〝夢と現実の境界〟を取り込んだ巨大水晶……それが《真の獣》の器なのだと理解して、トウヤは畏怖(いふ)した。

《真の獣》は、人間の意識構造、集合無意識そのものを書き換えることができるという。

そうすることでもたらされるのが〈理想の世界〉。

その降臨が始まってしまう。

「あと十五分だ、瑠岬……それで世界は生まれ変わる。人類の最適化が完了する」

「くっ……伽世ぇ！」

「とはいえ、あと十五分、お前をこのまま野放しにしておくのもまた厄介だ……――よって、お前の相手はコレに任せる」

バクリッ……。

《亡骸の獣》の継ぎ接ぎだらけの胸部、その縫合が解け、肋骨が体外に向かって開かれた。

その奥からズルリと零れてきたのは——ドクン、ドクンと脈打つ、変色した巨大な心臓。

更にそれを、内側から突き破って……、ガイィィン……ッ。

全高二メートルほどの赤黒い骨の塊だった。歪んだ十字架のような、短剣のような、棺のようなそれが、《亡骸の獣》の心臓を突き破り、落下し、トウヤのいる屋上に突き立って。

その中から、現れる。ゆらりと。

長い黒髪と、暗紫色の瞳をした少女が。

呀苑メイアが。

ドンッ。

伽世が撃ち下ろした《銀の弾丸》。それがメイアの脳天に撃ち込まれる。

命令が、注入される。

「ゆけ、ユニットα……——『瑠岬を殺せ』」

あまりに外道。極めて非道。何たる無情。

「ッ……そんな……嘘だろ、メイア……っ」

それが、最後の〝敵〟だった。

「……ぐるるるる……」

瑠岬(るみさき)トウヤに仇なす魔女——呀苑(がえん)メイアが、牙(きば)を剝(む)く。

灰色に発光する夜空を背景に、漆黒のハイキックが空を裂いた。

トウヤの左側頭部目がけて放たれたメイアの脚技。それをトウヤは両腕と、更にそこへハンドガンの銃身とを盾代わりにして三重の防御を展開する。が、

ズンッッッ————ミシッ！

そんなガードなど容易(たやす)く突き抜けてくる重い衝撃。両腕が痺(しび)れて感覚がなくなる。脳が揺れる。上半身が捻(ねじ)れていって、そして両足が地面と別れを告げた。

トウヤは自分でも呆れるほど見事に吹き飛ばされる。校舎屋上の大型室外機に激突した。

「うっ……！　がはっ!!」

激突した先がコンクリートでなくてよかったと、辛うじてそう思考する。ろくに受け身もとれなかった。室外機がへしゃげて衝撃を吸収してくれていなかったら、今頃……。

潰(つぶ)れた室外機から吹き出るガスで屋上に霞(かすみ)がかかる。

ザッ、ザッ、ザッ……——「ぐるるる……」

そこへ獣そのものの唸(うな)りを上げて、猫背に肩を揺らしてメイアが近づいてくる。

彼女の頭の上には、歪(いびつ)なリングが浮いていた。

〝天使の輪〟などと。そんな可愛らしいものでも美しいものでもない。禍々しい。まるで針金をむりやり丸めたような歪な輪。そこから茨のように棘が無数に突き出している。何より、リングは光ではなく闇を湛えていた。

〝茨の闇輪〟。強いて呼ぶならそう形容すべき物体。

「集線装置……そいつのせいか、メイア……お前がそんなになってるのは……ッ」

そう尋ねたところでメイアは何も答えてくれない。トウヤのほうも、「ならそれを壊してやる」と続きそうな物言いだったが、彼は未だに瓦礫の中から立ち上がることさえできないでいた。

呀苑メイアの、たったの一撃が重すぎる。

「がるるる……」

メイアはどんどん近づいてくる。手負いの獣のごとく、殺意を隠そうともしていない。

伽世に撃ち込まれた《銀の弾丸》。それに込められた命令は『瑠岬を殺せ』……〝茨の闇輪〟によって完全な獣へとなれ果てている魔女は、まさにそれを忠実に実行しようとしている。

トウヤは瓦礫の中でようやく半身を起こした。先のハイキックを喰らって痺れたままの両腕、それをガタガタと情けなく震わせながらハンドガンの弾倉を抜く。

残弾数を確認。装塡されているのは実弾のイメージ。

「……はぁ、はぁ、はぁ……」

弾倉を放り捨てた。ベルトに吊した複数の予備弾倉、その中からゴム弾を装塡しているものを選んでハンドガンに叩き込む。

「ゴム弾でソレを止められるのか？　瑠岬」

トウヤが顔を上げると、《亡骸の獣》の掌から見下ろしてくる伽世ゲインと目が合った。

「メイアの殺意は、己の《銀の弾丸》によって極限まで高められている。お前の信奉するその生温い感情とやらで、本当にお前は、その窮地を脱せるのか？」

「はぁ、はぁ……。……やってやるさ……」

よろ、り……トウヤがようやく立ち上がる。

「はぁ……メイアを、はぁ、はぁ……連れ戻す……そのために来たんだッ」

「ならばやってみせろ。お前の理想を実演してみせろ。《真の獣》の招来には今少し時間を要する……それまでの暇潰しぐらいにはなってみせろ」

「はぁ、はぁ……、……俺の、理想は……暇潰しなんかじゃない！」

ジャキリッ。トウヤがハンドガンを構えた。

感覚が戻りきっていない指で引き金を引く。ゴム弾を発砲。しかし狙いが大きく外れる。

「があうっ!!」

トウヤのその発砲音に刺激されたメイアが跳躍、一瞬で距離を詰めてくる。

「いいさ……今のは、当たろうが外れようが！」

飛びかかってくるメイアを、トウヤは瞬きもせず正面に見た。

ガシィッ！

トウヤが《頭蓋の獣》による微少な空間改変を実行。『近似解：《魔女の手》』を展開した。

メイアが突っ込んでくるならそれでいい。近似解で掴み動きを封じ、零距離発砲すれば――

「ぐらぁうっ！」
ガ、ガ、ガシィッ！
そのときトウヤの意識にシグナルが点った。『やばいぞ』と。

今の『ガシィッ！』。トウヤの『近似解：《魔女の手》』が、メイアの本物の《魔女の手》で掴み返された。

ズドンッ。

トウヤがすかさず近接発砲。が、メイアを捉えることはできなかった。

ぐるんっ。

互いに掴み合った二本の魔手。それを回転軸にして、メイアが空中で上下逆さまに身を捻る。

あまりにもトリッキーな跳躍軌道だった。ほぼ零距離からの発砲すら躱される。

ズドォンッ!!

メイアが空中で逆さになったまま、真下に位置するトウヤ目がけて拳を振り下ろした。

毎度のことながら、それは拳の発する打撃音とは思えなかった。、まるで戦車砲である。

事実、ギリギリでどうにか躱したトウヤの足元、コンクリートには大穴が空いていて。

「くっ……！」

トウヤの動物としての本能が『距離をとれ』と警告を鳴らす。だがそれを理性で抑え込み、彼は前方へ飛び込んだ。同時にメイアと繋(つな)いだままの『近似解：《魔女の手》』を引き寄せる。

——間合いを開けるのは死(ダメだ)！　近接戦闘(インファイト)でも遠すぎる！　もっと近づけ！

一歩でも前進を怯(ひる)む間合い。トウヤはそこを一気に三歩詰めた。

「ほぉ」と、それを見ていた伽世(ときせ)の興味深げな声。

グンッ。メイアと鼻先が触れるほどに接近。零距離。獣状態のメイアの瞳が驚きに揺れる。

「今！」

〝茨(いばら)の闇輪(あんりん)〟に銃口を押しつけ、トウヤが引き金(トリガー)を引いた。

ズドンッ！　……直後、トウヤは暖かなものに包まれていた。

鼻先が触れ合うほどの零距離……メイアが、そこから更に一歩、距離を詰めていた。

頰(ほお)と頰が触れる。上半身が密着する。互いの脚が絡み合う。

零距離の更に先。〝マイナス〟に振り切れんほどの、それは完全密着だった。

だが、それは人間としての感情表現などではなく——「がぁるっ！」

獣の闘争本能としてのゼロ—マイナスへの踏み込み。トウヤはメイアに押し倒されていた。

腹の上に馬乗りされる。マウントポジション。最も取られてはならない肉弾体勢。

「わうううううううんっ!!」

それはメイアの獣の本能が「殺(と)った！」と確信した、勝(か)ち鬨(どき)の咆哮(ほうこう)だった。

ドガガガガガガガガガガッッッッ!!!!!!!!

えげつない拳の乱打が、トウヤへと降り注いでいった。

「っ……うッ……あ……アッ……!!」

トウヤは両腕でガードを固めるしかない。リンチ以外の何ものでもなかった。

遠くへ離れていきそうになる意識を必死で繋ぎ止める。うっすらと目を開けてみた。

「ぐらぁぁぁうっ!!」

獣の形相で拳の雨を打ち下ろしてくるメイアが見えた。

そして彼女の肩越し。《亡骸の獣》の上からこちらをじっと観察している、伽世の顔。

ヒクリと。その頬が震えていた。

感情がないと言っていた伽世の表情筋を揺らしたのは、〝愉悦〟だと、トウヤは直感した。

――何が理性の怪物だ……結局人間なんて、みんなただの動物じゃないか。

ダメージが蓄積していく。霞んでいく視界。そこに伽世を映し続けるのは納得がいかなかった。トウヤは焦点をメイアに向け直す。

ドガガガガガガッッッ!!

メイアはなおも激しい乱打をトウヤに叩き込み続けている。

〝怖い顔してるなぁ、お前……〟と、トウヤは心の中で静かにそう呟いた。

――似合わないよ、メイア……お前に、そういう顔は。もっと他にあるだろ……。

――「どうして？」って、子供みたいに首傾げたりとか。「わぁっ」て、カレーを作ってやったら目をキラキラさせたりとか。「ふんっ」て、機嫌悪くして、ほっぺた膨らませたりとか……。

――お前には、そういうのが似合ってるよ……。

――そういう、どうでもよくて、何でもないことがさ……俺は……俺は……――

ドガガガガガガッッッ!!

「……ぐフっ……ガぶっ……！」

トウヤの血が周囲に飛び散る。メイアの革手袋に染みがこびりついていく。

もう目の焦点が全然合わない。トウヤは目を閉じて、一人、想いを巡らせていった。

――なぁ、メイア……俺、蛭代(ひるじろ)先生に『おめでとう』って言ってもらったんだ……。

――俺の心は、とっくに救われてたんだって……。

――みんなのお陰なんだ……みんなが俺を、救ってくれた……。

――メイア……お前が、最初のきっかけを持ってきてくれたんだよな……。

――……だから……俺は……――

ドガガガガガガッッッ!!

「……ッ……ヅ……あ、ガァァアッ!!」

散り散りになっていた意識を手繰り寄せて、トウヤが『近似解：《魔女の手》』を再展開した。

ガシィ……弱々しかったが、どうにかメイアの身体を掴(つか)む。

引き離す。マウントポジションを解除する。

だが、それは〝脱出〟を意味しない。

「いいのか、瑠岬」

伽世ゲインが、遙か高みから語りかけた。

「メイアに対して、零距離を維持することだけがお前に残された可能性だった。間合いができたぞ。ユニットαに踏み込みの距離を与えた。今のお前に、次の一撃はどうにもできない」

「……ハァー……ッ、ハァー……ッ……」

伽世に言われるまでもなく、トウヤは既に満身創痍だった。

立ち上がれたのが不思議なほどだった。もう腕をガードの位置に構えることもできない。

「……ハァー……ッ、ハァー……ッ……」

トウヤはマウントポジションからの起き際に、ハンドガンを拾っていた。

ゴム弾の入った弾倉を捨てる。ベルトに手を伸ばし、新たな弾倉をハンドガンに叩き込んだ。

「がるるるる……」

メイアのほうも構えに入っていた。

両脚を肩幅に開き、前後に展開。膝を曲げ、腰を落とし、重心を下げる。脚に踏み込みの力を溜める。トウヤの血がこびりついた拳を、固く固く握り締めた。

一撃必殺――〝魔女の鉄拳〟が来る。

「……ハァー……ッ、ハァー……ッ……」

トウヤはもう、その場に立ち尽くすことしかできなかった。

《亡骸の獣》の手の中で、水晶に丸め込まれた〝夢と現実の境界〟が脈動していた。

《真の獣》の招来が近い……〈理想の世界〉が、もう間もなくやってくる。

その状況。ただ一言――『詰み』であった。

「終わったな、あらゆる意味で」

そして……伽世ゲインの、無情な一声が呟かれた。

「……死ね、瑠岬」

「ぐらぁぁぁうっ!!」

ドッ……！　〝茨の闇輪〟を冠したメイアが、必殺の一撃を踏み出した。

圧倒的な踏み込み。メイアの全身が加速する。そこへ更に拳の射出速度が上乗せされる。

〝魔女の鉄拳〟が、トウヤへと飛来する。ハンドガンなど軽々と凌駕する、速度と威力で。

それを見つめ返して、トウヤは…………祈った。

――メイア……瑠岬トウヤを、救ってくれて、ありがとう。

――俺、こんなにも、生きてて良かったなぁって思えてる。

――お前にも、そんな世界があるんだよって、知ってほしかったな。

インパクトの瞬間………瑠岬トウヤは、笑っていた。

………ズッ――

「メイア………――お前のことが、大嫌いだ」

――ドンッッ!!!!!!

それは、〝魔女の鉄拳〟が、トウヤの心臓へ撃ち込まれた音だった。

で、あると同時に。

それは、トウヤが自分の頭へ、自ら銃を押しつけて、引き金を引いた音でもあった。

トウヤのこめかみへ、弾丸が撃ち込まれていた。

光り輝く――《銀の弾丸》が。

それを見た伽世の眉がピクリと揺れた。

「……なぜ、お前がそれを持っている、瑠岬……！」

＊＊＊ 回想：八時間前：夢信空間 ＊＊＊

》》最後のミッション、決起集会前。医療用夢信空間〈白夜〉にて。

「――蛭代先生。……一つ、お願いがあります」

それはトウヤが、ナリタから『完治おめでとう』と、生涯忘れないお祝いの言葉をもらった直後のことだった。

「んー？　なぁによォ、そんな畏(かしこ)まっちゃってェ」

「俺の後遺症(耐性能力)が消えた理由はわかりました。……すごく、すっきりしました」

トウヤが笑みを浮かべる。最後のミッション出撃直前とは思えない、清々(すがすが)しい笑顔。

「でも……――それじゃダメなんです」

そんな彼の笑みが、その瞬間、真剣な顔つきに変わっていた。

「……どういうことかしら、瑠岬(るみさき)くん」

「今の俺じゃ、伽世(とぎせ)に届かない。このままじゃ、最後のミッションをやりきれないって予感があるんです……俺と伽世じゃ、〝覚悟〟が違うんだ」

トウヤが膝(ひざ)に置いた拳(こぶし)を握り締める。

「あいつには、自分の理想をどんな犠牲を払ってでもやり遂げるって覚悟がある……〈友恵(ともえ)〉で伽世と戦って、それを思い知らされました」

「…………」

「俺にも、伽世のそれに届くだけの覚悟が必要なんです。だから――」

トウヤが、握り締めていた拳をナリタの前に突き出す。

「蛭代(ひるじろ)先生……〝コレ〟を使って、もう一度だけ。俺に、力をくれませんか」

トウヤが拳を開いた。

そこには一発の――《銀の弾丸》があった。

「ちょっ……！　それまさか、伽世の!?　どうして君がそんなもの」

「不発弾です。〈友恵〉で、メイアのことを撃とうとしてた伽世を止めたときに手に入れました……これを使えば、できるんじゃないですか」

トウヤが何を言おうとしているのか……ナリタはしばし沈黙した。

察してしまっていた。

「……瑠岬くん……完治おめでとうって、アタシそう言ったわよね？　なのに、主治医のアタシにそんなことを言うなんて、酷(ひど)いと思わないの？」

「わかってます、自分でも最低だと思います。でも、この《銀の弾丸》に込められてる感情(コード)を編集できるの、伽世以外だときっと蛭代先生ぐらいだろうなって」

「まァ、アタシってば天才臨床夢信(むしん)科医だからねェ……」

ナリタが小さく溜め息を吐(つ)く。その間もトウヤはじっと目を逸(そ)らさなかった。

「伽世はメイアを手に入れた……良心の呵責(かしゃく)なんて一欠片(かけら)もなしに、人間を道具にしちゃえる男なんです。メイアと敵対する可能性もゼロじゃない。いいや、その前提で動くべきなんです」

「瑠岬くん……」

「そうなったら、今の俺じゃメイアを止められないんです……あいつを、連れ戻してやれないんです」

トウヤが静かに頭を下げた。深く深く、深く深く……。

「だからお願いです、蛭代先生。俺のこの、最低な願いを、どうか叶えてもらえませんか」

それが、決起集会前にトウヤとナリタの間で交わされた、〈白夜〉でのやりとりの全てだった。


「――神様のばかやろォー。……どうか、あんなものの出番がやってきませんように……」

トウヤが去った後、一人丸椅子に腰かけて、蛭代ナリタは天に向かって中指を立てていた。

＊＊＊ 現在：夢の彼方 ＊＊＊

…………ズッ――

「メイア…………――お前のことが、大嫌いだ」

――――ドンッッ!!!!!!!

〝魔女の鉄拳〟を喰らったと同時、トウヤが自らへ《銀の弾丸》を撃ち込んだ。

――だから、

――だから、今度は…………お前に救われたこの俺が、お前を絶対に救ってみせる！

トウヤの意識へ、ナリタが編集た感情が注入されていく。

……それはおよそ、筆舌に尽くしがたい絶望。

……真っ当に生きていれば、決して知ることのない恐怖。

四年前、〈礼佳弐号事件〉で瑠岬トウヤを蝕んだ、暗黒の感情。

死んでしまったほうが遙かに楽だと断言できる、純然たるネガティブイメージの塊。

彼に〝対悪夢異常耐性〟という、後遺症を負わせたモノ。

「メイア……。……■■■■」

それが再び、トウヤの心を塗り潰していった。

——これは、俺が望んでやることダ。

————ココロガ、コワレル。


ただ、機械のように生きて……機械のように死んでゆくのみ。


「……ぐるるるる……！」

メイアが唸り声を上げていた。

その拳、撃ち放たれた〝魔女の鉄拳〟は、トウヤの胸部にめり込んでいた。

夢信空間ならば即強制覚醒。ダメージが現実になるならば内臓破裂級。

そんな拳の直撃を受けていながら————ギョロリッ。

「■■■■」

トウヤは平然と、何も感じていない目で、メイアのことを見下ろした。

「がる!?」

ジャキリッ。ズドンッ。

トウヤがハンドガンを発砲していた。

発砲していたと、そう過去形で表現するしかないアクションだった。弾倉(マガジン)の再交換から発砲までのすべての動作が超高速・超精密。限りなく予備動作(ノーモーション)なしから放たれた早撃ち(クイックショット)。

それは獣化状態のメイアの反射速度を軽々と上回っていた。

正確無比なヘッドショットがヒット。メイアが堪(たま)らずたたらを踏む。

しかしメイアはよろめきはしても怯(ひる)みまではしなかった。一躍、二躍、そして三躍。ヘッドショットを喰(く)らったのとほぼ同時にバックステップを踏む。

その『三躍分の緊急離脱(バックステップ)』は、メイアの本能によって実行前に組み上げられたプログラムともいえた。一度実行されれば確実に安全圏へと至る、三歩一組の切れ目ない連動動作である。

わずか三歩でもとてつもない跳躍距離、一気に彼我距離が開く。

が——ズドンッ、ズドンッ、ズドンッ。

それはメイアの踏んだ歩数と同じ、トウヤの放った三発の銃声だった。

トウヤのその一連の動作も、メイアと同じく、実行前にあらかじめ彼の脳内でプログラムされていたものである。

ヘッドショットを喰らった瞬間に組み上げられた、メイアの緊急回避(プログラム)。そんなメイアの回避移行動作、その初期段階、数百分の一秒間に観測された諸元から回避動作を解析、更にそこから数千分の一秒単位で追撃動作を構築——意識を遥か時間の彼方に置き去りにした、刹那の間の『動作に移る以前の攻防』。

そんな過程を経て放たれたのが、先のトウヤの三連射だった。

つまり、このときなされた両者の攻防、それは過程より先に結果が決していたのである。

緊急離脱したメイアの、三歩分のそれぞれの着地点——そこへメイア自身が到達するよりも数百分の一秒早く、トウヤが偏差射撃で先に弾丸を放っていた。メイアはさながら『置かれていた弾丸』に、三連続で自ら被弾しにいく形となる。

〝より演算精度の高いほうが、動作実行前に『勝利』という結果を既に確定させている〟——これはそういう次元の戦いだった。

メイアの両爪先へ、トウヤのあまりにも正確すぎる射撃が三連続ヒット。

「きゃうぅうん!?」

触覚と痛覚が集中する爪先を撃ち抜かれ、メイアは悲鳴を上げてその場に転倒した。

攻撃力、命中率ともに実弾に遥かに劣るとされるゴム弾を使用した上での、その超精密射撃。

そして、〝魔女の鉄拳〟を正面から喰らっても、息一つ乱さぬ異常な耐性能力。

「■■■■」

〝機械のように生きて、機械のように死んでゆく〟。

それが、トウヤが自ら《銀の弾丸》で、自身の心を壊した先に辿（たど）り着いたあり方だった。

「■■■■」

トウヤがハンドガンから弾倉（マガジン）を抜き、残弾数を確認する。

まだ弾は残っていたが、次の三合い目、現状では途中で弾切れに至ると予想。より攻撃性能と命中性能の高い、実弾の装填（そうてん）された弾倉（マガジン）への交換をトウヤは脳内で提案した。

けれど。

――だめダ。ごむ弾ダ。実弾ジャナイ。ごむ弾ヲ使エ。

トウヤは、新規の弾倉（マガジン）――先と同じ、ゴム弾の装填された弾倉（マガジン）をハンドガンに叩（たた）き込んだ。

――ドウシテ実弾ヲ使ッチャイケナイノカ、モウ俺ニハワカラナイケド……〝瑠岬（るみさき）とうや〟ノ記憶（ログ）ガ、めいあ（ソノ女）ニ実弾ヲ使ウコトヲ禁止シテイル……ナラ、俺ハソノ記憶（コード）ニ従ウダケダ。

トウヤの見遣（みや）る前で、メイアがよろりと立ち上がった。

「がるるる……っ」

「■■■■」

睨（にら）み合う両者――この場には、〝言葉〟も〝感情〟ももはや存在していなかった。

獣にされた女と。

自ら機械になった男。

ここに存在しているのは、そんな姿になり果てた二人。

〝人間〟という器を、極限まで単純化・最適化させたモノ。それが今のメイアとトウヤだった。

その光景、まるでそれは――「〈理想の世界〉だ」

メイアとトウヤの攻防を高みから睥睨して、伽世ゲインが呟いていた。

「ああ、お前たちのそれこそが、己の目指す世界のあり方だ……感謝しよう、瑠岬」

「■■■■」

「己の《銀の弾丸》が。〈ボーダレス〉が。人類を〈理想の世界〉へ届かせ得るとその身で証明してくれた。今のお前がやっているのはそういうことだ。〈理想の世界〉を否定したお前が」

トウヤは伽世を見上げるばかりで何も言わない。表情も、態度も、何も示さない。

「感情どころか言葉も捨てたか。機械そのものだな……メイアのためにそこまでやる、人間の感情の不可解さがなせる選択だ。……尤も、その選択の先に到達した結果が、〈理想の世界〉の片鱗であるというのもまた興味深い」

感慨深げに、伽世が〝夢の彼方〟の夜空を見上げる。

巨人となった《亡骸の獣》、その手に握られた赤い月の水晶――物質化した〝夢と現実の境界〟が、ドクリドクリと胎動を始めていた。

「もうじき、すべてがお前たちのようになる。月から産まれる《真の獣》が、すべての人間の意識を書き換える、永遠に。今を生きる者たちも、未来に生まれくる者たちも、過去に死んでいった者たちさえも。すべてが〈理想の世界〉に変わる」

午前0時（タイムリミット）まで……残り五分を切っていた。

「……だが、その前に」――――「バオォぉoォォヲオッ」

《亡骸の獣》が咆哮（ほうこう）を上げた。

メイアの頭の上に浮かんでいた〝茨（いばら）の闇輪（あんりん）〟が、ギュルギュルと高速回転を始める。

クナハ（トリガー）からメイア（ハブユニット）へ、膨大な演算力が供給されてゆく。

「お前たちのその関係性は、実に興味深い……もっと見せてもらおうか」

「わぅぅぅぅぅぅぅぅぅぅぅぅんッッッ!!!!!!」

咆哮一喝。メイアが弾丸のごとく、トウヤへ突進をかけた。

メイアとトウヤの三合い目。先と同じく、『動作に移る以前の攻防』が展開される。

両者は互いを観測、演算。自身の肉体動作をあらかじめプログラムし、それを実行。

メイアが突進をかけた時点で、二人の演算上の勝敗は既に確定している。あとは現実が、あるいは夢が、ただその過程を遅れて実現させるだけ。

ズドンッ。ジャキリ。猪突猛進のメイアへ、トウヤが正確無比のハンドガンを向ける。

ガシッ。メイアが《魔女の手》を地面に突き刺し、それを回転軸として、突進軌道を変えた。

ここで、トウヤは先の動作、正面から突っ込んでくるメイアへ銃口を向ける前に、先に一発、メイアが軌道を変えることを予測し、その軌道上へ弾丸をあらかじめ撃って（置いて）いた。

が、演算力を強化されたメイアは、トウヤのその先読み演算さえ織り込み済みだった。

ガシッ！　ギュンッ!!

それはもう一本の《魔女の手》。

メイアが背中から二本目となる魔手を生やし、それを使って二度目の軌道変更をかける。

トウヤの演算が、この時点でメイアの演算力に読み負ける。つまりは敗北が確定した。

「■■■■」

トウヤが緊急回避プログラムを起動させる。『近似解：《魔女の手》』を高速展開。

ガシリッ。模倣の魔手で地面を掴み、そのまま自身の背中を引き寄せた。

いわばそれは超高速の仰向け転倒である。

「がうッ!!」

直後、メイアが腕を振り上げた。

トウヤには残像しか見えなかったが、爪だった。拳による打撃ではなく、爪による斬撃。

ザシュッ。ドッスゥーン！

左脇腹から右首筋を狙った、逆袈裟斬りの軌道。トウヤはそれを、ダメージ覚悟の超高速転倒で回避する。戦闘服に三条の爪痕が刻まれた。

ザンッ！　遥か後方の大型室外機が真っ二つになる。

メイアの放った〝魔女の一閃〟、その恐るべき斬れ味……耐性能力を強制的に引き出している今のトウヤをして、直撃テストは避けるべきという判断だった。たとえダメージには耐えられたとしても、身体が二つに分かれてしまっては状況に対応できなくなる。

三合い目の攻防。両者の演算は、この時点でプログラム最終行を実行完了。

このまま即時、四合い目へと移行する。

両者、体感時間圧縮。現状を観測、諸元を数値化。

メイア、変則軌道での突進運動、終端へ到達。地面から128センチメートルに滞空中。

トウヤ、高速転倒（緊急回避）により校舎屋上コンクリート面、マイナス2・6センチメートルの深さに仰向けで埋没。滞空中のメイアを正面に捉える。

ここからの四合い目。両者、非常に特殊な体勢から演算（戦闘）開始。

数万行にもおよぶ行動制御プログラムが、瞬時に構築されてゆく。

四合（しあ）いは、死合（しあ）い。

演算完了――最終制御プログラム、実行。

ぐっ。

初動、先に動いたのはメイアである。

四肢を引き寄せ、ガードを固めた。不安定な滞空姿勢、いかに獣化状態といえど先攻不利と悟ったメイアの闘争本能が、一手様子見の形。

ググッ。

対するトウヤ、埋没状態から同じく四肢を引き寄せる。だがこちらは守り手ではなく攻め手。溜め込んだ力を、自身が埋もれているコンクリートの反力を利用して一気に解放する。

真上に向けて突き出された、トウヤの両脚蹴り。耐性能力を存分に活かし、自身の肉体強度を遥かに超えた蹴り上げがメイアを直撃する。

ドゴォッ!!

遥か直上へと打ち上げられるメイア。彼女のガードプログラムは正常に処理を終えていた。ダメージ軽微、戦闘続行。

「がるっ!」——ビタァッ。

校舎上空、打ち上げの最高点に達したと同時にメイアが《魔女の手》を複数展開。ガシリガシリ、ガシリッと、虚空へ錨を撃ち込むように《魔女の手》たちが四方へと伸ばされると、メイアは自分自身を空中へ固定した。

追撃。下方よりトウヤが来る。

「■■■■」

ガシガシ、ガシッと、トウヤのほうも『近似解:《魔女の手》』を複数展開。それらをまるで虫の脚のように蠢かし、高速で上空へと上昇していく。

現在高度、校庭地表面から52・7メートル。

空中戦。

が。それは戦闘機のような、背後を取り合う機動戦ではなかった。

メイアが両拳（こぶし）を握る。

そこへ対峙（たいじ）したトウヤが、外套（マント）から転送（取り出）した刀を抜いた。

空中にての、近接戦闘（インファイト）が展開される。

両者向かい合っての肉弾戦。お互いが展開した幾本もの魔手も動員した乱戦である。

ここまでの展開、当然四合い目ともなれば、両者最初からプログラム済み。すべて想定内。

そしてメイアもトウヤも、互いに理解していた。

演算力が現実（過程）より先に勝敗（結果）を確定させるこの死闘において、ここが唯一の介入可能フェーズ。

ドドドドドドドドドドドドドドドドドドドドドドドドッッッッッ!!!!!!!!!!!!

メイアの拳とトウヤの刀、そして互いに何本展開しているのかすら定かではない《魔女の手》および『近似解：《魔女の手》』の群れ。それらによるラッシュの応酬。その無数の挙動一つ一つまでは、いかに高度な演算力であろうと事前に計算し尽くすことは不可能。

構築済みであった行動制御プログラムをリアルタイムで書き換え（最適化させ）ながら、両者が激突する。

たった一行。数十万分の一秒。ラッシュ（プログラム）の最適化に遅れを取ればこの大乱戦（介入可能フェーズ）に敗れる。

それは即ち、その時点でそれ以降の戦闘（プログラム）も生死（勝敗）が確定することを意味する。

「がるるるるるぁぁぁぁぁぁああッッッ!!!!!!!!」

「■■■■■■■■■■■■■■■■」

肉の拳と鋼の刀がぶつかり合い、弾き合い、血と汗が滴となって舞い上がる。

不可視の魔手どうしも衝突を繰り返し、空中に無数の炸裂音と火花を散らす。

〝夢の彼方〟、私立西界高校上空52・7メートルに打ち上がった、それは肉弾花火であった。

肉弾花火が弾けていたのはごく短時間。物理時間でわずか3・07秒。

が、圧縮時間を主観とする二人にとって、それは気の遠くなるような長時間の応酬だった。

その一手一手を最適化させていく。行動制御プログラムを更新し続ける。

ブシュッ……と、トウヤの鼻から血が噴き出した。

被弾したのではない。あまりに膨大な演算処理に、彼の脳が限界に達しようとしていた。

それはメイアも同じことだった。

メイアが血涙を流していた。頭上の〝茨の闇輪〟も超高速回転を続けている。

そして、その時はやってくる。

メイアの展開していた《魔女の手》ナンバー7に対し、トウヤの展開する『近似解：《魔女の手》』ナンバー9の対応が、0・053秒遅れを取った。

メイアの拳がトウヤの刀の側面にクリーンヒット。刀身がへし折れる。拳がガードを抜ける。そのままトウヤの顎を捉えた。

「■■■■■」

トウヤの脳が揺れる。力が抜ける。滞空状態を維持できず、落下へ転じる。

ぐぐぐっ……そこへメイアが、容赦なき追撃へと拳を握り込んだ。

複数展開された《魔女の手》たちが、メイアの身体へ弓を絞るように力を溜め込む。
「わうううううううううんっ！」
メイアのその咆哮を聞きながら、トウヤは……この死闘の結果を、既に悟っていた。
介入可能フェーズ、終了。
ズッ──↓↓↓↓↓↓↓↓↓↓↓↓↓↓↓↓──ドンッ!!
上空52・7メートルで放たれた、《魔女の手》による加速を乗せたメイアの拳。
トウヤの腹部にそれが突き刺さる。両名は一塊となり、校舎へと急降下していった。
ドッゴォォオオッ!!
全力全開、限界突破の〝魔女の鉄拳〟が、トウヤもろとも屋上に着弾する。
校舎は、そんな巡航ミサイルのごとき衝撃に耐えられる造りはしていなかった。
ボゴンッ！　ボゴンッ!!　ボゴンボゴンボゴンッッッ!!!!!
まずは屋上が崩落した。続いて四階、三階、二階一階と、次々に床を突き抜けていく。
半壊する校舎。積み上がる瓦礫。吹き上がった土煙で、二人の姿が見えなくなる。
決着──伽世ゲインの目にも、それは明らかであった。
「……興味深い……実に、実に興味深い」
ヒクヒク、ヒクリ。伽世の頬が〝愉悦〟で震える。
「これが、《理想の世界》の先駆け……最適化と再構築を繰り返し、過程よりも先に結果が定まる世界。〝ストレス〟など生じる隙もない。完璧な世界だ」

腕時計を覗く。

現在時刻……礼佳九年八月三十一日、午前0時0分二十七秒。

午前0時0分0秒を超過していた。

「メイアに演算力を割きすぎたな、予定時刻をおよそ三十秒オーバー……まぁ、誤差の範囲だ」

そう独り言ちて。そして伽世は、天を仰いだ。

「……来たれ、《真の獣》よ」

――ドクリッ。

ドクリ、ドクリ、ドクリ、ドクリ。

赤い月の水晶が、脈打ちながら《亡骸の獣》の手を離れてゆく。

再び夜空にふわりと浮いて……その姿が、うっすらと、ゆっくりと。顕現していった。

……月は瞳。夢は骨肉。現は血潮。

……ずんぐりとした巨大な体軀。

……長い毛で覆われた、毛むくじゃらの身体。

……像のように長い鼻と、下顎から天へと伸びる二本の牙。

……その目を、分厚い瞼で永遠に覆い隠した、眠れる神獣。

――――《真の獣》。

人の集合無意識そのものが見る、原初にして根源の悪夢。

現(うつつ)において夢を顕(あらわ)し、夢において現(うつつ)を喰(く)らう、夢と現実を統べるもの。

ガチンッ……伽世ゲインが、《銀の弾丸》を装塡(そうてん)した。

「……この弾丸には、〈理想の世界〉の設計図(コード)が入力されている。今が、そのときだ」

撃鉄を起こす。《真の獣》へ狙いを定めた。

未だ蜃気楼(しんきろう)のように曖昧(あいまい)なその悪夢が顕現しきったとき。《銀の弾丸》が撃ち込まれたとき。

〈理想の世界〉の降臨は果たされる。

もはや世界の改変は約束されていた。秒読みだった。

そんなときだった。それが現れたのは。

ズズズズ……。

「……?」

伽世ゲインが首を傾げた。

完全顕現を間近にしていた《真の獣》。その輪郭が一転、再び蜃気楼のようにぼやけ始める。

「どうした……招来に必要な演算は、《亡骸の獣》が既に完了させているはず」

そこから「なぜ」と、伽世が言葉を継ぐ前に。

『――ラ』

『ラ、ラ――』

『ラァァァァァァァァァァアッ』

その啼き声が響いていた。

〝夢の彼方〟に響き渡る、美しい啼き声――《頭蓋の獣》の。瑠岬センリの。

演算介入。介入先は、当然……《真の獣》招来プログラム。

それを見て伽世は理解した。

ヌオリと、《亡骸の獣》の掌の上で振り返る。

「……まだ足掻くか。先んじて〈理想の世界〉を実演しておきながら――――瑠岬」

伽世が見遣る先で、半壊した西界高校校舎を覆っていた土煙が晴れていく。

その胸に、その両腕で、しっかりと――呀苑メイアを抱き締めて。

最大出力の〝魔女の鉄拳〟をもろに喰らったトウヤが、瓦礫の山に横たわっていた。

「■■■■……ゴフッ」

「ぐるるるる……ッ！　がう！　がぁぅッ!!」

トウヤにホールドされたメイアが暴れ回っていた。

両者とも、もう行動制御プログラムは走っていなかった。

当然である。もう、死闘の決着はついているのだから。

だからこそ。トウヤは、メイアを抱き締めることをやめなかった。

なぜならば。それが先の四合い目で彼が組み上げていた、最後のプログラムだったから。

――……アァ……ヤット、届イタ……。

噎せ返りながら、血反吐を吐き散らしながら、トウヤが胸の内に呟く。

――〝瑠岬とうや〟ノ、全部ヲ捨テテ、ヤット……オ前ニ届イタ、めいあ……。

『近似解：《魔女の手》』が再起動する。しかしそれはもはや戦闘継続など不可能。弱々しく伸ばされた先は、メイアの頭上に浮かぶ輪。

ガシ、リ……〝茨の闇輪〟を、トウヤが二本の『近似解：《魔女の手》』で摑む。

――何デ、コウスルノカ……ソノ想イハ、機械ニハモウ、ワカラナイケド……コレガ〝瑠岬とうや〟ノ残シタ、願イダカラ……機械ハ、ソレヲ実行スルダケダ……。

『近似解：《魔女の手》』に力が籠もる。じわりじわりと、〝茨の闇輪〟を歪めてゆく。

ビシッ……ビキビキッ。メイアを集線装置たらしめているその輪に、ひびが入っていく。

そして――――パキィン……ッ。

甲高い音を立てて、〝茨の闇輪〟が砕け散った。

それを確かに見届けて。トウヤは、壊れたココロで、囁いた。

――……〝瑠岬、とうや〟……オ前ノ、願イ……実行、完了ダ……。

――『めいあヲ……絶対ニ、救エ』……ッテ……

…………………………………………ぱちり。

呀苑メイアが目を開けた。

「…………」

彼女は、自分が瑠岬トウヤの腕の中にいることに気づく。

温かい腕だった。温かくて、意地っ張りで、時々とても優しくしてくれる腕。

「……トウヤ？」

彼の名前を呼んでみる。けれど何も返事はなかった。

「トウヤ？」

もう一度呼んでみる。彼は瞼を閉じてた。静かに息をして、一人で眠ってしまっていた。

ここは夢の中だと。状況はわからなかったが、メイアはそれだけは直感していた。

「トウヤ。こんなところで寝てはダメよ？」

『夢の中で寝る奴があるかよ』と。前にそう言っていたのはあなたじゃないのと。

「起きなさい。起きなさいな、トウヤ」

彼の腕から力が抜けていく。彼の温かさが、少しずつ減っていく気がした。

「ねぇ、起きて。起きて、トウヤ——」

「——わたし、今日はカレーが食べたい気分なの」

「——あなた、〈獏〉を続けたいって言ってたじゃない。わたし、ずっと応援してるから」

「――〝呪い〟を半分こにしたでしょう？　わたしと約束したでしょう？」

「――センリのお見舞いに、一緒に行こうねって」

「……ねぇ、トウヤ。トウヤ、トウヤ……」

『ラァァァァァァァァアッ』

『ラァァァァァァァァァァァアッ』

『ラァァァァァァァァァァァァァァァァァァアッ』

メイアの背後で、《頭蓋の獣》の声が聞こえた。

センリが啼いている。鳴いている。泣いている。何度も何度も。何度も何度も。

何かを、何かの力を、一生懸命抑え込んでいる。

メイアは顔を上げた。ぼんやりと、目の前に大きな蜃気楼が浮かんでいるのが見えた。

《真の獣》。

あぁ、トウヤとセンリは、獣と戦っていたのねと。メイアは何もかもをすっ飛ばして正確にそう理解する。

ズシン、ズシン……そして頭上に、見るまでもなく明らかな、〝敵〟の気配がした。

「……己は今、あぁ……非常に、不快を感じている」

巨人を、《亡骸の獣》を従えた伽世ゲインが、メイアのことを見下ろしてきていた。

「あのまま、闘争と生存のための最適化を繰り返していれば、お前たちこそが〈理想の世界〉

の最初の住人になれたものを……なぜだ？　なぜ最適化の極致に至ってそうなる？　なぜ〝感情〟などと、そんな非効率なものを取り戻す必要があった？　答えろ、瑠岬。ユニットα」

「…………」

トウヤの優しい腕をそっとどかして、メイアがゆらりと立ち上がった。

「伽世……トウヤが眠っているの。静かになさいな」

ズズズ……メイアの静かな物言いとは裏腹に、大きな大きな《魔女の手》が鎌首をもたげた。

「己の質問に答える気がないならば……ユニットα、お前の役目は、既に終わっている」

グググ……伽世の言葉に呼応して、《亡骸の獣》が継ぎ接ぎだらけの拳を握った。

「お前たちは失敗作だ……ならばせめて、その命でもって。〈理想の世界〉の礎となれ」

「バオォおoォォヲオッ」

──ゴッ……。

《亡骸の獣》の巨大な拳が、メイアの頭上に振り下ろされる。

──ドッ……。

メイアが、トウヤに寄り添い、たった一人で、《魔女の手》を振り上げた。

両者がかち合う。

現在時刻……礼佳九年八月三十一日、午前0時一分。

それは彼ら彼女らの想いが、伽世ゲインからもぎ取った、わずか一分の計画誤差。

そんな些細な、糸のように細い因果が……人と人とを絡め合う。

散らばった因果は、このとき既に収束していた――

＊＊＊ 覚醒現実：センリ ＊＊＊

≫≫≫およそ五分前。八月三十日、午後十一時五十六分。

那都界大学附属病院、夢信症病棟、集中治療室。

ピリリリリッと、瑠岬センリの全身に取りつけられた医療機器から警告音が鳴り続けていた。

「心拍数二百！　体温四十三度！　血圧なおも上昇中！　先生ッ!!」

「何てことだ……こんな高温、どこからの発熱なのかすらわからないなんて……」

「内臓が限界ですッ……このままじゃ、身体の内側から焼け死んでしまいますよッ！」

「脳波は、脳波はどうなってる！　こんな状態でもまだ夢を見ているのか、〈眠り姫〉は!?」

「はい、それだけは普段どおりです……夢信空間に接続している状態と同じ脳波です」

「……まるで、夢の中で何かと戦っているようじゃないか」

「院長……！」

「いや、きっとそうなんだろうね……彼女は今、自分の意志で、命懸けで戦っているんだ――

ならば、それを全力でサポートするのが我々の使命だよ」

ピリリリリ！　ピリリリリ！

ピリリリリ！　ピリリリリ！

「————」

瑠岬センリは、夢を見る——

＊＊＊覚醒現実：レンカ、シノブ＊＊＊

≫およそ三分前。八月三十日、午後十一時五十八分。

那都界交換局団地。第八交換局建屋、第一層。

ピリリリリ！　ピリリリリ！

そんな二人の元に、けたたましいサイレンが鳴り響いていた。

〈警察機構〉支部局長の銃撃から逃れ、退避を始めていたレンカとシノブ。

「何だ!?　何だってんだ、この警報は!?」

驚き声を上げるレンカの隣、彼女の肩を借りていたシノブが通路脇のモニター盤に目をやる。

「犀恒さん……火災警報みたいです」

「火災ぃ!?　閉鎖されてるはずだろこの建屋は。火元なんてどこにある！」

「確認しましょう。——警報は、第二層……上の階からのようです。シグナルは……『熱暴走』？

信号の出所は……、……っ！　〈礼佳弐号〉だ!!」

　モニター盤からそう火災警報の詳細を読み取った途端、二人ははっと目を合わせた。

「……おい、亜穏。確か……建屋ごと吹っ飛ばせるなら、やれるんだよな……？」

「ええ、そうですね……例えば、人工頭脳の熱暴走爆発とかがあれば……」

　レンカとシノブが今まで逃げてきた通路を振り返る。

　モニター盤を再び見つめる――『第二層で〈礼佳弐号〉が熱暴走』。

　それからもう一度、顔を見合わせて……レンカもシノブも、全く同じことを考えていた。

「「――〈礼佳弐号〉が、センリさんが言ってるんだ！　『諦めるな』って！　『《亡骸の獣》をぶっ壊せ』って!!」」

　二人は声を揃えてそう叫ぶと、逃げてきた通路を一目散に引き返していた。

　目指すは運転制御棟、人工頭脳〈礼佳壱号〉の元へ。

〈礼佳弐号〉の、《頭蓋の獣》の、センリの自爆に、〈礼佳壱号〉を確実に巻き込むために。

「急げ！　今ならやれる！　センリさんが手伝ってくれてる！　今なら届くぞ！　届けるんだ！　トウヤたちに！　私たちの意地と想いをッ!!」

「犀恒さーん！　こんなときに恐縮なんですけど、一つ約束してくれませんかー!!」

「約束だぁ？　何だよほんとにこんなときに!?」

「この戦いが終わったら、わたくしと、本物の亜穏シノブとデートしてださぁい!!」

「バカヤロー！　縁起でもないこと言ってんじゃねぇーッ！」

「ハハッ！」

ドッドォーンッ！

ドッドォーンッ！

崩壊を始めていく建屋。炎と瓦礫（がれき）、そして響き渡る爆発音に包まれながら——レンカとシノブは、まるで青臭い時代に還ったように、腹の底から叫び合っていた。

「——あぁ、約束してやる！　デートぐらい、いくらでもしてやるよ！　だから絶対死ぬんじゃねぇぞ、このスパイ野郎ぉーッ!!」

犀恒（さいづね）レンカは、夢を見る——

「——あぁ……これで悪いピエロなわたくしも、正義のヒーローになれますかねぇ！　ハハッ！　ハハハハッ！　ハハハハハハッ!!」

亜穏（あのん）シノブも、夢を見る——

＊＊＊ 夢と現実の境界：ヨミ、ウルカ、ユリーカ ＊＊＊

≫およそ一分前。八月三十日、午後十一時五十九分。

私立西界（にしざかい）高校、夢信（むしん）実技室。

ドッドォーンッ！

トウヤがたった一人で〝夢の彼方〟へと侵入していって以来、眠っている彼のことを守り続けているヨミとウルカとユリーカ。

〝夢遊ゾンビ〟の大群に包囲されるなか、教室の窓と扉を押さえて懸命の籠城戦を展開していた彼女たちの耳に、遠くからその爆発音が聞こえてきた。

「ちょはっ!?　なになに!?　何すか今の!?」

「うぬぬぬぬ……！　新手のゾンビさんとかなんダヨ？　これ以上数が増えたら、この扉押さえてられないんダヨ……っ」

「っ！　いえ、違いますわ……！　あれをご覧になって！」

ユリーカが窓の外を指差し声を張る。ヨミとウルカも、その光景を見て唖然となった。

遙か遠くの那都界市の夜景に、爆炎が上っているのが見えた。

それはつい昨夜目撃した、人工頭脳〈友恵〉が爆発炎上した遠景と瓜二つで。

ジジッ……と、そのとき少女たちのヘッドセットに雑音が走る。

【――はーっやれやれ、ようやっと通信が復旧……もしもしみなさん、聞こえとりますか!?】

声の主は覚醒現実、作戦本部の改谷ヒョウゴだった。

【つい今しがた、〈警察機構〉の通信を横聞きしたんですが！　〈礼佳〉シリーズが入っとる施設から火災発生、建屋が倒壊しかかっとるらしいです！】

「ミスター改谷！　もしやそれって……！」

【ええ、犀恒さんたちだ！　あの二人が意地を見せたんですよ！〈礼佳壱号〉の命運もここまでだ、トリガーの機能停止ももう時間の問題です！】

わぁっ！　と、通信を聞いた三人が歓声を上げた。

ドンッ！　ドンドンドンッ‼

しかし、夢信実技室を取り囲むゾンビ軍団の勢いは相変わらずで。

押し寄せる人波の圧にとうとう耐え切れなくなり、教室のぶ厚い扉から蝶番が弾け飛ぶ。

少女たちは、外れかかった扉を無我夢中で押さえ込んだ。

ここで引くわけにはいかないから。ここまできて諦めたくなんてないから。信じてるから。

「あとちょっとなんダヨ！　きっとあともうほんの一息なんダヨ！」

那都神ヨミも——

「守るって約束したんすよ！　瑠岬先輩も！　センリさんも！　呀苑さんも！　うあー！　根性見せたらぁー！　ちんちくりん舐めんなっすよぉーッ‼」

薪花ウルカも——

「トウヤ！　メイア！　届いてますか！　聞こえてますか！　みんながついてますからね！　一人じゃないですからね！　誰も一人なんかじゃないんですからね‼」

ユリーカ・F・ユングも——

「「「──だから！」」」

「「「絶対にッ………帰ってくるんだよぉぉぉぉお!!!!!!」」」

誰もがみんな、夢を見る──

現在時刻……礼佳九年八月三十一日、午前0時一分。

そして因果は、収束する。

＊＊＊ 夢の彼方：メイア ＊＊＊

》》》現在。八月三十一日、午前0時一分。

崩れた瓦礫の校舎にて。

「──バ、オォぉ…oォォヲオ……ッ」

それはメイアの《魔女の手》と拳をかち合わせていた、《亡骸の獣》が発した断末魔だった。

《亡骸の獣》の覚醒現実上の本体にあたる、〈礼佳壱号〉……それがちょうどこの瞬間、〈礼佳弐号〉の自爆によって、倒壊した建屋ごと押し潰されたのである。

《亡骸の獣》が、塵へと変わって崩壊していく。

宙に投げ出される、伽世ゲイン。

その男の眼下には、すべてを出し尽くし倒れたままになっているトウヤと、彼の傍らに寄り添って立つメイアの姿があった。

『なぜだ』と——そう思った。

魔法使いにして理性の怪物たる、伽世(とぎせ)ゲインをして——しかしこのとき、その男には〝理由〟がわからなかった。

なぜ、こいつらは〈理想の世界〉を否定したのか。

なぜ、《亡骸(なきがら)の獣》は消えたのか。

なぜ、己(オレ)は慢心してしまったのか——予定時刻を、一分も超過させておきながら。

伽世には、何もわからなかった。

しかし……一つだけ。伽世にも理解できることがあった。

ただ一つ——〝敗北〟という、ただその結果だけを、思い知る。

「——なんだ……っとぉぉっ!?」

……グッ。

ググッ。

グググググッ!

メイアの拳(こぶし)が、固く。固く固く固く……固く固く固く固く固く、握り締められた。

「伽世、ゲイン…………——往生、なさいな!」

――――ズドンッ！

メイアの直上へと落下してきた伽世(とぎせ)の土手っ腹に、〝魔女の鉄拳〟が突き刺さる。

「!?　ぐっ……！　ぬぅ……っ!?」

落下の勢いを拳(こぶし)のかち上げで打ち消され、伽世の身体が浮き上がる。

そして再び重力に引かれ、伽世は落下へと転じる。

再び、メイアの直上へと。

――――ズドンッ！

左拳だった。一撃目の右拳に変わり、二撃目の左。〝魔女の鉄拳〟が再び伽世を捉える。

「がはっ……ッ！」

再び伽世はかち上げられる。そして再び落下する。そしてそして……

ズドンッ！「うブっ……!!」

あとは、それを繰り返す。

ズドンッ！「げバっ……!?」

ひたすらに、繰り返す。

ズドンッ！　ズドンッ！

数えることも馬鹿らしい。

ズドンッ！　ズドンッ！　ズドンッ！

なぜならたとえ数えたところで……〝敗北〟という結果は、既に確定しているのだから。

それが、伽世ゲインという、理想の名の元に無数の罪を重ねた男が辿り着いた結末——因果の収束点だった。

鉄　拳　制　裁

ズドンッ、ズドンッ、ズドンッ、ズドンッ。

ズドン、ズドン、ズドンズドンズドン、ズドンズドンズドン。

ズドンズドンズドン、ズドンズドンズドン、ズドンズドンズドン、ズドンズドンズドン。

ズドドドドドドッ。ズドドドドドドッ。

ズダダダダダダダッッ。ズダダダダダダダッッッ。

ダダダダダダダダダダダダダダダダダダダダダダダダダダダダダダダダダダダッッッッ。

ダダダダダダダダダダダダダダダダダダダダダダダダダダダダダダダダダダダッッッッ。

「あぁぁぁぁぁぁああああああああああああああああああああっっっっっっ!!!!!!!!!!」

ダダダダダダダダダダダダダダダダダダダダダダダダダダダダダダダダダダダダッッッッ。
ダダダダダダダダダダダダダダダダダダダダダダダダダダダダダダダダダダダダッッッッ。
ダダダダダダダダダダダダダダダダダダダダダダダダダダダダダダダダダダダダッッッッ。
ダダダダダダダダダダダダダダダダダダダダダダダダダダダダダダダダダダダダッッッッ。
ダダダダダダダダダダダダダダダダダダダダダダダダダダダダダダダダダダダダッッッッ。

ズッッ――――――――ドンッッ!!!!!!

「――グゥウウウッツツ、……ッ、ッバァアアア゛ア゛ア゛ア゛……ッッッッ!!!?!?!!」

肉片ですらなかった。

ただ、無数の、純粋な闇の欠片となって。〝伽世ゲイン〟という自我意識が、夢でも現実でもない世界に溶けて消えてゆく。

『考え続けなければ死ぬ病』……伽世の患う、重度夢信症の症状である。

すなわち――このとき、覚醒現実、那都界市上空、高度一万メートル。飛行中のハイジャック機内にて、その男はとうに…………自然死していた。

伽世ゲイン、齢二十八歳にして、その死因――老衰であった。

──死な、ん……

──死ね、ん……己、は……ま、だ……

──……理、解、した……今わの、際、で……

──〈礼佳、壱、号〉……クナ、ハ……。……巻き添え、だった……〈礼、佳弐号〉、の……

──つま……り……

──《亡骸の、獣》は、消え……、……《頭蓋の、獣》、も……消え、た……

──よ、って……、……演算、を……邪魔す、るものは、もう、い、ない……

──完了、している……《真の、獣》の、招来は……

──あと、は……コレを、撃ち、込め、ば……

──己、の……人生、は……それ、で、完了す、る……

──勝、ったのは、お前、だ……ユニッ、ト、アル、ファ……

──だ、が……

──なし、遂げ、たのは……この、伽、世……ゲイン……だった、な……

…………………………ドン、ッ、…………………………

〝魔女の鉄拳〟のラッシュで、意識を粉々の闇(やみ)に還元されきる、その間際。
最後に放たれた、《銀の弾丸》――〈理想の世界〉の設計図。
それが――眠れる神獣、《真の獣》に撃ち込まれていた。

第十章　理想の世界

『ラァァァァッ……ラァァァ……ラ……ラ、ラ……ラァ………』

《頭蓋(ずがい)の獣》が、ポロポロと崩れて消えてゆく。

《亡骸(なきがら)の獣》とともに。伽世(とぎせ)ゲインとともに。

〈獣の夢〉たちが、夜の闇へと消えてゆく。

ただ一体だけを残して。

「センリ！　何……何なの？　この〈獣の夢〉は……!?」

呀苑(がえん)メイアが、その巨大な獣を見上げて呟(つぶや)いた。

《亡骸の獣》による〝夢と現実の境界〟の化身化、招来演算は完了していた。

そしてそれを抑え込むために逆演算を繰り返していた《頭蓋の獣(センリ)》も、もういない。

《真の獣》を止める者は、止められる者は、もういなかった。

伽世が闇の欠片(かけら)となって消滅した今、この〝夢の彼方〟に立っているのはメイアだけ。

メイアは《真の獣》のことも、〈理想の世界〉のことも知らない。知らされていない。

けれど。いや、だからこそ。メイアはそれを見て直感していた。

――これは、人間なんかが喚(よ)んではならない存在(もの)だ……。

『　　　　　　』

そこにいる《真の獣》は、鳴かない。動かない。目を閉じたまま、何もしない。

それは怠慢であるとか、招来が不完全だっただとかではない。

〝何もしない〟——それが《真の獣》という存在の本質だった。

人間の無意識の総体、〝集合無意識の海〟。伽世は夢信薬物〈ボーダレス〉を用いて、〝集合無意識の海〟そのものを〝夢と現実の境界〟という疑似世界へと変換させていた。そして〝夢と現実の境界〟が化身化・受肉した存在が《真の獣》。

〝人間〟という存在現象——《真の獣》とはまさにそれそのものだった。

種としての〝人間〟という現象に対して、〝個人〟がどうして抗うことなどできるだろう。

だから《真の獣》は〝何もしない〟。そんなこと、する必要すらないから。

ごくり……メイアですらも、思わず固唾を呑み込んでいた。

「……伽世は……最期にこんなものに何をしたの、何をしてしまったの……」

《銀の弾丸》は、〈理想の世界〉の設計図は、《真の獣》に撃ち込まれた。

伽世は敗北と引き換えに、己に課した存在目的を達成していた。

元よりあの男は、自分の命なんて最初から顧みてはいなかった。ただ〈理想の世界〉を実行することだけが命題だった。勝敗なんて判定は、そもそも伽世にはどうでもよかったのだ。

————ぴくりっ
《真の獣》の、閉じたままの瞼がわずかに震えた。

本来それはありえない現象である。《真の獣》は〝何もしない〟のだから。

ただ瞼が震えただけ――それだけなのに、メイアは三歩も後退（あとずさ）っていた。

「ダメよ、これはダメ……敵わないだとか、最強だとか無敵だとか、そういうことじゃない」

メイアの両腕から力が抜けた。握っていた拳（こぶし）も開かれていく。

「〝夢〟なんだわ……わたしたち、人類（わたしたち）そのものが、この獣が見ている〝夢〟なんだわ……ただ起こしただけで、世界が終わる……この獣は、そういう存在なんだわ」

〝何もしない〟――ただ夢を、世界（ゆめ）を、見ているだけ。それが《真の獣》の能力。

何もしないのだから、誰も何もできない。

伽世は、そんな獣の夢を終わらせたかった。

夢が終わる。世界（ゆめ）が変わる。

そして目覚める――〈理想の世界〉へ。

それが、伽世ゲインが目指した〈ボーダレス計画〉。その終着点だった。

《銀の弾丸（理想の世界の設計図）》は既に起動している。もう、誰にも何もできない。

「ツ……。――……え？」

何もできないメイアの口から、そんな声が漏（も）れていた。

ふわりと……彼女の目の前を、一匹の蛍が横切ったからだった。

いや、蛍じゃない――それは一粒の、光の欠片（かけら）。

メイアはそれを見たことがあった。

四年前に、迷い込んだ夢の先で。夢信空間〈礼佳弐号〉で——

「——センリ!?」

光の粒が飛んできた方向へ、メイアが振り返った。

そこにセンリはいなかった。彼女がいるはずなんてない。もうあの子はいない。たった今、《頭蓋の獣》とともに消滅してしまったのだから。

この〝夢の彼方〟には、今はもう二人しかいないのだから。

メイアの振り返った先に、瑠岬トウヤが横たわっていた。

「トウヤ……！　あなたがやったの、今のはあなたの光だったの!?」

メイアがトウヤの傍らに膝をついて問いかける。

「■■■■」

トウヤは何も答えなかった。

答えられなかった。自ら撃ち込んだ《銀の弾丸》で、感情も言葉も心も全部壊していたから。

ふわり……。再び光の粒が舞い上がる。今度はメイアも見逃さなかった。

やはりトウヤからだった。トウヤの身体から、光の粒が生じている。

「トウヤ、あなた……！」

メイアは息を呑んだ。その光の粒を見た瞬間、すべてを理解した。

「センリと、同じ……それがあなたの、夢信特性……！」

「■■■■」

生きているだけの機械になり果てたトウヤも、自身のその変化を分析していた。

——〝瑠岬、とうや〟ハ……ズット、無能力者ダッタ……。

——耐性能力ハ、心ガ痛ミヲ感ジテイナカッタダケ……《頭蓋（ずがい）ノ獣》ハ、瑠岬せんりトイウ女（ヒト）ガ、〝瑠岬とうや〟ヲ守ッテイタダケ。

——ダカラ、〝瑠岬とうや〟個人ハ、タダノ何モ持タナイ人間ダッタ……。

——ソウカ……コレガ、〝瑠岬とうや〟自身ノ能力……。

——瑠岬せんりト同ジ……〝溶ケ合ッテ、紡ギ合ウ〟……『夢ト同化スル能力』……。

——ナラ……マダ、可能性ハアル。

ふわり……ふわり。ふわり、ふわり。ふわり、ふわり、ふわり。

トウヤから、光の粒が溢（あふ）れていった。

次から次へと。まるで蛍の群れのように。降り注ぐ流星雨のように。

「だめ！　やめなさい、トウヤ！」

メイアが宙に手を伸ばして叫んだ。

「知ってるの……わたし知ってるんだから！　その能力は使っちゃだめなの！　それは一度きりのやつで、使ったら意識が消えちゃうの！　センリがそうだったんから！」

メイアが光の粒たちを捕まえる。両手に包んだそれを、トウヤの身体に戻そうと押しつける。けれど逆効果だった。メイアの手がトウヤに触れた瞬間、ぶわっと、彼の身体からさらに大量の光の粒子が一気に舞い上がった。

光の粒を放出するごとに、トウヤの肉体(イメージ)が少しずつ崩れ落ちていく。

「あぁ……っ！　やめなさいって言ってるでしょう！　馬鹿なの、トウヤ！」

ぺちんっ！　メイアが思わずトウヤの頬(ほお)をひっぱたいた。

けれど、やっぱりトウヤは何も反応しなかった。

メイアがどんなに止めようとしても、トウヤはどんどん光の粒に変わっていく。

彼の意識が、消えてゆく。

「ねえ、やめて……やめてったら、トウヤ……」

いつしか、メイアの声は震えていた。

「……わたしが、あなたの言うこと聞かないから……？　だからあなたも、わたしの言うこと聞いてくれないの……？」

「■■■■」

「ねえ、だったらわたし……言うこと聞くから。あなたの言いつけ、守るから」

「■■■■」

「もう、カレーばっかり作ってって言わないわ」

「■■■■■」

「好き嫌いもしないわ……〝てぃーしゃつ〟一枚で部屋の中、うろちょろなんてしないわ」

「■■■■■」

「『どうして？』って……わからないことをあなたにすぐ聞いちゃう癖も、直すから」

「■■■■■」

「お休みの日は、あなたのお手伝い、ちゃんとするから……」

「■■■■■」

「ねぇ……消えないでぇ、トウヤぁ！」

「■■■■■」

「センリも、消えちゃった……ねぇ、わ゙たしだけ置いていかないでぇっ……！」

「■■■■■」

「一緒に、おうちに……帰りましょぉよぉ！」

メイアがぼろぼろ泣いていた。

崩れてゆくトウヤをぎゅうーっと抱き締め、声を震わせ、喉(のど)を詰まらせ泣いていた。

〈銀鈴事件(六月のとき)〉は、感情なんてわからなかったのに。

〈L.D.事件(七月のとき)〉は、他人の感情でわけもわからず涙だけが出てくるだけだったのに。

でも、今は違う。この八月三十一日は違う。

メイアは、自分の心で泣いていた。

心が震える、心が熱い、心が叫んでいる。

涙が溢れる。声が噴き出す。想いがどこまでも膨らんでいく。全部全部止まらなかった。

「わああああんっ！」

何て熱いんだろう。

「おああああああああんっ！」

何て狂おしいんだろう。

「わおおあああああああああんっ！」

何て……愛おしいんだろう。

これが、人の〝こころ〟。

目の前に、それを教えてくれた人がいる。一緒に知っていこうと約束した人がいる。

トウヤの崩れかけの肉体は、もうほとんど残っていなかった。

メイアはそんな彼の欠片を、ぎゅぅーっともう一度、強く強く抱き締めた。

「消えないでよぉ……傍にいてよぉ、トウヤぁ！　あなたがいない世界なんて……そんなの、やぁよぉ！」

『　　　　　　　　　　　　　　　　』

《真の獣》が、蜃気楼のように消えてゆく。

目覚めることなく。〝何もしない〟まま。

トウヤが自身の存在と引き換えに舞い上げた光が、獣を永遠の眠りへと還してゆく。

斯くして、〈理想の世界〉の降臨は、ここに阻止された。

——……〝瑠岬とうや〟ノ、記憶ガ言ッテル……。

——『みんなに救ってもらったこの心で、みんなに恩返しがしたかったんだよ』

——『だから俺は、この最後のミッションをやるって決めたんだ』

——『俺はやっぱり、〈理想の世界〉なんかより、みんなといる世界が好きだから』

——『だから、これでいい……これでいいんだ』

瑠岬トウヤの自我意識が、消滅する間際。

彼の寝顔は、心の底から穏やかに微笑んでいた。

——…………ばいばい、メイア。

＊＊＊永遠の眠り：トウヤ＊＊＊

》》物理経過時間、不明。体感経過時間、消失。

ここは、〝永遠の眠り〟。

光の粒になって消滅したトウヤの意識が、ふわふわと漂い続けた末に流れ着いた場所。

そこは光も闇もない、真に何もない無の世界だった。

〝世界〟なんて呼び方もできない、存在するのかしないのかも定まらない領域だった。

『　　　　　　　　　　　　　　　　』

そんな〝永遠の眠り〟の中へ、《真の獣》が還ってゆくのが見えた。

もう二度と、その神獣の眠りを邪魔する者は現れないだろう。

それをしっかりと見届けて、トウヤの心は満たされていた。

――俺の夢信特性は、きっと、このときのためにあったんだ。

自分の生まれてきた意味を理解して、トウヤは満ち足りる。後悔なんて微塵もなかった。

――静かな場所だ、ここは。……とっても落ち着く。

〝永遠の眠り〟の中で、たった一人漂いながら、トウヤは〝目〟を閉じる。

もう〝肉体〟なんて、そんなイメージも失っていたから、概念的に〝目〟を閉じた。

この『永遠』の中で、穏やかに心満ちたまま、彼は自分もその一部になろうと思った――

トウヤが〝目〟を閉じてから、どれぐらいの時間が経っただろう。〝永遠の眠り〟の中では、そんなことを考えても意味はない。『永遠』というものには、『時間』という概念がないから。

それはトウヤが、自分の名前が〝瑠岬トウヤ〟であるということだとか、物質世界で十七年間生きた記憶であるとか、意識という存在そのものだとか、そういうあれこれをすべて溶かして、限りなく〝無〟の状態で永遠の中を漂っていたときだった。

何かが聞こえた。

――？　何だろう……？

トウヤがぱちりと〝目〟を開ける。

何も無いはずの〝永遠の眠り〟の中で。トウヤの〝耳〟に、確かに何かが聞こえた。

……〝んぎゃあ、んぎゃあ〟……

〝んぎゃあ、んぎゃあ！〟

〝んぎゃあっ！　んぎゃあっ！〟

それは赤子の泣き声だった。

トウヤの前に、一人の赤ん坊がいた。

『永遠』というものには『時間』という概念がない。それと同じで『永遠』には『距離』という概念もない。すべてがここにあるし、何もどこにもないともいえる。だからいきなり何かが現われたり消えたりしても、それは不思議なことでもないのだろうと、トウヤはそう考えた。

トウヤは改めて、目の前に現われた存在を観察する。

それは雪のように真っ白な、白銀の赤子だった。

あまりにも白すぎて、光り輝いてさえいる。だからトウヤには赤子の表情がわからなかった。それどころか、男の子なのか女の子なのかさえ判断できなかった。

〝んぎゃあっ！　んぎゃあっ！　んぎゃあっ！〟

——……うるさいなぁ、お前。

しばらく無言でじっと赤子を観察した末に、トウヤはぽつりとそう呟（つぶや）いた。

〝静かにしろ〟という怒りではない。〝しょうがないなぁ〟という、苦笑混じりの言葉だった。

——なんだよ、抱っこでもしてほしいのか？

トウヤはおっかなびっくり、突然やってきた〝白銀の赤子〟のことを両腕に抱えてみた。

そういえば永遠（ここ）に来てから、初めて自分の〝身体（イメージ）〟を認識したなと、トウヤは思った。

〝んぎゃあっ！　んぎゃあっ！〟

――痛でで……！　俺の顔蹴ってくるなよ。しょうがないだろ、赤ちゃんなんて、触ったこともないんだから……抱っこのやり方なんてわかんないよ。

〝んぎゃあっ！　んぎゃあっ！〟

――あーっ、もうっ、わがままだなぁ！　どっかで見たことあるぞ、お前みたいなやつ！

トウヤは自分のその言葉で、はっと思い出した。

〝永遠の眠り〟の中でもうほとんど忘れていた、物質世界で経験した戦いの記憶が蘇る。

――……あ！　お前、あのときの！

それは礼佳九年八月二十九日。夢信空間〈友恵〉での記憶。

伽世の《銀の弾丸》を浴びたメイアが、《魔女の花》を咲かせて。そこから摘出されて《亡骸の獣》に取り込まれていった、赤子の形をした悪夢。

メイア……呀苑メイア。

それは何だか、とても懐かしい響きだった。

トウヤはもう一度、〝白銀の赤子〟をしげしげと見つめた。

〝んぎゃあっ！　んぎゃあっ！　んぎゃあっ！　んぎゃあっ！〟

――……。……メイア、なのか……ひょっとして……？

だとしたら、〝抱っこがしっくりこないわ〟とトウヤの顔面に蹴りを入れてくるのも納得できてしまって……しょうがないなぁと、トウヤはまた苦笑いを浮かべた。

——何だよ、お前。こんなとこまで来ちゃったのかよ……そんな姿になってまでさ。

トウヤはさっきよりも優しく、〝白銀の赤子〟の小さな身体を包み込むように抱っこした。

——こう、かな……よしよし、よしよし……。

〝きゃっきゃっ！　きゃははっ！〟

〝白銀の赤子〟の笑い声が弾けた。それを聞いてトウヤも思わず頬が緩んだ。

——ほんと、しょうがないやつ……ここは〝永遠の眠り〟なんだぞ？〝集合無意識の海の底〟よりも、もっとずっと遠い場所なんだぞ？　ここに来るのは俺だけでよかったんだ。〈理想の世界〉を阻止するには、こうするしかなかったんだから。

〝きゃははっ！　きゃーっきゃ！〟

トウヤはお説教をしたつもりだったけれど、〝白銀の赤子〟はご機嫌な様子でトウヤの頬をてちてちと叩いてくるばかりで。

——……まぁ、来ちゃったもんはしょうがないか。

元々寂しいとは思っていなかったけれど、この子と二人で永遠になるなら、それも悪くないかなと、トウヤがそんなことを思っていると……、

〝だぁだっ、あぶぅっ〟

トウヤの腕の中で、〝白銀の赤子〟が急に身をよじりだした。

——ちょっちょ……！　暴れるなよ、落っこっちゃうだろ！

〝あぶぅっ！　あぶぶぅっ！〟

そこへきて、トウヤはふと気づいた。

〝白銀の赤子〟が身をよじって、小さな手でどこかを指差していた。

──……何だ？　あっちに何かあるのか？

〝だぁだっ、ぶいっ、ぶいっ！〟

──？？？『下ろせ』って言ってるのか……？　わかんないけど……ほら。

しきりに腕を振り回す赤子を、トウヤがそっと足元に下ろす。

すると〝白銀の赤子〟は、先ほど指差していた方角へ向かってハイハイを始めた。

〝あっぶぅっ！〟

──『ついてこい』って？

〝ぶいっ！〟

──〝永遠の眠り〟は混沌なんだぞ？　全部があるし、何もない。だから俺はずっとここで漂ってるしかなかったのに、お前はここの歩き方がわかるっていうのか……？

赤子のハイハイに導かれて、トウヤは進んでいった。

〝永遠の眠り〟には、全部があるし何もない。

トウヤはこのとき、自分が発したその言葉の、本当の意味をまだ理解していなかった。

それは言い方を変えれば、『永遠』には『あらゆる時間』が同時に存在するということ。

やがて、〝白銀の赤子〟はハイハイをやめると、ぺたんとお尻をついて座り込んだ。

〝だぁだっ、ぶぅっ〟

──着いたのか？　どこに？

〝んーまっ！〟

トウヤは赤子が指し示した方向を見つめた。

すると、そこに〝それ〟が現れた。

──────『バオォォォォォォォォオオッ』

──！　《顎の獣》!?　クナハか！　どうしてここに!?

トウヤは一瞬身構えた。が、すぐに状況を理解して警戒を解いた。

それは夢だった。

〝永遠の眠り〟が見せる記録。実際に《顎の獣》がここにいるわけじゃない。

トウヤは周囲を見回す。そこにはいつの間にか、見覚えの景色が広がっていた。

──……知ってる……知ってるぞ、俺。この記録は──

月の冷たい夜だった。

落ちてきそうなほどの、大きな月。夜露が滴るかのように、流れ星が尾を引いて。雪の如く白い星明かりが、骨の芯から熱を奪っていく。そんな夜。そんな記憶。

それは、夢信空間〈礼佳弐号〉。

赤子に導かれた先に広がっていたのは、礼佳五年一月某日、〈礼佳弐号事件〉の記録(ゆめ)だった。

——————

『ラァァァァァァァァアッ』

そしてその声を耳にして、トウヤは感嘆の息を漏(も)らしていた。

——……ああ……姉さん。

トウヤの前に、〈礼佳弐号事件(礼佳五年一月某日)〉の、まだ十三歳の瑠岬(るみさき)センリの姿があった。

まだ十二歳だった当時の自分(トウヤ)を、《顎の獣》から守ってくれた姉(センリ)の姿。その記録。

身体中から光の粒を舞い上げて、今まさに〈獣の夢〉に姿を変えようとしているその姿。

なんて勇ましいんだろう。なんて美しいんだろう。

その記録(ゆめ)の瞬間を一時停止させて、トウヤはいつまでもそれを見つめていた。

〝ばぁぶぅっ！　だぁだっ！〟

——何だ……？　『そうじゃない』って言いたいのか？　何を見せたいんだ、お前？

〝ばぁぶぅっ！〟

〝白銀の赤子〟がしきりに指差した。一時停止になっているセンリを。

美しく光を放つセンリ……トウヤと同じ能力を使った瞬間のセンリ。

俺と、同じ。

〝あ！〟と、トウヤは思わず声を上げた。

——そうか、姉さんと俺は同じなんだ。同じ能力……それなら、その力で認識してるものも。

トウヤが、礼佳五年一月某日の記録に近づいていく。

そして一時停止になっている、光になりつつあるセンリの耳元へ、そっと――

――〝姉さん〟と、そう呼びかけてみた。


……………………………………………くるり。


一時停止していたセンリの記録が、トウヤへ振り向いた。

――あぁ、やっぱり……そういうことなんだ。

――礼佳五年一月某日の時点から……姉さんは、〝永遠の眠り〟に繋がってたんだ。

――そして今、俺も永遠に繋がってるから……。

――〝永遠の眠り〟には、時間が存在しないから……過去も未来も現在も区別がないから。

――だから礼佳五年一月某日にも、俺の声が届いてるんだ。

――〝永遠の眠り〟を使えば……未来から過去へ、メッセージを送れる。


〝ばぶっ！〟


赤子が何をさせたいのか。何のチャンスを与えてくれているのかを、彼は既に直感していた。

トウヤは赤子に頷くと、もう一度、礼佳五年のセンリに向き合った。

――姉さん、聞いて。四年後なんだ。四年後の、礼佳九年八月三十一日。午前0時ちょうどに、〈礼佳弐号〉を自爆させなくちゃならなくなる。


『………』

センリの記録(ゆめ)が、じっとトウヤのことを見つめている。

——そうなったら、《頭蓋の獣(姉さん)》は消滅しちゃう……だからそうなる前に、そうならないように、礼佳五年(いま)からそのための準備をしていてほしいんだ。

『…………』

——そのときの俺は、もう大丈夫だから。礼佳九年八月三十一日までなんだ。それまでどうか、俺を見守っていて、姉さん。

礼佳九年(十七歳)の弟(トウヤ)の言葉を聞き終えると、礼佳五年(十三歳)の姉(センリ)は、

……………………こくり。

はっきりと、首を縦に頷かせた。

——ああ……ありがとう、姉さん。

それを最後に、礼佳五年一月某日の記録(ゆめ)は溶けて消えた。

再び永遠とその混沌(こんとん)が周囲に満ちる。トウヤは〝白銀の赤子〟を振り返った。

——そっか。お前、俺と姉さんを会わせたかったんだな。ありがとう。

トウヤは〝白銀の赤子〟と目の高さを合わせると、赤子の頭をそっと撫(な)でた。

そしてトウヤは、小さな命へ向かって語りかけた。

——……お前は……ううん、きみは————メイアじゃないね。

〝きゃっきゃ！〟

〝白銀の赤子〟が元気に腕を振り回した。

トウヤが赤子のその小さな小さな手を、よく目を凝らして見つめてみると……ぷっくりと膨れたかわいらしい指先に、細い〝結び目〟があった。

それはぼんやりと、ほんの微かに光を放つ、透明な糸だった。

それが〝白銀の赤子〟の指先から、〝永遠の眠り〟の中へ延々と伸びているのだった。

——きみが誰なのかはわからないけど……それが、きみの夢信特性なんだね。

糸はとてもとても長くて、どこまでも繋がっていて果てが見えなかった。

〝白銀の赤子〟はそれを辿ってここまでやってきたのだと、トウヤは理解した。

——『紡いだ因縁を辿って、時を渡る能力』……夢は自由だから、時間の流れも関係ないから、そういうこともできちゃうのか。

〝だぁだっ、だぁだっ！　あぶぅっ！〟

〝白銀の赤子〟が再びハイハイを始める。透明な因縁を辿って、トウヤをどこかへ導いていく。

その小さな小さな背中に向かって、トウヤは語りかけていった。

——きみのその能力は、万能すぎる。時の流れを無視して情報をやりとりさせることができるなんて、人間に許されていい力じゃない。

——いや、違う……このための能力なのか。**今のこの状況のためだけの**、一度きりの能力。

——俺たちの因縁だけを辿ってるっていうのか……。

——馬鹿だなぁ、きみ……夢信特性は、一生ものの才能なのに。

——それを、こんな限定された条件だけに使っちゃうなんて。

——そんなにまでして、きみは……わざわざ俺に会いに来てくれたのか。

ハイハイが止まる。永遠の一点を迷いなく指差して、赤子がトウヤを振り向いた。

〝んーまっ！　あぶぅ、あぶぶぅっ！〟

トウヤはぎゅぅーっと、そんな〝白銀の赤子〟のことを抱き締めた。

——わかった気がする……俺を、こ、の、時、点へ導くことが、きみの目的だったんだね。

〝きゃっきゃ！　きゃあ！　きゃっきゃ！〟

——そっかぁ。起きなくちゃいけないのか、俺。永遠も案外悪くないって思ってたんだけど。

〝ばぶぅ！　だだぁっ！〟

——痛てて！　だから蹴るなって！　……わかった、起きるよ。起きればいいんだろ。

〝ばぶっ！〟

トウヤは困り顔で笑いながら、〝白銀の赤子〟を足元に下ろした。

——わざわざこんなにまでして俺に会いに来てもらったのに悪いんだけど、俺にはきみが誰なのかも、どこから来たのかもわからないんだ。ちゃんと一人で帰れるかい？

〝まっ！〟

——はは、そっか、そうだよな。だってきみの能力だもんな。……それじゃ、ばいばい。

〝ばぁばい！〟

それを合図に、トウヤの身体が光に包まれた。

もう一度だけ、彼自身の夢信特性が発動する。

目覚めへと、至るために。


光が差した。

〝永遠の眠り〟が晴れてゆく。

トウヤの心を真っ黒に塗り潰していた、あの暗黒の感情も消えてゆく。

「――ばいばい」

そしてトウヤは自分の肉声で、小さな命へ向かってその言葉を贈った。

「ばいばい、またね。きみとは、いつかどこかで、また会える気がするよ」

〝ばぁばい！　だぁだ、ばぁばーい！〟


紡いだ因縁に導かれ、目覚めのときがやってくる。

トウヤが〝白銀の赤子〟に導かれた時点は――礼佳九年八月三十一日、午前四時だった》》

＊＊＊ 覚醒現実 ＊＊＊

》》》まず、目覚めた彼が最初に感じた感覚は、〝痛い〟だった。

身体中が痛い。消毒液の匂いに包まれて、全身が擦り傷だらけなのがわかる。血が乾いて、傷口と包帯がくっついて、ちょっとでも身体を動かすとそれがベリベリと擦(こす)れて激痛が走る。

背中が痛い。今は柔らかいベッドに寝かされているようだけれど、つい数時間前までは〝移動式夢信管制室〟の硬い精密夢信機(ベッド)にいたから、背中も肩も腰も首もバキバキになっている。

目が痛い。見慣れた病室の電灯の光が、ずっと瞼(まぶた)を閉じて闇(やみ)に慣れきっていた目に容赦なく突き刺さる。涙が滲(にじ)む。傷の痛みより、全身の強張(こわば)りより、何よりも一番これが堪(こた)えた。

彼はうっすらと開けていた瞼を閉じなおした。再び周囲が闇に包まれる。

トクン、トクン。トクン、トクン。

瞼の裏の闇に身を委ねていると、心臓の音がよく聞こえた。

〝生きてる〟と。〝目が覚めちゃったな〟と。随分時間を置いて、彼はそんな感想を抱いた。

トクン、トクン。トクン、トクン。

ふと、違和感を覚えた。

トクン、トクン。トクン、トクン。

自分の鼓動に重なって、他人の心音が聞こえる。

骨を伝って、耳の内側に直接響いてくる。

意識しだすとどうにも落ち着かなくなった。彼はゆっくりと、もう一度目を開けた。

「…………」

ここは、那都界大学附属病院。夢信症病棟。

病室の天井をしばらく見つめて、横になったまま、彼はぎょろりと視線を下に向けた。

トクン、トクン。トクン、トクン、トクン。

さっきから聞こえていた〝他人の心音〟、その持ち主がそこにいた。

呀苑メイア。

彼女が、彼の胸に上に覆い被さっている。

「……ぐすっ。ひっく……」

メイアのしゃくり上げる声がした。今になって気づいたが、彼の服の胸周りはびしょびしょに濡れていた。塩水が包帯に染み込んできて傷口に触れて、ものすごく染みる。

痛い。動けない。すごい邪魔。

だからこいつに、何か言ってやろうと——トウヤは、そう思った。

「………なんで泣いてんの、お前」

ビクリッ。と、メイアの身体が跳ね上がった。

けれど、彼女はトウヤの胸に顔を押しつけたままでいる。

もごもごと、そのままメイアの口が動く。

「…………馬鹿ね、あなた……」

透き通った、氷のような声だった。

それはトウヤのことを突き放すような声だったけれど、トウヤはそれを懐かしいと思った。

「……バカは、どっちだよ……」

〝懐かしい〟と思ったのと同時に、〝初めて見た〟とも思った。

初めて見た——お前がそんな、いろんな気持ちを抱えすぎて、それを上手く伝えられなくて、自分でもよくわからなくなって、どうしようもないから意地だけ張ってるなんてところ。

——なんだ、おんなじじゃないか。今の俺と。

「……メイアの、バカ……また、遠くまで迎えに来させてさ……俺も、ヨミも、ウルカも、ユリーカも、他のみんなも、ヘトヘトだ……」

二人きりのまだ夜も明けない病室で、トウヤの文句が続いていく。

「お前が伽世についていってっちゃったとき……『何でだよ』って思った。『何でそんな奴と一緒に行っちゃうんだよ』って。裏切られたと思った。もう何もかもどうでもいいやってなった。そこから立ち直るの、めちゃくちゃ……めちゃくちゃ大変だったんだからな」

するとそこへ、メイアの言葉が返ってくる。

「何よ……全部、〈ボーダレス〉のせいじゃない。わたしは悪くなんてないわ」

彼女のその言い草は、彼女らしくなかった。

それはとても……とても、人間臭い言葉たちだった。

「わたし……〈友恵〉でとっても怖くて、心細かったんだから。あなたが助けに来てくれたとき、わたし、『もっと早く来てくれればいいのに』って思ったわ」

「あのときはこっちも大変だったんだ。レンカさんたちが飛び下りようとして」

「わたしだって大変だったわ」

「だったらお互い様だろ」

「そんなことどうだっていいのよ。今はわたしの話なの。わたしが怖かったのって、傷ついたのって話をしているの」

「そんなの、俺のほうがもっと全身ボロボロじゃないか。見ろよこの傷……半分はお前にやられたんだからな」

「ふんっ。何よ、半分ぐらいいいじゃない」

「お前なぁ……いいわけな――」

ずっとベッドに横になったままでいたトウヤが視線を下げると、そこで彼の言葉が途切れた。

メイアと目が合ったからだった。

「～～～～っ」

トウヤの胸に顔を押しつけていたメイアが、膨れっ面を向けてきていた。

「……何だよ、変な顔して」

「変な顔って何よ。わたし、怒っているのよ。あなたのこと、病院にきてからずっと心配してあげてたのに、最初の言葉が『何で泣いてんの』ってどういうこと？」

「いや、何でもいいから何か言わないといけない気がして……それに、だってそうだろ。お前がそんな本気で泣いてるとこなんて初めて見たんだから、何でってなるだろ」

「泣いてないわよ」

「嘘つけ、思いっきり目元腫らしてるじゃないか」

「鼻水よ、こんなの」

「？　何言ってんだお前？　そんなとこから鼻水なんて出るわけないだろ？」

「あなたが最初に言ったんじゃないの!?」

ポスンッ。メイアがトウヤへ〝魔女の鉄拳〟を放った。

覚醒現実ではなんてことない、普通の女の子の猫パンチ。

「痛でっ。怪我してるって言ってるじゃないか、この！」

トスンッ。トウヤがメイアの肩を押し返す。

こちらもなんてことのない、家事が趣味なだけの男の子のへろへろ張り手。

ポスンポスン、トスントスンと、痛くも痒くもない応酬が始まる。

「――わたしに〝呪い〟をかけたくせに！　わたしに『死ぬな』って言ったくせに！　なんでトウヤのほうが先に消えようとするのよ！」

「――『〝呪い〟を半分こにする』なんてわけわかんないこと言っといて！　そんなこと言ってすぐどっか行っちゃったじゃないか、お前だって！」

「怖かったんだから、わたし！　あなたが目の前で消えちゃうから！」

「俺だって！　お前を正気に戻すのに必死だったんだぞ！」

「怖かったんだから！　心配だったんだから！　悲しかったんだから！」

「その言葉そのまま返してやる！　お前といるといっつもそうだ！」

「きらいきらいきらいきらい！　トウヤなんてきらい！」

「俺もだ！　前からずっと言ってるだろ！　メイアなんて嫌いだ！」

二人がいがみ合う。そしてズイッと、まったく同時に顔を突き出して、

ゴツンッ――「「あ痛ぁ！」」

互いの額を派手にぶつけ合って、二人はその場にうずくまった。

すんすんと、泣いているのか笑っているのかもわからない音を立てて、メイアが顔を上げる。

「……。……トウヤ。ああ、この感じ……いつものトウヤだわ」

トウヤのほうも、笑顔なのか泣き顔なのかもわからないぐらいに頬を震わせる。

「……。お前は……何か、雰囲気変わったな、メイア」

「トウヤのせいよ」

「メイアのせいだ」

そして……コツンと。

二人はそっと、お互いの額を寄せ合って。

「……ッ……ぅ……ッ……ぐすっ……ッ」

……ぽたぽた、ぽたぽた、ぽたぽたと。

どちらのものかもわからない涙の滴が、シーツを静かに濡らしていった——


その病室前の廊下。

「……しィ」

スライドドアに伸ばしかけていた手を引っ込めて、ナリタが唇に指を当てながら振り返った。

パチリとウインクしてみせる。

「アンタたちぃ、聞かなかったことにしとくのよォ？　——でなきゃ、野暮ってもんよねェン」

「……あぁ、そうらしいな」

レディースーツを煤で汚した犀恒レンカが、ふっと優しい顔で微笑んだ。

「お帰り、瑠岬くん。がんばったね」

「お疲れ様でした、先輩」

「トウヤ。よかったですね。本当に、よかったですね」

ヨミとウルカとユリーカが、互いの肩をそっと寄せ合い抱き合った。

「行きましょうや。休憩所に自販機があります。仕事終わりの一本、皆さんに奢りますよ」

ヒョウゴがニカッと笑い飛ばすと、一同はゆっくりと、その場を後にしていった。


「「──わあああああああんっ！」」

「「わあああぁああああぁあんっ！」」

「「わあああぁあぁあぁあああんっっ!!」」


病室の扉の奥から、男女の泣き声が混ざり合って漏れてくる。

ナリタも、レンカも、ヨミもウルカもユリーカも、それからヒョウゴも。トウヤとメイアが自分たちで外に出てくるまで、誰も決してそこに近づいたりなんてしなかった。

……これが、誰も知らない物語の顚末。

……過去も未来も現在もない、〝永遠の眠り〟の夢を見た、瑠岬トウヤの物語。

――『みんな、約束だ……〝いつもの明日〟で、必ず会おう！』

……結論を言えば、やはり、彼のその約束が守られることはなかった。

……世界は、変わったから。

……もう、〝昨日と同じ今日〟じゃないから。

……だからここからは、世界が変わった後の物語……。

「――みんな！　俺たち、行かなきゃいけない所があるんだ！」

「――ずっと前からの約束なの。わたしたちを繋いでくれた、とっても大切な約束なの」

それは、かつてとある少女が、自分の形を持たないとある女の子と交わした約束。

――元気を出して、変わった姿のお姫様。

――私たちが、あなたとケンカしてあげる。

――あなたにいろんな感情を教えてあげる。

――楽しいことも嫌なことも、みーんなみんな教えてあげる。

――それで、ケンカが終わったら――

礼佳九年八月三十一日、午前五時三十分。

那都界大学附属病院、夢信症病棟。

ここは、トウヤの抱き続けた幻想――夢と現実、二つの世界の境界に建つ、魔法のお城。

〈眠り姫〉――瑠岬センリの病室。

この場所こそが彼にとっての、夢と現実の境界。

四年前、瑠岬トウヤという人間が、孤独な旅を始めた場所。

明けたばかりの朝陽の光が、真っ白なカーテンを透かしていた。
消毒液と深緑の匂い。窓辺に止まった小鳥たちの優しい囀り。
ベッドの傍らに寄り添って、トウヤとメイアは、センリの寝顔を静かに見つめる。

〝──姉さん、聞いて。四年後なんだ。四年後の、礼佳九年八月三十一日。午前0時ちょうどに、〈礼佳弐号〉を自爆させなくちゃならなくなる〟

〝──そうなったら、《頭蓋の獣》は消滅しちゃう……だからそうなる前に、そうならないように、礼佳五年からそのための準備をしていてほしいんだ。

〝──そのときの俺は、もう大丈夫だから。礼佳九年八月三十一日までなんだ。それまでどうか、俺を見守っていて、姉さん〟

〈眠り姫〉が──

「──────……………」

……目を開けた。

世界は、変わった。

もう、昨日と同じ今日じゃない。

これが、彼と彼女と仲間たちが、その手で選び取った世界。

「……おはよう、姉さん」
「……おはよう、センリ」

――ケンカが、終わったら――私たち三人で、お友達になりましょう?

「…………おはよう、トウヤ。
…………やっと会えたね、メイア」

だからこれが、彼らにとっての――理想の世界。

貘

最終章　きみの言葉で

＊＊＊事後報告（デブリーフィング）＊＊＊

四年後。礼佳（らいか）十三年、九月一日。

チク、タク。チク、タク。……カチリッ。

ボォーン、ボォーン。ボォーン、ボォーン。ボォーン、ボォーン。

アンティークの柱時計が午後六時を指し、部屋中に綺麗（きれい）な鐘の音が響き渡りました。

その鐘の音を合図に出勤の支度を始めるのが、彼の日課です。

〝姉さんへ。夏期講義お疲れさま。カレーを作っておきました。温めて食べてください。

――トウヤ〟

食卓にそう書き置きを残したトウヤが、スーツに袖を通していきます。着替えを終えると、彼は最後に、ジャケットの襟に空いたバッジ穴（フラワーホール）へ社章を取りつけました。

〈夢幻Ｓ・Ｗ・（セキュリティ・ワークス）〉のエンブレムです。

「いってきまーす」

靴を履いたトウヤが、家の中には誰もいないのにそう声に出して玄関を開けます。彼の昔からの日課です。一日を区切る大切なおまじないなんだそうです。

ガチャリ——ガチャ、、ガチャリ、、

玄関扉を開ける音が、二つ聞こえました。

「お、トウヤ。今から出勤？」

そう言ってきたのは、ちょうど隣の家の玄関から出てきた女性——犀恒(さいづね)レンカさんでした。

二人はマンション八階のお隣さんどうしです。

ユリーカ・F・ユングさん——今もトウヤの親友である彼女は、現在は生まれ故郷のイギリスで父親のジャックさんの仕事のお手伝いをしています。そんな彼女が西界(にしざかい)高校を卒業するまで住んでいたお家を、トウヤが譲り受けたのでした。さっき綺麗(きれい)な鐘を鳴らしていた柱時計は、ユリーカさんとジャックさんが引っ越し祝いにトウヤへプレゼントしてくれたものです。

トウヤとレンカさんが二人並んで出勤していきます。

「あれ、今日はパンツスーツなんですね、レンカさん。いつものミニスカートは？」

「君さぁ、再来月で三十になるんだぜ？　私。さすがにそろそろミニはキツい……」

「あ、そですか」

「それに今日から九月だろ？　養成所の私のクラス、新期生が入ってくるんだ。だからおろしたてのスーツで気合い入れてんの」

レンカさんは〈夢幻S・W・(セキュリティ・ワークス)〉の人だけど、今は別の場所でお仕事をしています。

四年前に起きた、あの事件がきっかけでした。

〈ボーダレス事件〉――その犯人が作っていたという夢信薬物〈ボーダレス〉は、元々夢信症治療のために開発された薬でした。それを事件当時、二度も摂取したことで、レンカさんが長年患っていた夢信症は、それから一気に快方へと向かったのでした。

それを聞きつけた全夢連協会の偉い人が、元々凄腕の〈獏〉として有名だったレンカさんに、スカウトをかけてきたのだそうです。

現役の戦闘員としてではなく、指導官として、次の世代の〈獏〉を育ててくれないかと。

それを承諾したレンカさんは、〈夢幻Ｓ・Ｗ・〉からの出向扱いで、今は協会が管理する養成所で働いています。毎日若い人たちをいじｍ――ビシビシ鍛えているのだそうです。

チーンッ。二人の乗ったエレベーターが地下駐車場に到着しました。

トウヤは軽自動車、レンカさんは愛車のネイキッドバイクの元へと歩いていきます。

「おーい、瑠岬くーん！　犀恒さんもぉ！」

するとそこへ、呼びかけてくる声がありました。

二人が振り返ると、来客用の駐車スペースに白い乗用車が停まっていました。

運転席から角刈り白髪のおじさんが下りてきます。

「改谷さん！　どうしたんですか、うちまでわざわざ」

トウヤが尋ねると、改谷さんはニカッと笑みを浮かべました。

「たはは、仕事の相談に伺いました～。今夜、手ぇ空いてませんかねぇ？」

「え、またですか……？　先月の〈夢信家出少女事件〉、解決したばっかなのに……」

「そんなイヤそうな顔せんでくださいよ。瑠岬くん、最近ちょっと、塩対応が犀恒さんに似てきましたな？」

「おい。横で聞こえてんぞ、お偉いさん」

レンカさんがゴスゴス改谷さんを小突きます。改谷さんは愉快そうにもう一度笑いました。

改谷部長。四年前〈ボーダレス事件〉を解決した上、爆発倒壊した〈礼佳〉シリーズ建屋から支部局長さんを救出した功績が評価され、現在の改谷さんは〈警察機構〉那都界支局に新設された新部署〝夢信犯罪対策部〟の部長さんをしています。

とはいっても、改谷さん本人は相変わらず『夢信技術にはさっぱり』とロートルを自称していて、市民から難しい相談を受けたりすると、今もこうしてトウヤに泣きついてくるのです。

「というわけで頼まれちゃくれませんかね瑠岬くん……今回は夢ン中の遊園地に出没する幽霊を退治してほしいて相談がきとんですわ。〈悪夢〉退治ならお手のもんでしょ？」

「だめですっ。今日は会社に新人が配属されてくるんですよ、演習があるから人回してる余裕ないんですって……」

「あーむ、そですかぁ……そいじゃまた、日を改めて」

改谷さんが残念そうに、手を振って立ち去っていきます。

「あーちょい！　改谷さん！」

それをレンカさんが呼び止めました。

「ついで。ついで、だから聞くんですけど。私からの依頼、あれからどうなってます？」

「あー、例の件ですか……。……残念ですが、特に進展はありません」

レンカさんの問いに改谷さんが難しい顔を浮かべます。レンカさんの顔にも影が差しました。

「……そうですか……。……あの野郎……」

「人探しは根気勝負ですからなぁ。前から言うてますが、腕利きの探偵、紹介しましょうか？」

「いえ。相手が相手なんで、改谷さんにお願いしたいんです。何年かかっても構いませんから」

「ふむ……了解でっす」

三人のお話はそれで終わりでした。トウヤが軽自動車に乗り込んで、レンカさんがバイクに跨がって、それぞれの職場へ向けて出発していきます。

改谷さんだけがその場に残って、乗用車の中で太い煙草を吸っていました。

プルルルル、プルルルル。プルルルル、プルルルル。

それは車載電話の鳴った音でした。改谷さんが受話器を取ります。

「もしもーし。……あー、どうもどうも。ええ、いつもお世話さんで」

改谷さんは頰を緩めると、電話の向こうへ語りかけていきました。

「――あんたねぇ、いい加減顔ぐらい見せてやんなさいよ。もう四年ですよ？

――あの日、あんたが〈礼佳壱号〉の瓦礫の下から、支部局長と犀恒さんだけ救出して消息不明になって以来、ずっと捜索してるフリしとるんですよ？　毎回犀恒さんに嘘の報告せんといかんこっちの身にもなってくださいや。

——え？　三十歳の誕生日になったら？　またぁ……知らないですよ？　そんなキザな真似、絶対犀恒さんの趣味じゃありませんて。ドロップキックでも飛んでくるんじゃないですか？

——ははっ……まぁ何でもいいから、今度こそデートの成功祈ってますよ。え？　そりゃもちろん、応援してますよ。

——だってそうでしょうよ。ワタシとあんたは、いいコンビなんだから……そいじゃ、また」

改谷さんは、誰と話していたのでしょう？

会ったことがない人なので、私にはよくわかりません。

以上が、〈ボーダレス事件〉について、私が知っている限りの事後報告です。了。

報告者：那都界大学社会学部二回生、瑠岬センリ

＊＊＊

≫その日の夜。オフィスビル十四階。

『——通達。瑠岬主任、入られます』

館内スピーカーが業務連絡を告げると、眼前にあった重厚な扉が開かれた。

スーツ姿の瑠岬トウヤが、その奥へと歩を進めていく。

夢信武装執行員、通称〈貘〉。その心臓部――ここは〈夢幻S・W・〉、管制室。

普段から照明が抑えられている室内は、機械の発する光で間接的に照らし出されている。電算機の赤い電源灯。オシロスコープの波形が放つ緑の発光。冷たく白い、アナログ測定器のバックライト。それから、壁に張り巡らされた無数のモニターの奥に揺れ動く、無秩序な砂嵐。

四年前から、ここの眺めは変わらない。

変わったのは俺のほうだなと、トウヤは今更のように感慨深くそう思った。

「こんばんは。皆さん、お疲れさまです。今夜もよろしくお願いします」

管制員たちにそうあいさつしながら、トウヤが腰かけたのは精密夢信機ではなく、管制室の中央に座す、指揮者専用の椅子だった。

あれから――〈ボーダレス事件〉が決着してから、いろいろなことが変わった。

あの日、礼佳九年八月三十一日から大して間を置かず、瑠岬トウヤは正式に〝アタッカー・ワン〟を引退した。

トウヤは正真正銘の、無能力者になった。

耐性能力もなければ、《頭蓋の獣》ももういない。彼自身の夢信特性である、あの『光の粒になる能力』も、もう二度と発現することはないだろう。

けれど、もう最前線では戦えなくても、彼のリーダーとしての素質が失われることはない。

新たな体制が敷かれた。瑠岬(るみさき)トウヤを指揮者とした、三人組(スリーマンセル)体制である。

少数精鋭の研ぎ澄まされた戦力を集中運用し、数の少なさは他社との連携で補うという傭兵部隊のような戦闘スタイル。大型〈悪夢(ノイズ)〉討伐を専門とするエース・オブ・エースとして、今では全国の〈貘(バク)〉の間に彼らの名は知れ渡っている。

それが現在の〈夢幻S・W・(セキュリティ・ワークス)〉運用監視部・対悪夢特殊実務実働班だった。

だが先日、この四年間一貫して貫いてきた『少数精鋭傭兵スタイル』に、問題が発生した。

トウヤに続いてまた一人、現場戦力が脱落したのだ。

四年前から続いてきた四人組(フォーマンセル)チームが、今ではたった二人になってしまった。

二人組(ツーマンセル)運用は、さすがに人員が少なすぎる。そこで協会へ出向しているレンカへ直接依頼して、新人を回してもらう手筈(てはず)になっていた。今日がその新人たちの着任日というわけである。

だからだろうか。

「主任？　どうかされました？　浮かない顔して」

管制員(オペレーター)からそんな声をかけられて、トウヤははっと顔を上げた。

「あれ、そんな顔してます？　俺」

「ええ。寝不足なんじゃないですか？　目の下、隈(くま)が出てますよ」

「あぁ、そっか、よくないなぁ……実は緊張しちゃってて」

「緊張？　何でです？」

「今日入ってくる新人の人たち、上手く迎えてあげられるかなぁって」

組んだ両手に顎を乗せて、トウヤの「うーん」という悩ましい溜め息が漏れた。

「俺が指揮者になってから、管制室のみんなを含めて、ずっと同じ実働班でやってきたから。みんながいなかったら、俺、今日まで続けてこれなかったかもしれません」

もう一つの我が家と言っても過言ではない管制室をぐるりと見回す。

「〝主任〟なんて言ってるけど、みんなに引っ張ってもらって今日までやってこれたんです。まだまだレンカさんみたいにはなれないなって、毎日そう思ってます。そんな俺が新人の指導なんてできるのかなぁって、実は何日か前から考え込んでたんですよ」

「「「…………」」」

トウヤが少し困った様子でそんなことを呟くと、管制員たちが一斉に黙り込んだ。

あ、やべ、このパターンは『しっかりしてくれよリーダー！』って、またいつもみたいにからかわれる。飲み代俺持ちで〝主任を励ます会〟が始まっちゃう――そう予感したトウヤが、自分の発言を訂正しようとしたときだった。

「「「――はははは！」」」

どっと、管制室に笑い声が上がった。管制員たちが一斉に大笑いする。

「な、え？」

トウヤが呆気にとられていると、古株の男性管制員が口を開いた。

「瑠岬（るみさき）主任。おめぇはほんと、いっつも他人のことでそうやって考え込むお人好しなんだからよぉ。——そういうとこがそっくりだ、犀恒（さいづね）部長と」

「レンカさんと、ですか？」

古株管制員（オペレーター）が「知らねぇだろうなぁ、おめぇらは」と語りだす。

「八年前、〈礼佳（らいか）弐号事件〉で〈夢幻Ｓ・Ｗ（セキュリティ・ワークス）〉は一時期壊滅状態だった。事業撤退って話にまでなったとき、実働班（チーム）の立て直しに手を挙げたのが当時の犀恒部長だった。瑠岬くん、まだ高校生になったばっかの頃のおめぇをここに迎えることになったとき、犀恒部長はちょうど今のおめぇみたいにガチガチに緊張してたよ。——それを思い出したら、ついおかしくてな」

「…………」

あのレンカが緊張していた。「私、瑠岬のことちゃんと迎え入れてやれるかなぁ」なんて。

トウヤはそれがとても意外で——管制員（オペレーター）たちと同じように、つい笑い声を上げていた。

椅子の肘（ひじ）かけに掌（てのひら）を乗せる。この席は、かつてレンカが座っていた場所。

——そっか。案外みんな、悩んでることなんて、似たり寄ったりなのかもな。

夕方マンションで顔を合わせたばかりだけれど、トウヤはレンカと話したい気分になる。今度の週末、久しぶりに一緒にお酒でも飲もうと思った。

——もっと話したいな。みんなともっと、たくさん……たくさんのことを。

いつの間にか、トウヤの顔からは緊張が消えて、代わりに笑みが浮かんでいた。

プルルルル、プルルルル。

社内回線の呼び出しが鳴る。それに受け答えした管制員が、トウヤのほうへ振り返ってきた。

「主任、ほら噂をすればですよ。新人二名が到着。ロック開けます、お出迎えの用意を」

「了解。──うん、よし！」

トウヤが椅子から立ち上がり、管制室の入り口へ振り返る。

重厚な扉が開かれると、その先には十代の少年と少女が立っていた。

「──ちわ。〝アタッカー・スリー〟、猿塚キンジっス。……何で３なんスか、銅メダルじゃないスか。オレ金がいいんで、〝アタッカー・ワン〟にしてください」

ツンツン頭の金髪少年が、この世のすべてに噛みつくような鋭い目つきでそう言った。

「──お、お、おっ、邑路ニナですっ！〝シューター・ツー〟です！　すみません、ウチ、影が薄いってよく言われるんですけど、ハ、ハッ、ハブらないでくださいぃ～……！」

黒髪おかっぱ頭の少女が、「ひぃぃ……！」と悲鳴を上げながらペコペコ頭を下げていた。

「…………」

あぁ……と、トウヤは心の中で吐息を漏らした。

その二人とは初対面なのに、なぜだかとても、既視感のあるものを見ている気がした。

──そうだよな……誰かに、何かに噛みついてないと、どうしようもなくやり場のない気持ちってあるよな。すごくわかるよ。

――うん……世界のすべてが怖くなって、どうしても自信が持てないときって、そんな感じになっちゃうよな。その気持ちも、ものすごくわかる。

二人の少年少女を一目見ただけで――トウヤは、とても愛おしいものに触れた気がして。

トウヤがそんなことを思っていると、入り口に新たな人影が二つ姿を現した。

「とーう！」

少年の金髪頭に、背後からチョップを叩き込む人物。

「にっひっひぃ……」

更に別の人物が、おどおどしっぱなしの少女と馴れ馴れしく肩を組んだ。

「痛って！　何しやがんスか！」とキンジが牙を剝く。

「うい、少年、〝アタッカー・ワン〟は永久欠番なんダヨ。我が社の近接戦最強の称号は〝アタッカー・ツー〟。ヨミのこと負かせたら、それを名乗らせてあげてもいいんダヨ」

ショートヘアーになった那都神ヨミが、自慢の銀髪をさらりと払ってジト目で笑った。

「あ、あ、あっ……ウチにそんなくっついてこないでくださひぃ～！」とニナが悲鳴を漏らす。

「ちみぃ……養成所で影が薄すぎて〝ステルス女〟なんて言われてたらしいじゃなぁい……まさに狙撃手向き。瑠岬先輩に代わって、このあたしが鍛えてあ、げ、る♪」

鳶色の髪を長く伸ばした薪花ウルカが、ニタニタと悪い顔でほくそ笑んだ。

トウヤはそんな光景を見て、この四年という月日を重ねてきた自分自身を顧みていた。

俺はもしかすると、ずっと変化を怖れていたのかもしれないと、トウヤは思った。

四年前の、礼佳九年の夏。六月、七月、八月と。立て続けに起きた激動の日々。

あの日々をともに過ごして乗り越えた仲間たちと、そんな仲間たちとだけ、これからも年を重ねていきたいと。

いいや。もしかすると、あの礼佳九年八月三十一日が、永遠に続いてくれればいいのにと。

そう思っていたのかもしれない。

だからあっという間に過ぎてゆく日々が、あの八月三十一日から確実に遠ざかっていく世界が、変化していくことが、俺は怖かったのかもしれないと。

でも。

〝猿塚キンジ〟と〝邑路ニナ〟――新たな二人の〈貘〉、まだ十代の少年少女と対面して、二十一歳のトウヤは、ようやく自分の本当の気持ちに気づけた気がした。

変わっていくけど、そんな中でも変わらないものがある。

変わらないけど、それでも確かに変わっていくものがある。

そんな世界が愛おしい。そういう感じ。

そういうのが、全部まとめて、生きていくということなのかもしれない。

――そういう感じ……きみたちを見て、今やっと、その欠片がわかりかけた気がする。

――きっとみんなが通ってきたことなんだ。みんなが通っていくことなんだ。

――わかるけど、わかるだけなんだ。誰も答えてなんかくれない。誰も答えてあげられない。それは自分でやるしかない。自分の言葉は、自分で見つけるしかないんだ。

――俺たちが、通ってきた道。きみたちが、これから通っていく道。

――だから、一緒に行こう。

――きみたちとも、大切な仲間になれたらいいな。

〝主任〟なんて肩書きは忘れて、トウヤは素直にそう思う。

でも、そんな複雑な気持ち、初対面の相手に上手(うま)く伝えることなんてできないから。

だからトウヤは、ヨミとウルカと声を揃(そろ)えて、ただ一言だけ、こう告げるのだ。

「「「――ようこそ、〈夢幻S・W・(セキュリティ・ワークス)〉へ！」」」

ムウウン……と、精密夢信機(むしん)のコイル鳴きの音がした。

「瑠岬(るみさき)主任。那都神(アタッカー・ツー)ヨミ、薪花(シューター・ワン)ウルカ、猿塚(アタッカー・スリー)キンジ、邑路(シューター・ツー)ニナ……フォーマンセル、夢信空間への接続完了です」

「了解。――みんな、聞こえてるか？」

トウヤが覚醒現実(管制室)から呼びかけると、モニター越しの夢信空間から応答。

【うい、ばっちりなんダヨ。実戦演習、いつでもゴーゴー】

【入院中の我らが〝リーダー〟が帰ってくる前に、新フォーマンセルを仕上げとかにゃあ

……ひぃーひっひ！　後輩いじりは楽しいのう！】

【あーこのちんちくりんの先輩ウッザ……オレ、ここに最強の〈貘〉がいるって聞いてきたんスけど？　病院送りになってんスか？　チッ、配属希望先間違えたかな……】

【あ、あっ、あの噂の〝魔女〟さま、いらっしゃらないんでふか⁉　あーよかったぁ……ウチなんかどうせボコボコのギタギタにされちゃうんだぁって、配属決まってからずっと鬱で……】

配属直後でチームワークもクソもない四人が、早速わちゃわちゃしだす。

それを見て、指揮者席に座るトウヤがうむと頷いた。

「よし。マイクテスト終了、映像出力も問題なし。いけるな」

【いやいけねぇだろ】【こっ、こっ、こっ、心の準備が⁉】

キンジとニナの声が重なるが、トウヤは気にもかけない。

「あ、言い忘れてたけど、俺が優しいのは業務外だけだから。仕事が始まったら容赦しない、覚悟しろ」

【鬼か？】【お、鬼……！】

「ああ、よく言われるよ」

新人たちには有無を言わさず、トウヤが告げる。

「それでは諸君、早速実戦演習を始めよう。状況、開――」

そのときだった。

プルルルル、プルルルル――「はい、〈夢幻S・W・(セキュリティ・ワークス)〉です」

実にタイミング悪く電話がかかってきた。トウヤの腕が肘(ひじ)かけの上からガクッと滑り落ちる。

管制員(オペレーター)の「はい、はい……少々お待ちください――」という応対がしばし続いて、

「瑠岬(るみさき)主任。主任にお電話です、外線から」

それを聞いたトウヤが手で合図して、指揮者席の受話器を取った。

「……はい、只今代わりました、瑠岬です」

一瞬の沈黙……そして、次の瞬間、

「――――――――えっ!?」

トウヤが大声を上げて指揮者席から跳び上がった。両手で受話器に齧(かじ)りつく。

彼のその左手の薬指には、銀の指輪が嵌(は)まっていた。

「いや、だって予定じゃまだ先だって……! そ、それで!? いつなんですか! いつ産まれるんです!? ……た!? 産まれた!? もう!?!」

仲間たちが見守る前で、トウヤの全身がわなわなと震える。その後もしばらく「はい、はい……わかりました、はい、失礼します……」と会話が続き、ガチャリと受話器が下ろされた。

「…………」

棒立ちのトウヤが、口を半開きにして仲間たちを振り返る。

「……。……どうしよう、みんな……俺、どうしたらいい？」

しーん……と、管制室が静まり返った。

数秒後、

【…………ばっかもーん！　パイセン！　そんなもん、決まってんでしょうがッ!!】

夢信空間（モニターの向こう）で、ウルカが両腕を振り上げた。

【瑠岬くん！　早く行ってあげるんダヨ！　仕事なんていいからっ!!】

同じく夢の中から、ヨミがぴょんぴょんとジャンプして叫んだ。

【あ？　入院ってそういうことっスか？　なぁーんだ……おめでとうございます、主任】

【お、お、おっ、おめでとうございまふ！　……あのあのっ、今日もしかしてウチらも祝日になったりぃ……？　なーんて、へへっ】

キンジとニナが、ぎこちない様子ながらもお祝いの言葉を贈った。

その後も十数秒、トウヤはその場で慌てふためいていたが、やがて——パチンッ！

顔の前で両手を合わせると、トウヤは固く目を閉じて頭を下げた。

「……ごめん！　俺行かなくちゃ！　あとよろしく！」

最低限の引き継ぎを済ませると、トウヤは管制室を飛び出した。

『『『『お　め　で　と　ー　！』』』』

背後で重厚な扉が閉まりきる直前、仲間たちのそんな声が聞こえた。

トウヤがエレベーター乗り場に駆け込み、下りボタンを押す。ここはオフィスビル十四階。

なかなかやってこないエレベーターにやきもきする。

「早く早く……！　早く早く……！」

ようやくやってきたエレベーターに飛び乗る。一階のボタンを押す。途中の階で停まることはなかったが、その間もトウヤはエレベーターの中でずっといそいそ足踏みしていた。

「早く早く……！　早く早く……！」

チーンッ。やっと一階に到着する。ゆっくり開いていくエレベータードアを両手でこじ開けるようにして、トウヤは駐車場へと猛ダッシュする。

が、軽自動車（マイカー）の前にまでやってきて、トウヤははたと気がついた。

「……あ！　鍵!?」

車のキーを十四階（ロッカールーム）に忘れてきていた。ついでに財布も。

「どうしよう、どうしよう……！　どうしよう！」

冷静に考えれば、十四階まで車のキーを取りに戻ればいいだけ。それだけなのだが……。

「っ……！　あーっ！　もうっ！」

今のトウヤは、居ても立ってもいられなかった。

その場でスーツのジャケットとネクタイを脱ぎ捨てて、軽自動車に引っかけると、

「――メイアーっ!!」

そう、妻の名前を呼んで。

そして瑠岬(るみさき)トウヤは、走り出した。

「――はぁ、はぁ！　はぁ、はぁ！　はぁ、はぁ！」

あの、礼佳(らいか)九年の夏の日々と同じように。

「――はぁ、はぁ！　はぁ、はぁ！　はぁ、はぁ！」

礼佳十三年九月一日という、今日の日を。

「――はぁ、はぁ！　はぁ、はぁ！　はぁ、はぁ！」

横腹を痛くしながら。肺が焼きつきそうになりながら。転びそうになりながら。

「――はぁ、はぁ！　はぁ、はぁ！　はぁ、はぁ！」

大切な人に、かけがえのない人たちに、自分の言葉を伝えるために。

「――はぁ、はぁ！　はぁ、はぁ！　はぁ、はぁ！」

世界のほんの片隅で、彼の紡いだ彼の言葉が、声の限りに響いてゆく。

「おーい！　おーい！　聞こえてるか、みんなー！
覚醒現実だとか、夢信空間だとかじゃない！
夢でも、現実でもないんだ！
ここが、俺たちの世界だ！
ここで、俺たちは生きてるんだ！
父さーん！　母さーん！
俺、父親になったんだ！
もう、ずっと前から、一人ぼっちなんかじゃないんだ！

これからもずっと、繋（つな）がっていくんだ！　ずっとずっと続いていくんだ！
生きててよかったって！　生まれてきてよかったって!!
その思いを伝えたい！　そう思ってもらいたい！
ありがとう！　おめでとう！
心からありがとう!!　本当におめでとう!!
大好きだ！　みんなみんな大好きだ!!
俺たちは、生きてる！
ここが俺たちの！　大好きな世界なんだー!!」

》》那都界大学附属病院。

「――こらァー！　姫ェ、病院の廊下は走らなァい！」

「あぁっ！　ごめんなさい蛭代先生！　急いでるから！」

廊下で立ち止まった瑠岬センリが、ぺこりと蛭代ナリタへ頭を下げ、再び駆け足になる。

大学から帰宅し、瑠岬家の食卓で一人夕食を食べていたところに急報が届いて。タクシーを拾って駆けつけたセンリは、トウヤよりもずっと早くに大学病院へ到着していた。

「はぁ、はぁ！　はぁ、はぁ！　はぁ、はぁ！」

センリが息を切らせて小走りしてゆくのは、産婦人科、入院病床区画。

「はぁ、はぁ、えっと……あった！　ここ！」

病室ごとに名札を見て回っていたセンリが、その名を見つけてスライドドアを開ける。

『瑠岬メイア』――――ガラララッ。

センリが膝に手をつき、息を整える。

「はぁ、はぁ………メイア！　赤ちゃん、産まれたってっ……――」

そして顔を上げた瞬間――センリは、息を呑んでいた。

目の前にあった光景が、あまりにも美しかったから。

……明るい満月の光が差す、それはそれは綺麗な夜だった。

「…………」

窓辺から差し込む月光を、長い黒髪に浴びる女性がそこにいた。

とてもとても、穏やかな顔で。

瑠岬メイアが、小さな小さな命を、胸の中に優しく包み込んでいた。

「……あぁ、センリ。ありがとう、来てくれたのね」

センリに気づいたメイアが、ゆっくりと顔を上げた。

ベッドに身を起こしているメイアの傍へ、センリが足音を立てないようそっと近づいていく。

「……わ。わ、わぁ……！　ちっちゃぁい……かわいぃ……！」

タオルにふんわりと包まれた赤子を覗き込んで、センリが思わず感嘆を漏らした。産まれたばかりの命を前にして、畏敬の念で涙まで滲んでくる。

「……痛かった？　メイア。出産」

「ううん、全然痛くなかったの。陣痛もなんにもなくてね？　でも、予定日前なのになぜか『産まれる』ってわかったの。それで先生にそう伝えたら、そのあとすぐに」

「あぁ、そうなんだ……だから病院からの連絡、『産まれました』だったのね。……ねぇ、触ってもいいかなぁ？」

「ええ、触れてあげて。家族なんだもの」

メイアが赤子をそっと持ち上げる。センリは恐る恐る、指を伸ばしていった。

ほっぺたと、二の腕、それから掌へと。順番に、そっとそっと触れていく。

「……あったかいねぇ。ふわふわだねぇ。おてて、とってもちっちゃいねぇ」

そしてセンリが、まるで指で握手をするように、赤子の掌（てのひら）に指先を添えたときだった。

「……ん……んっ……」

それまで静かに眠っていた赤子が、きゅっと、小さな手で、センリの指を握り締めた。

「ん……、……んぎ、んぎゃ……んぎゃ、あ……んぎゃあ……」


「んぎゃあっ！　んぎゃあっ！

んぎゃあっ！　んぎゃあっ！

んぎゃあっ！　んぎゃあっ！」


目を覚ました赤子が、小さな口をいっぱいに開けて泣き声を上げた。

「あ、あっ……！　ごめんね、ごめんね！　起こしちゃったね……！」

「いいえ、大丈夫」

あわあわしているセンリを横目に、メイアが赤子をあやしながら語りかける。

「センリにごあいさつしてるのよ。『はじめまして』って。『またあえたね』って」

メイアのその言葉を聞いて、センリは首を傾げた。

「？　『はじめまして』はわかるけど……『またあえたね』って？」

「さぁ？　わたしにもよくわからないわ。なんとなく、この子が今そう言った気がしたの」

「そっかぁ……。はじめまして。おひさしぶり。どこで会ったのかはわかんないけどね」

元気な声で泣く赤子へ、センリが笑顔で手を振った。

それからセンリはふと何かに気づき、「そうだ！」と手を叩いた。

「――名前！　なるべく早く考えてあげなくちゃね」

すると再び、メイアは静かに「ううん」と首を横に振った。

「それも大丈夫。名前はもう決まっているの」

赤子を、ぎゅうっと優しく抱き締めて、

「トウヤがね、考えてくれていたの。この子が産まれる前から。この子を授かる前から。……それよりも、ずっとずっと前から」


――『ばいばい、またね。きみとは、いつかどこかで、また会える気がするよ』――


「んぎゃあっ！　んぎゃあっ！　んぎゃあっ！　んぎゃあっ！　んぎゃあっ！」

赤子の嬉しそうな泣き声が、温かな月夜に響いていった。

「――この子のお名前はね、〝ミライ〟……瑠岬ミライよ」

貘
バク

おしまい

あとがき

最終巻となりました。

この『貘（バク）』という作品でやれること、今の僕が出せるものをすべて出しきったという思いでいます。

あとがきって難しいです。〝作者〟という裏方的な立場でお話を書いているときの感覚とは違って、あとがきは〝僕〟が前に出て手紙を書いているような感覚になるので、毎回「うーん、何書こう……」と悩みます。三部作として紡いだこの物語をとにかく綺麗（きれい）に締めてあげたくて、担当様と相談して本編最終ページにあの素敵な見開き演出を入れていただきました。だからあとがきはなくてもいいかなと思っていたんですが、「いや、あとがきは書きましょう（担当様）」と言っていただいて、こうしていろいろ思いを巡らせながら書いています。

今回のお話、僕は伽世（とぎせ）というキャラクターを最後まで「悪い奴だ」と思いきることができませんでした。僕は弱い人間なので、『〝ストレス〟の存在しない理想の世界』を本気で創ろうとする伽世を、きっと僕だったら止められないです。トウヤはそんな僕の弱さを超えていきました。だからこの三巻は瑠岬（るみさき）トウヤの物語です。

時々、考え事をしていると急にキャラクターの台詞が浮かんでくることがあります。トウヤの最後の長台詞がまさにそれでした。あれは僕（作者）が考えた台詞というより、トウヤが自分の言葉で発した台詞という感覚で今もいます。『物語は終わっても、キャラクターたちの人生は続いていく』なんて言い方はちょっと臭すぎるかもしれませんが、トウヤのあの台詞がすっと湧いてきたとき、「あぁ、ほんとにそうなんだな」という不思議な感覚に包まれました。

一つの物語、登場人物の人生を書き上げるという行為は、とてつもない難行であると同時に尊い祈りです。それを今回、拙いところも多々あったかとは思いますが、こうしてやり遂げることができた感謝と。今この瞬間にもその難行に打ち込んでおられる先生方への敬意と。これから挑戦しようとしている人への応援の気持ちとを込めて。あとがきとさせていただきます。

担当編集の渡部様、いつもギリギリの進行に粘り強く対応いただきありがとうございます。

イラストレーターのｄａｉｃｈｉ様、最高にスタイリッシュなイラストと、僕の念願だった全キャラクターのデザイン起こしという要望を快諾してくださりありがとうございます。

その他、刊行に当たってご尽力いただいた全ての関係者様方、ありがとうございます。

そして今回も、この物語の最後の最後までおつきあいしてくれた読者の皆様、本当にありがとうございます。

〝ありがとうございました〟と過去形では書きません。いつかまた、お目にかかれる日を夢見て。

二〇二三年、緑雨　長月東葭

GAGAGA
ガガガ文庫

貘3 -夢と現実の境界-

長月東葭

発行 2023年6月25日 初版第1刷発行

発行人 鳥光 裕

編集人 星野博規

編集 渡部 純

発行所 株式会社小学館
〒101-8001 東京都千代田区一ツ橋2-3-1
[編集]03-3230-9343 [販売]03-5281-3556

カバー印刷 株式会社美松堂

印刷・製本 図書印刷株式会社

Printed in Japan ISBN978-4-09-453130-5